国家社会科学基金重大项目"元明清蒙汉文学交融文献整理与研究"资金资助（项目编号：16ZDA176）

国家社会科学基金哲学社会科学领军人才项目"中国北方民族语言文学交融及其传播研究"资金资助（项目编号：22VRC196）

内蒙古大学青年学术人才科研启动项目支持（项目编号：10000-23112101/072）

元明清蒙汉文学交融
文学研究丛书

邢渊渊 著

清代蒙古族诗人汉文创作传播研究

中国社会科学出版社

图书在版编目(CIP)数据

清代蒙古族诗人汉文创作传播研究 / 邢渊渊著. —北京：中国社会科学出版社，2024.7

（元明清蒙汉文学交融文学研究丛书）

ISBN 978-7-5227-3319-7

Ⅰ.①清… Ⅱ.①邢… Ⅲ.①古典诗歌—文化传播—研究—中国—清代 Ⅳ.①I207.22

中国国家版本馆 CIP 数据核字（2024）第 059527 号

出 版 人	赵剑英
责任编辑	宫京蕾
责任校对	周 昊
责任印制	郝美娜

出　　版	中国社会科学出版社
社　　址	北京鼓楼西大街甲 158 号
邮　　编	100720
网　　址	http：//www.csspw.cn
发 行 部	010-84083685
门 市 部	010-84029450
经　　销	新华书店及其他书店

印刷装订	北京君升印刷有限公司
版　　次	2024 年 7 月第 1 版
印　　次	2024 年 7 月第 1 次印刷

开　　本	710×1000　1/16
印　　张	14.5
插　　页	2
字　　数	245 千字
定　　价	88.00 元

凡购买中国社会科学出版社图书，如有质量问题请与本社营销中心联系调换
电话：010-84083683
版权所有　侵权必究

总　序

米彦青

有多种自然生态环境的中华大地，其上的人群在历史上造就和分衍出不同形态的政治—经济—文化秩序，并产生展示多元文化样态的文学作品，这些作品有着深刻的环境清晰度——在中国历史上，没有民族交融的时段是很少的，故而在民族文学交融的视野中，我们可以看到更为完整的中国史。从中发现的"多元一体"中国的历史进程、演化路径和动力机制，更是我们理解中华民族、中华文化的重要切入点。

一

从文化的整体性看，中华文化就是一个随不同时段而广纳不同文化因子，最终形成种族与文化融合的历史。多民族习俗在时代语境中带来的情感、思想、身份认同与美学追求的嬗变，是民族交融在中华民族共同体视域下的显性表征。以元明清时期的蒙汉文化与文学交融为例，蒙古族入主中原之后，中国文学发展的空间与秩序出现了一些重要的转折。此前的中国历史上，从未出现过一个统一的少数民族政权，虽然在北方地区曾有过少数民族统治时期，但统治区域并不完整。而蒙古族建立的元政权改变了汉民族统一中国的历史格局，它和其后由满族建立的清政权都是中国历史上由少数民族建立的大一统王朝。在这样的政治局势下，一直居于中原王朝社会边缘的少数民族士人，通过少数民族政权的号召，走到历史舞台的幕前，成为推动元王朝和清王朝文化发展的新的重要力量。

在元代历史上，族群涵化缓慢演进，形成多元文化与多元文学交融态势，涌现出一大批成就斐然的各族文学名家。蒙古族作为中华大地北方政权大蒙古国及代宋而立的元代的统治民族，蒙古族文学家在大蒙古国和元代文学史上占有重要地位，可是追溯这个王朝的文学创作，都和蒙汉文学交融有密不可分的关系，而用汉语完成的少数民族诗文创作，就是蒙汉文学交融的显在成果。当然，这些成果也或隐或显地保留并显示出民族属性所赋予的文化气质。不惟元代，少数民族汉语创作的文学力量，在明清社会中的少数民族士人与中原汉地士人之间产生的文学互动，对重塑整个时代的文学面貌更产生了积极作用。

2016年，我获批国家社科基金重大招标项目"元明清蒙汉文学交融文献整理与研究"，早在2013年开始构思这个项目时，当我的博士生希望我给毕业论文题目时，我就按照"蒙汉文学交融视域下的元代诗文研究""蒙汉文学交融视域下的明代诗文研究""蒙汉文学交融视域下的清代诗文研究"开始布局学生的学术成果。因为清代文学是我多年耕耘的沃土，也是蒙古族汉语创作研究的富矿，所以在理论及方法层面对学生的要求细化。诸如空间理论研究、制度与文学关系研究、文学传播研究这些方法被逐步运用到他们的毕业论文中，因而就有了这套"元明清蒙汉文学交融研究丛书"的雏形。此次出版的五部著作，都是蒙汉文学交融视域下清代文学研究成果。涉及清朝蒙古族汉语创作这一文学方式，以及在制度史、思想史与新文化史等历史观视域下的研究方法中呈现的清代文学的不同面向，展示了与元前较为纯粹的汉文学大不相同的、具有"特质"意味的文学特点。

清代的蒙古族诗人群体由百余位创作者构成，他们中有诗集存留者63人[①]。蒙古族诗人们主要由三类构成，一是藩部蒙古，如尹湛纳西家族和旺都特那木济勒家族；二是八旗蒙古，如法式善、和瑛、柏葰、倭仁等人，八旗蒙古是蒙古诗人的主体；三是民人，如萨玉衡家族和梁承光家族等。八旗蒙古的先祖大都是随清入关的武职军人，起初定居于京师，随着统治政策的变化，他们中的一些人又被派往不同区域驻防。无论是在京师扎根繁衍还是去往地方戍守蕃息，他们的后嗣多由武转文，其中还有一些人历经数代形成了家族式文学创作。最终，在约270年的漫长清代文学史上，在京师、八旗驻防地的不同空间中建构了繁盛的清代蒙古族汉诗文创作高峰。

蒙古王公与满洲贵族同属清代的统治阶层，通过血亲和姻亲构成的满

---

① 因为文学史料不断发掘，所以本丛书提出的63人与拙作《中国古代蒙古族汉诗研究》叙述略有不同。

蒙一体社会关系网络，成为清代社会文化中的特殊存在。藩部蒙古诗人的代表旺都特那木济勒和贡桑诺尔布父子，系成吉思汗勋臣乌梁海济拉玛的后裔，是卓索图盟喀喇沁右旗世袭札萨克亲王。这个家族对汉诗文的喜爱，源起旺都特那木济勒的父亲喀喇沁色伯克多尔济王爷，后旺都特那木济勒致力于诗歌创作，在其子诗词兼擅的贡桑诺尔布时代达到顶峰。最终，通过祖孙三人的努力，成就了清代文学史上这一独特的蒙古王公文学家族。而乌梁海王公家族积极习练汉诗文的行为也感召了喀喇沁人学习汉族文化。藩部蒙古的文化认同通过汉诗写作得到清晰体认，在京师及驻防地的民族文学交融更是欣欣向荣。

清代蒙古八旗伴随满洲八旗的军事移民构成了驻防各地和拱卫京师的蒙古族移民的主流，且形成了京师及各驻防地的蒙古诗人的主体。蒙古驻防军人进入汉族聚居区后，在清代经历了一个漫长的汉化过程。随着清廷八旗驻防制度的更改，他们在与当地民众交往交流中，逐渐适应了当地汉文化习俗，在交融中求同存异，共生共荣，实现了从驻防到定居，从外来军人到成为驻防地本土人员的转化。文化交融带来文学的繁荣，蒙古驻防诗人主要产生于杭州驻防、京口驻防、荆州驻防、开封驻防、沧州驻防中。至今有诗集留存者16人，分别是杭州驻防瑞常、瑞庆、贵成、三多；京口驻防达春布、布彦、清瑞、燮清、善广、延清、云书；荆州驻防白衣保、恩泽；开封驻防倭仁、衡瑞；沧州驻防桂茂。占留存至今的清代蒙古族汉诗集四分之一。

清朝以"旗""民"分治。民人中产生的蒙古诗人较少，但因为他们是从元代而来的蒙古后裔，其时间性与空间性的交织更为特别。故此，对萨氏家族与梁氏家族做一个特别说明。元代蒙古文人萨都剌兄弟三人，其弟有子名萨仲礼。萨仲礼为元统元年（1333）进士，授福建行中书省检校，入闽任职后，此支脉便定居福州。明清以来，福州萨氏人才辈出，属当地望族。萨仲礼孙萨祖琦为明宣德五年（1430）进士，官至礼部右侍郎兼詹事府少詹事。清代族人中举人进士辈出，且工诗词，多人有诗集传世。如萨玉衡（乾隆五十一年举人）著有《白华楼诗钞》；萨察伦（嘉庆九年举人）著有《珠光集》；萨大文（道光二十年举人）、萨大年（道光二十八年进士）合著《荔影堂诗钞甲乙集》；萨龙田（道光六年举人）著有《湘南吟草》；萨大滋著有《望云精舍诗钞》；萨镇冰（同治十一年毕业于马尾船政学堂，光绪三年被派往英国皇家海军学院学习驾驶）著有

《仁寿堂吟草》。福州萨氏蒙古文人的文学渊源上承自元代的萨都剌，涵括元明清三代，拥有的家族历史记忆不同于清代的蒙古八旗文人，是一个特殊且极具价值的文学创作群体。清代桂林梁氏家族为元世祖忽必烈之后。乾隆四十三年（1778）所修旧谱及同族梁焕奎民国时主持撰修的《梁氏世谱》中皆载梁氏始祖为元世祖忽必烈之后也先帖木儿。明初，凡未跟随元顺帝北归的皇裔为避祸皆改姓氏。五世梁成始进入明朝，六世梁铭以典兵建功被封为保定伯。梁铭之弟梁鉴一支迁至应天府江宁，梁铭子梁进为七世公。梁进因平定贵州苗祸立功，进封爵为保定侯。至清乾隆年间十八世梁兆鹏即梁承光高祖，为广东永安县令。十九世梁垕即梁兆鹏第三子始迁居广西桂林，从此隶籍桂林。梁垕育有三子，分别为宝善、宝书、宝儒。次子宝书即梁承光的父亲、梁济的祖父。近代以来家族中人多投身科举，喜作诗文，形成了蒙古文学家族。如梁承光（道光二十九年举人）著有《淡集斋诗钞》；子梁济（光绪十一年举人）存有《桂林梁先生遗书》；孙梁漱溟为现代新儒家的早期代表人物，著有哲学著作多种。与福州萨氏相近，桂林梁氏蒙古文学家族也是自元代始便进入中原区域。相较于清初入关的蒙古八旗群体，这两个蒙古民人诗人家族已经更为深入地融进了中原文化体系中。

  蒙古族汉诗文创作是典型的民汉文化交融成果。清代蒙古族汉诗文创作不但有时间性也有空间性。从空间上来看，蒙古族汉诗创作有明显的从京师到八旗驻防地方的分布态势。从时间上来看，清初顺康之际，八旗驻防诗人只有零星创作。乾嘉时期是蒙古族汉诗创作的繁盛期，随着清廷对汉文化学习的深入，在政治中心和文化中心的京师，蒙古族汉诗创作蔚然成风。不过在驻防地诗人的汉诗文创作，一定程度上受到了制度的规约。至嘉道时期，蒙古汉诗创作文学活动渐多，文学写作渐成气候，从京师到驻防地，蒙古族汉诗创作都发生了极大的变化，直至清亡，诗人们的创作热情不减，而且各体文学创作也日臻成熟。

  通观全清的蒙古族汉诗文创作群体，由于这些活跃在京师或者驻防地的诗人，都出生于由武转文的家族，祖先都是弓马骑射的游牧民族，他们身上始终都有蒙古民族的因子在，即使他们的蒙古民族文化特性在诗文中呈现得并不强烈。无疑，这些由草原走向都城的蒙古诗人及其后代，是蒙古民族文化与中原汉文化两种文化重建的结果。清代蒙古族汉诗文创作者的祖先都不以文学、学术见长，而以武勇善战著称。他们的后代由武转文，大抵处于蒙古社会的中层或上层阶级。蒙古社会中的下层阶级为世代生活在草原上的牧民，地位卑下、实力薄弱，不易进入城市，更没有机会接触汉文化。来自不同地域的蒙古族汉诗文写作者，在学术背景和艺术倾向上往往不同，因此即便是在场合性作品中，他们一方面保持着自己的个性，注重个人情感的表达；另一方面也因为他们共有的民族属性和相似的八旗官学教育背景，有着普遍相似的文化价值观念和文学观念。

二

传统华夏文学的文体概念、文本及其经典化经历了一个漫长的演变过程。它从先秦宫廷和乡野涵摄了丰富的政治、文化和民族意蕴的特殊文本走来，逐渐成为儒家文化的精神元典，再上升为士人的精神之光的表达，不断泛化、不断升华为成熟的中国古典学术体系。流动中生成的文学体系，是中国古典精神的核心，也是中华文化的基因库。蒙古民族的文化品格与华夏民族传统的儒家文化紧密契合，因之，蒙古族诗人文化品格的传承也代表了中华民族文化品格的传承。"文化的认同就是经过反思后形成的对某种文化的分而有之或对这种文化的信仰。"[①] 契合于中华民族品格的文化记忆传承彰显了一种超越民族和个体的广泛存在于清代社会的身份认同，一定程度上体现了清代蒙汉文学的深厚交融。

"元明清蒙汉文学交融文学研究丛书"收录五部作品：《制度·思想·文化：历史视域下的清代文学研究》《清代杭州驻防文人诗歌研究》《清代和瑛家族文学研究》《清代博尔济吉特氏诗人研究》《清代蒙古族诗人汉文创作传播研究》，共同组成清代北疆民族语言文化交融与传播研究系列。《制度·思想·文化：历史视域下的清代文学研究》试图拓宽清代文学研究的视界，把清代蒙古族诗人创作群体在庙堂、江湖、边塞等地的创作汇成的声音，纳入众声喧哗的清代文学史中，并在大历史观视域下，运用制度史、思想史、新文化史等历史学的研究方法来解读这个具有民族符号的创作群体，从中梳理出清代蒙古诗人在创作实践中隐现的中华民族共同体建构的问题意识。清代杭州驻防旗人群体与汉城社会的关系经历了由冲突走向融洽的过程。驻防旗人逐渐被杭州悠久醇厚的汉文化底蕴所吸引，进而揣摩、学习，写作了大量的汉语诗歌作品。这些诗歌既具有与汉

---

① [德] 扬·阿斯曼：《文化记忆：早期高级文化中的文字、回忆和政治身份》，金寿福等译，北京大学出版社2015年版，第138页。

族文人表达的相似之处，又具有鲜明的族群特征，是清代民族文学融合的范例。《清代杭州驻防文人诗歌研究》以杭州驻防文人诗歌为研究对象，既在历时流变中探讨杭州驻防文人诗歌的演变过程，又由家族文学、地域文学、创伤叙事等视角寻绎其创作的独特性，力图全面揭示这一群体诗歌创作的整体风貌。《清代和瑛家族文学研究》以清代享有盛名的文学、科举世家和瑛家族文学作品为研究对象，在全面系统梳理其家族主要成员的生平、婚姻、仕宦、交游等材料的基础上，从空间理论与诗歌美学的视角，考察和瑛家族的诗歌创作，以社会空间和意象建构等多个维度透视和瑛家族诗歌创作中的时空体验和生命意识，彰显其在清代八旗文学史上重要的地位。《清代博尔济吉特氏诗人研究》将生活在清代不同时期的旗人、民人、外藩博尔济吉特氏诗人视为群体展开研究，遵循他们在满蒙汉文学交融下的文化认同轨迹，以身份、制度、资本、地域等角度来呈现这一氏族诗人群体，试图反映清代博尔济吉特氏氏族诗人群体创作的共性及特点。《清代蒙古族诗人汉文创作传播研究》以传播为视角，依据清代蒙古族诗人的汉文创作活动的迹历，就蒙古族诗人的心态动机、行为方式及世人对诗人形象的接受、影响作了分析讨论。诗人的传播心态指引着传播行为，传播行为也必将反映传播心态，二者交互影响，共同塑造诗人的形象及其作品意义。读者对诗人形象及作品的接受，属于传播效果，是读者对诗人的反馈，包括对诗人的认同、接受，也有否定、怀疑，从而丰富了诗人形象与作品意义。传播从来都是在一定的社会场域中展开的，对场域的思考亦是本书的重点。通过分析这些清代蒙古族诗人的创作传播，可以明显看出他们对汉文化的高度认同，从心态到行为都体现出了蒙汉文化交融的特点。文学传播是文学作品价值实现的过程，也是透过文学理解历史的过程。

清代前期的统治者，基于草原森林部落经验的人生认知，希望子孙们能够保持像他们一样的骑射能力，可是，因为子孙们已经处于华夏化的社会环境中，远离草原森林部落的后辈勋贵阶层整体上的世代变迁，导致统治者刻意保持这种军事能力的努力，难以为继。其实，早在北朝时期，就形成了内迁家族日趋华夏化的潮流，彼时的骑射传承，如王褒所说的"文士何不诵书，武士何不马射"（《梁书·王规附子褒传》），随着斛律光这样因骑射绝佳而迎来充满荣誉的一生后却没有善终的人的逝去，某种程度上印证了武士价值的凋落。及至清代，这个由内迁北境人群缔造的政权，一方面延续着基于统治权力优越感的草原森林边境文化认同，一方面又继承了定都北京后由明王朝而来的华夏化潮流及其文化遗产，在"弯弓""下笔"两个维度上呈现出极为复杂的历史张力。"如果说当事人很少把学习当作放弃与背离，那是因为他们应当掌握的知识被全社会高度赞赏，掌握它们就意味着进入了精英的圈子。"① 这种学习动力和积极性，使得被裹挟于其中的王朝的少数民族诗人群体，无论作出怎样的选择，都会面临着来自反作用力的限制。因之，在长时段的历史时空中，用制度话语、思想话语梳理、分析蒙古族汉诗文创作的起源及兴盛不失为可行的办法。

都邑社会与蒙古诗人的汉语创作范型转化有极大的关系。从京师到驻防城邑社会的视角探讨清代蒙古族诗人的生长时，在社交范围变迁、知识转型、故乡变化的互参之下，能够看到武将出身的这些诗人在进入都城社会后的转换状况，也能发现清代蒙古诗人不只是武职到文职意义上的改变，他们认定的世界观、价值观的改变决定了这个群体有很明显的重科举、汉化的特征，而围绕这些改变带来的美学意趣、生活方式的转换导引了诗人个体及其家族文化品格的改变与文学写作的生成。清代聚居蒙古八旗的都邑之所虽然仅是一城一地，然而它们往往都是一朝（如京师）一区域（如杭州、开封）的政治、军事、文化、经济中心，这里是四方思想汇聚之所、观念交融之地，随人口播迁，在晚近时期，在观念上突破了以往的"华夷之辨"，形成了"大一统"思想，即：合"内外"华夷为一家，即"天下一家"；合"内外"疆域为一国，即中国；合"内外"文化为一体，即中华文化；合"内外"之心为一心，即国家认同。② 成为对大一统思想之下文化认同的核心地区。因此，清代蒙古诗人群体以都邑为背景，才能够生长、衍变，最终形成具有中华文化特色的清代文学史上的文化景观。

清代蒙汉文学交融景观中最为引人注目的就是个体蒙古家族的文化传承图景。从发生学的逻辑来看，像蒙古文学家族这样的少数民族文学家族在演进中逐渐抛却了民族差异，而沉淀为整个中华民族的文化传承，是铸

---

① [法] P. 布尔迪约、J.-C. 帕斯隆：《继承人——大学生与文化》，邢克超译，商务印书馆 2002 年版，第 26 页。
② 李金飞：《清代疆域"大一统"观念的变革——以〈大清一统志〉为中心》，《中国边疆史地研究》2020 年第 2 期。

牢中华民族共同体意识的生成起点。进入都邑社会的世家大族在联姻的过程中，一方面，壮大了本家族的政治势力与社会影响力，另一方面，家族文化与素养也得以延展。因此，原本独立的各家族通过婚姻网络彼此之间产生勾连，促使家族文学与文化素养的传承与绵延。蒙古士子荣得科名，很多时候都要归功于强大家族间的联姻，促使世家大族间丰富的文化和教育资源的强强联合，推动家族的不断兴旺与繁盛。本丛书中所论及的和瑛家族、杭州驻防瑞常家族，以及养成众多文学家族的博尔济吉特氏族就是显例。

汉语诗词写作是少数民族创作者人生经验方方面面形成的，其间，由摹仿到融入史识，由抒情到借以言志的不断丰富的扩张轨迹处处可见。在少数民族汉语创作者那里，诗词文既是审美的创造，也是知识的生成。推而广之，是从一个时代到另一个时代，从一个地域到另一个地域，通过转换的语言和文字来记录形式、思想和态度流变的所铭记和被铭记的艺术。中国古代文学史上的少数民族汉语创作者与读者一直倾向将文心、文字、文化与家国作出有机连锁，而且认为这是一个持续铭刻、解读生命自然的过程，一个发源于内心并在汉语世界中寻求多样彰显形式的过程。这一彰显的过程也体现在身体、艺术形式、社会政治，乃至自然的律动上。寻绎这些文本的传播机制是蒙汉文学交融研究不可或缺的重要环节。

三

与经典汉文学研究不同，民族文学研究不强调大叙事，不从大师和经典作品的流播着眼。蒙汉文学交融研究在中华民族文学交往交流交融史上，恰如草蛇灰线，经由其触类旁通，必可投射一种继长增成的多民族交融研究范型。因为这是在文学史料尽量完备的基础上致力的思考、想象历史的方式。"元明清蒙汉文学交融文学研究丛书"一方面试图以宏观视野呈现王朝更迭与文明融合视野中的蒙汉文学交融流变；另一方面也试图以微观视野审视特定变化中的文学现象。因此以时间和空间两个维度来绾合两者，从而定格于具体的坐标中。基于此，本丛书不刻意强调民族与王朝叙事线索，更强调17世纪至20世纪近300年间种种跨民族、文化、政治和语言的交流网络，尤其是晚近时期。

有鉴于"元明清蒙汉文学交融文学研究丛书"所横跨的时空领域，丛书写作论纲中提出中国多民族文学的概念作为比较的视野。此处所定义的多民族文学既包括中国汉族之外的文学创作，又以学界传统定位的中国汉族文学为主线，可成为包容两者的另一界面。本丛书的五部作品试图强调在将近三个世纪，文人经验的复杂性和互动性是如此丰富，不应该为单一的政治地理所局限，有容乃大！在这漫长的历史进程里，文学的概念、实践、传播和评判经历前所未有的变化。19世纪末以来，进口印刷技术、识字率的普及、读者群的扩大、媒介和翻译形式的多样化以及职业作家的出现，都推动了文学创作和消费的迅速发展。随着这些变化，中国文学作为一种审美形式、学术科目、文化建制甚至国族想象，成为我们现在所理解的"文学"。"文学"定义的变化，以及由此投射的重重历史波动，的确是中国现代性最明显的表征之一。唯有在更包容的格局里看待民族文学交融的源起和发展，才能以更广阔的视野对中国文学的多重属性多所体会。正如学者所述："晚清时期的文学概念、创作和传播充满推陈出新的冲动，也充满颓废保守的潜能。"[①] 晚近蒙古杭州驻防文人三多就是此期的典型代表。

清王朝的权力中心在京师，因此，王朝政治空间结构的主轴为"南北关系"，长城脚下的都城形成了对中原、草原、东北地区的多方控御。虽然清朝是游牧集团建立起来的政权，但是入主中原后，建立起来的依旧是农耕王朝。而漫长的北部防线，在这个王朝就成为大后方，也是有效突破南北农牧界限的基地。而在这个"大一统"的中央王朝中的蒙古族，文学思想也因之出入于农耕文化和游牧文化之间。随着时间的流逝，当他们受到农耕文化的陶熔日益深厚，则在其笔下也越来越多地彰显农耕文化中的文化记忆。

这五部研究著作，从不同侧面展示了汉文化元素在两百多年清代文学发展史上不断被民族文学诗人再现与建构的过程。从时间流变中、从事件展示中呈现了不同时期诗人作品的风格特征、创制机制与功能效用。从宏观层面来看，蒙汉交融文化对于文学的影响深远而且广泛，这五部著作从普通的语言文字、饮食风俗与文化习惯到内在的身份建构、认同实现、圈层凝聚等各有体现；从微观层面来看，着眼经典诗人（如法式善、和瑛、瑞常等）的家族文学书写、博尔济吉特氏族众多诗人试帖诗、咏物诗书写等发人深省。他们不仅从所熟悉的话语与精神的幽微层面进行再现与分

[①]《导论："世界中"的中国文学》，王德威主编：《哈佛新编中国现代文学史》，张治等译，四川人民出版社2022年版，第6页。

析，而且也通过深邃的反思性（如法式善的诗途与仕途的层叠演进）与文化再确认（如杭州驻防在百余年间从杭州的客者到主人身份转化中蕴蓄的深度文化认同）作创新性建构。整体而言，这五部作品是在民汉文学交融文献资料深度整理基础上进行的研究，这种研究彰显出了中华优秀传统文化在少数民族诗人群体中的发扬光大与兼容并蓄。

以民族文学交融为定位的文献整理与文学研究，是一种超越于对大师、经典、运动的文学介入方式，是更加关注大时代中民族、政治、社会与文学的研究方式，也是对文学传统、王朝主导者权力话语想象的微妙延伸。"元明清蒙汉文学交融文学研究丛书"不能也不会自外于传统文学论述框架，但希望采取不同方式探讨中国古代文学发展的来龙去脉。这就意味着我们需要对耳熟能详的话题，诸如中国"文学"概念的演化、"文学史"在不同情境的可行性和可读性，以及何为"中国"文学史的含义，进行认真重新探讨。

清代是中国历史上发生重大变革的时代。近古军事、经济、思想及其带来的学术新变，共同影响着文学思潮的走向。社会各阶层思想观念激荡中触及的制度溯源，在社会空间里多层次多角度地借文学的各种体式得以舒张。于是，在农耕文化和游牧文化，乃至中西方思想的碰撞和传统与现代观念的交汇中，一方面，文学思想、文学观念乃至语言文字都在渐进式地改变；另一方面，清代多族士人所共有的使命意识、文学担当与民族身份在其思想意识中重新整合，其中华民族多元一体格局下的国家认同和民族认同得以明晰和强化。多民族的文学交融映射出他们的心灵世界与精神空间，共同成就了近三百年华夏大地上的中华民族文学书写，一定程度上展示了这一漫长历史时期政治制度、诗学思想与文化空间的历史嬗变。特别是充盈其间的蒙古族文人的汉文创作，无论其拥有的数量还是独具特色的文学成就，毋庸置疑，在中国文学史上具有不可替代的重要地位。

中国文学是由 56 个中华民族成员共同创造的文学，各民族经过长久以来的交往交流交融，形成了中国文学多民族属性及其历史发展规律的基本原则。在这一原则指导下形成的中华多民族文学史观，注重各民族文学在中华文化认同中的呈现，也成为研究中国文学的逻辑起点。坚持中华多民族文学史观对民汉文学交融文献进行的全面整理和深入研究，能够清晰再现中华多民族之间在中国古代交往交流交融的历史轨迹和整体面貌，能够正确理解文化认同下中华各民族文化的互动、共进的演化规律。因此，以蒙汉文学交融文献整理成果为切入点进行的文学研究，可以管窥中国文学的多元发展面向。

清代多族士人共慕中原文化，又把他们独有的特质带入中原文化，使中原文化持续获取新质，在共同的创造中涵融浑化，和合为一，推进中原文化的新变。客观认识并揭示这两个认同，特别重要。揭示多族士人的国家、政权认同，认识中华民族共同体的源远流长。揭示多族士人的中原文化认同，认识中华文化多元一体的丰富多彩。元明清蒙汉文学交融文献整理与研究是揭示文化认同与创造的重要课题。而建立在清代蒙汉文学交融文献整理基础上的文学研究丛书具有双重意义：一是学术的意义，它记录了中国近古史上的民汉文学交融的文献整理与文学研究的炼成史，以及两个民族的精神生活史，对中国多民族文学交融具有重要的示范意义；二是文学的意义，它透过文学史料，体现了民族交融视域下文学的本质，传递出一种中华民族凝定中的昂扬向上的精神。那么，蒙汉文学交融的文学研究路径就此变得非常重要。在中华多民族文学史上，蒙汉文学交融视域下的元明清文学具有重要地位，以往的研究，尤其在蒙古族汉语创作方面虽然逐渐呈现蓬勃局面，但这一领域的研究若想有新的突破，必须重新调整思路。

如何研究清代文学，可能离不开观念与方法两个关键词。如果观念没有改变，只在旧有的中国文学的格局中去谈，则囿于成见，会屏蔽民族文学的森然之象。而只有在中华多民族文学史观观照下，才能拓展视域，寻找研究方法。因为民族文学创作者的创作水平普遍较低，而本人的文献保存意识又不强，所以对民族文学的研究若从本体研究入手常常会感其匮乏，但文学是人学，元明清历史本就是多民族写就，政局变动中的制度确立、思想激荡，乃至大历史与小历史的本身，无不与"蒙古人"相关，多民族文学创作自然就是绕不过去的存在。近古的政治格局、文化措施等方面，举创颇多，从制度层面、思想层面谈论近古的民族文学，以及新文化史视角下谈论近古文学，都是期望能借以窥见清代格局中的民族文学之宏富，怎样影响中华民族多元一体格局的形成和发展。

"元明清蒙汉文学交融文学研究丛书"，是建立在民族交融文献整理基础上的文学研究，也是重大基础理论问题的思考之作。而其中蕴涵的铸牢中华民族共同体意识建构，也是国家战略层面的政治问题。在文学史料中发掘中华民族共同体形成历史的研究理路与中华民族共同体认同发生机制的深刻揭示理路，是本丛书研究的核心和关键问题。坚持马克思主义历史唯物主义方法论进行中华文化认同与中国古代北方民族文学交融研究，有助于铸牢中华民族共同体意识研究的深化，对中国特色民族学理论体系和话语体系建设大有裨益。从中华民族共同体文学史的角度审视中华民族形成的历史，不仅会深化中华民族多元一体格局的研究，也会加深我们对中华民族形成历史的认知。能够按照文化自信自强的要求建设好中华民族共有精神家园。

2024.7

目 录

绪 论 ………………………………………………………………… (1)

第一章 外推力：社会空间与蒙古族诗人汉文创作传播生成 ……… (9)
    第一节 宫廷政治空间：创作传播的直接推动力 ………… (10)
    第二节 社会公共空间：创作传播的间接推动力 ………… (18)
    第三节 文化消费空间：创作传播的辅助推动力 ………… (24)

第二章 内驱力：士之信念与蒙古族诗人汉文创作传播生成 ……… (31)
    第一节 士的身份追求：认知内驱力与创作传播 ………… (31)
    第二节 士的理想追求：自我提升内驱力与创作传播 …… (34)
    第三节 士的生活追求：附属内驱力与创作传播 ………… (37)

第三章 诗仕互融：乾嘉诗坛的一种文学传播趋向 ………………… (40)
    第一节 诗仕互融的历史渊源 …………………………………… (40)
    第二节 乾嘉诗仕互融的新变及表现 …………………………… (43)
    第三节 八旗诗人的诗仕互融趋向 ……………………………… (46)

第四章 以诗助仕：法式善的仕途心态与传播行为 ………………… (49)
    第一节 仕途"扬名"心态 ………………………………………… (49)
    第二节 仁宗"沽名"说再辨 ……………………………………… (52)
    第三节 法式善仕途中的文学传播行为 ………………………… (62)

第五章 以仕助诗：法式善的创作心态与诗歌传播行为 …………… (70)
    第一节 诗途"主盟"心态 ………………………………………… (70)
    第二节 人际传播：诗学播布的主要方式 ……………………… (73)
    第三节 出版传播：诗学播布的辅助方式 ……………………… (80)
    第四节 场所传播：作为文学公共领域的诗龛 ………………… (85)
    第五节 图像传播：诗人生活的拟态化传播 …………………… (89)

第六节　对诗人形象的认同与批评 …………………………（95）
第六章　诗随仕动：道咸同政坛诗人的仪式化人际传播 ………（99）
　　第一节　成为仪式：诗随仕动趋向的形成 …………………（100）
　　第二节　进入仪式：蒙古族诗人酬唱中的诗随仕动 ………（102）
　　第三节　仪式的反馈：诗随仕动对蒙古族诗人的作用及意义 …（104）
第七章　功利的仪式：柏葰的心态与诗歌传播行为 ……………（108）
　　第一节　积极的仕进者：柏葰的传播心态 …………………（109）
　　第二节　功利性酬唱往来：为仕进服务的传播行为 ………（112）
　　第三节　对柏葰形象的接受与传播 …………………………（118）
第八章　情感的仪式：瑞常的心态与诗歌传播行为 ……………（129）
　　第一节　官场"异客"：瑞常的传播心态 ……………………（130）
　　第二节　情感性酬唱往来：为情感世界服务的传播行为 …（135）
　　第三节　对瑞常形象的接受与传播 …………………………（139）
第九章　避新守旧：媒介变革时代蒙古族诗人的传播选择 ……（141）
　　第一节　避"新"：新媒介时代蒙古族诗人的离场 …………（142）
　　第二节　守"旧"：蒙古族诗人对固有传播策略的坚持 ……（145）
　　第三节　"共有"之维护：避"新"守"旧"的目的及动因 …（148）
第十章　旧中缀新：延清的心态与诗歌传播行为 ………………（154）
　　第一节　理性的观察者：延清的传播心态 …………………（154）
　　第二节　纪实型传播：典型事件与延清的传播行为 ………（161）
　　第三节　集纳式传播：文化事件与延清的传播行为 ………（164）
　　第四节　点染"新媒体"色彩的传播行为 ……………………（168）
　　第五节　对延清形象的接受与传播 …………………………（173）
第十一章　新中承旧：三多的心态与创作传播 …………………（175）
　　第一节　积极的实践者：三多的传播心态 …………………（175）
　　第二节　两级传播：杭州文人圈与三多的传播行为 ………（182）
　　第三节　"炒作"传播：报纸与三多的传播行为 ……………（188）
　　第四节　对三多形象的接受与传播 …………………………（190）
结　语 …………………………………………………………………（194）
参考文献 ………………………………………………………………（197）
后　记 …………………………………………………………………（214）

绪　　论

清代作为古代历史上最后一个王朝，呈现出各民族文化交流交融的繁盛面貌，孕育出特有的思想、文化、文学成就。在中华民族多元一体格局之下，士人的身份意识、使命担当映射出高度的文化认同。满、蒙、回、壮以及一些西南少数民族都进入了文学快速发展期，成就斐然。以蒙古族为例，诗人数量、作品数量及质量都要优于前代。他们不是零星闪耀，而是以群体之姿登上文学舞台，前后相继，与清政府共始终。其文学成就在当时以及后世都得到了充分的认可。如著名诗人法式善被《清史稿》归入"文苑传"，足见他在文学史上的地位。这是蒙汉文化交融的结果，是文学演进中值得深入挖掘的历史现象。文学活动是作家与社会不断互动交织的结果，对其进行研究存在各种各样的可能性。本书从文学社会学出发，引入传播视角分析蒙古族诗人交往活动与创作传播的互动过程及行为内涵。创作传播强调的是作品的流动过程，它包含创作动机、传播行为及效果三个方面，与诗人所在的场域相交互。正如"传播"一词本身蕴含的动态势能一样，本书意欲建构诗人与社会、与读者的关系脉络，力求展现诗人创作的动态画卷。

一

对"传播"概念进行界定，是本书研究的起点。在古代文学领域，学者使用"传播"一词作为论著题名，大体分为两种情况：一是单纯使用"传播"的字面意思，根据《汉语大词典》或《现代汉语词典》，"传播"有传送、广泛散布之意[1]；二是以传播学理论作为研究方法分析文学

---

[1] 在这方面的文章有很多，本书仅列一二以供参考，例如罗时进《宋代图像传播对唐代诗人与作品的经典化形塑》，《文学遗产》2018年第6期；李芳《龚自珍〈瑶台第一层〉词本事、文本与传播》，《文学遗产》2020年第6期。

现象，属文学传播学范畴①。本书是将传播作为一种研究方法，和第二种情况更为接近，但又有所区别。目前来看，文学传播学领域使用的研究方法大多是传播学理论中的 5W 模式②，王兆鹏基于此，提出中国古代文学传播研究的六个层面：传播主体、传播环境、传播方式、传播内容、传播对象、传播效果。③ 彼时学者大都参考这一框架，将相应的文学史料纳入其中进行分析，聚焦于作品传播渠道（或是传播载体）的梳理。这一研究方法拓宽了古代文学研究视野，但由于古代生产力发展水平的总体限制，各朝代作品的传播渠道差别不大，因此容易导致研究结论相似。那么，除此之外，还可以采用哪些研究方法呢？这就涉及对"传播"的界定。

"传播"是一个在社会科学中广泛使用的概念，不同学科对"传播"有不同的理解。李特约翰（Littlejohn）在《人类传播理论》中，列举了传播理论的修辞学传统、符号学传统、现象学传统、控制论传统、社会心理学传统、社会文化传统、批判理论传统，等等。在不同的学科视野下寻找传播现象、解读传播过程，就构成了各具特色的传播研究。所以所谓"传播学"更像是一个"杂学"。传播学者刘海龙指出，西方学者不认为传播学是一个学科（discipline），它是一个领域（field），因为这个领域并没有独特的理论，传播研究领域内的大部分理论仍然来自政治学、社会心理学、社会学等领域。④ 因此可以从不同学科框架出发理解传播，拓展文学传播研究的多种可能性。⑤ 笔者界定"传播"时，参考的是文学社会学的研究框架。文学社会学的主要任务是认识人，认识人们生产和消费文学的过程是怎样的，并怎样以此同其他人相联系的。⑥ 其课题范围包括：对作家的研究，他们的社会出身、经济及教育方面的背景、生活方式、居住地点、社会联系、潜在的和当前的态度等均为这一研究方向的兴趣所在；

---

① 在我国，文学传播学始于 20 世纪 90 年代，曹萌有《21 世纪以来国内文学传播学研究综述》，刊于《广东第二师范学院学报》2015 年第 2 期。

② 哈罗德·拉斯韦尔在 1948 年提出的 5W：Who—Says What—In Which Channel—To Whom—With What Effect。

③ 王兆鹏：《中国古代文学传播研究的六个层面》，《江汉论坛》2006 年第 5 期。

④ 刘海龙：《大众传播理论：范式与流派》，中国人民大学出版社 2008 年版，第 36 页。

⑤ 近些年已经可以看到古代文学学者使用不同的传播理论进行研究，例如翁再红《言语媒介系统与文本的经典化——以〈三国演义〉的传播路径为例》，《天津社会科学》2016 年第 6 期，是从媒介环境学角度出发的研究。

⑥ ［德］阿尔方斯·西尔伯曼：《文学社会学引论》，魏育青等译，安徽文艺出版社 1988 年版，第 41 页。

对文学作品的研究，并非分析作品本身，而是把握社会—文学行为；读者向文学社会学提供了关于社会—文化环境如何成为文学创作过程的条件的一般信息。① 根据这一解释可以看出，从作家到读者的过程是一个传播的过程。对作家的研究指向了作家态度，包括作家的传播心态，即作家是以什么样的心态驱动了传播行为的产生，这和社会出身、教育、居住地点等要素是密切相关的；作品的传播过程反映出的是作家的传播行为，而传播行为正是文学行为与社会的一种互动过程；读者的接受与传播是诗人作品在社会文化环境中激起的回响，是传播心态驱动下传播行为所产生的传播效果。因此，文学社会学的研究框架体现出了一种传播的理念，本书是在这一框架下思考文学传播的内涵的。

詹姆斯·凯瑞在《作为文化的传播》一书中提出，可以将现有的"传播"定义分为两类：一类是将传播理解为传递，其中最为经典的表达就是拉斯韦尔的5W；另一类则是将传播理解为仪式，② 从仪式的角度定义"传播"，是指一种现实得以生产、维系、修正和转变的符号过程。③ 它不同于单向度的传递，特别突出了"传播"是一种人与人之间的关系，是人际间的行为。这正是本书所指的"传播"内涵，诗歌创作的生产、维系、修正的过程就是传播。如何生产对应传播心态，如何维系对应传播行为，修正是作者根据读者回应做出的调整，它属于传播效果。这一定义和上文所述在文学社会学框架下思考传播过程是对应的，即本书界定的"传播"内涵与框架形成了对应关系。

二

以元、明、清三个朝代而论，蒙古族诗人在清代取得的成就更甚于元代，因此，学界对这一历史时期的研究颇为看重，成果较多。蒙古族诗人汉文创作研究，首先建立在充实的文献积累上，除流传至今的一些诗人诗集外，从清代开始，就陆续有一些诗歌总集注重保存旗人作品，为后人研究提供便利。沈德潜《国朝诗别裁集》、铁保《熙朝雅颂集》、符葆森《国朝正雅集》、孙雄《道咸同光四朝诗史》、延清《遗逸清音集》、徐世

---

① 参见［德］阿尔方斯·西尔伯曼《文学社会学引论》，魏育青等译，第69—70页。
② ［美］詹姆斯·W. 凯瑞：《作为文化的传播》，丁未译，华夏出版社2005年版，第4页。
③ ［美］詹姆斯·W. 凯瑞：《作为文化的传播》，丁未译，第12页。

昌《晚晴簃诗汇》都是保存旗人作品的重要阵地。新中国成立后，学者继续这一工作，王叔磐等人编撰了《古代蒙古族汉文诗选》，孙玉溱、陈胜利、高毅江于1985年发表《清代蒙古族作家汉文著作目录》①一文。进入21世纪，《梧门诗话合校》《法式善诗文集》《清代蒙古游记选辑三十四种》《法式善文学家族诗集》《和瑛文学家族诗集》等成果陆续出版，加之2021年米彦青主编的《清代蒙古族别集丛刊》（全四十册）面世，清代蒙古族汉文创作文献积累已相当丰厚。

学界对于清代蒙古族汉文创作的深入研究大体发端于20世纪80年代初。赵相璧、孙玉溱、云峰、白·特木尔巴根等学者较早开始关注蒙汉文学关系，于这一领域有筚路蓝缕之功。他们的文章以述评为主，在研究思路上有相似之处，都强调诗人关心民生疾苦的现实主义创作方法。此外，魏中林、星汉、马清福、白凤岐、赫·乌力吉图、席永杰等人也发表了各具特色的研究成果。他们推动了蒙古族文人创作在当代的传播。对比80年代，90年代的蒙古族汉文创作研究稍显沉寂，云峰、白·特木尔巴根依然是代表性学者。法式善开始成为研究热点。魏中林详解了法式善的"性情说"②，陈少松指出，《梧门诗话》录诗和评诗的一个重要特色，是在坚持"诗以道性情"的原则下，对各种流派和不同风格的作品做到兼收并蓄。③刘靖渊认为，乾嘉之际的诗坛跳出了唐音宋调的评价框范，中下层官吏及寒士、闺阁诗人以群体姿态步入诗坛，法式善是这一风气的得益之人，又是促动风气继续光大的重要成员。④

21世纪头十年，法式善研究向纵深发展，强迪艺的《〈梧门诗话〉是如何从十二卷变十六卷的》⑤对比了北图本与台湾本《梧门诗话》，对版本的流变做了详尽可靠的分析；潘务正的《法式善〈同馆赋钞〉与清代翰林院律赋考》⑥利用法式善所辑《同馆赋钞》分析了清代翰林院赋创

---

① 孙玉溱、陈胜利、高毅江：《清代蒙古族作家汉文著作目录》，《内蒙古大学学报》（哲学社会科学版）1985年第1期。
② 魏中林：《法式善的诗学思想及其在乾嘉诗坛上的地位》，《民族文学研究》1993年第3期。
③ 陈少松：《评法式善〈梧门诗话〉》，《南京师大学报》（社会科学版）1999年第5期。
④ 刘靖渊：《谈乾嘉之际诗歌的发展——兼述〈梧门诗话〉》，《内蒙古师范大学学报》（哲学社会科学版）1999年第6期。
⑤ 强迪艺：《〈梧门诗话〉是如何从十二卷变十六卷的》，《图书馆杂志》2004年第8期。
⑥ 潘务正：《法式善〈同馆赋钞〉与清代翰林院律赋考》，《南京大学学报》2006年第4期。

作的特点。将法式善纳入社会—文学体系,凸显了法式善特有的更多历史价值,这是自20世纪80年代赵相璧概述法式善成就后学界的进一步思考。

除法式善外,那逊兰保、延清、和瑛、松筠等人也得到学界重视。杜家骥《清代蒙古族女诗人那逊兰保及其相关问题考证》考证相当绵密翔实,揭示了那逊兰保的出身、生年、年寿、家世及其家族与清廷的关系。① 总体上看,这一时期,学者注意寻找理论支持,成果有明显的理论色彩。但对蒙古族文人群做整体分析的文章较少,较有代表性的文章是云峰的《清代蒙古族汉文创作及其儒学影响》②。把握蒙汉文学关系规律、理论机制等方面的成果在下一个十年开始集中出现。

2010年开始,蒙汉文学交融研究成果明显增多,研究队伍迅速扩大。米彦青是这一时期具有代表性的学者,她将家族文学与接受史之间彼此通融,将地域和空间相交织,构建了审视蒙古族汉文创作的立体维度。《光宣诗坛的蒙古族创作与蒙汉诗学思潮》③ 在以诗证史的同时,意图复原蒙汉文学交融背后涌动的诗学乃至于社会的思潮。这在一定程度上扩大了蒙汉文学交融的研究格局。《论满蒙八旗子弟的原乡疏离感——兼论中华民族共同体意识构建中的"文学事件"》将文学事件与民族、社会心态记忆结合,意图厘清清代文学中隐现的中华民族共同体意识构建脉络④,这对深化少数民族文学研究具有启发意义。2021年出版的《中国古代蒙古族汉诗研究》从文献与理论两个层面为古代少数民族文学研究提供了参考范式。米彦青和其指导的研究生共同致力于蒙汉文学交融研究,已形成较稳定的研究团队。她的博士生李珊珊于2021年发表《清代驻防八旗科举参与方式的流变与诗歌创作》⑤ 一文,该文与马腾飞的《论清代科第文化空间中的蒙古族汉诗写作》⑥ 已将科举制度与八旗诗人创作的关系分析

---

① 杜家骥《清代蒙古族女诗人那逊兰保及其相关问题考证》,《民族研究》2006年第3期。
② 云峰:《清代蒙古族汉文创作及其儒学影响》,《中央民族大学学报》(哲学社会科学版) 2004年第4期。
③ 米彦青:《光宣诗坛的蒙古族创作与蒙汉诗学思潮》,《文学遗产》2018年第2期。
④ 米彦青:《论满蒙八旗子弟的原乡疏离感——兼论中华民族共同体意识构建中的"文学事件"》,《文学评论》2021年第3期。
⑤ 李珊珊:《清代驻防八旗科举参与方式的流变与诗歌创作》,《民族文学研究》2021年第3期。
⑥ 马腾飞:《论清代科第文化空间中的蒙古族汉诗写作》,《内蒙古社会科学》2021年第4期。

清楚。

近些年法式善研究已呈繁荣之势。刘青山、杨勇军的博士学位论文都以法式善为研究对象,李淑岩有系列文章关注法式善,并出版了《法式善诗学活动研究》,侧重于法式善的交游雅集和编选诗话等活动的梳理分析。蒋寅对《梧门诗话》的解析①、罗鹭对法式善在元诗传播中的作用分析②、代亮对法式善宋诗趣尚的详解③,都是相当独到的论述。在交游唱和研究方面,和袁枚的交往是学者最关注的。2021年陈健炜从《存素堂文集》收录的友人点评文字入手,分析了一个文人交游圈层的特点,以及一个时期的文学批评走向。④ 一般而言,交游研究侧重于考证、梳理诗人之间的关系,但此文的重点在于探究交游背后呈现出的某种文学创作规律。无独有偶,许珂通过分析法式善与画坛的关系,指出当时京师存在的"士人延誉机制"⑤,与陈健炜的思路有异曲同工之妙。这两篇文章亦为交游研究的深化提供了思路。

其他蒙古族诗人不若法式善这般被广泛而持久的关注,但学界并没有忽视他们的历史地位及创作价值。孙文杰、严寅春一直专注于和瑛研究,近些年乌日罕、王敏、那顺乌力吉、马涛、张丽娟都针对和瑛各抒己见。李桔松在三多研究方面取得了不俗的成果,他的系列论文从集体记忆、社会认同、心态史等视角深入挖掘三多及作品呈现的文学意义和历史意义。此外曹诣珍《清代杭州驻防八旗的文学生态》⑥ 也涉及三多。这些文章注重理论性阐发,对史料的挖掘更显精深细致。

总体上看,学者更关注个体诗人研究,群体研究稍显薄弱。经过众多学者的深耕细作,蒙古族诗人汉文创作的基础文献积累已相当丰厚,对诗人作品风格分析也已相当充分。但依然存在可开拓空间,例如对群体创作特点规律的研究还需加强,运用多学科视角分析诗人的社会意义、历史意义也是重要的方向。蒙古族诗人创作和旗人创作的关系、和地域的关系、

---

① 蒋寅:《法式善:乾嘉之际诗学转型的典型个案》,《江汉论坛》2013年第8期。
② 罗鹭:《法式善与乾嘉之际的元诗接受》,《民族文学研究》2015年第4期。
③ 代亮:《法式善的宋诗趣尚》,《民族文学研究》2019年第3期。
④ 陈健炜:《嘉庆年间京师古文交流与评点研究——以法式善〈存素堂文集〉廿九家评语为中心》,《北京社会科学》2021年第1期。
⑤ 许珂:《乾嘉时期京师的士人延誉机制与画坛新变——以翁方纲、法式善为中心的考察》,《文艺研究》2021年第1期。
⑥ 曹诣珍:《清代杭州驻防八旗的文学生态》,《中南大学学报》(社会科学版)2019年第2期。

和制度的关系也还需进一步挖掘。目前尚无用传播视角对古代蒙古族诗人进行研究的成果，且从传播视角对清代文学进行研究的学者也较少，他们多数时候使用的是"传播"的字面意思而非理论。

三

本书以传播为视角，依据清代蒙古族诗人汉文创作活动的迹历，就蒙古族诗人的心态动机、行为方式及世人对诗人形象的接受、影响作了分析讨论。诗人的传播心态指引着传播行为，传播行为也必将反映传播心态，二者交互影响，共同塑造诗人的形象及其作品意义。读者对诗人形象及作品的接受，属于传播效果，是读者对诗人的反馈，包括对诗人的认同、接受，也有否定、怀疑，从而丰富了诗人形象与作品意义。传播从来都是在一定的社会场域中展开的，对场域的思考亦是本书的重点。

第一、第二章总论清代蒙古族诗人创作传播的生成，就影响蒙古族创作传播的客观环境与主观条件进行分析。社会空间构成了诗人创作传播的外推力。蒙古族诗人较为集中地生活在京师、江南，在宫廷政治空间、社会公共空间、文化消费空间三个层面，京师和江南都为诗人提供了丰厚的文学滋养。主观方面，长期的儒业学习和时风浸染，蒙古族诗人自然皈依了以儒家人格价值理念为核心的道统，以"士"的身份为傲，而自古以来诗就是士人以这一特别的文体通过思想感情意念的抒写，透射自我价值期许、播扬襟怀，意图实现"仕"的功能的重要方式。正是"士"的历史传统信念，驱使他们创作传播行为的生成。

第三章总论乾嘉诗坛的一种文学传播趋向——诗仕互融，八旗诗人介入这一场域，他们的诗歌传播有助于仕途进取，而仕途反之也助力于诗歌传播。

第四、第五两章聚焦于乾嘉诗坛主盟者法式善的创作传播，他是八旗诗人中将诗与仕结合的最为成功的诗人。法式善的传播心态集中表现为对"名"的追求，即仕途中他表现出"扬名"人格价值欲念，在诗坛则表现出"主盟"心态。法式善在仕途中的文学传播行为是为积累仕途资本服务的。在诗歌世界，法式善将在仕途获得的政治权利转化为文学权利，这种转化的利用，使他成为乾嘉诗坛盟主之一，并建立了庞大的交游关系网络，传播了他的创作。以传播行为类别的丰富程度而论，法式善远胜于其他蒙古族诗人，甚至在八旗诗人中，能出其右者也寥寥无几。

第六章指出了道咸同政坛诗人存在的一种仪式化人际传播特点，蒙古族诗人也进入这种仪式之中，总体上看，他们的传播行为就是寄酬唱和，非常单一，但这对仕途产生的支持性力量却不能忽视。

第七、第八两章具体分析了柏葰、瑞常分别代表的两种不同的仪式化诗歌传播方式。柏葰的传播心态是追求仕进，他希望以良好形象示人，争取更大的仕途成就，其唱和诗表现出一种功利性特点。和柏葰同处高位的瑞常，则喜欢在诗歌中思乡恋旧，表现出官场"羁客"心态，杭州才是他心之所向。在这种心态影响下，瑞常的唱和诗具有一种空间性的特点，他的传播行为是情感性的。他们之间有区别也有联系，据此折射出道咸同高层政坛的一种普遍心态。

第九章指出了晚近变局之中蒙古族诗人面对媒介变革浪潮普遍选择了固有传播策略，其目的和动因是值得探讨的。

第十、第十一章关注了光宣时期两位著名的蒙古族诗人延清和三多。延清始终以一个旁观者立场审视朝局走向，这种心态使他成为时局的被动接受者，同时也成为事件的主动传播者。延清的赠酬唱和已具备公共讨论的性质，他的传播行为具有纪实性和集纳式的特点。报纸时代来临，也影响了延清的传播行为，他开始注重读者的阅读兴趣，其刊刻更是有如打印一般频繁。无论是从政还是创作传播，三多都比延清表现得更为积极、张扬。他是一个实践者，积极介入杭州文人圈，其传播行为表现出一种"借力使力"的特点，类似于传播学中的两级传播。在近代蒙古族文人中，三多是唯一主动利用报纸进行传播的诗人，他是可以和晚清文坛进行对话的蒙古族文人。

通过分析这些清代蒙古族诗人的创作传播，可以明显看出，他们对汉文化的高度认同，从心态到行为都体现出了蒙汉文化交融的特点。文学传播是文学作品价值实现的过程，也是透过文学理解历史的过程。

第一章

外推力：社会空间与蒙古族诗人汉文创作传播生成

诗歌创作本身就是一个传播的过程，能够成为诗人，往往意味着作者拥有强烈的传播意识，他是怀着期待作品得到阅读的心理进行创作的，所以本书首先要探讨的就是清代蒙古族诗人为何能够形成传播意识，并进而发生传播行为。虽然每个个体都是独特的，但还是有一些共同因素促使诗人群体产生相似的传播意识，并引发具有共性特点的传播行为。这些共同因素包括诗人生活的社会空间——客观存在的外推力，和诗人的共同意识、人生追求——主观内化的内驱力。

清军入关后，被编入八旗的蒙古族再次进入中原，并因驻防制度分布于大江南北。但有清一代，蒙古族诗人的地理分布相当集中。笔者依据《熙朝雅颂集》《国朝正雅集》《晚晴簃诗汇》《遗逸清音集》等诗集所录，取 41 位诗人为样本。① 从地理分布来看，京旗 32 人，占 78%，驻防 9 人（荆州驻防 2 人，杭州驻防 3 人，京口驻防 3 人，河南驻防 1 人），占 22%。由此可见，蒙古族诗人集中在京师和江南，其中又以京师为最。绝大多数蒙古族诗人的创作传播都离不开京师，即使是驻防诗人也会因科举考试、工作等原因进入京师，融入当地的文人生活，因此，京师是蒙古族诗人活动的重要社会空间。社会空间是具有地域意义的概念，在人文地

---

① 分别是：色冷、牧可登、奈曼、保安、诺敏、国柱、国栋、博卿额、梦麟、福明安、永慧、博明、雅尔善、广顺、嵩贵、和瑛、法式善、白衣保、松筠、托浑布、柏葰、倭仁、瑞常、花沙纳、谦福、柏春、清瑞、恩泽、贵成、燮清、来秀、锡缜、锡珍、恭钊、延清、荣庆、瑞洵、彭年、三多、升允、崇彝。笔者排除了一些无法查证的诗人，例如《熙朝雅颂集》卷一百二载保泰，字砺堂，蒙古人，累官兵部侍郎，但一直到嘉庆朝结束，没有名叫保泰的兵部侍郎。身份信息过于简单之人亦不在列，例如永龄、永清，《熙朝雅颂集》仅载表字，没有研究意义。

理学中被定义为"社会群体感知和利用的空间"①，它和文学活动紧密相关。诗歌创作传播是在地域所容纳的被诗人感知和利用的社会空间中展开的。京师是政治中心，江南亦是汉文化最为繁盛之地，这两处社会空间包含的关系网络更为多样，也就是说能够被诗人群体感知和利用的空间形态更为丰富。在宫廷政治空间、社会公共空间、文化消费空间等方面，诗人和读者之间形成了不同的传受关系，随之产生了不同的诗歌传播样貌。正因为诗歌是连接社会空间内各种关系网络的重要纽带，所以，蒙古族诗人产生了传播意识，并采取了相应的传播行为。

第一节　宫廷政治空间：创作传播的直接推动力

清军入关后，从康熙到乾隆每一任帝王都表现出对诗歌的喜爱、重视，他们致力于提升诗歌在政治生活中的重要性，并构建了一个以宫廷为中心的诗歌创作传播空间，由此培养了大批喜好创作的八旗诗人。融入宫廷政治空间，渴望获得更好的仕途发展机遇，是蒙古族诗人创作传播生成的直接推动力。

一　作为学习空间的浸润

对汉文化的深入了解是蒙古族诗人进行汉文诗歌创作的必要条件，而朝廷利用科举制度激励了蒙古族诗人持续学习汉文化的热情，并向他们提供了学习空间。

科举制度是促使蒙古族诗人学习汉文化的关键因素。在上文提及的41人样本中，科举出身31人（进士25人，举人6人），占75%，且科举出身者多数为进士。从时间来看，乾隆以前4人，乾嘉16人，道光以后21人。入关后，八旗子弟参加科考始于顺治八年（1651），当时规定，满蒙识汉字者翻译汉字文一篇，不识汉字者作满字文一篇，应试难度较低，旗人对汉文化的学习还不够深入，所以这一时期几乎没有蒙古族诗人。一般认为，生活在顺康时期的色冷是清朝第一位以汉诗传世的蒙古族诗人。《熙朝雅颂集》载色冷，字碧山，是顺治乙未进士，累官刑部侍郎。② 顺

---

① ［美］约翰斯顿主编：《人文地理学词典》，柴彦威等译，商务印书馆2004年版，第660页。

② 铁保辑：《钦定熙朝雅颂集》，赵志辉校点补，辽宁大学出版社1992年版，第350页。

治十二年（1655）乙未科三甲进士中确有名色冷之人，但从顺治至康熙，只有一位刑部侍郎名色冷，顺治九年（1652）七月任，顺治十四年（1657）正月卒。①《熙朝雅颂集》又载邓汉仪曾言色冷聘周子青入都。②《雪桥诗话三集》亦载："周青士入都，蒙古碧山司寇色冷时官太仆，馆之二载。青士丁卯南还，没于淮水舟次。"③周青士死于康熙二十六年（1687），而康熙年间并无名为色冷的刑部侍郎。可见《熙朝雅颂集》成书时，对色冷的记载已然有误。顺康两朝，包括藩部蒙古和八旗蒙古在内，多人名叫色冷，无法确认究竟是谁。康熙六年（1667）朝廷规定满洲、蒙古、汉军与汉人同场一例考试④，旗人考试难度加大，汉文化水平随之大幅度提升。除色冷外，其余有功名的蒙古族诗人都是在康熙六年（1667）之后才进入仕途，并开始创作。但客观地说，乾隆以前他们在数量上、影响上皆微乎其微。与此形成对照的是，遍检《清代硃卷集成》，这一时期也没有蒙古士人的记录，虽然所录硃卷并非全部，但就概率而言，还是可以说明蒙古族士人数量太少。乾隆以后，教育、考试各项制度日渐成熟，蒙古族士人增多，相应地诗人也越来越多。乾隆二十二年（1757）试律重新进入会试，五十二年（1787）乡试首场也试五言八韵诗一首。⑤作诗的能力直接和功名联系在一起，对诗人的产生更是大有助益。乾隆一朝被誉为旗人"三才子"的铁保、百龄、法式善，都是在乾隆二十二年（1757）之后取得功名，其中法式善是清代蒙古族诗人中的集大成者，他也是具有代表性的八旗诗人。

而京师是旗人学习、应试的极其重要的社会空间。嘉庆四年（1799）以前，所有旗人必须进京考试，且教学质量较好的学校也集中在京师。国子监、八旗官学、咸安宫官学等是旗人学习汉文化的主要机构。顺治元年（1644），詹事府少詹事管国子监祭酒事李若琳奏言："今满洲勋臣子弟有志向学者宜令奏送国学读书一体讲习，满洲官员子弟有愿读清书或愿读汉书及汉官子孙有愿读清汉书者，俱送入国子监。"⑥后李若琳

---

① 参见钱实甫编《清代职官年表》，中华书局1980年版，第341、345页。《清实录顺治朝实录》也可以提供佐证。
② 铁保辑：《钦定熙朝雅颂集》，赵志辉校点补，第350页。
③ 杨锺羲：《雪桥诗话》，北京古籍出版社1989年版，第26页。
④ 参见福格《听雨丛谈》，中华书局1984年版，第149—150页。
⑤ 王德昭：《清代科举制度研究》，中华书局1984年版，第38页。
⑥ 《世祖章皇帝实录》卷11，《清实录》第3册，中华书局1985年版，第105页。

考虑到国子监和在京八旗驻地之间距离较远,提议再设八旗官学,从属国子监。①顺治二年(1645),文官在京四品以上,在外三品以上,武官二品以上,俱著送一子入监读书。②顺治十三年(1656)满洲、蒙古三品等官以上,俱荫一子入监。③白衣保④在《鹤亭诗稿》自序中提及,他于乾隆元年(1736)入国子监学,时年15岁。⑤除直接进入国子监的八旗子弟外,其他人可通过顺天府考试入顺天府学,成绩优异者入国子监。奉天府学也有相应的八旗生员名额。

内务府开设的景山官学和咸安宫官学皆可学习汉文。景山官学设立于康熙二十五年(1686),分设清书房和汉书房各三房,选内务府佐领、管领下闲散幼童,以及家贫不能读书者入学。⑥咸安宫官学设立于雍正七年(1729),教授内务府佐领、管领下幼童及景山官学生。⑦咸安宫官学以培养精英为目的,汉文教育要明显好于景山官学。统治者对咸安宫官学寄予厚望,翰林院侍读学士春台说咸安宫官学是"天下学校之领袖,八旗人才之渊薮"⑧,此语虽有夸饰,但也反映了咸安宫官学的影响力。法式善亦是咸安宫官学生,他入咸安宫时16岁,八年后,24岁时补廪膳生。即使在不以汉文授课的八旗旗学,教授的内容也以四书五经为主,翻译科举的考试内容也主要是四书五经、文史、诗词歌赋等。⑨

驻防旗人则很难享受这些优待。清初定各省驻防弁兵子弟能读书者,进京应试。嘉庆四年(1799)始改,可就地考试。这虽降低了驻防子弟考取功名的难度,但并未形成稳定的制度,时存时废。驻防各地的汉文教育起步晚,且地域差距较大。人才济济的杭州驻防,有著名的梅青书院,始建于嘉庆五年(1800)。京口驻防规定,文武童生每五名内取进一名,

---

① 《世祖章皇帝实录》卷11,《清实录》第3册,第112页。
② 《世祖章皇帝实录》卷20,《清实录》第3册,第175页。
③ 鄂尔泰等:《八旗通志》初集卷47,李洵、赵德贵主点,东北师范大学出版社1985年版,第914页。
④ 白衣保,字命之,号鹤亭,又号香山,蒙古镶黄旗人。曾任蒙古镶黄旗印务章京,乾隆十四年(1794)官荆州镶黄旗蒙古佐领,升右翼协领。
⑤ 白衣保:《鹤亭诗稿》,道光十六年(1836)刻本。
⑥ 鄂尔泰等:《八旗通志》初集卷49,第953页。
⑦ 鄂尔泰等:《八旗通志》初集卷49,第949页。
⑧ 第一历史档案馆藏军机处录副奏折:《翰林院侍读学士春台奏颁咸安宫官学书籍事》,乾隆二年九月十二日。
⑨ 杜家骥:《八旗与清朝政治论稿》,人民出版社2008年版,第403页。

归入镇江府学。① 徐苏《京口旗营述略》记载当时地方有宝晋书院、敷文书院也招收旗人。② 荆州驻防有设学汉文的义学，但是自嘉庆丙子（1816）奉旨开科后，六十余年难资造就，荆州将军希元请求在光绪六年（1880）设立书院，延聘宿儒以为山长，是为辅文书院。③ 这些有诗人出现的驻防之地汉文教育稍好一些，但也难和京师相比。总体来看，蒙古族驻防诗人远远少于京旗诗人，社会空间的影响力可见一斑。

二 作为权力空间的引导

一直到清中叶，统治者皆喜好诗歌，常与臣子唱和联句，积极推动诗集刊刻，诗歌是宫廷空间内交流的重要方式，这对蒙古族诗人的创作传播产生了激励作用。宫廷空间就是一个容纳诗歌传播的场域，康熙帝在位时，下令编刻了《御定全唐诗》《御定佩文斋咏物诗选》《御定历代题画诗类》《御选宋金元明四朝诗选》《御订全金诗增补中州集》《御选唐诗》《御定千叟宴诗》等，乾隆帝编刻了《御选唐宋诗醇》，这些诗集传扬了统治者的文教主张，客观上也推动了诗歌传播氛围的形成。旗人浸润其中亦受感染，至嘉庆六年（1801），铁保④、法式善在仁宗的支持下，开始编纂专录旗人诗作的《熙朝雅颂集》，有意识地扩大八旗诗人的影响力，法式善诗云"我朝雅颂音，鉴定由圣主"（《征修熙朝雅颂集续编再赋一诗》）⑤，直接点明了统治者对诗歌传播的决定性影响。《批本随园诗话批语》中曾提到法式善将《熙朝雅颂集》"当作买卖做"⑥，亦可以证明当时旗人非常重视这次由官方主导的诗歌传播的机会，他们意识到这是扩大声名的极好方式。法式善在《征修熙朝雅颂集续编再赋一诗》中描述了

---

① 《杭州八旗驻防营志略、绥远旗志、京口八旗志、福州驻防志（附琴江志）》，马协弟、陆玉华点校，辽宁大学出版社1996年版，第485页。

② 徐苏：《京口旗营述略》，《镇江高专学报》2012年第1期。笔者按：根据《光绪丹徒县志》，当地有去思书院、鹤林书院、宝晋书院。《光绪丹阳县志》，有鸣凤书院。《嘉庆溧阳县志》有平陵书院，《光绪溧阳县续志》有南麓书院，《民国重修金坛县志》金沙书院。镇江府下辖各县均没有敷文书院，敷文书院在杭州。

③ 希元、祥亨纂：《荆州驻防八旗志》，辽宁大学出版社1990年版，第111页。

④ 铁保（1752—1824），字冶亭，号梅庵，满洲正黄旗人。乾隆三十七年（1772）进士，历官翰林院侍讲学士、侍读学士、内阁学士、两江总督，嘉庆十四年（1809）被免职。

⑤ 法式善：《法式善诗文集》，刘青山点校，人民文学出版社2015年版，第504页。以下引用法式善诗歌皆出自此集，不另注。

⑥ 《批本随园诗话批语》，袁枚《随园诗话》，顾学颉校点，人民文学出版社1982年版，第853页。

旗人对诗歌传播的态度："从来贤子孙，必念乃祖父。音容慨难接，文字可时睹"——诗歌传播是家族荣誉赓续的重要方式；"勃勃忠直气，缠绵历今古""要期本务敦，岂仅华藻取"——统治者、编纂者、诗人及其亲眷都希望诗歌传达的是忠直之气，而非华丽的辞藻，他们更看重诗歌传播的政治价值、社会价值而非仅是文学价值；"长安百万家，谁弗念依怙。门限几踏破，缣素约略数"——直接证明了旗人对官修诗集的看重，大量家族希望获得传播诗歌的机会，八旗蒙古自然不例外。法式善也曾提到《熙朝雅颂集》的传播意义，他说："采诗协律郎，宣播列钟鼓。"(《征修熙朝雅颂集续编再赋一诗》) 可以说，《熙朝雅颂集》直接增强了旗人的传播意识。

除诗集刊刻外，统治者还喜好利用诗歌与臣子交流，君臣之间互为传播者与接受者，这也在相当程度上影响了蒙古族诗人的传播意识。一直到道光，历任帝王皆喜在宴会上用柏梁体联句或者要求臣子作恭和御制诗。宫廷是举办宴会的重要场合。康熙二十一年（1682）正月十四日，乾清宫举行宴会庆祝平定三藩，圣祖有升平嘉宴诗序，首唱"丽日和风被万方"句，群臣集太和殿下，仿柏梁体以次赋诗九十三韵。① 圣祖认为此举可以彰显君臣一德一心。② 雍正四年（1726）九月，乾清宫再次设宴，世宗首唱，诸臣以次赓和，用柏梁体。③ 乾隆四年（1739）高宗也曾在乾清宫设宴，与臣子联句。④ 除乾清宫外，重华宫也是传统的宫廷唱和场所。从乾隆开始，每年会在正月初二至初十之间举办一次重华宫茶宴，君臣唱和，这一传统延续至道光八年（1828）。⑤ 高宗极为热衷于在各类宴会上与臣子唱和。乾隆九年（1744）重修翰林院落成，高宗亲临翰林院，赐宴赋诗，限定四十字为韵，但人太多，未能遍及，又赋柏梁体一篇，"上首倡，诸臣依次分韵，是日与宴者一百六十五人"⑥。然后他又作七言律四章，命臣子和。乾隆十一年（1746），高宗在西苑丰泽园崇雅殿赐宴，先是命臣子分韵作诗，后又命诸臣赋柏梁体一章。宴毕，又集四十五人联句，成五言长排。并让

---

① 吴振棫：《养吉斋丛录》，中华书局2005年版，第196页。
② 玄烨：《升平嘉宴同群臣赋诗用柏梁体》，《圣祖仁皇帝御制文集》，景印文渊阁《四库全书》第1298册，台湾商务印书馆，第282页。
③ 吴振棫：《养吉斋丛录》，第198页。
④ 吴振棫：《养吉斋丛录》，第198页。
⑤ 吴振棫：《养吉斋丛录》，第179页。
⑥ 吴振棫：《养吉斋丛录》，第68页。

娴于翰墨者，赋诗进呈。① 显然宫廷宴会的大部分流程都是围绕诗歌展开，且无论是联句还是赋诗，传播的意义都大于创作本身的意义，诗人不是在抒发心志，而是为了让接受者顺利解码、接受而创作。诗歌在这样的场合中是"流动"的，能够参加宴会的臣子必须融入"诗歌流"中。这类活动太过频繁，以至于一些文臣的诗集之中充满了应制之作，如《续修四库全书总目提要》评价钱陈群的《香树斋集》："集中应制诸作，至千有余篇，赓扬之盛，为自古所未有。"② 乾隆五十五年（1790）高宗八旬生日庆典，甚至连来自朝鲜、安南、琉球三国的使臣都应要求作了恭和御制诗。可以说，乾隆时的宫廷空间极大地推动和容纳了诗歌传播，八旗子弟很难不受触动，宗室内阁学士赛尔赫就因在宴会唱和中表现出色，得到高宗赏识。③ 蒙古族著名诗人博明、梦麟、法式善、和瑛、松筠、博卿额、国柱、国栋、嵩贵等皆生活在乾隆朝，且大多数人诗集中都存有应制诗，如博明④参加了高宗御极五十年的千叟宴，作《千叟宴纪恩诗恭和御制元韵》，诗歌是他们在宫廷空间中的一种言说方式。

乾隆五十年（1785）二月，高宗在登基五十年之际，亲临新建成的辟雍讲学，仪式隆重、场面宏大，国子监编纂《成均同学齿录》，法式善序云："皇上特制《临雍诗》四章，上溯千百年盛衰之由，下立亿万世趋向之准。太学诸生益相感激，争自琢磨，期副圣天子教育人材之至意。既而仿宋进士刊小录例，取同时躬被教泽者，列叙名氏、乡贯、三代，名之曰《成均同学齿录》，一以志荣幸，一以识岁月。"⑤ 这段话集中反映出法式善对宫廷政治空间中诗歌传播作用的认识。臣子作为"御制诗"的读者，需要领会到统治者意图传播的"趋向之准"，进而再利用恭和御制诗向统治者做出回应，表示自己已将"天子"教育领会于心。作为读者的统治者可以很快对这些诗歌做出评判，臣子由此获得奖赏。统治者与臣子互为传播者与接受者，传播是高效的，诗歌从创作到传播的间隔时间很短，且传播效果即时可见。同时这样的场合本身也具有传播价值，参与的

---

① 吴振棫：《养吉斋丛录》，第199页。
② 中国科学院图书馆整理：《续修四库全书总目提要》第10册，齐鲁书社1996年版，第209页。
③ 吴振棫：《养吉斋丛录》，第68页。
④ 博明，字希哲，号晰斋，博尔济吉特氏，满洲镶蓝旗。乾隆壬申（1752）进士，改庶吉士，授编修，历官云南迤西道。存有《西斋偶得》。
⑤ 法式善：《成均同学齿录序》，《法式善诗文集》，刘青山点校，第1032页。

臣子是值得被铭记的，他们的诗歌在即时的宫廷空间中流传，他们的名字在延时的历史空间流传——"一以志荣幸，一以识岁月"。正是因为宫廷政治空间本身的重要性，推动了诗人、诗歌的二次传播。

大多数清代蒙古族诗人都在诗集中保存了试帖诗或是应制诗，宫廷政治空间激发了诗人的创作传播欲望，这类诗歌有相当的读者群存在，所以诗人亦会因这类诗歌的传播而获得声名。法式善因擅长试律被誉为"九家"之一。[1] 晚清著名蒙古族诗人延清有《锦官堂试帖》《锦官堂七十二候试律诗》二集，支恒荣在序中提到延清的作品"久播艺林"[2]，延清能够出版诗集意味着他的作品有一定的市场，创作试帖已经成为他个人的兴趣所在。

三 作为象征空间的辐射

宫廷政治空间是具有象征意义的存在，它代表着权力，权力必然向外扩散，而扩散是通过宫廷政治空间与地方社会的人际流动实现的，所以，宫廷政治空间具有开放性，经由它辐射出一个交通网络，扩大了诗人的行旅范围，增长了他们的见闻经验。从这一层面来看，宫廷政治空间亦是诗人创作传播的动力来源。清代大多数蒙古族诗人都有文、武官职在身，因四处履职，他们经常来往于京师与异乡之间，离开京师意味着代表宫廷政治空间向其他地方行使权力，回归京师意味着权力行使过程结束，需要进行总结或反思。基于这种责任感和价值观，诗人亦产生了创作的冲动和传播的意识，他们通过诗歌总结心得、传播见闻，满足其他人的信息需求，这也是宫廷政治空间赋予他们权力后，他们带给宫廷政治空间的回馈。

生活在道咸时期的诗人柏葰[3]、花沙纳[4]、倭仁[5]都曾远赴朝鲜，相对而言，柏葰留存的纪行作品较多，他创作了《奉使朝鲜驿程日记》，附六

---

[1]《十朝诗乘》卷十记载，九家者，钱塘吴锡麒、长乐梁上国、蒙古法式善、长洲王芑孙、南丰雷维霈、灵石伺兀娘、何道生、江阴王苏、大庾李如筠。龙顾山人：《十朝诗乘》，卞孝萱等点校，福建人民出版社2000年版，第375页。

[2] 支恒荣：《锦官堂试帖序》，《锦官堂试帖》，《清代诗文集汇编》第765册，上海古籍出版社2010年版，第29页。

[3] 柏葰（？—1859）字静涛，巴鲁特氏，蒙古正蓝旗人，道光六年（1826）进士，官至文渊阁大学士，因"戊午科场案"被杀。

[4] 花沙纳，字毓仲，号松岑，蒙古正黄旗人。道光壬辰（1832）进士，官至吏部尚书、左都御史。有《东使吟草》等诗集。

[5] 倭仁，号艮峰，乌齐格里氏，蒙古正红旗人，河南驻防，道光己丑科（1829）进士，官至文华殿大学士。

十六首诗歌，其中包括《朝鲜竹枝词上下平三十首》，对朝鲜的"京畿道""平安道""黄海道""忠清道""全罗道""庆尚道""江原道""咸镜道"等地理空间皆有描绘。麟魁在序中提到柏葰此行写尽朝鲜风土人情，"宦游到此胸襟阔，驿使归来眼界新"①，宦游拓宽了诗人眼界，但宦游的目的是"归来眼界新"。宫廷政治空间是他们最为重视的场域，当他们"不在场"时，思考的是可以为"在场"时做些什么。柏葰明确指出："通籍以来，屡承使命，所历之地皆有日记，以资考镜。"②他是朝廷权力的代表者，是"屡承使命"奔赴四方，所以要记录所历之地，为自己和他人提供参证借鉴，这是柏葰创作传播的动机，他要"志道里之远近，及耳目之见闻"③。

诗人代表朝廷奔赴地方行使管理职责，除造福一方之外，他们还怀有强烈的传播责任感，传播当地风土人情、政事管理心得，基于这样的心态创作的诗歌往往具有很强的存史价值。和瑛④与松筠⑤是清代著名的封疆大臣，他们的代表作亦创作于边疆。和瑛的代表作是《西藏赋》，"博采地形、民俗、物产，自为之注"⑥，他要传播西藏的人文地理特色，李光廷⑦在《西藏赋》的跋中说，"此篇总赋西藏，凡佛教寺庙，官制风俗，物产地界，无一不详，而山水尤晰。"⑧显然，《西藏赋》的创作目的就是为满足读者的需求。松筠在《西招纪行诗》序中自述，他的创作目的亦是为以后奉命驻藏者提供方便，帮助他们了解边防政务⑨，点明了为宫廷

---

① 柏葰：《奉使朝鲜驿程日记》，《历代日记丛钞》第 47 册，学苑出版社 2006 年版，第 522 页。
② 柏葰：《奉使朝鲜驿程日记》，《历代日记丛钞》第 47 册，第 528 页。
③ 柏葰：《奉使朝鲜驿程日记》，《历代日记丛钞》第 47 册，第 531 页。
④ 和瑛，原名和宁，避宣宗讳改，字太葊、太庵，额勒德特氏，蒙古镶黄旗人。《清史稿》列传一百四十载，乾隆辛卯（1771）进士，历官安徽太平知府，四川按察使，安徽、四川、陕西布政使。五十八年（1793）充西藏办事大臣。嘉庆朝又历官理藩院侍郎，工部、户部侍郎，山东巡抚，礼部、工部、兵部、刑部尚书。
⑤ 松筠，字湘浦，玛拉特氏，蒙古正蓝旗人，他在官场多年，职位变换频繁，仅在边疆就任过库伦办事大臣、驻藏大臣、喀什噶尔参赞大臣、伊犁将军、察哈尔都统、乌里雅苏台将军等职，逝后祀伊犁名宦祠。
⑥ 和瑛：《西藏赋》，嘉庆刻本。
⑦ 李光廷（1812—1880）字著道，号宛湄，宛湄轩，止庵，番禺人。清咸丰二年（1852）进士，工诗及骈散文，尤精研史学地理。
⑧ 和瑛：《西藏赋》，嘉庆刻本。
⑨ 松筠：《镇抚事宜》，道光三年（1823）刊本，王有立主编《中华文史丛书之七十七》，华文书局股份有限公司 1968 年版，第 109 页。

政治空间服务的动机。其《绥服纪略图诗》自序又云："余既作《西招纪行图》缘述北漠库伦所事，而兼采西南沿边见闻，复得八十有一韵，名之曰《绥服纪略图诗》，是纪也。间有身所未历者，不无缺略，姑书之，便于观者以俟知者补辑云。"① 松筠在介绍作品集时反复强调自己的创作目的是为了传播，为"身所未历"的读者服务。这些作品因具有较强的实用性可以跨越时空持久流传。

托浑布②在其《瑞榴堂诗集》自序中提到，他在湖南时"偶行役经溪山佳处间，作小诗，信手挥洒"，后赴闽，"有所作，随笔记之。嗣往来浙江鞫狱，复渡海摄篆台阳，守城剿贼，劳人草草之余，时复借诗纪事，先后共得古今体诗如干首"③。可见，当诗人意识到手中权力可以使他在地方发挥至关重要的作用时，他的创作传播意识会随之强烈起来。诗人感到自己的经历是常人难以复制的，于是用诗纪事，此举也得到了读者的高度认同。托浑布与龚自珍是同年举人，龚自珍《己亥杂诗》其三十七云："三十年华四牡腓，每谈宦辙壮怀飞。樽前第一倾心听，兕甲楼船海外归。"④ 龚自珍喜欢听托浑布讲述宦游见闻，尤其是台湾归来的经历让二人兴奋不已。宦游，是仕途的一段经历，也是传播的资本，诗人意识到这一点后，就会产生源源不断的创作和传播的热情。宫廷政治空间是权力的中心，它给了诗人离开的机会，诗人身负职责走向地方，其创作传播是对权力和责任的反馈。

第二节　社会公共空间：创作传播的间接推动力

诗歌创作可以是私人行为，但诗歌传播一定发生在人与人之间，是公共行为。诗人的创作都带有传播的目的，所以，如何传播是每一个诗人都会思考的问题。一直到清中叶，刊刻出版对一般诗人而言都有相当的难度，因此他们还是依赖人际传播，即通过面对面传播作品，雅集、饮宴、

---

① 松筠：《绥服纪略图诗》，《清代诗文集汇编》第433册，上海古籍出版社2010年版，第46页。
② 托浑布，字子元，号安敦、爱山，博尔济吉特氏，蒙古正蓝旗人。嘉庆己卯（1810）进士，历官湖南安化、湘潭知县，福建兴化府知府，福建督粮道，直隶按察使、布政使，山东巡抚。
③ 托浑布：《瑞榴堂诗》，《清代诗文集汇编》600册，第495页。
④ 刘逸生注：《龚自珍己亥杂诗注》，中华书局1980年版，第48页。

唱和等活动既是诗人公共生活的重要组成部分，也是传播声名与作品的主要途径。而公共生活需要公共空间，文化底蕴深厚的城市一般都有可供诗人聚集觞咏之所，那里容纳诗歌传播行为的发生，也是诗歌吟咏的对象。经年累月之下，那里已成为"诗"的代名词，是都市之中诗歌传播的重要平台，置身于其中的诗人是一定要创作的，因为这个平台的语言就是诗歌。社会公共空间滋养了诗人，是创作传播的间接推动力。

一 作为生活空间的滋养

西湖是最具代表性的生活空间，它是古代文人心之所向，滋养出当地文人与生俱来的自豪，他们反复陈述西湖之美，将西湖塑造成一个精神乐园。杭州驻防旗人受到浸染亦产生了创作的冲动，如《两浙輶轩续录》中描述："杭州自顺治五年创立驻防以来，其将帅类皆敦诗说礼，故著籍者代有达人。"① 蒙古族诗人瑞常②、贵成③和三多④都成长在西子湖畔，喜欢用诗歌描绘四季流转中的西湖美景，瑞常有"草满郊原水满溪，拖蓝泼翠偏高低""湖山十里开图画，好把风光细品题"（《暮春》），⑤ 如此浓墨重彩反映出诗人生于斯长于斯的满足。旗人在杭州居住的驻防城就建在城西紧邻西湖的位置，占地面积 7000 余亩。⑥ 为匹配西湖景色，旗营建筑也相当讲究，"房子大多数是杭州的传统建筑，精致的两层楼房，底层是用白浆刷过的砖头砌成，二楼则是以刷着亮漆的木头建成"⑦。驻防城与西湖景色融为一体，并没有特别突出满洲特色，因此，驻防诗人也将自己的家园视为西湖的一部分，用"西湖视角"展现家园的美好。

---

① 潘衍桐编纂：《两浙輶轩续录》卷36，浙江古籍出版社2014年版，第2772页。
② 瑞常（？—1872），字芝生，号西樵，蒙古镶红旗人，承袭恩骑尉，道光壬辰（1832）进士，官至文华殿大学士。著有《如舟吟馆诗钞》。
③ 贵成，字镜泉，马佳氏，蒙古正白旗人，道光癸卯（1843）举人，庚戌恩科（1850）翻译会试中进士，历任户部员外郎、堂郎中监督仓务，简放热河兵备道。著有《灵石山房诗草》。
④ 三多，字六桥，蒙古正白旗，蒙古钟木依氏。官至库伦办事大臣。著有《可园诗钞》等。
⑤ 瑞常：《如舟吟馆诗钞》，光绪年间刻本。本章所引瑞常诗歌均出自此集，不另注。
⑥ 参见汪利平《杭州旗人和他们的汉人邻居——一个清代城市中民族关系的个案》，《中国社会科学》2007年第6期。
⑦ ［美］柯娇燕：《孤军：满人一家三代与清帝国的终结》，陈兆肆译，人民出版社2016年版，第78页。

瑞常成长于嘉道间的驻防城，他创作了多首描写家园的诗歌，如：

> 庭边花木手亲栽，秋色烂斑入眼来。雨后芭蕉新绿长，闲看饥雀啄莓苔。（《新秋》）

这和他描写西湖时的感觉如出一辙，西湖是"拖蓝泼翠"，他的家是"彩色烂斑"。瑞常年少时，早起有"春光旖旎敞帘栊，小立园林趁晓风"（《早起》），晚坐有"卷起疏帘候，庭轩坐晚风"（《晚坐》），读书时"窗纱开四面，人影坐中央"，周围是"苔藓侵阶绿，芙蕖绕槛香"（《水阁》），这是驻防城的景象，也是西湖的镜像，诗人有意模糊了这两个地理空间的区别，他就生活在西湖边，一个充满诗意的空间，自然也就产生创作传播的冲动，想要向世人展现自己的审美体验和心理满足。

西湖是众多文人雅士创作的共同主题，因此，书写西湖本身就是一种对话。贵成、三多也都曾表达过对西湖的热爱与赞美。西湖及周边各景更是雅集胜地，三多有《侍仲修师暨雪渔筱甫古酝诸先生宴集净慈寺并访南湖诸胜》①《六月十六日俞小甫杨古酝两先生邀同贝达夫曹砺斋盛伯平程云承诸君子游湖作》；贵成有《花朝汤蓉浦夫子招同人泛舟西湖复饮酒楼即事偶占》②。成长在西子湖边，是最美的年华与最美的空间的碰撞，公共空间给诗人带来了创作灵感，亦给他们传播诗歌提供了便利的平台，诗人与社会的联系亦得以强化。清军入关后，进入中原地区生活的蒙古族诗人在更广阔的土地上找到了归属感和满足感。

二 作为交往空间的催化

与杭州不同的是，京师这座城市所承载的社会功能更多，因此，社会公共空间的形态更为丰富，可以满足诗人多元的传播诉求。陈衍提到京师游观之所有陶然亭、苇湾、枣花寺、天宁寺、法源寺等。③朱彭寿说自己参与的雅集，大都在陶然亭、龙树寺、嵩云草堂、松筠庵、云山别墅、畿辅先哲祠、崇效寺、积水潭、广安门外南河泊等处，也有并无住客的各省

---

① 三多：《可园诗钞》，《清代诗文集汇编》第792册，第594页。以下引用三多诗歌皆出自此集，不另注。
② 贵成：《灵石山房诗草》，《清代诗文集汇编》第695册，第460页。
③ 陈衍：《石遗室诗话》，人民文学出版社2004年版，第253页。

会馆。① 沈其光《瓶粟斋诗话》记录："京师崇效寺牡丹、极乐寺海棠、法源寺丁香，为旧时朝士清流游观觞咏之所。"② 这些场所都是诗歌传播的平台，对诗人有相当的吸引力。除常见的寺宇亭台之外，京师还有一些因承担政府职能而著名的地点，如澄怀园，亦是诗人交往的场所。可见，京师为蒙古族诗人提供了诸多公共交往空间，满足着诗人传播诗歌、交流审美体验、拓展官场人际网络、塑造个人形象等多方位的现实需求。进入交往空间，就意味着要进行诗歌的创作和传播。

陶然亭是京师著名的雅集地点，据《蕉廊脞录》记载，陶然亭在黑窑厂南慈悲庵内，康熙间工部郎中江藻所建，取白香山诗"更待菊黄家酿熟，与君一醉一陶然"之句以名之，又名江亭，士大夫宴集胜地也。③《藤阴杂记》说陶然亭"春秋佳日，宴会无虚"④。《榆巢杂识》记载洪亮吉负才傲物，游陶然亭遇素不识者宴客，他入座并赋诗。⑤ 这亦证明了陶然亭宴会之频繁，洪亮吉偶然游览，都能遇到诗人在集会设宴，洪亮吉凭借诗才便能顺利加入。《郎潜纪闻三笔》提到赵怀玉、洪亮吉、张问陶、吴䗶预订每遇大雪，不相招邀，各集陶然亭，后至者任酒资。⑥ 不仅诗歌在陶然亭中传播，集会本身也作为一种谈资在士大夫中流传，可谓风雅至极。法式善和赵怀玉、洪亮吉等人过从甚密，他们同属一个社交圈。而法式善最常提到的陶然亭雅集是同年雅集。乾隆五十六年（1791）他与同年首次集于陶然亭，作《中秋后三日陶然亭同年雅集》，有"任人作图画，诗话续年年"之句，五十八年（1793）他们再次集会，作《四月一日陶然亭会己亥同年叠辛亥韵》，诗中提到"名画参诗谛"，扬州八怪之一的罗聘为其绘图纪事。可见雅集的流程就是作诗、作画。陶然亭内"情话接新欢，赋诗答良晤"（《再会己亥同年于陶然亭重刊齿录》），诗人之间互为作者与读者，诗歌即作即传，陶然亭外"诗成虽漫兴，佳话江湖传"（《四月四日陶然亭重会己亥同年率成三诗并怀未与会

---

① 朱彭寿：《旧典备征 安乐康平室随笔》，中华书局1982年版，第282页。
② 沈其光：《瓶粟斋诗话》，《民国诗话丛编》第五册，上海书店出版社2002年版，第746页。
③ 吴庆坻：《蕉廊脞录》，中华书局1990年版，第67页。
④ 戴璐：《藤阴杂记》，上海古籍出版社1985年版，第121页。
⑤ 赵慎畛：《榆巢杂识》，中华书局2001年版，第120页。
⑥ 陈康祺：《郎潜纪闻初笔二笔三笔》，中华书局1984年版，第821页。

者》），雅集之名已传到"江湖"①。一个诗人的创作影响有限，但一群诗人的雅集形成了声名的叠加，更有助于诗歌的传播。与法式善一同参加陶然亭雅集的诗人包括杨芳灿，"绵州三李"之一的李鼎元②，名列"西泠八家"的陈鸿寿③，师从姚鼐、工古文的陈用光，长于地理之学的徐松，以及翰林院编修胡敬、陈鸿墀④等人，法式善说："轩然一亭子，秀出长安陌。时时冠盖流，来作水云客。"（《陈石士胡书农孙平叔陈范川徐星伯五编修招集陶然亭》）正是"亭子"加"冠盖"成就了雅集的声誉。陶然亭几乎是乾嘉时期诗人举行同年雅集的固定场所，戴璐也说："各省公车至京，场后同乡宴集。吾乡向在陶然亭设宴，饮酒论文。……此举四十余年不废。"⑤

除陶然亭外，法式善还多次主持了极乐寺、积水潭等处的雅集。而他最看重积水潭，相关作品留存最多。这是因为，他住在附近，且他考证李东阳旧址亦在此处，"西涯我屡至，未暇考厥名。指为积水潭，客至如登瀛"（《西涯诗》）⑥，由此提升了西涯的历史底蕴和文化意义，李东阳是昔日西涯"主人"，而法式善是今日之"主人"。他创作了大量"西涯诗"，如《和西涯杂咏十二首用原韵》《续西涯杂咏十二首》等，将附近景物一一加以介绍。有趣的是他将自己的寓所——诗龛也列为西涯一景，诗云：

　　心悦李公诗，居近李公第。但愿公同龛，不愿公同世。

显然，他在借积水潭和李东阳传播自己的声名。作为"主人"自然要招待"客人"，他的雅集也很受时人推崇，戴璐在《藤阴杂记》中记载："积水潭荷花极盛，法梧门司成，壬子夏招客赋诗，丁巳闰夏复集，余亦偕往，分韵赋诗，绘图记事。"⑦法式善利用公共空间组织了一个诗

---

① 《藤阴杂记》卷十记载了乾隆五十六年（1791）法式善组织的陶然亭雅集。
② 见于法式善的诗歌《九日李墨庄主事杨蓉裳员外招同人集陶然亭》，《法式善诗文集》，第 319 页。
③ 见于法式善的诗歌《陈曼生鸿寿招同人陶然亭雅集》，《法式善诗文集》，第 363 页。
④ 见于法式善的诗歌《陈石士胡书农孙平叔陈范川徐星伯五编修招集陶然亭》，《法式善诗文集》，第 725 页。
⑤ 戴璐：《藤阴杂记》，上海古籍出版社 1985 年版，第 121 页。
⑥ 法式善：《法式善诗文集》，刘青山点校，第 176 页。
⑦ 戴璐：《藤阴杂记》，第 54 页。

人交往网络，诗歌的创作和传播是这个网络的核心要义，事实上，诗人赴会的目的并不在于赏景，而是诗歌的分享、人情的来往。

另外，京师的政治功能又赋予一些公共空间独特的价值，例如"澄怀园"，它是翰林的值庐，代表着朝廷对士大夫的尊重，钱泳在《履园丛话》中记载："澄怀园在圆明园东南隅，每年夏月，车驾幸园，尚书房暨南书房诸臣侍直之所。"① 钱泳也曾小寓于此，"读画评书，征歌度曲，殊不知有春明门十丈红尘也。"② 澄怀园是翰林的聚集地，翰林在世人心中地位卓然，因此诗人在澄怀园唱和更有彰显身份之意，以此获得群体心理满足。上至宰辅、下至编修都乐于此道。戴璐记载乾隆年间官至宰辅的蔡新曾绘《澄怀八友图》，"前后内直诸公皆有题句"③。法式善有《中秋晚出德胜门宿澄怀园》《澄怀园与汪云壑如洋修撰程兰翘昌期编修夜话》等作品，亦有借澄怀园彰显词臣身份之意。类似的还有《翰林院十咏》《编次词林典故留宿翰林院呈同事诸公》，身在翰林院才能吟咏翰林院，同属借公共空间传播个人形象。

诗歌需要借助于社会公共空间进行传播，当诗人反复固定地出现在一些公共空间时，那里就具备了传播诗歌的天然属性，进而催化了诗人传播意愿的形成。这些公共空间是一个诗歌传播的平台，也是一个培养诗人的场所。京师拥有多个这样的公共空间，为蒙古族诗人提供了创作和传播的便利，他们在那里消遣时光，与诗友交流，寻求内心满足，展示个体审美心得，塑造诗人形象。《安乐康平室随笔》总结："都门为人物荟萃之地，官僚筵宴，无日无之"④，可以说作诗也是"无日无之"。崇效寺一直到晚清都是著名的雅集之地，生活在光宣时期的蒙古族诗人崇彝⑤有《咏崇效寺楸花分韵得楸字》《崇效寺赏花再赋呈诸游侣》⑥等作品，在崇效寺赏花、作诗这样的雅集形式代代传承、一如既往。这些公共空间是诗歌传播的媒介，进入空间的诗人自然生成了创作传播的冲动，由于人际活动的频

---

① 钱泳：《履园丛话》，张伟点校，中华书局1997年版，第519页。
② 钱泳：《履园丛话》，张伟点校，第519页。
③ 戴璐：《藤阴杂记》，第141页。
④ 朱彭寿：《旧典备征 安乐康平室随笔》，中华书局1982年版，第282页。
⑤ 崇彝（1890—?），字泉孙，号巽庵、梅坞，别署梅坞散人、选学斋主人，巴鲁特氏，隶属蒙古正蓝旗，柏葰之孙。今存《选学斋诗存》四卷，光绪刻本；《选学斋集外诗》一卷，民国刻本；《枯肠词》一卷，1940年铅印本。
⑥ 崇彝：《选学斋诗存》卷二，光绪刻本。

繁,客观上加速了诗歌的传播速度和范围,提升了诗人的声誉。

第三节　文化消费空间:创作传播的辅助推动力

清代是封建王朝最后一个朝代,生产力发展水平远超前代,出版业亦在清代走向繁荣。书籍种类丰富、流通畅达,由此形成了较为成熟的文化消费空间。蒙古族诗人活跃在文化消费空间之中,他们购买、收藏、交换、鉴赏,并以作者身份出版诗集,参与市场流通。文化消费空间为他们提供了一种文化的循环滋养,帮助他们保持创作传播的热情。可以说,文化消费空间是蒙古族诗人创作传播的辅助推动力。

一　文化消费空间的成熟

清代出版业延续明代,大体分为官刻、私刻和坊刻。官刻的核心力量在京师。紫禁城专设武英殿修书处,武英殿刻书,一为官方藏书,二为赏赐示恩,三为政府公务,四为对外售卖。乾隆三年(1738),高宗明确提出,武英殿、翰林院、国子监的书板应允许人刷印。[1] 至于地方,康熙四十四年(1705),曹寅奉圣祖之命,在扬州城北天宁寺创办扬州书局,隶内务府。同治以后,金陵书局、浙江书局、江苏书局、江西书局等陆续开设,重刊经史,意图恢复江南等受战乱影响较深的地方的文化面貌。地方书局在光绪年间进一步扩大,至光绪二十一年(1895),翻译西学的官书局建立,光绪二十四年(1898)设立译书局。

乾嘉私人刻书盛行,《书林清话》对此多有记录:"当时则有阮文达元《文选楼丛书》,则兼收藏、考订、校雠之长者也。顾修《读画斋》,李锡龄《惜阴轩》,……多者数百种,少者数十种,皆校勘家也。"[2] 除好刻丛书,时人还热衷刊刻乡邦郡邑之书,"力大者举一省,力小者举一郡一邑。然必其乡先辈富于著述,而后可增文献之光"[3]。至于坊刻,则有明显的地域差异,叶德辉以为,同治以后,"天下书板之善,仍推金陵、苏、杭。自学校一变,而书局并裁,刻书之风移于湘、鄂,而湘尤在鄂

---

[1] 《高宗纯皇帝实录》卷70,《清实录》第10册,第130页。
[2] 叶德辉:《书林清话》,上海古籍出版社2008年版,第190页。
[3] 叶德辉:《书林清话》,第190页。

先"①。

民间出版的书籍种类相当丰富,据吴世灯《清代四堡刻书业调查报告》,福建四堡刻书见到实物或有文献记载的有 667 种,经去重后,共 489 种,其中文学类则有历代文人诗文、宋词、元曲、小说。② 文学类书籍深受市场欢迎,李斗《扬州画舫录》记载:"郡中剞劂匠多刻诗词戏曲为利。近日是曲翻板数十家,远及荒村僻巷之星货铺,所在皆有。"③ 又载:"扬州诗义之会,以马氏小玲珑山馆、程氏筱园及郑氏休园为最盛。至会期,于园中各设一案,上置笔二、墨一、端研一、水注一、笺纸四、诗韵一、茶壶一、碗一、果盒茶食盒各一。诗成即发刻,三日内尚可改易重刻,出日遍送城中矣。"④ 可见出版效率极高。

出版业,和图书市场、读者购买力息息相关。江南刻书独占鳌头,同时江南的文化底蕴最为丰厚,经济发展亦领先于全国。根据郑士德考证,清代可考的苏州书坊和家刻单位约 107 家,加上无锡、常熟书业共达 118 家。⑤ 北方唯有北京凭借政治优势能与之抗衡。张秀民《中国印刷史》统计,北京共有书坊 112 家。⑥ 集中在内城隆福寺与宣武门外琉璃厂。⑦《琉璃厂小志》载:"琉璃厂书市发展时期,当在乾隆三十八年(1773)四库开馆之日起。是时浙江书贾奔辏辇下,书坊以五柳居、文粹堂为最。"⑧ 可以说,京师是北方最为成熟的文化消费空间。

出版业的繁荣象征着文化的繁荣,文人自然是受益者。法式善是厂肆的常客,他在《陶庐杂录》中说:"十年前,余正月游厂,于庙市书摊买宋明实录一大捆,虽不全之书,究属秘本。"⑨《郎潜纪闻》记载:"考康熙朝诸公,皆称慈仁寺买书,且长年有书摊,不似今之庙市仅新春半月也。"⑩ 逛书市、买书是士大夫中流行的文化活动。《天咫偶闻》记录:

---

① 叶德辉:《书林清话》,第 191 页。
② 吴世灯:《清代四堡刻书业调查报告》,叶再生编《出版史研究》第二辑,中国书籍出版社 1994 年版,第 137 页。
③ 李斗:《扬州画舫录》,中华书局 1960 年版,第 266 页。
④ 李斗:《扬州画舫录》,第 180 页。
⑤ 郑士德:《中国图书发行史》,中国时代经济出版社 2009 年版,第 325 页。
⑥ 张秀民:《中国印刷史》,上海人民出版社 1989 年版,第 551 页。
⑦ 张秀民:《中国印刷史》,第 550 页。
⑧ 孙殿起:《琉璃厂小志》,北京古籍出版社 2001 年版,第 4 页。
⑨ 法式善:《陶庐杂录》,中华书局 1959 年版,第 62 页。
⑩ 陈康祺:《郎潜纪闻初笔二笔三笔》,中华书局 1984 年版,第 162 页。

"至光绪初,承平已久,士夫以风雅相尚,书乃大贵。于时南皮张孝达学使有《书目答问》之作,学者按图索骏,贾人饰椟卖珠。于是纸贵洛阳,声蜚日下,士夫踪迹,半在海王村矣。"① 成熟的文化消费空间为诗人创作传播提供了保障。法式善在《重刻有正味斋全集序》中指出,吴锡麒"名重中外,诗文集凡数镌板。贾人藉渔利致富,高丽使至,出金饼购《有正味斋集》,厂肆为一空"②。由作品流通获利,显然也可以帮助诗人保持创作传播的热情。

二 蒙古族诗人的出版意识与行为

陶冶在成熟的文化消费空间,蒙古族诗人自然生成了刊刻出版的传播意识。贵成、恭钊③、崇彝等人皆是自刻诗集。而法式善对待出版最为慎重。他第一次决定刊刻诗集是在乾隆五十八年(1793),"检箧中凡得三千余首,吾友程兰翘、王惕甫皆为甄综之,汇抄两大册,寄袁简斋前辈审定,简斋著墨卷首,颇有裁汰。洪稚存编修又加校勘,存者尚有千余篇。其后,汪云壑同年掌教莲池书院,合前后诸抄本皆携往,许为编次作序。余屡以书促之,云壑但求缓期。……云壑以谓:'商定文字,不可草草,当平心静气出之。'……云壑死,余诗不传矣。"④ 由这段叙述可知,第一,初时法式善存诗三千余首,而经袁枚裁汰后,剩千余篇,可见删减幅度,时人对出版的认知较为一致,力求存精去粗。第二,出版前法式善先请程昌期⑤、王芑孙⑥拣选、汇抄,再请袁枚审定,洪亮吉校勘,最后又请汪如洋⑦编次作序,法式善力图精益求精,足见他对出版极为看重。第三,参与出版过程的几位人士,皆为乾嘉时期的名宿,料想法式善是要增加诗集的影响力和美誉度,诗集如若出版将是诗坛重量级成果。但是,法式善的出版步骤太多,又分别找人执行,增加了诗集丢失的风险,天意弄人,法式善意欲传播的精心之作反而不传。

---

① 震钧:《天咫偶闻》,北京古籍出版社1982年版,第163页。
② 法式善:《法式善诗文集》,刘青山点校,人民文学出版社2015年版,第1077页。
③ 恭钊,字仲勉,号养泉,廪生,三等侍卫,咸丰间任甘肃西宁道。
④ 法式善:《存素堂初集录存原序》,《法式善诗文集》,刘青山点校,第8页。
⑤ 程昌期,字阶平,号兰翘,江南歙县人。乾隆四十五年(1780)探花,官至山东学政。
⑥ 王芑孙(1755—1817),字念丰,号惕甫,又号楞伽山人。江苏长洲人。乾隆五十三年(1788)召试举人。以学问、文章、诗歌闻于世。
⑦ 汪如洋(1755—1794),字润民,号云壑,浙江秀水人,乾隆四十五年(1780)状元,官至云南学政。

自诗集丢失后,他靠着友人整理和自己回忆,勉强凑诗十卷,而"前此兰翘、惕甫、简斋、稚存、云壑所点窜欣赏诸长篇,多不在其中。……丁巳以后,乃每年录为一册,手自排次"①。后来法式善虽然创作不断,但并不热衷于出版,他的弟子彭寿云曾云:"泾上吴孝廉文炳敦请全集付梓,师却之。……春堂自楚北书来,娓娓千言,请任剞劂之役,师答书不许。程素斋邦瑞自扬州来,乞刻全集,赋诗辞之。"② 而由于他名声在外,读者对其作品有一定的需求,所以在他并不知晓的情况下,"阮中丞元刻于广州,吴庶子蕭、陶明府章汋刻于京师,黄布衣承刻于淮阳,皆非全本"③。最终弟子联手,未经法式善许可,出版了《存素堂诗初集》。王塨在题记中云:"存素堂诗七千余首,兹录存者,吴兰雪、查梅史选本也,彭石夫寄自京师,受业弟子王塨校刊于湖北德安官署,时嘉庆丁卯孟夏。"④ 法式善对此非常不满,"此版刊于湖北,德安王春堂守御雅意也。刻手既不佳,重复讹误,时复有之,删增非余意。已致书春堂,版藏之不可刷印,以彰余短。及门中必有欲得此者,识数语为忏悔欤"⑤。嘉庆十七年(1812),王塨又刊刻《存素堂诗二集》六卷本,序云:"辛未,詹止园明府奉差入都,托请文与诗并刻,未允。止园再申意,仅付诗六卷缄縢。"⑥ 此次法式善勉强答应。至于《存素堂文集》,法式善自序是程子素来京过访,将其文抄成副本,回扬州后,告知法式善将出版,法式善全然不知,并欲制止,但镌刻已过半,只好"致书素斋勿以余文轻示人"⑦。法式善逝后,阮元刊刻《存素堂诗续集录存》九卷本,又亲写法式善年谱附于续集之首。⑧ 法式善诗集刊刻,未能再经裁汰校勘,这也导致作品泥沙俱下。

白居易在《与元九书》中说:"又仆尝语足下,凡人为文,私于自是,不忍于割截,或失于繁多,其间妍媸,益又自惑,必待交友有公鉴无

---

① 法式善:《存素堂诗初集录存原序》,《法式善诗文集》,刘青山点校,第8页。
② 彭寿山:《彭寿山跋》,《法式善诗文集》,刘青山点校,第650页。
③ 彭寿山:《彭寿山跋》,《法式善诗文集》,刘青山点校,第650页。
④ 王塨:《王塨题记》,《法式善诗文集》,刘青山点校,第3页。
⑤ 袁行云:《清人诗集叙录》中册,文化艺术出版社1994年版,第1566页。
⑥ 王塨:《存素堂诗二集六卷本王塨序》,《法式善诗文集》,刘青山点校,第658页。
⑦ 法式善:《法式善自序》,《法式善诗文集》,刘青山点校,第1017页。
⑧ 阮元:《存素堂诗续集录存九卷本阮元序》,《法式善诗文集》,刘青山点校,第659页。

姑息者，讨论而削夺之，然后繁简当否，得其中矣。"① 可见慎重对待出版是文人传统。托浑布自刊诗集，曾请李嘉端校阅。② 升允③的《东海吟》在日本出版，标有"乙亥之春善邻书院刊行"字样，封底写昭和十年七月五日印刷，八日发行，由小林活板所印刷。在宫岛大八写的序中，提及升允在日本三年，出诗若干卷，嘱咐他取舍随意。宫岛辑为一卷出版。④ 由此推断，宫岛曾删减升允之作。但事实上，诸多因素干扰，慎重出版往往说易行难。即使是白居易与元稹相约"今且各纂诗律，粗为卷第，待与足下相见日，各出所有，终前志焉"，亦"又不知相遇是何年，相见在何地，溘然而至，则如之何"⑤。法式善虽有愿裁汰而终未行，其余诸人更难以做到。相当一部分蒙古诗人的作品是在逝后出版：博明《西斋诗辑遗》是嘉庆辛酉（1801）由外孙穆彰阿镌，梦麟⑥《梦喜堂诗》是吴门穆大展镌，和瑛《易简斋诗钞》由其子奎昌、璧昌刊，文孚⑦《秋潭相国诗存》乃张祥河刻，谦福⑧《桐华竹实之轩诗草》由其兄恒福出版，锡缜⑨《退复轩诗》《退复轩试帖未弃草》由其子龄昌刊刻，恩泽《守来山房橐鞬馀吟》是宣统元年王闿运刻。咸丰三年（1853）柏葰刊刻了《薜筱吟馆钞存》诗六卷、赋二卷，戊午科场案后，柏葰被杀，其子钟濂在同治三年（1864）再版了《薜筱吟馆钞存》，将柏葰在咸丰四年（1854）至八年（1858）的创作纳入，辑为诗八卷赋二卷。由后人刊刻总是尽可能求全，很难再删减。

---

① 白居易：《与元九书》，《全唐文》第3册卷675，上海古籍出版社1990年版，第3053—3054页。

② 托浑布：《瑞榴堂诗跋》，《清代诗文集汇编》第600册，第528页。

③ 升允（1858—1931），字吉甫，号素庵，多罗特氏，蒙古镶黄旗人。历官山西按察使、布政使，陕西布政使、巡抚，江西巡抚，陕甘总督等。今存《东海吟》一卷拾遗一卷，日本善邻书院1935年铅印本。

④ 升允：《东海吟序》，《清代诗文集汇编》第787册，第206页。

⑤ 白居易：《与元九书》，《全唐文》第3册卷675，第3053—3054页。

⑥ 梦麟，西鲁特氏，字文子，号谢山，又号午塘、喜堂，蒙古正白旗人。乾隆乙丑（1745）进士，改庶吉士，散馆授检讨。官至户部侍郎、工部侍郎，病逝前署翰林院掌院学士。存有《大谷山堂集》。

⑦ 文孚（？—1841），字秋潭，嘉庆年间以国子监生考取内阁笔帖式，历任吏部尚书，实录馆总裁，军机大臣，内务府大臣，领侍卫内大臣，镶蓝旗满洲都统，文华殿大学士，太子太保，谥文敬。

⑧ 谦福，字吉云，号小榆，蒙古镶黄旗人，额尔德特氏，道光乙未（1835）进士。

⑨ 锡缜，原名锡淳，字厚安，号渌矼，博尔济吉特氏，满洲正蓝旗，官至江西督粮道。著有《退复轩诗文集》。

虽然没有证据表明蒙古族诗人的作品曾在市场畅销，但它们确实会成为商品。白衣保《鹤亭诗稿》由学生拖克西图刻于道光丙申（1836），收藏家在封面写乙巳十月初三买，价格是二百文。和瑛的《西藏赋》成于嘉庆二年（1797），但李光廷在同治甲戌（1874）八月写："余在都，与公曾孙锡佩韦卿同事吏部者数年，不知公有著作，此本为陈兰甫买自书肆，举以寄赠者，而韦卿已卒于川东道任矣。因抄丛书亟以著录焉。"① 锡佩乃和瑛曾孙。《天咫偶闻》提到法式善身后，"所藏书籍字画，出卖殆尽。光绪中，其家又将著述之板，举而尽售。为一书肆所得，印行于市，价为之顿贱，然止《诗集》及《清秘述闻》《槐厅载笔》三种。后为志伯愚锐、崔盘石永安二君购其板，藏之翰林院中"②。这些记录都说明诗人作品在流通，他们或其后人多少都会因此受益。

至晚清几乎每一个创作者都具有了出版意识，出版也更容易实现。诗人随写随刻，一版再版。旺都特那木济勒③的《如许斋集》，光绪乙酉（1885）刻，分为《公馀集》《公馀集续编》《窗课存稿》，而后二集曾在光绪辛卯（1891）刊刻。三多《可园诗钞》附《可园诗钞外一北行诗录》《可园诗钞外二柳营谣》《可园诗钞外三缀玉集》《可园诗钞外四倦游集》，此四集都曾单独刊刻，《北行诗录》中的部分作品又被选入《可园诗钞》。三多还刻有《东游诗词》《可园文钞》，去世后门人刻《粉云庵词》。延清④更是随写随刻的典型代表，作品集包括《奉使车臣汗纪程诗》《庚子都门纪事诗》《锦官堂诗草》《锦官堂诗续集》《锦官堂试帖》《来蝶轩诗》《蝶仙小史汇编》等12部。

但也必须指出，在出版业已成普及之态，大量诗人都可以刊刻诗集的背景下，还是有一些蒙古族诗人因缺乏出版意识未能留下诗集。蒙古贵族中，循郡王府额驸丹巴多尔济，僧格林沁的孙子那尔苏和博迪苏，那尔苏之子阿穆尔灵圭，在史料记载中皆是能诗之人，惜无别集传世。他们若想刊刻诗集实非难事，缺少出版意识应是主要原因。另外，外界诸多变数也常常使得作品难以流传，燮清⑤《养拙书屋诗选》现存版本，是光绪二年

---

① 李光廷：《西藏赋跋》，《西藏赋》，嘉庆刻本。
② 震钧：《天咫偶闻》，北京古籍出版社1982年版，第88页。
③ 旺都特那木济勒，字衡斋，乌梁海氏，喀喇沁札萨克郡王。
④ 延清（1846—?），巴哩克氏，字子澄，号小铦，一号梓臣，京口驻防，系蒙古镶白旗人。
⑤ 燮清，字秋澄，奈曼氏，蒙古正黄旗人，京口驻防。存有《养拙书屋诗选》。

(1876)晚香堂印。负责刊印的堂侄延钊在跋中记录：燮清的《养拙书屋诗》多散佚，《六壬明镜》《奇通元真》诸书也都散佚了。燮清诗稿曾刊于咸丰壬子（1852），翌年城破版毁。原稿本辗转流传。① 文孚为国栋的《偶存诗钞》写跋，提及国栋在淮南时，其诗稿曾被吴洵士先生刊之，后镌板散失。子文孚得遗稿，重刊于嘉庆二年（1797）。② 清瑞③《江上草堂诗集》刻于道光年间，因战乱原板散失，家中藏钞本，辛亥革命后，孙子云书刊于1917年。④ 散佚，或原板不存也是古代文人作品流传所面临的共同问题。

不论是京师还是江南，成熟的文化消费空间都滋养了蒙古族诗人的创作生涯。他们看到文化消费空间的繁荣，自然明白刊刻出版对诗人的重要性，只要条件允许，他们尽力刊刻诗集，也正是因为他们的努力，诗集才得以流传至今，为今人走近他们保留了一扇窗。

---

① 燮清：《养拙书屋诗选》，清晚香项氏钞本，鸿宝斋书局1936年影印。
② 国栋：《偶存诗钞》，嘉庆刻本。
③ 清瑞，字霁山，瓮鄂尔图特氏，京口驻防，蒙古正白旗人，著有《江上草堂诗集》。
④ 清瑞：《江上草堂诗集》，民国六年（1917）沈阳铅印本。

第二章

内驱力：士之信念与蒙古族诗人汉文创作传播生成

长期学习儒业，蒙古族诗人自然养成了儒家价值观，他们普遍形成的自我图式是以士自居，怀抱经世济民的理想，先天下之忧而忧。所谓自我图式，指的是我们对自己的信念，对自己的认识，这影响着我们对社会信息的加工。[①] 蒙古族诗人追求士的身份，以士为信念，就会采取符合士的行为方式。而自古以来诗就是士人表达自身价值观、彰显身份的重要方式。清代蒙古族诗人自然也就向诗靠拢，从主观方面来说，正是士的身份信念驱使他们创作传播行为的生成。

第一节 士的身份追求：认知内驱力与创作传播

从清代蒙古族诗人的诗集来看，他们都执着于追求士的身份，尽管少数诗人并没有取得功名，可他们还是以士的身份要求自己。为了拥有士的身份，他们产生了认知内驱力，即以求知作为目的，想要掌握知识、阐明和解决问题的欲望。[②] 它驱使蒙古族诗人为功名付出了长期的、艰苦的努力，而诗歌的创作传播是由此产生的一种连锁反应。诗人通过诗歌表达苦读岁月的艰辛，这其实也是完成士的身份追求的一部分，展示努力的过程可以显示出自身的坚韧以及成就的重要。待到鱼跃龙门，他们又利用诗歌表达身份自豪感，维护士的群体尊严。在认知内驱力作用下，他们积极展

---

① [美] 戴维·迈尔斯：《社会心理学》，张智勇等译，人民邮电出版社2006年版，第30页。

② 关于认知内驱力的相关阐释，参见 [美] 奥苏伯尔《教育心理学——认知观点》，佘星南、宋钧译，人民教育出版社1994年版，第492页。

开创作传播活动。

年少苦读是蒙古族诗人的共同记忆,而诗歌是传播这一荣耀经历的最佳载体。诗人在诗歌中反复书写追求举业的决心,既表达了志向,也表现出对士人身份的看重。和瑛《祭灶书怀二首》有"忆昔耽经史,三冬媚灶寒"之说,自注:"余寓成贤街灶君庙读书三年不出。"① 所谓"三年不出"是刻苦求学的经历,也代表着诗人志于举业的决心,"士"的身份来之不易,诗人谈起从前,也不无炫耀之意。

在清代蒙古族诗人中,法式善的苦读经历又尤为特别。与其他人相比,法式善年少贫困,唯有母亲与他相依为命。雪上加霜的是,法式善幼时多病孱弱,也无读书天赋,所以求学分外辛苦。蒙古族诗人中,唯有法式善记录了母亲与他一起苦读的经历,母亲曾告诫法式善:"我虽女流,侧闻大义。宁人谓我严,不博宽厚名,误儿业也。"② 法式善入学之后,"应试诗文,太淑人必手为评骘"③,法式善赞叹,"太淑人以母而兼父师,即史策所载,罕有伦匹"④。这样的感念持续了一生,嘉庆十四年(1809),法式善五十七岁,依然遥想童年,"余方六七龄,母氏课读书"(《秋园小景沈壬海孝廉嘉春绘图属题》)。反复书写读书岁月,反映了法式善对这段经历的重视。展示他的苦痛,不是在"示弱"而是在"示强",诗人坚忍不拔才得到了士的身份。在成为士的道路上,苦心志是荣耀的经历,是走向成功的必经之路。

几乎每一个蒙古族诗人都会记录或是回忆苦读生涯,由于怀抱理想,这些记录总是积极向上的,瑞常《拟读书四时乐》云:"不觉岁时残,摊书眼界宽。"⑤ 瑞常高中进士后,又嘱咐弟弟瑞庆:"努力爱春华,儒业须珍重。"(《书寄雪堂弟》)柏葰在第一次乡试落第后,继续苦读,他说:"堂帏有天真,诗书无俗缘。"(《冬斋读书》)⑥ 读书是他们的精神寄托,追求举业虽苦但精神不"苦",反而无缘举业后,诗人才充满失望沮丧,

---

① 和瑛:《易简斋诗钞》,《清代诗文集汇编》第 399 册,第 726 页。和瑛诗歌皆出自此集,不另注。
② 法式善:《先妣韩太淑人行状》,《法式善诗文集》,刘青山点校,人民文学出版社 2015 年版,第 1136 页。
③ 法式善:《先妣韩太淑人行状》,《法式善诗文集》,刘青山点校,第 1136 页。
④ 法式善:《先妣韩太淑人行状》,《法式善诗文集》,刘青山点校,第 1136 页。
⑤ 瑞常:《如舟吟馆诗钞》,光绪年间刻本。以下瑞常诗歌皆出此集,不另注。
⑥ 柏葰:《薜箂吟馆钞存序》,《清代诗文集汇编》第 622 册,第 19 页。

恩泽诗集《守来山房龚鞭馀吟》中有《予隶骁骑校之职好我者皆以为非宜爱书一律以自勉兼解众惑》，云：

> 拚却寒窗十载盟，青灯无福作书生。甘将武备移文事，权把时鲜当大烹。易逝驹光唯岁月，难醒蝶梦是功名。家贫亲老兼身拙，谁解前贤择禄情。①

即使以武功立业，也难以取代恩泽心中对举业的期待与失落。燮清文武功名皆未取得，他在《负策行》中说："况我身未附青云，怀才徒抱雕龙志"②，但他依然自觉向士靠拢，所谓"吾辈读书知古人"（《负策行》）。

诗人为士的身份自豪，和瑛有"士贵晓今古"（《书架》）、"士居四民首，造若弓受檠"（《清颖书院课士毕偕张松泉裴西鹭两明府劝农西湖上燕集会老堂即席赋诗》）之说。博明、柏葰、瑞常等人都出任过考官，法式善曾官国子监祭酒，他们在诗歌中记录经历，也传达对儒业的理解。博明在《赠讲书诸生》中说："谈经久矢三冬足，课士须知六艺先。"③《赠讲书诸生三叠前韵》中云："经如五常尊前圣，道印千江赖后贤。"他们不仅是士，还是士的老师，诗中得意之情满溢。经由千年来科举制度的催化，进士群体较之其他社会群体具有明显的身份优越感。成为士的蒙古族诗人也会在诗歌中传达自身所在群体与其他群体的区别。道光二十八年（1848）花沙纳出都往塞外，在《胡俗叹》一诗中他叹道："岂如胡人恃刍牧，终朝放旷得嬉游。我观胡俗三叹息，只缘椎鲁无所求。"④ 入主中原的满蒙八旗自觉站在农耕的立场审视游牧，游牧虽然"放旷""嬉游"，但"无所求"却是遗憾。而在诗人心目中，所求依然是儒家文化的熏陶。

习得儒业，考取功名是清代蒙古族诗人的人生愿望，而诗歌创作传播是随之产生的行为需求。他们利用诗歌强调苦读的过程，强调士与其他群体的区别，由此强化了他们的身份信念。随着诗歌的传播，诗人的身份标

---

① 恩泽：《守来山房龚鞭馀吟》，清末绿丝栏稿本。
② 燮清：《养拙书屋诗选》，清晚香项氏钞本，鸿宝斋书局1936年影印。
③ 博明：《西斋诗辑遗》，《清代诗文集汇编》第351册，第499页。本章博明诗歌皆出于此集，不另注。
④ 花沙纳：《出塞杂咏》，道光二十八年（1848）撰稿本。

签也得以流传。

第二节 士的理想追求：自我提升内驱力与创作传播

在拥有了士的身份之后，蒙古族诗人接下来需要思考的是应当怀抱什么样的价值理想，于是产生了自我提升内驱力，即"一个人凭自己对任务的胜任或工作能力而达到的应得的地位的需要"①。自我提升内驱力驱使诗人怀抱更宏大的理想追求。孔子说："士志于道"②，余英时对此的解释是："中国知识阶层刚刚出现在历史舞台上的时候，孔子便已努力给它贯注一种理想主义的精神，要求它的每一个分子——士——都能超越他自己个体的和群体的利害得失，而发展对整个社会的深厚关怀。"③ 当蒙古族诗人取得士人身份，进入仕途，便产生了强烈的关注现实、施展经世济民抱负的心理诉求。诗歌便是表达这种诉求的最佳载体。从有诗集传世的蒙古族诗人来看，他们出版诗集的目的包括"证雪泥鸿爪之痕"④"以示子孙"⑤"聊以志"⑥ 等，都是希望将自己的思想传承下去。柏春⑦在《铁笛仙馆宦游草》中讲："昔杜拾遗身经开元、天宝治乱盛衰之际，其流离颠沛所如，辄穷而发为诗歌，足以备一代之史。仆髫年诵其诗，心向往之。"⑧ 他生活在道咸同年间，是清廷的盛衰之际，他以杜甫为创作摹本，记录战争之殇，目的是以诗存史，希望作品可以广泛传播。因此他创作了大量反映社会现实的作品，《初至保阳》有"飞蝗翳翳塞天衢，麦陇青青半就芜"，展现当时河北情势；《振仁斋观察自常德来保阳过访谈途中事诗以纪之》有"更值河南北，流民塞车辙"，寥寥数语形象地勾勒了灾荒的场景。《挹翠楼诗话》评价柏春："有拟杜少陵同谷七歌，按切时事，

---

① ［美］奥苏伯尔：《教育心理学——认知观点》，佘星南、宋钧译，人民教育出版社1994年版，第486页。
② 孔子：《论语》，中华书局2006年版，第26页。
③ 余英时：《士与中国文化》，上海人民出版社2003年版，第25页。
④ 托浑布：《瑞榴堂诗》，《清代诗文集汇编》第600册，第495页。
⑤ 柏葰：《薜箖吟馆钞存》，《清代诗文集汇编》第622册，第2页。
⑥ 旺都特那木济勒：《公馀集小引》，《清代诗文集汇编》第719册，第684页。
⑦ 柏春（约1808—?），字东敷，号老铁，蒙古正黄旗人。道光二十五年（1845）进士。有诗集《铁笛仙馆宦游草》《铁笛仙馆从戎草》《铁笛仙馆后从戎草》。
⑧ 柏春：《铁笛仙馆宦游草》，《清代诗文集汇编》第631册，第108页。本章所引柏春诗歌皆出于此集，不另注。

极慷慨悲壮。"① 柏春官微言轻，他选择的经世济民的方式，就是直面灾难，书写灾难。诗歌中体现出的人文关怀，正是诗人的理想追求。

在清代蒙古族诗人中，还有一位追步杜甫的诗人，他就是延清。延清生活在光宣之际，他看到的战争更为惨烈，社会局势进一步恶化，民众完全处于水深火热之中。而延清秉持铁肩担道义的精神信念，所谓"救世心馀血，忧时泪满眶"（《甲辰四月初六日早诣颐和园仁寿殿引见蒙恩补授翰林院侍读恭纪五排二百韵》）②，书写了大量战争之殇，这使他成为晚清著名的纪实诗人。其代表作《庚子都门纪事诗》是记录庚子之变的优秀作品集，影响深远。

《庚子都门纪事诗》卷一名曰"虎口集"，直白表现了当时北京的危机，每一个人都处在虎口之中。其《纪事杂诗三十首》细致描述了事变发生之时的社会景象，并进一步思考了这场战争的原因：首先是外敌入侵，敌军如入无人之地，"彼族进无阻，麾军攻析津"③，清军却准备不足"总制习吏事，茫然司三军"；其次是内乱不止，"何物白莲教，几南兴祸端"；最后是八旗平乱无策，"甘军颇骄悍，统驭非其才。出将某入相，忌贤生嫌猜"。延清总结"浮言起草野，实祸归朝廷""自取播迁辱，全忘强弱形"。本应避免的祸患无端而至，留在北京的置身于水火，离开北京的也陷入泥沼。"徒步国门出，阱中诸苦谙。四郊尽寇盗，性比狼尤贪。"联军七月入侵后，经过一段时间的劫掠，当年九月局势渐渐趋于平稳。④《庚子都门纪事诗》卷二《鸿毛集》主要记录的是这段时间延清的见闻感受。不同于卷一是"现场"记录，卷二在反复抒发战乱带来的各种思考和情绪，如"驱车怕过正阳桥，弥望西南土尽焦""花天酒地今零落，府海官山昔富饶"（《都门杂咏七律二十四首借用吾乡于子威先生桓金坛围城纪事诗韵》），今昔与往昔的对比，已然预示了清廷覆亡的命运。卷五《豹皮集》记录了城破之时30位殉国的文武志士，其中不乏举

---

① 张寅彭选辑：《清诗话三编》第9册，吴忱、杨焄点校，上海古籍出版社2014年版，第5951页。
② 延清：《锦官堂诗草》，《清代诗文集汇编》第765册，第9页。
③ 延清：《纪事杂诗三十首》，《庚子都门纪事诗》，《清代诗文集汇编》第765册，第153页。本段提及延清描写庚子事变的诗句，除非另注，否则皆出自《纪事杂诗三十首》。
④ 根据《庚子记事》，当时英美日等国在恢复各自"管辖"范围的秩序，唯有德国一直烧杀劫掠。仲芳氏：《庚子记事》，中国社会科学院近代史研究所近代史资料编辑室编《庚子记事》，中华书局1978年版，第54—55页。

家殉国之人。对他们的书写，深化了《庚子都门纪事诗》的社会意义，陆钟琦说："豹皮一集阐扬幽贞，千载后有读之者，亦泣下。"① 战乱会过去，房屋会重建，社会秩序亦会恢复，而那些死去的人，只能在文字中留下只言片语的痕迹。延清用文字为他们在历史中保留了一个空间。延清对社会的观察是全面深刻的，《庚子都门纪事诗》开篇有多位友人写的序，都将延清的创作比之为杜少陵诗史、白香山新乐府。向杜甫靠拢，是延清身为"士"的理想追求，他把理想融入诗歌创作之中，传播了时代之音。

关注现实是诸多蒙古族诗人的共同选择。和瑛《易简斋诗抄》中有《六月二日郡民报飞蝗僵死秋上持秸以献因赋诗自警二首》，所谓"民艰粒食万畦开"展现的是深撼人心的惨痛。博明《舆人言》记录舆夫赤足工作之艰辛危险，"伛偻肩臂，其曲如弓"，"复上一级一尺，百级十丈。痛彻于心两脚掌，舆中之人坐而仰"。这是对现实深刻的体察。晚清恭钊有诗集《酒五经吟馆诗草》，其《轮船畅恤民艰也》《洋债盛虑财匮也》《电线通慎邮政也》《铁路开思险守也》皆作于光绪十五年（1889），是对晚清种种新现象、新举措的深入思考，此时甲午战争还未发生，主张变革的士人还未形成声势，恭钊已然可以"睁眼看世界"，他不反对新变化，但他的担忧亦不无道理，这样的先天下之忧而忧，正是通过诗歌才能广泛传播。同年，他还创作了《雨灾叹》《古佛匪歌》，次年有《京畿水灾纪事二十四韵》等，皆是出色的观照现实之作。

余英时认为，范仲淹以天下为己任代表的是宋代新儒家的"先觉"精神，是士人将社会责任感发展为宗教精神。一个崭新的精神面貌已浮现在宋代的儒家社群之中。② 这个精神面貌也是后世士人的共同追求，能够体察民情、关注现实是这种精神的直接反映，而诗歌又是便利、有效的记录体裁。清代蒙古族诗人普遍在作品中流露出深沉的忧国忧民之思，就是他们追求士之理想精神的明证，反之，也正是在这种精神的驱动下，他们产生了创作的渴望，这是记录，也是维护、传播他们的价值观。

---

① 见《庚子都门纪事诗》卷首集评四，《清代诗文集汇编》第765册，第150页。
② 余英时：《士与中国文化》，上海人民出版社2003年版，第439—440页。

第三节　士的生活追求：附属内驱力与创作传播

士人群体喜好强调与其他群体的身份区别，这表现在价值理想追求上，也表现在生活追求上。他们需要维持一个群体的社会形象，在生活中保持彼此认同，于是产生了附属内驱力，即诗人为保持人际网络所给予的赞许而表现出的提升生活追求的需要。① 附属内驱力同样是推动诗人创作传播的一种力量。成为士，即是成为社会知识阶层，是文化的传承者。自古以来士都是以多才多艺形象示人的，琴棋书画要有所长。阎步克在《士大夫政治演生史稿》指出，《辞源》对"士大夫"一词的解释包括"居官有职位的人"以及"文人"，士大夫具有双重身份。② "居官有职位"反映在士人的政治追求中，而"文人"多数时候反映在生活追求中，他们的诗和生活是一致的，为了追求诗歌的艺术价值，生活也需要"艺术"起来，这是彰显高尚的精神世界的方式。长期学习汉文化的蒙古族诗人在生活中也形成了这样的文人自觉。而文雅的生活旨趣很多时候只是个体的私人经验，唯有通过传播才能转换为公共经验，得到士人群体的认可，从而确认个体生活追求的价值。生活追求是"做"出来的，但同时也要"说"出去，诗歌创作便是受到公共认可的言说方式。

许多蒙古族诗人都是多才多艺的，并致力于将日常生活风雅化。法式善的生活完全充满了诗人的趣味。他有《咏物诗》一百二十首，又有《续咏物诗》一百二十首，举凡动物、植物，自然之物、人工之物等生活所见皆可吟咏，法式善用充满诗意的眼睛观察着世界，致力于将自己的家庭生活、社会生活风雅化。嘉庆十六年（1811）清明过后，法式善记录了夜宿大觉寺，在憩云轩听泉，在清水院看碑，在塔院看杏花，又寻香水院遗址的经历③，这是典型的文人雅士生活。法式善是乾嘉诗坛主盟者之一，他进入了乾嘉诗人圈，交游广泛，所以，他的诗意生活趣味亦是一个

---

① 关于附属内驱力，奥苏伯尔的定义是"学生在学校里为了保持上级人物（父母、教师）所给予的赞许而表现出来的把工作做好的一种需要"，见《教育心理学——认知观点》，佘星南、宋钧译，人民教育出版社1994年版，第486页。笔者根据行文需要，在理解奥苏伯尔的定义的基础上，化用了此概念。
② 阎步克：《士大夫政治演生史稿》，北京大学出版社1996年版，第5页。
③ 见嘉庆十六年（1811）创作的《宿大觉寺》《憩云轩听泉》《清水院残碑》《塔院看杏花》《寻香水院遗址》等诗。

诗人群体的共同趣味，由此也折射出乾嘉盛世之中诗人的习性取向。他们频繁会面唱和，制造多种多样的唱和主题。例如他们依照花期结伴赏芍药、荷花、菊花①，在法式善的诗集中，赏花之旅基本每年都会进行，唱和不断。他们还会在居所设置书屋，邀人登门唱和，法式善的诗龛是乾嘉时期代表性的诗歌"沙龙"，甚至已经成为交流诗歌的公共场所。法式善在诗集中提到的"串门"型唱和还有《周载轩厚辕编修新构舣藤书屋落成》《伊云林朝栋光禄梅花书屋落成》《深冬过王鉴溪赐砚斋》《赵味辛怀玉移居古藤书屋》，等等。可见，当时诗人普遍致力于打造一个充满诗意的生活空间。法式善对绘画作品也保持着浓厚的兴趣，他喜欢创作题画诗，也会在唱和中设置赏画、作画环节，如《莫韵亭侍郎赋驿柳诗甚佳余倩顾殹庵作驿柳图》，更添唱和雅趣。除了赏画还有鉴宝，法式善有《冶亭侍郎招同翁覃溪先生平宽夫恕宫詹余秋室集中允吴穀人编修文芝岩洗马集石经堂观欧阳公所藏南唐官砚》。法式善文化生活之丰富可见一斑，他的行为完全匹配着诗人的身份，且通过诗歌传播实现了广而告之的效果。

晚清蒙古族诗人中，三多的生活堪称风雅典范。王廷鼎②在《可园诗钞》序中介绍三多"书法笔意皆苍秀有致，间调丹青点染花果，尽态极妍。蓄一琴名丹凤，鼓《梅花三弄》珠圆玉朗，听者情移。家有小圃，剔草蔓剪，丛棘叠石，引泉杂栽，梅杏兰桂棠薇蕉竹，高下疏密莳插悉当。结茅盖亭，修广容二席，花晨月夕，沦茗焚香，抚琴奏曲，曲罢长吟，声出户外，榜其门曰'可园'"③。三多的生活环境、习惯、趣味、才能无不风雅，令人艳羡。三多在光绪十五年（1889）创作《新葺可园拟琴隐图十八咏并次其原韵》组诗，诸题为"开径""种树""乞竹""疏池""补石""治圃""护花""莳草""支棚""编篱""泥窗""设塌""藏书""读画""挂剑""张琴""焚香""题额"，这些是三多的生活"琐事"，无怪乎王廷鼎感叹自己的弟子三多"肆志诗书六艺，以蕲至于博雅之途"④。和三多生活追求相似的还有清瑞，其《江上草堂诗集》

---

① 如《煦斋英和公子招同王正亭坦修侍讲谢乡泉振定编修萧云巢大经学博丰台看芍药》《六月三日邀谢乡泉云巢煦斋长河晓行看荷花遂至极乐寺》《招同初颐圆编修极乐寺探菊范叔度鉴方葆崖维甸二同年不至》）。
② 王廷鼎，字梦薇，官浙江县丞，有《紫薇花馆诗稿》。
③ 三多：《可园诗钞》，《清代诗文集汇编》第792册，第581页。
④ 三多：《可园诗钞》，《清代诗文集汇编》第792册，第581页。

中有《苦吟》《中酒》《采菊》《持螯》《扫叶》《种菜》《结庐》系列诗作①，呈现出了诗人的生活场景。清瑞和三多都属"陶渊明风格"，取法自然。而燮清走的是另一种纯粹风雅的魏晋名士风格，其《养拙书屋诗选》中有《槐荫阁赏心乐事六韵》组诗，题目分别是"焚香操琴""把茗敲诗""新晴作画""种蕉学书""灯下敲棋""围炉小酌"，他强调生活意境的营造，所谓"卧对幽窗听鸟吟"（《书斋即事》）②。诗人雅致的生活是通过诗歌被知晓、传颂，其才子形象也跃然于纸上。

多数蒙古族诗人都有一个书斋，一个属于自己的"乐园"，三多有可园，燮清有养拙书屋，延清有锦官堂，清瑞有江上草堂，法式善有声名远扬的诗龛，往往诗人的诗集就以书斋命名，这也证明了他们生活追求与艺术追求的统一。君子喜欢的松竹兰梅，亦是这些诗人心中所爱，法式善、三多都喜欢种竹子，法式善诗云："人可一生不食肉，不可一日不见竹"（《修竹读书画扇》）③，三多《种竹篇》也云，"不可居无竹，有竹便不俗"④。清瑞以风雅情趣营造了家族艺术氛围，其子文兴，工行草，善画梅，习古近体诗，著有《寒香阁诗抄》《寒香画品录》。孙云书，光绪丁酉科（1897）举人，有《沈水清音集》《关外杂诗》。⑤

士的生活追求与诗歌创作传播相互成就，士追求诗化的生活方式，又通过诗歌播扬这种生活方式，塑造文士形象，获得社会认同。从清代蒙古族诗人的创作来看，他们普遍形成了士的生活追求，进行诗歌创作传播便是水到渠成的事了。

---

① 清瑞：《江上草堂诗集》，民国六年（1917）沈阳铅印本。
② 燮清：《养拙书屋诗选》，清晚香项氏钞本，鸿宝斋书局1936年影印。
③ 法式善：《法式善诗文集》，刘青山点校，人民文学出版社2015年版，第152页。
④ 三多：《可园诗钞》，《清代诗文集汇编》第792册，第590页。
⑤ 家族参见顾廷龙主编《清代硃卷集成》第198册，成文出版社1992年版，第179页。

第三章

诗仕互融：乾嘉诗坛的一种
文学传播趋向

综观八旗诗人身份特点，乾隆以前，他们（如纳兰性德、曹寅）多出身世家大族，诗歌创作是个人文化修养的一部分，但随着乾隆时期科举选拔、考察官员制度的转变，诗歌创作成为士子必备的个人能力，诗坛形成一种"诗仕互融"的现象，客观上促进了八旗诗人群体的扩大，诗人身份由世家扩充至普通旗人家庭，由北京拓展到各地方驻防。蒙古族诗人也是在乾嘉时期走向创作高峰。法式善出生在普通的八旗家族，以科举入仕，官阶止步于四品，虽非显宦，但他是清代著名的祭酒。处于人才济济的乾嘉诗坛，法式善的才华难称卓著，但他依然是不容忽视的诗人。审视他的成功，明显可以看出他利用诗人身份传播着为官的声望，又利用官员身份传播着诗人的名望。他把仕宦和诗人两种身份角色巧妙融通。而事实上，纵览乾嘉诗坛，类似法式善这样善于在官员和诗人两种身份中转换的文人不在少数，可以说这是乾嘉诗坛的特点之一，如严迪昌所云："官位与诗名、政界与诗坛一而二、二而一地被打通。"[①] 对于诗人而言，诗歌传播有助于仕途进取，而仕途反之也助力于诗歌传播，诗仕互融成为乾嘉诗坛文学传播的一种趋向。

第一节 诗仕互融的历史渊源

所谓"诗仕互融"，指的是诗人的诗歌创作传播与其政治权力紧密结合在一起，彼此影响，本质上，它其实是一种文学与政治的关系。诗歌和

---

① 严迪昌：《清诗史》（下），人民文学出版社2011年版，第639页。

政治权力产生联系,可以追溯到魏晋,当时诗人第一次以群体姿态登上文学舞台,"建安七子"是名门贵胄,文学造诣是个人必备修养,《文心雕龙·明诗》描述他们的诗歌内容是"怜风月,狎池苑,述恩荣,叙酣宴"①,可见他们的文学行为是个人兴趣,也是社交礼仪,虽不是进入仕途的资本,但它是维持家族荣光的重要途径。六朝诗人亦多为士族子弟,但在门阀势力有所衰落的背景下,加之统治者喜好文学,这些士族子弟开始凭借文学才能得到利禄。曹道衡认为:"南朝士人之致力于诗赋创作,实与跻身仕途有很大关系。"②另一方面,统治阶层对文学的热爱也为寒士进入政坛提供了契机。临川王刘义庆喜好文学,鲍照"尝谒义庆未见知,欲贡诗言志",得到刘义庆赞赏后,"赐帛二十匹,寻擢为国侍郎"③,由此涉足官场。直到唐代,献诗都是入仕的一块敲门砖,但伯乐难觅,加之缺少制度保障,杜甫之"朝扣富儿门,暮随肥马尘"(《奉赠韦左丞丈二十二韵》)④,便道尽其中辛酸。所以,直到唐代,诗歌和政治权力的结合相对而言较为松散。

若想将诗歌和政治权力紧密结合,形成所谓的诗仕互融,必须具备一个前提,就是将诗歌创作才能作为进入仕途的必备技能,如此,诗人和官员两种身份才真正不可分割,相互建构。而这一现象的出现,就势必离不开科举制度的发展。将诗歌作为科举考试项目,始于唐代。永隆二年(681)唐高宗颁《条流明经进士诏》,"自今已后,考功试人,……进士试杂文两首,识文律者,然后并令试策曰仍严加捉搦"⑤。所谓杂文,在明代胡震亨、清代赵翼的考证中,均包括诗赋。⑥ 在进士科之后,制科于天宝十三年(754)开始试诗赋。除取士外,吏部铨选也试诗赋,王勃《上吏部裴侍郎启》云:"伏见铨擢之次,每以诗赋为先。"⑦ 开元十九年(731),铨选开博学宏词科,韩愈《答崔立之书》说:"闻吏部有以博学

---

① 刘勰:《文心雕龙注》,范文澜注,人民文学出版社1958年版,第66页。
② 曹道衡:《兰陵萧氏与南朝文学》,中华书局2004年版,第65页。
③ 李延寿:《南史》卷13,中华书局1975年版,第360页。
④ 杜甫:《奉赠韦左丞丈二十二韵》,《全唐诗》第4册卷216,中华书局1999年版,第2252页。
⑤ 宋敏求编:《唐大诏令集》,中华书局2008年版,第549页。
⑥ 参见胡震亨《唐音癸签》卷十八《诂笺三·进士科故实》和赵翼《陔馀丛考》卷二十八《进士》。
⑦ 王勃:《上吏部裴侍郎启》,《全唐文》卷180,上海古籍出版社1990年版,第806页。

宏词选者，人尤谓之才，且得美仕。"① 但此试难度极大，韩愈亦未能中。无论如何，此时从制度上保证了寒士可以凭借文学才能获得任官资格，陈寅恪说："经术乃两晋、北朝以来山东士族传统之旧家学，词彩则高宗、武后之后崛兴阶级之新工具。"② 但是这个新兴阶级的影响力有限。终唐一朝，门第势力一直存在，他们可以通过包括进士科在内的多种途径进入官场，是官员的主流。依赖于制度上的设计，诗歌和仕途真正结合，但还无法到达彼此成就、相互建构的地步。

  诗仕互融真正实现是在宋朝。北宋自建隆元年（960）定鼎，至乾兴元年（1022）仁宗即位，仅六十余年就培养出一批"全能型"官员。范仲淹、欧阳修、王安石、司马光、苏轼等人同时是出色的官员、学者和诗人。这种现象之所以产生是因为科举制度正式成为入仕最重要的途径，门第势力荡然无存。宋初，科举考试项目就包含诗赋，而后时人对这一政策的利弊展开长期讨论，范仲淹反对过分看重诗赋，"庆历新政"中，他曾主张进士科三场考试中最后试诗赋，但新政失败。王安石变法罢诗赋，司马光在这一问题上赞同王安石，"臣闻以言取人，固未足以尽人之才，今之科场，格之以辞赋，又不足以观言"③。苏轼反对专取策论罢诗赋，"自唐至今，以诗赋为名臣者不可胜数，何负于天下而必欲废之"，且策论亦有弊端，"无规矩准绳，故学之易成；无声病对偶，故考之难精。以易学之文，付难考之吏，其弊有甚于诗赋者矣"④。伴随这些讨论，试诗赋时废时兴，但对于士人而言，习得诗赋总是有备无患。内山精也指出："宋代士大夫的终极理想是官—学—文三位一体。"⑤ 对于进士科出身的官僚来说，"诗赋即文学才能，应该是他们在官界与其他所有势力最终区别的最大的共同点和立足点"⑥。仕途中，每一种身份都是重要的，身份之间自然就彼此建构。欧阳修的政治地位帮助他成功推动古文运动，而他在文

---

① 韩愈：《答崔立之书》，《全唐文》卷552，上海古籍出版社1990年版，第2474页。
② 陈寅恪：《唐代政治史述论稿》，上海古籍出版社1997年版，第78页。
③ 司马光：《贡院定夺科场不用诗赋状》，《司马光奏议》，王根林点校，山西人民出版社1986年版，第143页。
④ 苏轼：《议学校贡举状》，《东坡全集》卷51，景印文渊阁《四库全书》第1107册，台湾商务印书馆1983年版，第700页。
⑤ ［日］内山精也：《庙堂与江湖》，朱刚等译，复旦大学出版社2017年版，第3页。
⑥ ［日］内山精也：《传媒与真相——苏轼及其周围士大夫的文学》，朱刚等译，上海古籍出版社2013年版，第115页。

学方面对后辈的提携，亦有推行其政治理念的意图。①

明代取士不用诗赋，诗仕分离。徐献忠云："我朝取士，罢黜词赋，不以列于学官。学官弟子鲜从所习业。闻习之，亦无所师承，各以其资所近者为家。"② 进士学诗晚，又缺少正确的方法，他们的诗歌造诣就难以精进，统治者亦不看重诗艺。明代诗人以身份而言，逐渐"下沉"，布衣诗人以群体姿态崛起。至清，诗仕互融再次出现。

第二节 乾嘉诗仕互融的新变及表现

清廷自入关起，统治者就重视对诗坛的干预。康熙欲延揽遗民诗人入仕，于康熙十八年（1679）三月开博学鸿词科，考诗、赋各一篇。词科属于制科，用于取士始于宋代，元、明没有制科。乾隆元年（1736）续开博学鸿词科。从取士来说，此科的作用有限，但它意味着诗赋再次成为选拔人才的标准，且这一次仅凭诗赋就可进入仕途，朝廷释放出了前所未有的政策信号。诗仕互融再一次出现在历史舞台，且这一次经由高宗推动，诗和仕形成了空前紧密的联系，这是乾嘉诗坛诗仕互融的新变。

高宗在位时，大力弘扬试律诗，试律诗遂成为各类考试必考科目。乾隆二十二年（1757），高宗发布上谕，宣布会试第二场考五言八韵唐律一首，"故有能赋诗而不能作表之人，断无表文华赡可观，而转不能成五字试帖者。况篇什既简，司试事者得从容校阅，其工拙尤为易见"③。科举增加试律，是检验学子文学才能最便捷的方式。据乾隆二十三年（1758）的实录记载："考取拔贡，去论判，改试诗一。朝考，去论判、改试诗一。各省考试岁贡，判亦改诗。优生到部，向不朝考，嗣后俟到有四五名时，由部奏派大臣试以书艺一、诗一。"④ 同年，礼部发文："现在士子功令试诗，教官职列师儒，岂可不谙篇什，应令学臣按临日兼试律

---

① 关于这方面的论述，可参考李昌舒《论欧阳修的"好贤"及其对北宋政治的影响》，《江西社会科学》2019年第1期；许浩然《古文主张下的思想与权力——从周边士大夫的学宦经历看欧阳修的嘉祐主贡》，《文学遗产》2020年第4期。
② 徐献忠：《徐献忠诗话》，《明诗话全编》第3册，江苏古籍出版社1997年版，第3093页。
③ 《高宗纯皇帝实录》卷531，《清实录》第15册，第694页。
④ 《高宗纯皇帝实录》卷558，《清实录》第16册，第71页。

诗，总覆学行，以定黜陟。"① 这些政策提升了诗赋的重要性，士人再一次开始重视诗人身份，同时也意味着诗歌对权力的依附加深。葛兆光认为，乾嘉时期"在以程朱理学为主的普遍真理话语的笼罩下，士人渐渐丧失了思想空间，……私人生活成了人们表达真实情感的唯一空间"②，但是，此时作为私人生活重要组成部分的诗歌创作，也未见得是承载真实情感的载体。

乾隆二十四年（1759）以后，诗赋就是士子必备技能，进入仕途之后，试律也常常出现在国家仪式庆典、统治者兴之所至、朝廷各类考察等场合中。许多诗人因出色的诗赋才能在仕途平步青云。王昶③中进士后，仅得归本班候铨选，三年后，乾隆二十二年（1757）高宗南巡，王昶作迎銮诗赋，得一等第一，赐内阁中书舍人。乾隆二十四年（1759）四月，阁部翰詹科道各衙门进士出身者在乾清宫考试，王昶第一，二十五年（1760）、二十七年（1762）他在试律比试中均名列前三，由此得到连续五次点充乡、会试同考官的荣耀，仕途亨通。④ 翁方纲⑤也在诗赋考试时有过出色表现，乾隆二十四年（1759）三月，御试，题《富而可求也，馆人求之弗得》，他赋得《披沙拣金》，列一等第五名，遂充江西乡试副考官。⑥ 据《阮元年谱》，乾隆五十四年（1789）阮元⑦会试中式第二十八名，殿试二甲第三，朝考第九，散馆一等第一名。五十六年（1791），圆明园大考翰詹，高宗评价第二名阮元的赋比第一名好，遂亲自改为一等第一名，阮元由编修直升为詹事府少詹事。⑧ 这些乾嘉诗坛举足轻重的诗人皆在仕途中因出色的诗赋能力得到升迁机会，诗歌和仕途联系之紧密，可见一斑。

正是因为诗歌和仕途联系紧密，仕途中的政治权力必然会反作用于诗

---

① 《高宗纯皇帝实录》卷566，《清实录》第16册，第179页。
② 葛兆光：《中国思想史》第2卷，复旦大学出版社2015年版，第338页。
③ 王昶（1725—1806）字德甫，号述庵，又号兰泉，江苏青浦人，历任江西、陕西按察使、云南布政使、刑部右侍郎。
④ 王昶履历参见《清王述庵先生昶年谱》，台湾商务印书馆1978年版。
⑤ 翁方纲（1733—1818），字正三，号覃溪，晚号苏斋，顺天人。历督广东、江西、山东学政，官至内阁学士。
⑥ 沈津：《翁方纲年谱》，中研院中国文哲研究所2002年版，第19页。
⑦ 阮元（1764—1849），字伯元，号芸台、雷塘庵主、罨经老人，江苏扬州人。先后出任浙江、江西、河南巡抚及湖广、两广、云贵总督。官至体仁阁大学士。谥号"文达"。
⑧ 张鉴：《阮元年谱》，中华书局1995年版，第9—10页。

歌。根据布尔迪厄的解释，文学场是附属于政治场的，更何况文学场主动参与到政治场中，来自于政治场的权力只会加倍的作用于文学场。乾嘉诗坛主盟者不同程度拥有着政治权力，高官显贵不乏其人。除去他们本人的诗歌才能，权力亦是他们掌握诗坛话语权的法宝。诗歌通向权力，权力渗入诗歌，诗仕难分彼此，互融互通。王昶在《湖海诗传》中说自己六十年来"揽环结佩"，经过挑选还能"得六百余人"①，将他们的作品编入诗集，法式善与超过七百人交游往来，这样的交游规模已非个人兴之所至能达到。严迪昌在谈到王昶时，说："这个时期诗坛称盟主者愈益以官位声望为恃，及门弟子依的是'权'，为人师者'奖掖'以'力'"②。

具体来说，诗坛主盟者利用权力传播诗歌表现在以下三个层面：首先，凭借政治地位建立幕府是他们影响诗坛，传播诗歌主张的共同方式。卢见曾、曾燠先后任两淮盐运使，在雄厚的财力支持下，幕府吸纳各路英才齐聚一堂。法式善记录："卢雅雨见曾都运维扬，招集名流，修葺平山堂。一时川泽呈秀，人物争妍，称最盛矣。"③ 毕沅的幕府在当时规模最大，宾客包括洪亮吉、孙星衍、杨芳灿，章学诚等人。阮元主张学问入诗，他的幕府也以此为导向，开道咸诗坛的宗宋风气。其次，举办大规模雅集盛会亦是他们主盟诗坛的方式。卢见曾在乾隆二十年（1755）和二十二年（1757）两次举行红桥修禊，江南名士纷纷参与，袁枚说："卢雅雨先生转运扬州，以渔洋山人自命，尝赋红桥修禊四章，一时和者千余人。"④ 最后，刊刻诗集更是直接彰显了他们的诗坛领袖地位。卢见曾刊有《国朝山左诗钞》，收录山东诗人的作品。毕沅《乐游联唱集》是幕中文人唱和之作，《吴会英才集》是十六位幕宾的诗集。曾燠邀请诗人唱和并结《邗上题襟集》出版，一时从者甚众，袁枚、王文治、王昶、吴锡麒等35位诗人皆曾参与。阮元有《淮海英灵集》《两浙輏轩录》，出资王豫编《江苏诗征》。上述每一个表现，都需要不凡的财力与高超的动员、组织能力，这些诗人拥有一个由精英人才组成的"团队"，权力是这个团队的"向心力"，所谓"湖海之士并有登龙之愿"⑤。正是这样的"团队"

---

① 王昶辑：《湖海诗传》，上海古籍出版社2013年版，第1页。
② 严迪昌：《清诗史》下，人民文学出版社2011年版，第636页。
③ 法式善：《梧门诗话合校》，张寅彭、强迪艺编校，凤凰出版社2005年版，第302页。
④ 袁枚：《随园诗话》，顾学颉校点，人民文学出版社1982年版，第405页。
⑤ 吴嵩：《题襟馆消寒联句诗后序》，《吴学士文集》，《清代诗文集汇编》第445册，上海古籍出版社2010年版，第570页。

分据着乾嘉诗坛,甚而主导了一时诗风所向。

第三节 八旗诗人的诗仕互融趋向

乾嘉时期是八旗诗人最为活跃且成就斐然的时期。除法式善外,铁保亦是八旗诗人中的佼佼者。铁保在《梅庵自编年谱》中叙述,他家世代武职,家人担心他科举之路无果,希望他改习清书,而十七岁的铁保坚持举业,原因是"自受书以来攻苦六七年,于制艺及诗古文词自觉有得"①。对铁保而言,诗赋一直是通向权力的途径,乾隆五十三年(1788),阿桂荐铁保举副都统,高宗引见后,命题考试五言排律一首,逾三日又传集科甲出身大小诸臣以一诗一赋在军机考试,铁保独领风骚,钦定第一,遂改补内阁学士兼礼部侍郎。② 此前他任侍读学士,这次提拔是其仕途重要转折,试律的重要性不言而喻。

而权力也必然会进入铁保的诗歌世界。铁保多次出任考官,门生众多,且不乏名声显赫者,仅乾隆五十四年(1789),铁保充会试副考官,此榜选中那彦成、阮元、刘凤诰、刘镮之、荣麟、钱楷、胡长龄、李钧简、汪滋畹、汪廷珍,"会试得人之盛,无逾此科"③。铁保《惟清斋全集》有六篇序,其中门生汪廷珍、刘凤诰、阮元、英和、冯元锡写就五篇,其《梅庵诗钞》前又有阮元、王芑孙、吴骞、徐端等门生作序,座主与门生的关系本是政治权力关系,但在文学传播中,转换为作者与传播者这一文学关系,这也是常见的一种诗仕互融的形式。铁保的门生认为铁保对诗坛的主要贡献就是提出并主持编纂《熙朝雅颂集》,而此集的编纂明显是由权力推动。铁保在乾嘉诗坛拥有一席之地,和他作为《熙朝雅颂集》总纂的身份以及门生这些"二次传播者"是分不开的。

乾嘉时期蒙古族诗人开始集中出现,博明、梦麟、法式善、和瑛、松筠、博卿额、国柱、国栋、嵩贵都属这一时期的诗人。和瑛、松筠的代表作《西藏赋》《西招纪行诗》皆因任职边疆而产生,也因他们的身份得以持久流传。龚自珍在《最录西藏志》中讲,"道光壬午春日,从春庐先生廷尉家借录一通,取布彦罕、库庠木罕、叶伦罕三奏与彦诺林亲、噶奏两

---

① 铁保:《惟清斋全集》,《清代诗文集汇编》第432册,第358页。
② 铁保:《惟清斋全集》,《清代诗文集汇编》第432册,第361页。
③ 铁保:《惟清斋全集》,《清代诗文集汇编》第432册,第361页。

奏，选入续文断中，以备盟府副藏。此书无作者名氏，取和泰庵、松湘浦两尚书之书观之，百余年来，西事备矣"①。他们是边疆主政者，这使他们的记录更值得信赖。博明于乾隆十七年（1752）高中进士，在翰林院供职至乾隆二十八年（1763），任洗马。他学识过人，《天咫偶闻》载："西斋少承家世旧闻，加以博学多识，精思彊记。其于经、史、诗、文、书、画、艺术、马步射、翻译、国书源流，以及蒙古、唐古忒诸字母，无不贯串娴习。"② 翰林官员以才华著称，这也意味着成为翰林官员有助于才华的传播。时人以"洗马"尊称博明，可见，官职与才华有时是融为一体在传扬。

博卿额、国柱、国栋同属科尔沁部明安家族后裔，颇具才华，惜今存诗数量较少。嵩贵的诗散见于一些诗歌总集，诗集《邮囊存略》今已不存。因此在这一时期的蒙古族诗人中，成就最高者当属梦麟和法式善。梦麟十八岁中进士，二十五岁就成为户部侍郎，逝世时年仅三十岁，已署翰林院掌院学士。若非英年早逝，他应该可以成为八旗诗人的领军者。梦麟两督河南、江苏学政，充江南乡试正考官，桃李天下，他"甄录单寒，为之延誉"③，门生亦对他推崇有加。王昶是梦麟典试江南时甄拔，其《湖海诗传》收梦麟四十六首诗歌，《蒲褐山房诗话》评价梦麟"乐府力追汉魏，五言古诗则取盛唐，兼宗工部，七言古诗于李、杜、韩、苏无不有仿，无所不工"④。梦麟任江苏学政时的门生吴泰来为梦麟刊刻了《大谷山堂集》。可见梦麟作品的传播，离不开门生的努力。法式善身处乾嘉诗坛，亦是将权力与诗歌紧密结合的一位具有代表性的诗人。他们的政治权力与文学权力是彼此交错融合的，仕途影响了他们的文学选择，但也共构了文学空间的生成，借助权力，八旗诗人的创作得到了更有效的传播。

乾嘉从制度上将诗歌和仕途结合，对于诗人而言意味着个体空间的兴趣追求与社会空间的事业追求合二为一，这种转变对八旗诗人的影响尤其明显。从整体上看，八旗诗人从数量、成果到影响力，都是在乾隆之后走向高峰。清廷入关之初，八旗诗人的创作纯粹基于对汉文化的热爱，是一种创作的"自发"状态，随着乾嘉制度的转变，诗仕互融成为一种普遍

---

① 龚自珍：《龚自珍全集》，上海人民出版社1975年版，第258页。
② 震钧：《天咫偶闻》，北京古籍出版社1982年版，第37—38页。
③ 杨锺羲：《雪桥诗话》，北京古籍出版社1989年版，第269页。
④ 王昶：《蒲褐山房诗话新编》，周维德校点，人民文学出版社2011年版，第37页。

现象，诗人的创作转为"自觉"状态，利用诗歌拓宽仕途之路，将权利资本转化为文学资本，提升自己在诗坛的地位及影响力。他们不仅自己走向了创作高峰，也成为满蒙文学发展的代表人物，梦麟、铁保、法式善在汉族诗人为主的诗坛获得了话语权，法式善更是乾嘉诗坛主盟者之一。

第四章

以诗助仕：法式善的仕途心态与传播行为

法式善（1753—1813），原名运昌，字开文，号时帆，又号梧门、陶庐、小西涯居士，内务府正黄旗人，蒙古伍尧氏。法式善是乾嘉诗坛主盟者之一，他的诗龛与袁枚的随园是当时一南一北两个重要的诗坛"沙龙"。时至今日，学界关注最多的八旗诗人亦是法式善。本书试图在"传播"这一动态过程中，分析法式善的心态、人生经历与其创作的关系，这是对法式善其人与创作的整体性思考，借此想要回答法式善的文学活动究竟以什么为动机，他如何实现这种动机，效果如何。法式善的文学传播行为是由其传播心态引动的，他是乾嘉诗坛名镇一方的诗人，也是清代历史上著名的祭酒，他在诗坛和仕途都有着出色表现，所以，思考法式善的传播心态与行为有必要从仕途和诗歌创作两个层面展开。本章聚焦于仕途，诗歌创作留待下章。

第一节 仕途"扬名"心态

法式善一生基本都在翰林院任职，仕途经历较为单一，其主要成就集中在编纂文献方面，而从他编纂的各类文献中，可以很明显地感受到他有一种追求青史留名的"扬名"心态。

法式善非常重视传播自己的声名，他仿王昶《湖海诗传》编《朋旧及见录》，收友人作品，编次分为三段，划分原则是以他"始生之年定之""登第之年定之""成书之年定之"①。他官至国子监祭酒时，重刊国

---

① 法式善：《朋旧及见录例言》，《法式善诗文集》，刘青山点校，人民文学出版社2015年版，第1179页。

子监旧碑，也是"以告后来者，俾继而书之"①，明显希望自己也在碑上留名。乾隆六十年（1795）诏开恩科，又特选举人之才者试之官，于是来自全国的己亥科举人再聚京城，盛况空前，法式善说：

> 今新举之士，亦莫不刊其所谓齿录者，然或久别而不能记其名矣，或骤接而不能举其姓矣，使其中有朱子、文信国其人，虽百世犹旦暮也；使其中无朱子、文信国其人，虽屡书之犹无书也。信国以榜首，固宜煊赫一时；朱子甲第最后，而一榜之士且赖其力以著闻。然则出处穷达、后先之适然者，诚不足道，而所由常存而不敝者，又岂在区区识录也哉？遂以告诸君子而书之，亦以志予区区之私，又有在诗人《頍弁》雨雪之思之外也。②

从这段话可以看出法式善非常重视名字的传播，所以要广开思路编纂各种文献存史留名，于是他为所有参与盛会的己亥同年重刊齿录，赵怀玉评价："同年齿录不少，而合天下同举于乡者以为齿录焉，则甚少也。"③ 可见法式善对存名的执着。在《再会己亥同年于陶然亭重刊齿录》一诗中，法式善明确地说要"名姓共流传，千秋吾有寄"④。嘉庆九年（1804）法式善已过天命之年，在《生日杂感》一诗中，他倾诉心境，以"四海与九州，雪鸿要留迹"总结了自己半生历程，这也是他一生心态的写照。这种心态的形成和他的成长经历是分不开的。

阮元在《梧门先生年谱》⑤ 中历数了法式善一生主要经历。乾隆十八年（1753）正月法式善生于西安门养蜂坊，是本生家族的长子，满月后奉祖命过继给伯父和顺，被和顺妻韩氏养育成人。从王芑孙《内务府司库广公墓志铭》提供的法式善族谱来看，家族自入关三传至梦成（见图4-1）。

由图4-1可以看出，法式善生父广顺过继给长安（广顺的叔父），法式善又过继给自己的伯父和顺，回到了亲祖父这一支。法式善童年经历坎

---

① 法式善：《祭酒司业题名碑文》，《法式善诗文集》，刘青山点校，第1142页。
② 法式善：《重刻己亥同年齿录序》，《法式善诗文集》，刘青山点校，第1047页。
③ 法式善：《祭酒司业题名碑文》，《法式善诗文集》，刘青山点校，第1142页。
④ 法式善：《法式善诗文集》，刘青山点校，第139页。本章引用法式善的诗歌，均出自《法式善诗文集》，仅随文标明题目，不再另注。
⑤ 阮元：《梧门先生年谱》，《法式善诗文集》，刘青山点校，第1243—1254页。法式善仕途经历皆出自年谱，以下同，不再另注。

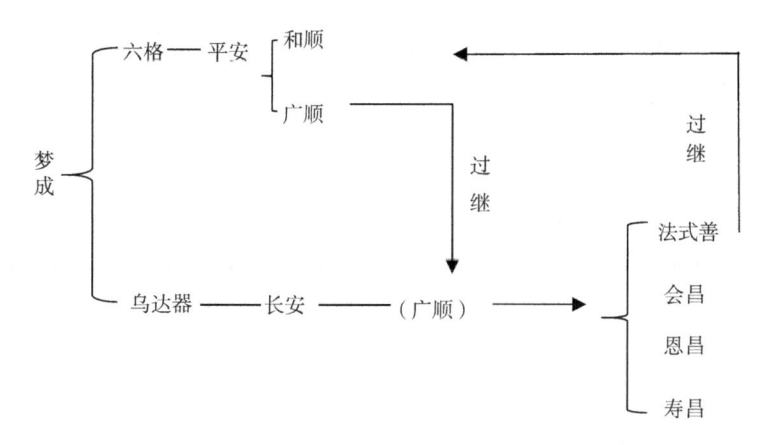

第四章 以诗助仕：法式善的仕途心态与传播行为

```
         ┌ 六格 ── 平安 ── 和顺
         │              │
         │              └ 广顺 ──过继──┐
梦成 ────┤                              │
         │                              │  过继
         └ 乌达器 ── 长安 ──（广顺）──→ ┬ 法式善
                                        ├ 会昌
                                        ├ 恩昌
                                        └ 寿昌
```

图4-1　法式善家族世系图

坷，十岁嗣父去世，身边只剩下嗣母韩氏，韩氏独自抚养法式善，生活艰难，寓外家，后又寄居于外家亲戚，物资匮乏。法式善曾说："忆我儿童日，时时贫贱忧。"（《忆旧》）其精神压力也可想而知。科举成为孤儿寡母唯一出路。韩氏严格督促法式善的功课，法式善《先妣韩太淑人行状》云："太淑人条诫甚密，一篇不熟，则不命食；一艺不成，则不命寝。太淑人亦未尝食，未尝寝也。"① 即使生活窘迫，韩氏还是想方设法满足法式善读书需求，《梧门先生年谱》记载韩氏典衣买书，法式善意识到书籍的珍贵，立志藏书。② 母子间相依为命之深情，是法式善一生珍重、感念的。乾隆三十九年（1774），韩氏患肺病，于三月初七离世，临逝前嘱咐法式善："汝能登第，当以名宦自勖。否则，亦当作一正人。"③ 名宦是母亲的遗言，也是刻入法式善内心的渴望。

阿德勒在《理解人性》中解释了我们的文明是一种建立在健康体魄和器官健全发育的基础之上的文化，因此很晚才学会走路的儿童、运动有困难的儿童、很晚才学会讲话的儿童，或者那些因大脑活动发育缓于正常儿童而显得笨拙的儿童，就会处于不利地位，如果再加上贫穷或不正常的家庭关系，他们遇到的障碍常常会阻碍或歪曲他的社会感。④ 而法式善的

---

① 法式善：《先妣韩太淑人行状》，《法式善诗文集》，刘青山点校，第1136页。
② 阮元：《梧门先生年谱》，《法式善诗文集》，刘青山点校，第1245页。
③ 法式善：《先妣韩太淑人行状》，《法式善诗文集》，刘青山点校，第1136页。
④ ［奥］阿尔弗雷德·阿德勒：《理解人性》，方红、郭本禹译，北京师范大学出版社2016年版，第17—18页。

童年就存在健康和贫穷这两方面的问题，嘉庆七年（1802）法式善回忆："吾幼多疾病，五岁掖始行。六岁读陶诗，句读不能清。"（《五月二十八日诸同人张宴于正乙祠为贺虚斋贤智侍御祁鹤皋韵士杨蓉裳二农部谢芎泉祠部暨余作五十生日芎泉即日成五古四章余效其体》）贫穷一直伴随着他，并且在嗣父去世后变得更严重。但法式善的"社会感"没有明显歪曲，这无疑得意于母亲无微不至的关怀，反之也可证明法式善对这份关怀的重视和感激，儿时每当身体或者精神面临痛苦，母亲都似救命稻草。所以母亲的遗愿对法式善格外重要，而这个愿望也契合法式善的信念，弱小加贫穷的童年一定会不同程度滋生出一个人的权力欲。阿德勒指出："一旦对获得认可的追求占了上风，它就会使精神生活处于更为紧张的状态，关注自己给别人的印象。"① 弱者更希望变成别人眼中的强者，法式善童年的经历会令他产生对成功的无限期待，成为名宦，对他而言尤为重要。而法式善对名宦的理解最终落在了对"存名"的执着，这也和母亲有关，他曾记载："余五六岁时，先太淑人教识字，每举古人乡里、官爵、表字相问难。"② 年幼启蒙之时，名字的重要性就已深入脑海。为此，他把握了每一段仕途经历，充分利用自己的政治身份扩大声望，成为清代历史上著名的祭酒。

第二节　仁宗"沽名"说再辨

仁宗曾评价法式善"沽名"，虽不免贬斥之意，但这一评价恰恰可以说明法式善对"名"的看重。乾隆五十九年（1794）法式善升为国子监祭酒，这是他仕途发展的顶峰，但是，嘉庆四年（1799）因条奏事件，法式善一下坠入谷底，仁宗一句"沽名"的评价，成为法式善挥之不去的印迹。笔者以为，所谓沽名，有合理之处，它在某种程度上契合了法式善意欲扬名的心态，但沽名又不足以概括法式善的全部传播动机，因为他的扬名心态并不等同于沽名钓誉，他希望传播的是士人群体的声名，他帮助更多的士人将姓名留存在历史之中。

---

① ［奥］阿尔弗雷德·阿德勒：《理解人性》，方红、郭本禹译，第 123 页。
② 法式善：《鹤征录序》，《法式善诗文集》，刘青山点校，第 1188 页。

一　条奏事件原委

嘉庆四年（1799）正月初三高宗崩，初五仁宗有旨："敬念皇祖皇考御极以后，俱颁诏旨求言。……即以求言为急务，矧朕德薄，何敢不虚怀延访，听受谠言，特此通行晓谕，凡九卿科道，有奏事之责者，于用人行政一切事宜，皆得封章密奏，俾民隐得以上闻，庶事不致失理。"①

正月十三，法式善应旨上折，大致内容如下：

一、诏旨宜恪遵也。国家设官分职，各有专司，既奉圣谕，即当敬谨遵办。近来竟有阳奉阴违，延宕至二三年者，如嘉庆元年恩诏内，荫生、孝廉、方正诸条，迄今并未筹及。请皇上申明定限。一切诏旨，务使切实举行，以昭慎重。

二、军务宜有专摄也。应请敕遣亲王重臣威望素著者一员，钦授为大将军，驰驻楚蜀适中要害地方，畀以符信，节制诸军。

三、督抚处分宜严也。请皇上赦其小过，其有不称督抚之任者，或降调、或予罢斥，罚交养廉之例，可以永行停止。

四、旗人无业者宜量加调剂也。伏思口外、西北一带地广田肥，八旗闲散户丁实无养赡，情愿耕种者，许报官自往耕种，不愿者听其便。

五、忠谠宜简拔也。旧日言事之臣，如原任内阁学士尹壮图、原任御史郑征等居心忠亮，誉论称之。请皇上加恩，召赴阙廷，许其直摅所见。奖一二人而天下知劝，恢张治体，激发士心，不无裨益。

六、博学鸿词科宜举行也。②

这份奏折递交后如石沉大海，仁宗一直留中未发。至当年十二月初一，上谕突然严厉申饬法式善：针对授亲王大将军，"若亲王统兵，有功无以复加，有罪将何以处？议法伤天潢一脉之深恩，议亲废朝廷之法，所奏已属揣摩迎合，全不顾国家政体"。针对京旗外迁，"若如所奏，岂非令京城一空，尤为荒谬之极"。针对考试，"至请申明定限，举行荫生、孝廉、方正、博学鸿词各条，其事俱近沽名"。其他各条，"惟停止督抚

---

① 《仁宗睿皇帝实录》卷37，《清实录》第28册，第416页。
② 法式善：《奏为条陈军务等各条事》，第一历史档案馆藏，档案号03-2496-011。

罚交养廉，其说近是，早经有旨通谕。其所称尹壮图业经召用，郑澂亦令吏部调取引见"。所以仁宗的判断是：

> 至从前法式善在祭酒任内，声名狼藉，其最著者，开馆取供事一事，赃私累累。此人朕素不识，然早闻其劣迹矣。……十一月十八日，丰绅济伦密保法式善，谓人"明白结实，办事妥协"，实属孟浪可笑。丰绅济伦与法式善并非同衙门办事之人，如何得知其妥协？必系法式善见朕用丰绅济伦管理之处颇多，妄生别念，仍如钻营和珅、福长安故智，夤缘干求。①

随后仁宗又连发上谕，"法式善所论旗人出外屯田一节是其大咎，至于命亲王领兵一节不过迎合揣度。而国子监一事，已属既往，姑不深究。若照议革职，转恐沮言路，殊有关系，加恩赏给编修，在实录馆效力行走"②。这一处罚决定有违成例，《榆巢杂识》记载："翰林及科道官左迁后例不能仍回本衙门。……至法梧门以检讨擢至祭酒，缘事奉旨以编修降补，尤为异数。"③ 法式善因条奏事件，第一次遇到了严重的仕途危机。而理解条奏事件的发生原因，需要从仁宗和法式善二人的心态出发。

二 仁宗认定法式善"沽名"的动因

条奏事件反映出仁宗初掌大权的敏感心态。从上谕来看，仁宗对法式善的指责并非毫无道理。嘉庆四年（1799）正月初八，已革和珅、福长安职。同日，命诚亲王永瑆军机处行走，总理户部；仪亲王永璇总理吏部；睿亲王淳颖管理理藩院；定亲王绵恩管理步军统领。④ 所以法式善奏折中所谓亲王领兵确有仁宗所谓"迎合揣度"之嫌，亦不可行。尹壮图是因和珅获罪，此时再被提拔已在情理之中，法式善乃顺势而为。关于旗人自愿前往西北耕种一条，并无新意，京旗回屯自高宗始，乾隆二年（1737），舒赫德就建议在京旗人回屯盛京、黑龙江、宁古塔三处。⑤ 法式

---

① 上谕全文见《仁宗睿皇帝实录》卷56，《清实录》第28册，第721—722页。
② 《仁宗睿皇帝实录》卷56，《清实录》第28册，第723页。
③ 赵慎畛：《榆巢杂识》，中华书局2001年版，第104页。
④ 《仁宗睿皇帝实录》卷37，《清实录》第28册，第418—419页。
⑤ 舒赫德：《奏为八旗人口日增生计日促，请广募民人迁往盛京等三省开垦事》，第一历史档案馆藏，档案号04-01-02-0133-011。

善建议旗人去西北，只是换了地点。而这也恰反映了他对旗人生计思虑不周，回屯东北，是因东北是满洲兴起之地，可兼顾地理、旗人情感、军事等几方面意义，易于为上下一体接受。法式善一生未远离京师，也没有在不同的职能部门锻炼，缺少对社会、官场的深刻体悟，有些缺乏政治远见。在仁宗初掌实权之时，讨论出外屯田实非良机，仁宗反对亦在情理之中。至于条奏中举行荫生、孝廉、方正、博学鸿词各条，法式善本是词臣，建议合理，但不算独到，仍有顺势而为之嫌，仁宗评价"其事俱近沽名"，其实这一评价恰可以证明法式善对"名"的看重。

仁宗对"沽名"有自己的评价标准，从实录来看，仁宗在位时共批评二十二人"沽名"，他们上奏之事皆属锦上添花之举，不是紧要之事。嘉庆四年（1799）三月，御史玉庆请将盛京各部司员等一体赏给双俸，仁宗回复："若俱似此纷纷陈恳，市惠沽名，轻议变更成法，成何政体。"① 五月，缊布奏添设养育兵，先动止项给饷，再于直隶旗租内归款。仁宗批评缊布以国家经费之需，为一己沽名之地。② 在诸多条奏之下，仁宗愤怒表示：

> 近来言事诸臣，往往不为国计民生起见，揆厥本衷，大约不出乎名、利之两途。其沽名者，如议添八旗内务府甲缺、加增廉俸、赏赉兵弁等事。其意以为若蒙允准，则可以市惠于人；不准，则又以归怨于上。似此居心，其巧诈尚可问乎！③

仁宗的判断是可以成立的，谏议者的动机有时确将公权和私欲挟裹在一起。儒家教义对士大夫的约束，致使他们看重名声，便终有沽名之人。从仁宗对所谓"沽名"之人的论断来看，他有大体一致的标准：这些人所提之事非关国计民生，专为锦上添花，往往慷他这个皇帝之慨，笼络人心。仁宗主政墨守成规，但不等于他不愿意听取有价值的意见。可以与法式善形成对照的是洪亮吉。

嘉庆四年（1799）八月二十四日，洪亮吉上书《乞假将归留别成亲王极言时政启》。洪亮吉的经学背景，在多地游走的经历，使他的建议是

---

① 《仁宗睿皇帝实录》卷41，《清实录》第28册，第500页。
② 《仁宗睿皇帝实录》卷45，《清实录》第28册，第549—550页。
③ 《仁宗睿皇帝实录》卷46，《清实录》第28册，第567—568页。

切中时弊的。例如他认为集思广益之法未备，所以诸臣"以模棱为晓事，以软弱为良图，以钻营为进去之阶，以苟且为服官之计"，应"召见大小臣工，必询问人才，询问利弊。如所言可采，则存档册以记之。倘所保非人，所言失实，则治其失言之罪"①。洪亮吉奏折流露出书生意气，且言辞辛辣，点名道姓指责上级官员，锋芒毕露。二十五日仁宗便革了洪亮吉翰林院编修之职，二十七日皇帝就给出了"终审"诏书，他认为洪亮吉"以小臣妄测高深，意存轩轾，狂谬已极"②。军机大臣会同刑部拟以斩决，但仁宗不能诛戮言臣，所以改判洪亮吉流放。仁宗警告诸臣："惟近日风气，往往好为议论，造作无根之谈，或见诸诗文，自负通品。此则人心士习所关，不可不示以惩戒。岂可以本朝极盛之时，而辄蹈明末声气陋习。"③

后人总结明亡原因，一直将明末言论误事列为其一。顾炎武形容当时言论：

> 前者噪，后者和；前者奔，后者随；上之人欲治之而不可治也，欲锄之而不可锄也，小有所加，则曰是杀士也，坑儒也。百年以来，以此为大患，而一二识治体能言之士，又皆身出于生员，而不敢显言其弊，故不能旷然一举而除之也。④

清廷取明而代之，前车之鉴始终铭记，仁宗不喜所谓"声气陋习"，即士人发表意见时情绪亢奋、言辞激烈，偏执固执。洪亮吉从宽免死，发往伊犁。仁宗对洪亮吉的处罚无疑是重于法式善的，但具有戏剧性的一幕是，不过九个月后，嘉庆五年（1800）闰四月，仁宗因天旱求雨，欲对遣戍之人施恩，洪亮吉赫然在列。他肯定洪亮吉所论"足启沃朕心"⑤，所以，将洪亮吉释放回籍。洪亮吉的意见是与"君德民隐休戚相关"⑥，

---

① 全文见洪亮吉《卷施阁文甲集续卷》，《洪亮吉集》，刘德权点校，中华书局2001年版，第223—230页。
② 《仁宗睿皇帝实录》卷50，《清实录》第28册，第640页。
③ 《仁宗睿皇帝实录》卷50，《清实录》第28册，第640—641页。
④ 顾炎武：《生员论中》，《顾炎武全集》第21册，上海古籍出版社2011年版，第70—71页。
⑤ 《仁宗睿皇帝实录》卷65，《清实录》第28册，第867页。
⑥ 《仁宗睿皇帝实录》卷65，《清实录》第28册，第867页。

所以，仁宗始终未用"沽名"评价他。响应仁宗号召具折言事者众，但真知灼见实在寥寥。所以，仁宗所谓"沽名"并非针对法式善一人，他是在纠正当时朝廷风气。

由仁宗上谕来看，他以为，法式善夤缘求进，攀附丰绅济伦，这是触怒他的关键原因。和珅的恶不只在于贪腐，他周遭聚集了一大批官员，趋炎附势，结党营私，皇帝和臣子之间隔了一个权臣。洪亮吉建议皇帝在处置和珅一党时，那些有真知灼见者，不究从前，在升迁调补时示以善恶劝惩之法，"使人人明知圣天子虽不为己甚，而是非邪正之辨，未尝不洞悉，未尝不区别。如是则凤昔之为私人者，尚可革面革心而为国家之人。否则，朝廷常若今日清明可也，设万一他日复有效权臣所为者，而诸臣又群起而集其门矣"①。最后一句恐怕也是仁宗最在意的。仁宗不是担心和珅集团尚未清除，而是担心又一个"和珅"出现，他对权臣弄权异常敏感。法式善的奏折谈不上洞察时局，也缺少创见，一些事提出的时机不对，集中反映出法式善政治思维的局限性。而仁宗近一年未回复，证明他不甚在意，只是对法式善产生了"沽名"的偏见。但丰绅济伦和法式善未曾共事却愿意推荐，仁宗推断为夤缘求进，必须惩治。与其说法式善被和珅一党连累，不如说他自己的政治判断出现失误，未能体察到皇帝初掌实权的敏感。

三　法式善"条奏"的动因

至于法式善上奏的心态，不能否认他有着士大夫兼善天下的自觉精神，但其中私欲也是不能无视的。常年位居词臣，新皇登基之时，他想要抓住机会在政治上有更大作为，继续他的"名宦"之路，这个动机可以透过他尊崇李东阳体现出来。

嘉庆二年（1797）法式善在《西涯诗》自序中云："西涯即今之积水潭，在李文正旧宅西，故名。非别业也。余既辩李广桥之误，因绘西涯卷子，并摹文正像于帧首。"② 可见，此时他已完成《西涯考》，并请人绘制《西涯图》③。法式善开始关注李东阳实为偶然，他说："偶过苏斋，见

---

① 洪亮吉：《卷施阁文甲集续卷》，《洪亮吉集》，刘德权点校，第 226 页。
② 法式善：《西涯诗》，《法式善诗文集》，刘青山点校，第 176 页。
③ 中国古代书画鉴定组编《中国古代书画图目》第 23 册著录显示《西涯图》是瑛宝、笪立枢、王霖在嘉庆二年即 1797 年创作。文物出版社 2000 年版，第 375 页。

《西涯图》，借留展玩，因详辨之，并补招诸君子赋诗焉。始知古人遗迹之近在目前者，向皆忽而过之也。"① 法式善住址离李东阳故居很近，"距李公桥不数武，门外即杨柳湾"②，他对这样的因缘际会深有感触，他每天走过的地方，三百年前李东阳也曾走过，那些习以为常的事情，忽而蕴含着不同寻常的意义。法式善为过去的不明所以感到惋惜，为人世间中存在的更多未知感到迷茫，"天下事之在目前，忽而过之者，岂独西涯也哉"③。从此，他就在反复思考自己和李东阳的关系，空间上的联系只是缘起，一定还有其他的联系可以发掘，他希望自己是李东阳身后三百年的知己、代言人。他说："竹垞检讨《日下旧闻》引西涯事迹多舛误，余于看荷时论及之。"④ 他认为自己的考证才更接近真相。嘉庆三年（1798）六月九日李东阳生日，法式善举办雅集，翁方纲等四十余人参加，法式善说这些人都是"卿士中知名者"⑤，他题诗《六月九日招同人集西涯旧址》纪念。

除文字崇拜外，法式善还寻访、重建李东阳墓，经过其努力，墓祠于嘉庆六年（1801）建成，约在嘉庆十三年（1808）至十四年（1809）重修一次。嘉庆六年（1801）他和翁方纲等人还曾赴畏吾村勘怀麓堂废址。⑥ 同年，法式善为李东阳编纂年谱，据《明李文正公年谱序》《明李文正公年谱跋》两文，可知法式善先后两次编纂年谱，第一次编为五卷，刊刻时有脱略错误，后续编两卷，合为七卷，在众位友人资助下在京师重新刊刻。此外，他还"以李宾之论课多士，拔生文为第一"⑦。嘉庆二年（1797）至七年（1802）是法式善尊崇李东阳较为集中的时期，留有诸多文字，并付诸行动。八年（1803）以后，他对李东阳的尊崇渐趋淡化，诗歌数量大不如前。

从法式善的创作来看，他没有对李东阳在明代的文学地位及诗学造诣进行评价，多聚焦于李东阳的仕宦生涯，这说明法式善以李东阳为职场偶

---

① 法式善：《西涯考》，《法式善诗文集》，刘青山点校，第 1028 页。
② 法式善：《西涯考》，《法式善诗文集》，刘青山点校，第 1028 页。
③ 法式善：《西涯考》，《法式善诗文集》，刘青山点校，第 1028 页。
④ 法式善：《陈伯恭崇本祭酒和余西涯诗次韵》，《法式善诗文集》，刘青山点校，第 179 页。
⑤ 法式善：《寄曾宾谷运使（有序）》，《法式善诗文集》，刘青山点校，第 197 页。
⑥ 参见法式善《二月十一日胡蕙龛大令邀陪翁覃溪先生暨诸同人极乐寺早饭抵畏吾村勘怀麓堂废址》，《法式善诗文集》，刘青山点校，第 297 页。
⑦ 法式善的《赠盛藕塘植麒上舍》诗中有注，《法式善诗文集》，刘青山点校，第 289 页。

像。他认为,自己是李东阳的知音,有"我尝校公集,因知公素志"(《题西涯先生像后》)之说。《李东阳论》为李东阳独留庙堂进行辩白,刘健、谢迁辞官而去,他们"所见者小,东阳所见者大……若东阳者,诚大臣之用心也"。正是李东阳的坚持,刘瑾最终被除,"然则延明祚百有余年,谓非东阳一人之力不可也"。针对当时有人讽刺李东阳不辞官归乡,法式善解释,李东阳自曾祖以来已经在京城生活四世,且无嗣,"东阳去京师,将安所归?"法式善对诸多批评李东阳的声音不以为意,说他们"大抵身不履其境,则责人无难。……彼于东阳攻之不遗余力者,皆未权其轻重缓急,而究夫用心之所在者也"①。李东阳身后,多有赞誉之声,此论并不新颖。沈德潜的《李东阳论》云:"从来人臣显行其节者易见,隐行其志者难知。东阳之不去,一在保全善类,使诸臣阴受其庇;一在受顾命之重,宁留其身以冀君之悛改,而不忍超然去国以自洁其身。"②但翁方纲评价法式善之论"发挥更为深切"③,是公允的。李东阳去无可去,没有去的理由,也没有去的地方,走了成全自己,留下成全朝政。法式善将这番道理说得更为透彻,且点明"责人无难"的看客心理,是对责难李东阳的舆论的有效反击,也使整篇文章更加发人深省,正如洪亮吉所评:"末段亦断不可少。"④

耐人寻味的是,和李东阳有相似之处的狄仁杰,却没有得到法式善的赞誉。李东阳在《读〈唐史〉三十一首》一文中说:

> 褚遂良、来济、韩瑗死武氏之立,狄仁杰不死武氏之篡。君子谓遂良守经,仁杰近权。然观遂良之仗节,见太宗纳谏之效,数年之士气未衰;观仁杰之成功,见太宗致治之效,数十年之人心未去,此亦不可得而诬也。顾其所处,犹有不同者。若易地而观,则仁杰必能直谏于将立之时,遂良未必能成功于既篡之后。故为遂良死者难而易,为仁杰生者易而难。邵子谓任天下之事,不若死天下之事,死天下之事,不若成天下之事是也。然臣子不幸而当此,能为仁杰,则为之;不能,则必为遂良,乃不失正。⑤

---

① 法式善:《李东阳论》,《法式善诗文集》,刘青山点校,第1023页。
② 沈德潜:《李东阳论》,《李东阳集》第3册,岳麓书社2008年版,第1548页。
③ 法式善:《李东阳论》,《法式善诗文集》,刘青山点校,第1024页。
④ 法式善:《李东阳论》,《法式善诗文集》,刘青山点校,第1024页。
⑤ 李东阳:《读〈唐史〉三十一首》,《李东阳集》第2册,第606页。

显然，李东阳借狄仁杰为自己辩解。他认为，自己和狄仁杰有相似之处。但法式善表达的则是对狄仁杰的责难，"吾以为仁杰忠于武后也，而非忠于唐。方武后之革唐命而为周也，仁杰度能以力制之，则当明正其罪，布告天下，振师旅以殄灭之。否则逃诸海滨，虽老死而勿悔，高祖、太宗之灵，必鉴察焉"①。这一论断实在简单极端，和《李东阳论》中的政治见解迥异，针对狄仁杰，法式善显然也犯了他自己所谓的"责人无难"的错误。笔者以为，法式善对李、狄二人前后迥异的判断，反映了他缺乏理性深刻的政治判断能力以及持续稳定的政治见解，容易感情用事，而这一点也反映在了条奏事件中，他无感于仁宗初掌实权的敏感。

关于法式善尊崇李东阳的原因，可以从以下两个方面展开探讨。

首先，二人有相似的仕宦经历。前文已论及，法式善开始关注李东阳是有着偶然性的，借由空间架起的二人的桥梁，已让法式善感慨不已，他还发现自己和李东阳更多的相似之处。他们祖籍异乡，却都出生在北京，在翰林院任职较久，也都在文坛居于领导地位。

李东阳，字宾之，茶陵人，以戍籍居京师。天顺六年（1462）十六岁举顺天乡试，次年会试中式。天顺八年（1464）殿试二甲第一，入翰林为庶吉士，是时已在文坛占有一席之地。此后他一直在翰林院任职，直到弘治六年（1493），四十七岁的李东阳迎来了人生转折。闰五月，他应久旱求言诏上疏，提出十条建议。② 至此，他已在翰林三十年之久，终于迎来了施展政治抱负的机会。弘治十一年（1498），他升太子少保礼部尚书兼文渊阁大学士。十六年（1503）升太子太保户部尚书兼谨身殿大学士。十八年（1505）孝宗逝后，升少傅兼太子太傅。李东阳走向了仕途的巅峰，可谓功成名就。

法式善和李东阳一样，都是从翰林庶吉士起家，且诗学成就广受认可。到嘉庆二年（1797）关注李东阳时，法式善已在翰林任职十八年，他也在期待仕途的转折，能施展更大的政治抱负，嘉庆三年（1798）他在《上翁覃溪先生用山谷上东坡诗韵》中写："年年偕秋士，目睇槐花黄。升沉苦不齐，滋味嗟同尝。鸿鹄有远志，讵委沙洲傍。"在《赵伟堂帅大令过访不值适将饯余秋室学士洪稚存编修赵味辛舍人兼约张船山检讨

---

① 法式善：《狄仁杰论》，《法式善诗文集》，刘青山点校，第1020页。
② 李东阳经历参见钱振民《李东阳年谱》，复旦大学出版社1995年版。以下李东阳经历皆出自此处，不再另注。

何兰士郎中为诗酒之会并邀大令先之以诗》中，法式善更是直接抱怨："及今三十载，望重官犹轻。"李东阳恰巧给他提供了一个模本，彼时也是新皇登基，也在鼓励进言，所以，法式善的"条奏"寄予了他的政治期待，他想让"名宦"之路更进一步。遗憾的是，这次进言未能如李东阳一般走向仕途高峰，反而跌入谷底。

其次，法式善尊崇李东阳是乾嘉文坛风气使然。乾嘉文人喜好尊崇古人，为古人做寿，蔚然成风。在诸多纪念古人的活动中，寿苏雅集规模最大，持续时间最久。宋荦于康熙三十九年（1700）腊月十九召集门人为苏东坡过生日，赋诗纪念，这是清代第一次寿苏雅集。① 乾隆四十四年（1779），翁方纲于十一月十九日，召集同人预祝苏轼生日，从这次集会开始，"翁方纲终其一生几乎从不间断地为苏轼庆祝生日"②，持续近四十年。法式善也曾参与其中，有诗《五鼓起赴苏斋作坡公生日适杭湖风水洞拓得苏题姓字四楷迹同赋》。四十七年（1782），毕沅也开始组织寿苏雅集。除此之外，还有其他人也热衷于为苏轼过生日，法式善诗集中，《腊月十九日集汪杏江芥室拜苏公生日即为消寒会用东坡八首韵》《腊月十九日石士斋中同蓉裳船山王方钟溪希曾拜东坡生辰船山画公像石士更乞为山谷画像因论及二公诗》《坡公生日同人集何氏方雪斋用公集李委吹笛诗分韵得飞界二字》三首诗记录了不同的人在组织寿苏雅集。另据法式善《存素堂诗初集》载，《曾宾谷转运寄六月二十一日集平山堂拜欧阳文忠生日诗至》《六月十二日涪翁生辰吴山尊太史招集藤花吟社消暑》《八月廿八日拜渔洋先生生日于苏斋即题秋林读书图后》《九月六日秦小岘侍郎招陪翁覃溪先生暨吴兰雪刘芙初陶季寿补作新城王文简公生日五更骤雨恐不果行》等诗见证了时人为欧阳修、黄庭坚、王士禛做寿雅集。嘉庆十六年（1811），法式善亦曾为欧阳修庆祝生日。③ 作为北方诗坛盟主，法式善亦需要找到一个可以和自己联系在一起的先贤前辈，以此为名目酬唱交游，既可以加强与同僚友人的联系，也可以维护自身影响力。因此，尊崇李东阳也有着现实目的。

条奏事件反映了法式善意欲在仕途更上一层楼的渴望，他希望施展自

---

① 关于寿苏雅集，孙敏强、霍东晓《试论清代诗人寿苏雅集及其文化心理》，《浙江大学学报》（人文社会科学版）2017年第3期，已有论述，本书参考了这一论文的结论。

② 孙敏强、霍东晓：《试论清代诗人寿苏雅集及其文化心理》，《浙江大学学报》（人文社会科学版）2017年第3期。

③ 法式善：《扫叶亭图歌》，《法式善诗文集》，刘青山点校，第868页。

己更多的才能，获得更显赫的声名，但由于错误地把握了时机以及仁宗的心态，他的努力宣告失败。虽然条奏事件确实与法式善想要在仕途扬名的心态相契合，但必须指出的是，他并不是在狭隘的追求一己私利。法式善致力于传播的是士人群体的声名和荣耀，那些和他有着相似经历的人，都应该在历史中留下名字。《朋旧及见录》传播了众多友人名字、作品。《诗龛声闻集》是法式善官祭酒时，将生员作业汇集成册，他说："为之心之苦，则终有不可没者在，余此编之所以作也。"① 他帮助默默无闻的学生传播声名。他将友人赠送的印做成印谱，名为《存素堂印簿》，"各疏作者姓名于楮尾"②，传播是对作者的尊重与感谢。在《梧门诗话》例言中，他说："至于寒畯遗才，声誉不彰，孤芳自赏，零珠碎璧，偶布人间，若不亟为录存，则声沉响绝，几于飘风好音之过耳矣，故所录特夥。"③ 他认识到传播责任重大，否则一些人就完全淹没在历史洪流中，他悲叹："余辑《清秘述闻》，虽近百余年剩觚逸乘，零落如晨星，矧数百年以上哉。"④ 所以，他对名字的消失格外敏感，他看到国子监斋壁皮祭酒、司业题名之碑，有碑无记，深感遗憾，待到升任祭酒时，"既即旧碑磨治而重刊之，……凡夫任事年月与其出身乡贯胥具焉"⑤。可以说对名字的传播意识渗透在了法式善生活、工作的方方面面。从这一层面来看，法式善的心态与传播行为未尝不是一种"兼善天下"。追求"名宦"的心态看似功利性较强，但法式善呈现出的是开放、包容的姿态，他将个体追求转化为更具社会意义的人生实践，从而深受认可。

第三节 法式善仕途中的文学传播行为

据《梧门先生年谱》，乾隆四十四年（1779）法式善乡试中式九十五名，次年会试又中式九十五名，殿试三甲引见，奉旨改官庶吉士，派武英殿分校，由此进入仕途。⑥ 庶吉士在翰林院无品秩，但以三甲入选庶吉

---

① 法式善：《诗龛声闻集序》，《法式善诗文集》，刘青山点校，第 1043 页。
② 法式善：《存素堂印簿序》，《法式善诗文集》，刘青山点校，第 1050 页。
③ 法式善：《梧门诗话例言》，《法式善诗文集》，刘青山点校，第 1125 页。
④ 法式善：《明万历二十五年顺天乡试录残本跋》，《法式善诗文集》，刘青山点校，第 1175 页。
⑤ 法式善：《祭酒司业题名碑文》，《法式善诗文集》，刘青山点校，第 1142 页。
⑥ 阮元：《梧门先生年谱》，《法式善诗文集》，刘青山点校，第 1247 页。

士，代表他已经成为翰林候选者，这个起点是让人钦羡的。从乾隆四十四年（1779）入仕到嘉庆四年（1799）降职，这20年法式善仕途顺遂，是他追求"名宦"并成功实现目标的阶段。作为馆阁之臣，欲成为"名宦"，唯有靠学问或才情。事实上，法式善在这两方面都非出类拔萃，但他将自己的文学才能和朝廷需求结合，化身为朝廷文化制度的传播者，由此他逐渐实现了"名宦"目标。

一 编纂出版应试用书是获得声名的关键

配合朝廷文教需要，编纂出版诗赋类应试用书是法式善获得声名的关键。法式善的出版行为具有极强的目的性，他看重文献的实用性，满足受众需求，是一位务实的出版者。乾隆五十一年（1786），法式善官翰林院侍讲学士，由于丁本生母赵氏忧，赋闲在家，授徒于忠勇公第中，纂《同馆试律汇抄》《补抄》[①]，这是法式善最早编辑出版的文献，收录顺治三年（1646）丙戌科至乾隆四十九年（1784）甲辰科翰林院士子的乡试、会试、朝考、召试及馆课所作试律诗，共二十四卷，作者近千人，诗三千首。法式善在序中指出此举是"圣德涵濡，艺林沾溉"，"于以接先正之余徽，于以导后学之先路焉"[②]。可见出版《同馆试律汇抄》是借助官方权利的一种传播行为，它是对高宗大力弘扬试律诗的回应。乾隆二十二年（1757）以后，朝廷各类考试渐渐都囊括了试律，士人对试律诗有着切实需求，创作者希望作品得到广泛传播，学习者渴望拥有"教科书"提升自身写作能力。法式善慧眼独具，《同馆试律汇抄》对上导扬圣德，对下沾溉艺林，对后世存掌故，兼顾了空间上的横向传播和时间上的纵向传播，将皇帝的统治需要和士林的晋身需求结合，成为皇权和士林之间的桥梁，为后世存史。法式善作为编纂者，声名亦得到传播，在《同馆试律续抄》序中，他说："已而丁未科馆中诸君子，各以课艺惠贻，次第录之，复裒然成帙。"[③] 可见，当时士人对法式善编纂之书的认同。从此，法式善将主要精力都投入到编纂出版工作中。

延续《同馆试律汇抄》思路，乾隆五十九年（1794），法式善再辑《同馆赋抄》。同年五月，升国子监祭酒，法式善的事业就此达到顶峰。

[①] 阮元：《梧门先生年谱》，《法式善诗文集》，刘青山点校，第1248页。
[②] 法式善：《同馆试律汇抄序》，《法式善诗文集》，刘青山点校，第1045页。
[③] 法式善：《同馆试律续抄序》，《法式善诗文集》，刘青山点校，第1045页。

随后，他辑《成均课士录》，选国子监生课试之文刊行，法式善序云：

> 成均课试之文，乡例积数年辄一刊行。其后久废不刊，卷之在官中者，亦颇散失。自乾隆四十八年，法式善为司业，始加护视，不使复轶。逾二年，蒙恩擢他官去。去十年复来为祭酒，会前事诸君子，商刻课艺。于是相与论次之，得若干篇。……如是而课艺之刊行，不愈可以励夫士与夫任教士之职者哉。①

从这段叙述可以看出，虽然刊刻成均课试之文向有成例，但法式善还是特别突出了自己的作用。他的努力没有白费，国子监生及应试学子都需要这样的出版物，以至于嘉庆三年（1798）再次刊行续录。法式善说："士靡不各以其能自献。……课程既严，佳文日出，择其尤者，剞劂以行，犹前志也。"②年谱载："时前后两次《成均课士录》，风行海内，几至家有其书。十余年来，习其诗文者，无不掇科第而去。至是《同馆诗赋》，学侣亦皆奉为圭臬云。"③法式善编纂出版的书籍以其极强的实用性成为畅销书，成为科举应试指南，他也为自己赢得了大量的读者，为扩大声名奠定了基础。

除出版官方书籍之外，法式善借职务之便，将耳目所及的有关科举的资料整理成册，以个人名义出版，亦深受好评。《清秘述闻》专门记载清代科举资料，是法式善从史氏掌记、秘府典章、司衡之命、试题之颁、玉堂故事、前辈嘉谭，与夫姓字、里居、迁擢、职使等处搜集而来，分年编载。④《清秘述闻》开创了一种记录科举文献的方式，后多有仿者。法式善在《陶庐杂录》中说："余辑《清秘述闻》，仅及本朝。而泾邑学官黄崇兰仿余体例，又搜及有明一代。"⑤《清秘述闻》截至嘉庆四年（1799），王家相、魏茂林、钱维福、陆润庠《清秘述闻续》续至光绪十三年（1887），徐沅、祁颂威、张肇菜《清秘述闻再续》又续至光绪三十年（1904）。可见这种体例在当时颇受认可，拓宽了时人编纂文献的思路。嘉庆二年（1797），法式善编《槐厅载笔》，和《清秘述闻》相补

---

① 法式善：《成均课士录序》，《法式善诗文集》，刘青山点校，第1054—1055页。
② 法式善：《成均课士续录序》，《法式善诗文集》，刘青山点校，第1055—1056页。
③ 阮元：《梧门先生年谱》，《法式善诗文集》，刘青山点校，第1251页。
④ 法式善：《清秘述闻序》，《法式善诗文集》，刘青山点校，第1047页。
⑤ 法式善：《陶庐杂录》，涂雨公点校，中华书局1959年版，第69页。

充，专录与科举有关的旧闻轶事。他说："余性善忘，凡有所称说，必叩其始末，笔诸简牍。又恐无以传信，检阅群书，互相参证。岁月既久，抄撮渐多，凡十二门，厘为二十卷，题曰《槐厅载笔》，备掌故而已。"① 此书和《清秘述闻》被称为"科名故实二书"，翁方纲认为此二书"足以备文献、资掌故"。② 如果说此前出版的有关科举的书籍都是严肃的出版物，那么《槐厅载笔》就属于娱乐性较强的出版物，是学子的"消闲读物"。法式善是一位优秀的"主编"，他考虑到了学子应试的各种需求。作为读者，学子需要可供学习的试律模本；作为作者，学子在学校的创作又亟须获得认可。法式善同时满足了学子的双重需要，且《清秘述闻》是对学子的激励，考官、考生的姓名历历在目，这意味着成功通过科举考试的士子就值得被记录、传播。《槐厅载笔》又讲述了各种科举趣闻轶事。在同一个出版选题方向上，法式善考虑到了各种角度，这套组合出版物为他赢得了大量追随者，使他成为学子争相称颂的"名宦"。

二 参与大型图书编纂是维持声名的关键

法式善在仕途中的主要工作和成就就是编纂出版文献，种种努力，使得他声名远播，实现了他的人生理想——成为"名宦"。法式善在文献编纂出版方面确实眼光独到，深具才华。他对处理文献有一种职业热情，嘉庆十三年（1808）校《全唐文》，他翻阅《四库全书》若干部、天下府厅州县志书若干部、金石碑版文字若干纸、《永乐大典》二万卷、《释藏》八千二百卷、《道藏》四千六百卷。③ 校书功夫，可见一斑。且他在辨别文献价值方面有一种"职业敏感"，对文献有独到的判断能力。他在校《永乐大典》时，披检唐人之文，"行世本外，各有增益者数十，少者亦五六。其不习见于世之人，盖往往而有也。当此之时，苟欲考宋、元两朝制度、文章，盖有取之不尽、用之不竭者焉"④。而这些文献没有引起关注，和编者按韵索览是有关的，这种编排方式是"一隅之见"⑤，他的判断是有道理的。法式善在文献编纂方面独具慧眼，为他积累了相当的仕途

---

① 法式善：《槐厅载笔序》，《法式善诗文集》，刘青山点校，第1048页。
② 翁方纲：《梧门记科目故实二书序》，《复初斋文集》，《清代诗文集汇编》第382册，第44页。
③ 法式善：《校全唐文记》，《法式善诗文集》，刘青山点校，第1210页。
④ 法式善：《校永乐大典记》，《法式善诗文集》，刘青山点校，第1207页。
⑤ 法式善：《校永乐大典记》，《法式善诗文集》，刘青山点校，第1207页。

资本，乾嘉两朝的大型图书编纂活动大都有他的身影。法式善仕途几度起伏，每次左迁，"拯救"他的都是他的编纂才华。

乾隆五十六年（1791）二月翰林院大考中，他仅列三等，因此被降职，补工部员外郎。①因大考被降职，在法式善的仕途中发生过两次，这似乎令人难以理解。陈康祺认为其中原因是法式善字迹不佳，"祭酒雄文邃学，清班二十载，未尝一与文衡。两应大考，俱左迁。相传书法甚古拙，知乾隆朝已重字不重文矣"②。而法式善自己也提到过，他在乾隆四十八年（1783）扈跸西陵时曾坠马伤臂，影响写字。但舒坤在《随园诗话批语》中给了另一个答案，"时帆诗才，为近来旗人中第一。尝以京察引见，高宗恶其沾染汉人习气，不记名"③。王芑孙记载了法式善被降职后的境况，他说：

> 比由翰林官入工部为郎，萧然自得，冲然有容，怡然无所不顺，庶几能暇于心者。于是以岁晚务闲之时，饮其常所往来者。酒不必多，饮可以醉；膳不必珍，食可以饱。其来会于斯者，有法书名画之娱，无博弈管弦之扰。退而形诸言咏，其能画者为之图。④

显然法式善过着与汉族文人雅士一样的生活，舒坤的说法可能有一定的道理，但也仅仅是推测，无法断定。法式善只在工部任职一年，就通过阿桂举荐重回翰林院。而阿桂此次对法式善的提携，是看重他在文献整理方面的才华，《四库全书》告竣，各省所进遗书堆积如山，遂委托法式善清理。嘉庆四年（1799）因"条奏事件"法式善被降为编修，一下从四品降至七品，这是法式善仕途遭受的最严重的打击。这一次帮助法式善摆脱困境的，依然是他的编纂才能。两年后，铁保向仁宗力荐由法式善编选八旗人诗，随后法式善升为侍讲学士，又回到从四品品秩。条奏事件后，法式善继续编纂着朝廷各类文献，但不再如从前一般主动选题、策划，仅是服从朝廷安排。嘉庆五年（1800），法式善由编修升侍讲，奉旨派充

---

① 阮元：《梧门先生年谱》，《法式善诗文集》，刘青山点校，第1249页。
② 陈康祺：《郎潜纪闻初笔二笔三笔》，中华书局1984年版，第141页。
③ 舒坤：《批本随园诗话批语》，袁枚《随园诗话》，人民文学出版社1982年版，第864页。
④ 王芑孙：《诗龛会饮记》，《惕甫未定稿》，《清代诗文集汇编》第442册，第341—342页。

《宫史》纂修官，六年（1801）协助铁保编《熙朝雅颂集》，九年（1804），朱珪、英和奏请重纂《皇朝词林典故》，推法式善为总纂。十三年（1808）任《全唐文》总纂官。① 除《熙朝雅颂集》外，法式善在其他文献编纂中所起的作用并不突出，但他还是保持着职业热情，例如编《全唐文》时，他曾写《奉校唐人文集寄示芸台渊如蓉裳琴士诸朋好》，有"人间未见书，望之眼徒穿"之句，可以感受到诗人的兴奋之情。嘉庆四年（1799）以后，法式善是在用之前积累的资本维系着仕途。参与大型图书的编纂帮助他维持着词臣的声名，他已没有获得更高的职位的可能，他的文学传播行为由主动转为被动。

嘉庆十二年（1807），法式善因纂修《宫史》篇页讹脱，降一级，授庶子，正五品。十五年（1810），法式善病休，仕途生涯画上句点。② 总体来看，法式善年少时坚定地怀有士大夫的共同梦想——青史留名，进入仕途后，他利用自己的社会角色充分发挥自身的影响力，他的政治心态引导着传播行为，传播行为配合着仕途需要，彼此成就。无论身前身后，法式善都广受认可，成为真正意义上的"名宦"。但也需要看到，法式善的政治能力有限，他没能让自己的仕途更进一步，也许他只能胜任一个官方文学传播者的身份，认清这一点的法式善，最终还是回到了编纂文献工作中。法式善在仕途中选择了配合朝廷权利的文学传播行为，这有效地帮助他积累了仕途资本。

三　对政治形象的认同与批评

法式善是以教育者的身份成为名宦的，而后世也对他的政治形象给予了高度评价。他为人友善，提携后进，得到世人的认同，洪亮吉在为《存素堂诗初集录存》写的序文中提到法式善."爱才如命，见善若不及"，且"性极平易"③。平易宽厚的性情，使他深受士子爱戴。钱泳《履园谭诗》云："盛伯熙祭酒昱，爱才尚雅，时人比之法时帆。"④ 嘉道间，陆以湉《冷庐杂识》称赞了法式善的才情品性，"文誉卓著，尤好奖掖后进，坛坫之盛，几与袁随园埒，而品望则过之"⑤。《冷庐杂识》和《郎潜纪

---

① 阮元：《梧门先生年谱》，《法式善诗文集》，刘青山点校，第1251—1253页。
② 阮元：《梧门先生年谱》，《法式善诗文集》，刘青山点校，第1253页。
③ 洪亮吉：《存素堂诗初集录存序》，《法式善诗文集》，刘青山点校，第5—6页。
④ 钱泳：《履园谭诗》，丁福保辑《清诗话》下册，上海古籍出版社1978年版，第873页。
⑤ 陆以湉：《冷庐杂识》，中华书局1984年版，第309页。

闻四笔》皆记载法式善以大兴舒位、常熟孙原湘、嘉兴王昙为"三君",作《三君咏》,这个故事在清末民初的文人笔记中多有重复,《眉庐丛话》《今传是楼诗话》《雕虫诗话》《诗史阁诗话》皆涉及。三多也有《后三君咏次法梧门原诗韵》① 一诗。这些书写皆可视为对法式善政治形象的接受。

昭梿《啸亭杂录》对法式善多有记载。首先,昭梿肯定了法式善的品性,说他论人唯贤。邹晓屏性多疑忌,苛待下属,出事免官后,法式善还是能肯定他的优点,说他善吟诗,体裁正宗,颇有随州、青邱遗趣。② 法式善有一个教育者应具备的身份自觉,昭梿记载某司空督学中州时,好出搭题以防剿袭之弊,致经文多割裂,法式善心恶其行,主动劝谏。③ 其次,昭梿信服法式善在文献领域的地位,"自是闽中初拓精本,法时帆祭酒颇加赏鉴,以为近世难觅之本"④。在昭梿看来,法式善认可的文献便是有价值的文献。最后,昭梿还记载了一些法式善生活中的逸闻趣事,如法式善借谢振定朝衣,谢振定忘记,法式善有温馨调侃之语,体现了他与友人相处的自在随意。⑤ 昭梿自认为和法式善是至交好友,但"每相见,励以正身明道之词,坐谈终日不倦,实余之畏友也"⑥,读来饶有趣味。

法式善身后,诗龛成为他的代名词。《郎潜纪闻二笔》载:"乾、嘉间,满臣笃嗜风雅,爱友若渴者,莫如法时帆祭酒。尝集海内名流投赠诸作,储诸一室,号曰'诗龛'。又以所居积水潭为明李东阳故宅,因修其祠墓,为作年谱,其襟抱可想已。"⑦ 陈衍也说:"京都法梧门诗龛,则故址无觅处矣。是岁冬月,余复至都,爱苍亦在,因商诸艘庵,拨款兴工,由林惠亭料理。"⑧

值得注意的是,后世文人也开始对法式善的成就发表不同见解。《郎潜纪闻初笔》部分转引了王芑孙的《存素堂试帖序》,王芑孙说法式善在

---

① 三多:《可园诗钞》,《清代诗文集汇编》第792册,上海古籍出版社2010年版,第596页。
② 昭梿:《啸亭续录》,《笔记小说大观》第35册,广陵古籍刻印社1984年版,第335页。
③ 昭梿:《啸亭续录》,《笔记小说大观》第35册,第342页。
④ 昭梿:《啸亭杂录》,《笔记小说大观》第35册,第279页。
⑤ 昭梿:《啸亭杂录》,《笔记小说大观》第35册,第217页。
⑥ 昭梿:《啸亭杂录》,《笔记小说大观》第35册,第287页。
⑦ 陈康祺:《郎潜纪闻初笔二笔三笔》,中华书局1984年版,第451页。
⑧ 陈衍:《石遗室诗话》,人民文学出版社2004年版,第320页。

刊刻诗歌之前都会征询他的意见，他说不好，法式善就不会刊刻，以此证明法式善谦虚。对此，陈康祺的见解是："文人结习，享帚自珍，一集成书，如膺九锡，亟愿海内之我知。今剞氏竣工，沮于良友之一言，秘不复出，其谦下诚足多矣。独祭酒所著《槐厅载笔》《清秘述闻》诸书，颇丛疵谬，岂当时竟未是正于惕甫耶？抑掌故之学，可以听其出入，不若咏物诗之宜句斟字酌耶？"① 在陈康祺看来，王芑孙的记载不实，有夸耀自己之嫌。同时，他也指出《清秘述闻》《槐厅载笔》有疵谬，法式善生前少有类似指责。法式善编撰文献也确有不甚严谨之时，如今人辛更儒指出法式善编选的《稼轩集抄存》粗疏，不但搜罗诗文不全，还误收了黄公度的五篇诗。② 法式善最后一次被降职亦是因为纂修《宫史》篇页讹脱。此等错误实也令人难以想象。《冷庐杂识》耐人寻味地指出法式善"未常与直省学政及乡、会典试分校之役。两试翰詹，并以三等左迁。盖祭酒雄于文而楷法不逮，故每试皆以此见绌"③。翰詹左迁不足为奇，但陆以湉明白地指出法式善从未任学政或科举考官，除"楷法不逮"外，恐怕也是对法式善学问的质疑。

时至民国，瞿兑之评价法式善，"终日优游无事，专同一班汉人名士享些山水园林诗酒之乐。大约那个时候，北平风雅之盛，为有清一代之最。满洲人的领袖是成亲王永瑆，汉人的领袖是翁覃溪，而蒙古人的领袖便是法时帆。他们的风度思想，都可反映承平时代的闲暇纵逸，同时也就暗示由治而乱的机缄"④。清亡之后，文人对过去种种的评价虽有大而化之之嫌，但终究揭示了某种社会规律。乾嘉时期，不同民族的文人领袖都走上了相同的风雅之路，这本身也说明了中华民族文学多元一体的发展方向。

---

① 陈康祺：《郎潜纪闻初笔二笔三笔》，中华书局1984年版，第303页。
② 辛更儒：《法式善、知稼翁集、稼轩集抄存》，《人文杂志》1986年第4期。
③ 陆以湉：《冷庐杂识》，中华书局1984年版，第310页。
④ 瞿兑之：《铢庵文存》，辽宁教育出版社2001年版，第196页。

第五章

以仕助诗：法式善的创作心态与诗歌传播行为

文学和仕途是法式善不可分割的两个场域，在仕途中，他始终是一个文学传播者，那么回到诗歌场域，法式善的政治身份也必然会发生作用。洛文塔尔提出："作家代表谁讲话？例如，他心目中的读者是谁，他存心把他的读者仅仅限定为他自己和有限的精英吗？他的洞察力在多大程度上超越了这个群体？"[①] 这些问题都指向了作家心态。法式善是诗人，同时是翰林官员，这是他面对读者的优势，而读者看重的，也是法式善的双重身份。可以说，法式善在仕途中的位置、资本，促使他形成了主盟诗坛的心态，而士子也需要法式善这样的"盟主"，帮助他们进入仕途。

第一节　诗途"主盟"心态

身处人才济济的乾嘉诗坛，法式善能够脱颖而出实非易事，客观地说，法式善非乾嘉一流诗人，但在八旗诗人中，他是当之无愧的佼佼者，他也是满清入关以来第一位全面展现诗歌创作及诗学才华，积极介入汉族诗坛并且广受认可的蒙古族诗人。舒位在《乾嘉诗坛点将录》中列出的三位八旗诗人，分别是法式善、铁保和梦麟。可证法式善在当时的地位。法式善被舒位称为"神机军师"，《水浒传》中神机军师乃朱武，武艺不高，但广有谋略。将法式善比作朱武，可以略知舒位对法式善的印象，诗艺一般，但谋略甚佳。法式善在乾嘉诗坛取得一席之地，和他的积极经营是分不开的。换句话说，法式善在诗坛获得话语权，是通过多种传播方式

---

① ［美］利奥·洛文塔尔：《文学、通俗文化和社会》，甘锋译，中国人民大学出版社2012年版，第4页。

第五章 以仕助诗：法式善的创作心态与诗歌传播行为

主动争取而来的结果，在这一过程中，政治资本为他提供了重要支持。对法式善而言，政治场域和文学场域是紧密相关的，因此，思考法式善的文学心态需要参照他的仕途心态。和"扬名"心态相对应，法式善在诗坛表现出了一种"主盟"心态。他一生沉醉于诗歌世界，从其创作来看，他不断地强化自己在诗坛中的作用、地位，"主盟"心态明显。

在法式善早期的创作中，他便已具有"诗人"的身份自觉意识，他说"余亦耽吟客"（《蛩声》），相较于仕途，诗歌给他带来了更多的满足，所谓"官贫诗渐富"（《溪上》），他是将自己置入诗人群体中进行自我定位的，如"吾党多诗人"（《迈人长闱郎中以行役诗属校》）。法式善常用"诗"字入诗，这个习惯伴随他创作始终，他用"诗"字描绘自己的生活场景，"对酒逢场戏，题诗信笔成"（《携幼女游野寺晚归》）；表达对诗的体悟，"诗味此萧闲"（《元日》）；论述对诗的理解，"诗不求工我未能"（《病后访菊溪侍郎不遇》）；叙述与友人的往来，"投我一卷诗，字字珠玑晃"（《冬日阅读吴毂人点定拙集书后》），等等，例证不胜枚举，可见其对诗的痴迷，他评价自己也是"爱诗真是癖"（《访金筠庄应琦舍人不值》）。法式善有诗人的自觉，对诗痴迷沉醉，自然渴望获得诗坛更多的认可。

交往应酬是法式善非常看重的诗歌功能，诗集中唱和诗、怀人诗是一大宗。他先后和七百余人唱和，交游遍布大江南北，缙绅布衣无所不包。嘉庆八年（1803）年之后，他多次以组诗形式书写众位友人。笔者以《怀远诗六十四首》和《乐游诗》为样本，列出可考诗人69位，其中江苏籍23人①，江西籍12人②，浙江籍5人③，占比已过半。这些地方是才子"聚集地"，江南更是清代汉文化最具代表性的地方，由此可证法式善在乾嘉诗坛的影响力不容小觑。而他也常常在诗文作品中宣扬他的影响力，表达别人对他的认可，从而表现出一种"主盟"心态。如《诗龛声闻集序》中他自述生平以朋友文字为性命，"而硕人奇士自

---

① 分别是：洪亮吉、王芑孙、赵怀玉、汪端光、阮元、杨揆、王昶、姚椿、汪学金、秦瀛、韩崶、汪廷珍、郭麐、孙星衍、石韫玉、钱泳、刘嗣绾、吕星垣、蒋廷恩、顾鹤庆、杨芳灿、朱鹤年、李懿曾。

② 分别是：吴嵩梁、曾燠、蒋知节、蒋知让、黄旭、刘凤诰、乐钧、李棨、王苏、谭光祥、胡永焕、涂以辀。

③ 分别是：吴锡麒、李尧栋、王昙、蔡之定、陈文述。

廊庙迄菰芦野处，凡有著称于世者，未尝见弃"①。他嗜诗如命，得到了社会各界的广泛推崇。《点苍山人诗集序》中，法式善说素未谋面的沙献如②，对他颇为仰慕，将自刻诗集寄于他，请他论定。③《平麓诗存序》中，法式善讲涂沦庄长他一年，却对他执弟子礼。④ 他在诗坛极具号召力，桂馨出生后，法式善在陶然亭集诗会，三十余人参加，"皆天下贤杰知名士"（《八月一日举子志感》序）⑤。类似叙述还有许多，他乐于宣传别人对他的推崇，所谓"诗人屡满诗龛中"（《长至前四日招同人集诗龛消寒罗两峰曹友梅张水屋各作一图率题》）。而他也爱护自己的声名，"余生平不多为人作诗序，不悉其人之性情、心术，而漫然为之序者，非标榜则贡谀"⑥。这句话亦有自得之情，正是因为许多人请他作序，他才有挑选的可能。

  法式善的主盟心态影响着他的诗歌传播行为，他尽可能地利用各种传播途径扩大诗坛影响力。以传播行为类别的丰富程度而论，法式善远胜于其他蒙古族诗人，甚至在八旗诗人中，能出其右者也寥寥无几。他写下了大量的赠诗、和诗、题壁诗，为画家题画、为诗人题诗册，也常常参加饮宴、雅集，与人"茗话""夜话"，与远方的诗友互寄诗信等，这些诗歌都是以传播为直接目的，就是为给一个或几个人看而创作的。他还为大量诗人写诗序、诗跋，借他人诗集传播自己的诗歌理念。他专门创作了《梧门诗话》，记录、品评时人诗歌，利用诗话传播他的诗学思想。他的诗龛是乾嘉时期著名的文学沙龙，是诗歌传播的重要平台。他还介入了画坛，利用图像传播自己的人生经历、诗歌体验、生活居所，等等。能以如此丰富的方式传播诗歌，与法式善的词臣身份是密不可分的。无论是仕途"扬名"心态，还是诗坛"主盟"心态，都体现了法式善对"名"的看重，以此为心理动机，驱使他做出一系列相应的传播行为，就是文学传播过程。

---

① 法式善：《法式善诗文集》，刘青山点校，第1043页。
② 沙琛（1759—1822），字献如，号雪湖，又号点苍山人。
③ 法式善：《法式善诗文集》，刘青山点校，第1074页。
④ 法式善：《法式善诗文集》，刘青山点校，第1084页。
⑤ 法式善：《法式善诗文集》，刘青山点校，第120页。
⑥ 法式善：《王子文秀才诗序》，《法式善诗文集》，刘青山点校，第1037页。

第二节　人际传播：诗学播布的主要方式

《人际传播：多元视角之下》一书将人际传播定义为：两人或多人之间言语和非言语信息的产生和加工过程。① 据此可知人际传播强调的是个体之间的直接沟通，由于每个人都处在一个社交网络中，人与人之间的传递可以一直持续，它是信息传播的简单有效的方式。古代诗人的交游唱和、饮宴雅集等都属于人际传播，在不具备刊刻出版的情况下，人际传播是诗人最为重要的传播方式。法式善也不例外，高效的人际传播是他成为诗坛盟主的必要条件。法式善的交游范围相当广泛，他先后和七百余人唱和，即使在清代，这种规模也不容易达到。法式善的交游是学者着力较多的研究方向，现有成果多围绕法式善与交游对象来往的细节展开，属于微观层面的研究。而笔者将法式善的交游活动视为人际传播，试图从总体概括其交游的方式、特点及目的，是中观层面的研究。

一　人际传播的主要形式

法式善的诗歌收录在《存素堂诗初集录存》《存素堂诗二集》《存素堂诗续集》《存素堂诗稿》等诗集中，其中《存素堂诗初集录存》收录了从乾隆四十五年（1780）至嘉庆十一年（1806）的诗歌，时间跨度最长，存诗最多。从此集来看，法式善写给友人的诗是在嘉庆四年（1799）之后突然增多的，由于法式善的诗歌编纂成集后曾遗失，故而乾隆五十二年（1787）之前存诗较少。乾隆五十三年（1788）至嘉庆三年（1798）他写给友人的诗每年在 10—40 首之间，嘉庆四年（1799）有 73 首，五年（1800）78 首，六年（1801）92 首，七年（1802）67 首，八年（1803）184 首，九年（1804）86 首，十年（1805）88 首，十一年（1806）109 首，分别占当年诗歌总数的 83%、67%、84%、44%、70%、75%、60%、67%。嘉庆四年（1799）法式善因"条奏事件"被降职后，反而在诗坛表现相当活跃，不停地与人唱和往来，而这也足以说明法式善对人际传播的重视。

法式善的人际传播形式主要包括以下几类：

---

① ［美］莱斯莉·A. 巴克斯特、唐·O. 布雷思韦特：《人际传播：多元视角之下》，殷晓蓉等译，上海译文出版社 2010 年版，第 7 页。

其一，与他人互相赠答唱和，诗题中"赠""答""和""次韵""寄""送"等字眼直接点明了传播目的，诗歌是给特定读者阅读的，这是最为常见的传播形式。举凡生活境况、内心情感、宦行游历、客套问候、职场变迁等日常生活琐事皆是对话主题。而读者对法式善的回应客观上帮助了法式善的声名传播。如郭麐在其《灵芬馆诗话续》卷五收录了法式善写给他的《赠郭祥伯麐》。且诗歌送给对方后，存放的空间发生变化，新的空间有新的人际网络，由此拓展了诗歌传播范围，法式善在《曹定轩前辈招同人集紫云山房石琢堂韫玉修撰即席有作定轩次韵见示依韵》中曾记录："斋中存余旧作甚多，粘壁间者为风雨剥蚀矣。"① 可见，曹锡龄（定轩）寓所曾是法式善诗歌传播的"中转站"。另外，送行诗也是法式善诗集中常见的题材，通览这些作品，可以发现友人奔赴的地点相对集中在江南，如《送谢芗泉编修主试江南》《送刘梧冈曙同年令江南》《送徐镜秋检讨出宰江南》《送唐陶山仲冕之官江南》《送秦小岘观察浙江》等，这些人或去江南做官，或本就是江南人士，法式善虽未曾到访江南，但友人是他与江南诗坛联系的桥梁，借由人际来往，他的人际传播链条得以延长。而诗信就是维持跨空间交流的重要手段。法式善与袁枚一直依靠诗信来往，二人就诗歌、诗学进行的沟通亦非流于形式，袁枚在《随园诗话》中对法式善多有推崇。曾燠主持江南诗坛时，频繁通过诗信告知法式善江南动态，见于法式善的《曾宾谷运使寄邗上题襟集至》《曾宾谷转运寄六月二十一日集平山堂拜欧阳文忠生日诗至》等诗作，这是对法式善诗坛地位的认可，同时法式善的作品亦在江南诗坛得以流传。可以说，与人赠答唱和是最简单、方便且有效的人际传播形式。

其二，与诗人面谈对话，通过《与许香岩兆桂谈诗秋水阁归途奉寄兼怀秋岩》《李青珂欲借楊城北僧寺就余说诗兼约陈念斋顾弢庵同作》等作品可以看出，诗人以论诗为目的的会面亦是一种诗歌传播形式。而法式善在京师的"说诗"活动是极具号召力的。洪亮吉有诗云：

> 茅屋十数间，青松百馀树。昔为说法场，今作谈诗处。说法只了生死缘，不若说诗能使死者不朽生者传。倘同天释较功德，一瞬万古殊相悬。梧门学士才名劲，说法亦同僧入定。席前倾耳凡几人，木佛

---

① 法式善:《法式善诗文集》，刘青山点校，第172页。

第五章　以仕助诗：法式善的创作心态与诗歌传播行为

都疑座旁听。谈深不知寺在山，高论往往通天关。指挥若假铁如意，花雨欲落茅檐间。诗龛左右诗如海，丹墨纷披几年载。他时悟后忘语言，更有不传诗法在。(《法学士式善山寺说诗图》)①

此诗形象地描述了法式善说诗的场景，法式善具有出色的口头传播能力，加之对诗的深刻领悟，使他的发言引人入胜，传播效果极好。且洪亮吉也指出"说诗能使死者不朽生者传"，点明了说诗的传播作用。

其三，借他人作品传播声名，表现为为画家题画、为诗人诗集题诗，或者是写诗序、诗跋。在京师士人圈中，法式善是当之无愧的意见领袖，经他赞扬的诗或画就容易得到士人群体的认可，他自豪地说："经我品题身价重，旁人空羡束修羊。"句下注："顾子工画，娄子工诗，皆困于长安，余为延举，二子得以成名。"② 于是请他题诗写文的人纷至沓来，他的作品由此流向了其他人的作品集，随之传播。从现存作品来看，法式善共为他人写序、跋102篇，这证明了至少102个作品集或是画作中有法式善的文章。而法式善写的大部分诗序、诗跋都是围绕诗歌创作展开的，序、跋是法式善传播诗学的重要载体。从创作对象来看，有法式善熟识的好友，也有慕名而来之人，法式善盛情难却。法式善在《题戴菔塘璐太常藤阴杂记》一诗中，提到戴璐"近采余诗入《杂记》中"，可见题诗也是一种友情回馈，彼此为对方提供一个传播平台。

其四，诗人雅集唱和亦是传播诗歌的重要场合。文人喜好风雅，饮酒品茶、品画鉴宝、赏花泛舟、游山玩水都是雅集的主题，由此倡导了一种文人生活的典范，他们闲暇时以雅集为乐事。而雅集的核心就是创作、展示诗歌。前文已提及法式善多次主持了陶然亭、极乐寺、西涯的雅集，以为李东阳过生日为由，他亦多次组织雅集。同时他也是京师其他名流召集聚会的常客。法式善有"人皆闲似水，诗更艳如花"(《煦斋英和公子招同王正亭坦修侍讲谢乡泉振定编修萧云巢大经学博丰台看芍药》)、"竹外见山色，诗中余酒香"(《秦端崖司业招同竹坪晓屏两祭酒时泉图敏学士暨令兄漪园泉编修集延绿草堂》)之句，花、景、酒都是为诗歌服务的，参与雅集的"主人是诗佛，七客皆诗仙"(《八月八日同罗两峰赵味辛张船山何兰士集洪稚存编修卷施阁》)，可见参与者还产生了身份自豪

---

① 洪亮吉：《卷施阁诗》，《洪亮吉集》第2册，中华书局2001年版，第657页。
② 法式善：《病中杂忆》，《法式善诗文集》，刘青山点校，第839页。

感。雅集是诗的"发布会""诵读会"。

乾嘉时期,稍有名望的诗家几乎都曾与法式善有过来往。法式善拓展出的交游圈丝毫不逊于袁枚、翁方纲、王昶等人,他的人际传播从辐射范围来看已极其成功。主盟诗坛的先决条件是获得大量认可,法式善显然已经具备了这一条件。而若想成为诗坛盟主,还要有独立的诗学主张,这一方面可以彰显自身的诗歌造诣;另一方面也可以与诗家进行深入对话,获得诗坛话语权。乾嘉时期是诗家林立、诗学繁荣的时期,诗人没有独立的诗学见解,很难在诗坛占有一席之地。沈德潜、袁枚等人都曾就其诗学主张进行过专门论述,但法式善的诗学主张完全体现在他的人际传播中。可以说法式善人际传播的重要目的就是形塑"性情说"。

二 人际传播对性情说的形塑

法式善论诗主"性情",而他之所以选择性情说,与他的政治身份是分不开的。法式善拥有的仕途资本决定了他的诗学理念。性情说是朝廷倡导的诗教观,法式善身为翰林官员,需要进入官方刻意营造的文学氛围,这是他维持权利资本的方式,也是他将权利资本转化为文学资本的要求。性情说将情和儒家礼义充分结合,情的表达是以儒家信仰为依归的。如《毛诗序》所说:"发乎情,民之性也;止乎礼义,先王之泽也。"[①] 这是符合历代统治者需求的"情",持这一主张的诗人在皇权的助力下容易获得诗坛话语权。明初,宋濂身为文坛领袖,对诗的要求是"发乎情,止乎礼义者也"[②]。至清,沈德潜更是这一诗论的拥趸者,《说诗晬语》第一条就是"诗之为道,可以理性情……设教邦国"[③]。法式善的诗学主张能够产生影响力,是借朝廷之力,也是借词臣身份之力,性情说是他与士子对话的重要主题。

一方面,法式善利用人际传播形塑了性情说的内涵。法式善看重诗中的真性情,并不断向友人提及性情的重要,如"无术辞贫贱,有诗存性情"(《阮吾山葵生司寇以一咏轩诗见贻秋夜展读后题》),"旨趣有同异,性情无古今"(《贾秀斋嵩秋日过访》)。他在为他人写诗序时对性情

[①] 李学勤主编:《毛诗正义》,北京大学出版社1999年版,第15页。
[②] 宋濂:《霞川集序》,《宋学士先生文集辑补》,《宋濂全集》,浙江古籍出版社1999年版,第2024页。
[③] 沈德潜:《说诗晬语》,王夫之等撰《清诗话》(下),上海古籍出版社1978年版,第523页。

第五章 以仕助诗：法式善的创作心态与诗歌传播行为

说的内涵进行充分论说。而所谓性情，可以和创作者、创作内容、传播效果等各环节联系起来。

他在《王子文秀才诗序》和《蔚嶒山房诗钞序》中解释了性情和创作者的关系："余生平不多为人作诗序，不悉其人之性情、心术，而漫然为之序者，非标榜则贡谀。"① "欲知人之性情，必先观其诗。"② 诗人的性情和诗作的性情互为表里。

就性情和创作内容的关系，法式善在《吴云樵编修诗序》中进行了总体说明，他认为，性情体现在诗歌中应是"真""畅"的③，"真"是兴之所至，《寄闲堂诗集序》进一步解释："天下事惟平淡可以感人，真切可以行远，而诗尤甚。"④ "畅"则是情由内而外自然流淌，根据《平麓诗存序》解释，是"由中以发，非由外而袭者也。然必外有所感，而其中因之以宣"⑤。"畅"是心之声，有各种表达方式，法式善认为，最高妙的表达是"清"，《涵碧山房诗集序》云："惟清为最难。四时之声，秋为清；物之声，鹤为清。"⑥ 用秋指清是常见的表达，形容诗歌境界高远疏阔；鹤之清在于孤远高绝，《诗经·小雅·鹤鸣》说鹤"声闻于野""声闻于天"⑦，足见鹤声的穿透力。用"清"形容鹤声，也见于古人诗作，如杜荀鹤《送项山人归天台》 "龙镇古潭云色黑，露淋秋桧鹤声清"⑧，白居易《在家出家》"清唳数声松下鹤，寒光一点竹间灯"⑨ 等。综合这些意象可以看出，法式善所谓的鹤之清在于声震四方，入人心扉，是鸣者和闻者之间畅达的情感交互，是最真的性情流露。

关于性情和传播效果的关系，法式善在《王延之遗诗序》中指出无法流传的诗是因为"无真性情以贯之其中耳"⑩。而强调性情并不意味着肆意而为，"情"应有所节制，《竹屋诗钞序》说要"出之于性情，守之

---

① 法式善：《王子文秀才诗序》，《法式善诗文集》，刘青山点校，第1037页。
② 法式善：《蔚嶒山房诗钞序》，《法式善诗文集》，刘青山点校，第1040页。
③ 参见法式善：《吴云樵编修诗序》，《法式善诗文集》，刘青山点校，第1037页。
④ 法式善：《寄闲堂诗集序》，《法式善诗文集》，刘青山点校，第1083页。
⑤ 法式善：《平麓诗存序》，《法式善诗文集》，刘青山点校，第1084页。
⑥ 法式善：《涵碧山房诗集序》，《法式善诗文集》，刘青山点校，第1083页。
⑦ 《诗经》，北京出版社2006年版，第234页。
⑧ 杜荀鹤：《送项山人归天台》，《全唐诗》第10册卷692，第8035页。
⑨ 白居易：《在家出家》，《全唐诗》第7册卷458，第5233页。
⑩ 法式善：《王延之遗诗序》，《法式善诗文集》，刘青山点校，第1069页。

以礼义"①,《伊墨卿诗集序》说要"溯源于温柔敦厚,托意于忠孝节廉"②。在《鲍鸿起野云集序》中,他评价当时较为流行的诗学主张,"诗之为道也,从性灵出者,不深之以学问,则其失也纤俗;从学问出者,不本之以性情,则其失也庞杂"③,他认为性情可以起到调和的作用。

综合来看,法式善的各篇诗序互相补充,形塑了性情说的具体内涵。与性灵派相比,性情说显然更重视诗教,袁枚也说法式善"于诗教,功真大矣"④。但性情说的诗教色彩又没有格调派那么浓厚,法式善的作品中多有抒写真情实感的更偏向"性灵"的诗句,如"攘臂欲扶持,枕湖一僵柳"(《净业湖待月》),"雪叶晒干堆处处,夜深拨火自煎茶"(《游西山宿潭柘岫云寺》)。法式善的诗学主张是温和中庸的,呼应了由高宗主导的朝廷官方诗学理念。高宗主张诗道性情,"诗则托兴寄情,朝吟夕讽"⑤,性情需守"礼","是以言诗则必以杜氏子美为准的。子美之诗,所谓道性情而有劝惩之实者也。行忠悃之心,抱刚正之气,虽拘于音韵格律,而言之愈畅,择之益精,语志弥详。其余忠君爱国如饥之食、渴之饮,须臾离而不能,故虽短什,偶吟莫不眷"⑥。这就将性情纳入帝王之道。除性情说外,讲究学问入诗的肌理说也是"顺应试帖诗重行的孪生形态"⑦。翁方纲与法式善可谓殊途同归,他们的诗学主张匹配了他们的政治身份,在权力的加持下,他们在诗坛拥有了更多的话语权。这是法式善可以利用性情说和众诗家对话的资本。

另外,法式善利用人际传播形塑了性情说的影响。关于性情说的诸种表述,几乎都体现在法式善写给友人的诗或序文中,他没有单独论述过性情说,由此可知,性情说也是一个群体的学说,这个群体内部通过唱和不断强化自身的认知。性情说可以获得话语权,一方面,源于上文所述法式

---

① 法式善:《竹屋诗钞序》,《法式善诗文集》,刘青山点校,第1186页。
② 法式善:《伊墨卿诗集序》,《法式善诗文集》,刘青山点校,第1067页。
③ 法式善:《鲍鸿起野云集序》,《法式善诗文集》,刘青山点校,第1059页。
④ 袁枚:《随园诗话》,顾学颉校点,人民文学出版社1982年版,第729页。
⑤ 弘历:《御制初集诗小序》,景印文渊阁《四库全书》第1302册,第1页。
⑥ 弘历:《杜子美诗序》,《御定乐善堂全集定本》卷7,景印文渊阁《四库全书》1300册,第334页。
⑦ 严迪昌:《清诗史》(下),人民文学出版社2011年版,第647页。

第五章 以仕助诗：法式善的创作心态与诗歌传播行为

善的政治身份以及皇权赋予性情说的力量——这是政治场域的支持；另一方面，来自文学场域中的特定群体内部彼此支持，亦是性情说获得话语权的关键。

与法式善一同坚持性情说的诗人包括：秦瀛（1744—1821）字凌沧，一字小岘，号遂庵，诗宗盛唐，在其《答杭堇浦先生论诗书》中，他坚持诗本性情，所以学诗之人各得其性之所近，秦瀛于唐人中独喜王孟韦柳四家，亦性与其近。① 法式善有诗"若求气体工，必致性情假"（《李舒圆赴清泉任寄秦小岘廉访》）。金学莲，字子青，又字青侪，号手山，其诗集名为《三李堂》，"谓瓣香所在青莲、长吉、义山也"②。法式善与金学莲谈性情，他说："发乎情，止乎礼义，诗之谓也。"③ 吴芳培，字霁非，号云樵，法式善在《吴云樵编修诗序》中评价吴芳培的作品抒写性情。④ 让法式善做出类似评价的还有丁履端，字郁兹⑤；鲍文逵，字鸿起，号野云⑥；德敏，字敬庵⑦；伊秉绶，字组似，号墨卿，晚号默庵⑧；吴嵩梁，字兰雪⑨等。

这个群体对性情说持开放的态度，他们包容地对待其他诗学，能取其所长。法式善的诗以宗唐为主，"近王、韦"⑩，《梧门诗话》中法式善自述"最爱孟襄阳诗"⑪。但他也有倾向于宋风的作品，代亮就指出法式善师法苏轼、黄庭坚。⑫ 所以，法式善在诗风选择上是不拘一格的。其他有相似看法的，还包括阮葵生⑬，他认为："诗以道性情，诗无性情，虽读万卷书，行万里路，不过考据详核，雕绘满纸，不可以言诗也。有性情

---

① 秦瀛：《小岘山人诗文集》，《清代诗文集汇编》第 407 册，第 456 页。
② 沈涛：《匏庐诗话》卷上，清刻本。
③ 法式善：《金青侪环中庐诗序》，《法式善诗文集》，刘青山点校，第 1034 页。
④ 法式善：《吴云樵编修诗序》，《法式善诗文集》，刘青山点校，第 1036 页。
⑤ 法式善：《蕨嵫山房诗钞序》，《法式善诗文集》，刘青山点校，第 1040 页。
⑥ 法式善：《鲍鸿起野云集序》，《法式善诗文集》，刘青山点校，第 1059 页。
⑦ 法式善：《清籁阁诗集序》，《法式善诗文集》，刘青山点校，第 1065 页。
⑧ 法式善：《伊墨卿诗集序》，《法式善诗文集》，刘青山点校，第 1067 页。
⑨ 法式善：《吴兰雪香苏山馆诗集序》，《法式善诗文集》，刘青山点校，第 1070 页。
⑩ 赵怀玉：《存素堂文集序》，《法式善诗文集》，刘青山点校，第 1014 页。
⑪ 法式善：《梧门诗话合校》，张寅彭、强迪艺编校，凤凰出版社 2005 年版，第 128 页。
⑫ 参见代亮《法式善的宋诗趣尚》，《民族文学研究》2019 年第 3 期。
⑬ 阮葵生（1727—1789），字宝诚，号吾山，晚号安甫，淮安人，乾隆壬申科（1752）举人，辛巳（1761）会试以中正榜录用，历任山西道监察御史、刑部右侍郎等，著有《七录斋诗文集》及《茶余客话》。

矣，而学问不广博，识解不高超，亦止可批风抹月，道俗情摹小景已耳。"① 显然，他在调和性情与学问的关系。曾燠②的创作亦在宗唐的基础上风格多变，陈运镇在《赏雨茅屋诗集》跋中评价曾燠："五古当出于陶而兼及高岑王孟，七古当出于杜而兼及韩白苏陆"③，可见曾燠也是持有开放的性情说。法式善在写给曾燠的交游诗中有"诗本心志和"（《曾宾谷运使寄邟上题襟集至》）之说，可以看出这是二人的共识。

性情说的正统性使其天然具备权威性和广泛性，可以帮助法式善扩大交游范围，这是他和乾嘉诗人的"共同话题"。性情说是法式善身为词臣与诗人双重身份的选择，他与志同道合之士反复抒发相关见解，一人唱，众人和，通过人际传播进一步扩大了性情说的影响力，由此也助推了法式善诗坛盟主地位的形成。另外，从法式善的人际传播行为还可以看出赠答唱和是乾嘉诗人进行诗歌批评的重要方式。

第三节 出版传播：诗学播布的辅助方式

前文已提及，乾隆五十八年（1793）法式善想要出版诗集，请汪如洋编次作序，但汪如洋身故，诗集丢失，自此之后，法式善再无出版诗集的意愿。友人为他刊刻的诗集皆非他主动为之。除诗集外，其他诗学作品也未能成功出版。汇集友人作品的《诗龛声闻集》《朋旧及见录》以抄本流传，《梧门诗话》以稿本流传。可以说，在诗歌方面，法式善并无严格意义上的出版传播行为。但是，法式善是曾致力于作品出版的，他对诗集出版慎之又慎的态度反映出他对出版传播的重视。法式善自己编好的诗集今已不存，但《梧门诗话》是他想要出版的"成品"。法式善生前已将诗话编纂成册，但他无力付梓，将诗话托付给屠倬，屠倬又给陈文述，后来诗话又在朱绶、潘曾莹、潘曾绶等人手中辗转，惜终未出版。④ 虽然事与愿违，但法式善是以出版为目的编写诗话，所以可以将法式善的行为视为

---

① 阮葵生：《茶余客话》，《阮葵生集》中，王泽强点校，陕西人民出版社 2009 年版，第 872 页。
② 曾燠（1759—1831），字庶蕃，一字宾谷，晚号西溪渔隐，江西人，官至贵州巡抚。
③ 曾燠：《赏雨茅屋诗集》，《清代诗文集汇编》第 456 册，第 301 页。
④ 关于《梧门诗话》流传情况，陈文述在《以法祭酒式善梧门诗话稿本寄星斋绂庭兄弟京师》的小序中有详述。参见《颐道堂诗选》卷三十，《清代诗文集汇编》第 504 册，第 559 页。

"类出版传播"。

《梧门诗话例言》开篇就提到了诗话的传播作用，法式善说："诗话之作，滥觞于钟嵘，盛于北宋。虽其书不过说玲谈屑之流，而词苑菁英、骚坛遗轶，赖以传流。……作者不能自言，一经摘发，耳目顿新，有功于诗道不小也。"① 诗话可以帮助诗人传播，也可以宣扬诗教，法式善看重这样的效果，所以"是编或纪其人，或纪其事，皆与诗相发明"②。他撰写诗话的目的就是为了传播。同时法式善还指出，前辈如王士禛、朱彝尊皆有诗话，但于边省诗人采录较少。袁枚《随园诗话》又地限南北。他"近年从北中故家大族寻求，于残觚破箧中者，率皆吉光片羽"③。从这段话可以看出两点：一是法式善对诗话出版怀有相当的信心，他希望补充《随园诗话》等大家之作的不足之处，认为其诗话有独特的传世价值，并不是自娱自乐。而能够与《随园诗话》相提并论，自然也能在社会广泛流传。二是编写诗话是法式善主盟心态驱使下的一种传播行为，诗坛主盟者是需要一部诗话的，这是参与诗坛讨论的途径，传播诗学思想的手段。他将自己与王士禛、袁枚等人相提并论，将《梧门诗话》与他们的诗话进行对比，这样的认知是在主盟心态驱使下形成的。所以《梧门诗话》一方面在搜集"吉光片羽"，另一方面也在传播法式善的诗学理念。他说："间出数语评骘，亦第就一时领悟所到，随笔书之，未必精当。要无苛论，亦不阿好，则窃所自信焉。"④ 诗话代表的是他对诗歌的信念，是播布性情说的一种方式。法式善有诗《作诗话属同人广为采录》，云："未敢论风雅，还期理性情。"他秉持着性情说这一前提，品评分析诗歌，细化了性情说的内涵。

前文提及法式善认为，在表达性情的诸种方式中，惟清为最难，于是他在《梧门诗话》中通过大量例证展现"清"的各种样貌，帮助读者领会"清"的内涵。《梧门诗话》主要是在纪人纪事，法式善评价诗歌时普遍较为简略，常常使用"可诵""皆佳"等词汇一带而过。在这种情况下，法式善较为频繁地使用"清"字就不能不引起重视，可以说"清"是法式善最为重要的审美表达。《梧门诗话》中随处可见用"清"组成的

---

① 法式善：《梧门诗话合校》，张寅彭、强迪艺编校，第27页。
② 法式善：《梧门诗话合校》，张寅彭、强迪艺编校，第27页。
③ 法式善：《梧门诗话合校》，张寅彭、强迪艺编校，第27页。
④ 法式善：《梧门诗话合校》，张寅彭、强迪艺编校，第27页。

各种词汇，如清深、清绮、清烈、清矫、清婉、清新、清微、清警、清拔、清超、清思、清妙、清挺、清丽、清脆、清峭、清绝、清艳等。而这其中，有相当一部分是魏晋至唐的文学审美。如清深，较早见于元稹《唐故工部员外郎杜君墓系铭并序》中，他评价李白"词气豪迈而风调清深"①。其余简要罗列如下：

清婉：刘义庆《世说新语·赏誉》有云："许掾尝诣简文，尔夜风恬月朗。乃共作曲室中语。襟怀之咏，偏是许之所长。辞寄清婉，有逾平日。"②

清绮、清新、清绝、清妙：陆云《与兄平原书》："然此文甚自难，事同又相似，益不古，皆新绮。"③ "兄文章之高远绝异，不可复称言。然犹皆欲微多，但清新相接，不以此为病耳。"④ "昔读《楚辞》，意不大爱之，顷日视之，实自清绝滔滔。"⑤ "省《述思赋》，深情至言，实为清妙，恐故复未得为兄赋之最。"⑥ "《吊蔡君》，清妙不可言。"⑦

清拔：梁钟嵘《诗品》说晋太尉刘琨"善为悽戾之词，自有清拔之气"⑧。杨衒之《洛阳伽蓝记·法云寺》记录："荆州秀才张斐常为五言，有清拔之句云：'异林花共色，别树鸟同声。'"⑨

清丽：陆机《文赋》："或藻思绮合，清丽千眠。"⑩

苏轼曾用清警评价诗歌，见于《送参寥师》："新诗如玉屑，出语便清警。"⑪ 用清微评价诗歌则较早见于明代，陆时雍说："摩诘写色清微，已望陶谢之藩矣。"⑫

清矫、清超、清挺是清代开始使用的一些论诗标准，鲜见于前代诗

---

① 元稹：《元氏长庆集》卷五十六，明嘉靖壬子（1552）董氏刊本。
② 刘义庆：《世说新语》，朱碧莲、沈海波译注，中华书局2011年版，第477页。
③ 陆云：《陆士龙文集校注》（下），刘运好校注整理，凤凰出版社2010年版，第1047页。
④ 陆云：《陆士龙文集校注》（下），刘运好校注整理，第1056页。
⑤ 陆云：《陆士龙文集校注》（下），刘运好校注整理，第1063页。
⑥ 陆云：《陆士龙文集校注》（下），刘运好校注整理，第1111页。
⑦ 陆云：《陆士龙文集校注》（下），刘运好校注整理，第1115页。
⑧ 钟嵘：《诗品集注》，曹旭集注，上海古籍出版社2011年版，第310页。
⑨ 杨衒之：《洛阳伽蓝记》，尚荣译注，中华书局2012年版，第288页。
⑩ 陆机：《文赋集释》，张少康集释，人民文学出版社2002年版，第145页。
⑪ 苏轼：《施注苏诗》，施元之注，景印文渊阁《四库全书》第1110册，第322页。
⑫ 陆时雍：《诗镜总论》，李子广评注，中华书局2014年版，第122页。

话，如《随园诗话》就使用了清矫①、清超②，《射鹰楼诗话》使用了清挺③。清烈、清艳、清脆很少被用于评价诗歌。清思更常出现在诗歌中，而非诗话中。清成为文学批评标准肇始于魏晋，陆机、刘勰、钟嵘等人在其作品中频繁使用清字组词，"共同表征了南朝诗学以清为主导的审美倾向"④，而清代诗话将"清"分解的更为细致，与法式善有往来的郭麐在《灵芬馆诗话》中用清组词共计25组⑤，仅在法式善的交游圈中，"清"就演变出诸多词组。法式善与友人之间，也喜以"清"论诗，如阮葵生在《题时帆诗草》有"清言一何绮，淡味迥无尘"⑥之说，《梧门诗话》引用了此诗，可见，阮葵生的评价深得法式善之心。

法式善用"清"组成不同词汇，意图凸显"清"的复杂内涵，但这种审美标准其实主要导源于魏晋南北朝的论调，这和朝廷的文教思路是一致的，格调派倡导的便是诗法盛唐以上，同时这也是朝廷倡导的诗歌审美观，严迪昌指出清代诗歌自康熙以后，"'清雅'、'醇正'之风正荡涤或消解被视为不合'指归'的一切变征变雅之调"⑦。所以"清"也是一种具有权威性的诗歌审美理念，亦容易得到诗坛认可。

法式善坚持的性情说是包容、开放的，而《梧门诗话》更是反映了他的坚持。法式善论诗不拘于门派之限，学问入诗如能使"读者初不觉其用典，却字字重典"⑧便是成功。他大力赞扬宗宋之人，如"余鹏抟字少云，……诗笔峭拔……格律冷峭，似北宋名家"⑨；也能欣赏晚唐诗风，如"褚筠心廷嶂有晚唐风韵"⑩。法式善可以博采众家之长，他赞扬性灵之精彩，对诗学性灵者颇有维护，如"郑炳也虎文先生，善为排律诗，……然非其至者。如'荒村古渡鸡声月，寒雨空江雁背秋'……乃

---

① 如："吴门戈小莲，吾家侄婿也，诗笔清矫。"见于袁枚《随园诗话》，人民文学出版社1982年版，第667页。
② 如："同年李竹溪棠，性诚悫，而诗独清超。"见于袁枚《随园诗话》，第304页。
③ 《射鹰楼诗话》评价符兆纶的诗"皆清挺可诵"，见于林昌彝《射鹰楼诗话》卷十二，清咸丰元年福州侯官林氏刻本。
④ 蒋寅：《古典诗学的现代诠释》，中华书局2003年版，第42页。
⑤ 参见王愈奘《论郭麐以"清"为核心的诗学观》，《太原师范学院学报》（社会科学版）2021年第3期。
⑥ 阮葵生：《阮葵生集》（上），王泽强点校，陕西人民出版社2009年版，第300页。
⑦ 严迪昌：《清诗史》（下），人民文学出版社2011年版，第590页。
⑧ 法式善：《梧门诗话合校》，张寅彭、强迪艺编校，第38页。
⑨ 法式善：《梧门诗话合校》，张寅彭、强迪艺编校，第149—150页。
⑩ 法式善：《梧门诗话合校》，张寅彭、强迪艺编校，第305页。

自见性灵之作。"① "苏州陈竹士秀才基诗善写性灵，而造语精到，无率易之病，是善学随园者。"② 法式善亦称赞与性灵对立者，他说："随园不喜曹震亭诗，然震亭诗幽峻，时有拔俗之致。"③ 纵使批评，法式善也表现温和。《梧门诗话》稍显尖锐地批评袁枚，"由是街谈俚语，无所不可，芜秽轻薄，流弊将不可胜言矣"④，但也是借门人鲍文逵之口述之。

最为难得的是，法式善在《梧门诗话》中记录了一些默默无闻的诗人，尽管他们的创作不算出色，但他们对诗歌的热爱，还是让法式善产生了惺惺相惜之情。如"贾奠坤国维诗不多见，大抵多愁苦之言"⑤，"桐城布衣张尹字吾未，一字苦竹，贫而工诗，人无知者"⑥。琉璃厂东观阁书肆中，书商给法式善看自己创作的诗集，法式善在《梧门诗话》中摘录几句，并记其人姓王，名德化，字珠峰，江西人。⑦ 凡此种种，无不显示出法式善的包容。

蒋寅评价："法式善评诗，持论宽厚，能道人善而无苛评。"⑧ 法式善的宽厚是他身为词臣的自觉。法式善身前身后，舆论皆肯定他任人唯贤。他是选拔、培养人才的翰林官员，唯有以开放包容的姿态，才能更好地履行奖掖人才、提拔后进的职责，争取更多士人的认同。根据布尔迪厄对文学场的分析，可知文学场和权力场具有跨场域同构的特点。⑨ 法式善与统治者、士子之间的关系，确定了法式善在仕途的位置，而这种关系完全可以挪用到诗歌场域中，体现出布尔迪厄所谓的"行动者的位置与策略中的同构的等级模式"⑩。法式善在诗坛得到的支持也主要来自士子，洪亮吉在《存素堂诗初集录存》序文中就指出法式善"官翰林，回翔禁近者及三十年，作为诗文，三馆士皆竞录之以为楷式"⑪，士子是法式善诗文的重要读者群。得到他们的认可，同样需要身为教育者的包容。法式善本

---

① 法式善：《梧门诗话合校》，张寅彭、强迪艺编校，第48页。
② 法式善：《梧门诗话合校》，张寅彭、强迪艺编校，第387页。
③ 法式善：《梧门诗话合校》，张寅彭、强迪艺编校，第315页。
④ 法式善：《梧门诗话合校》，张寅彭、强迪艺编校，第210页。
⑤ 法式善：《梧门诗话合校》，张寅彭、强迪艺编校，第57页。
⑥ 法式善：《梧门诗话合校》，张寅彭、强迪艺编校，第356页。
⑦ 法式善：《梧门诗话合校》，张寅彭、强迪艺编校，第69页。
⑧ 蒋寅：《法式善：乾嘉之际诗学转型的典型个案》，《江汉论坛》2013年第8期。
⑨ [美]戴维·斯沃茨：《文化与权力：布尔迪厄的社会学》，陶东风译，上海译文出版社2012年版，第149页。
⑩ [美]戴维·斯沃茨：《文化与权力：布尔迪厄的社会学》，陶东风译，第153页。
⑪ 法式善：《法式善诗文集》，刘青山点校，第5页。

人的诗风是包容多样的，他评价别人的作品时更体现出包容性。这帮助法式善扩大了交游范围，助其成为诗坛盟主。

法式善渴望出版《梧门诗话》，他也为此精心准备。《梧门诗话》承载了法式善的诗学理念，反映出他积极参与诗坛讨论、提携后辈的主盟心态。而这些目的唯有通过传播才能实现，法式善深刻地认识到这一点，《梧门诗话》的形式是当时诗坛流行的诗话形式，蒋寅曾总结，乾嘉时期诗话编撰、出版的势头旺盛，一大批以记载诗坛佚事为主旨、顺便讲论诗歌技艺的诗话络绎问世，其代表作就是查为仁《莲坡诗话》、袁枚《随园诗话》、李调元《雨村诗话》、法式善《梧门诗话》等。[①] 内容上，法式善尽可能扩大诗人范围，举凡八旗诗人、布衣诗人、女性诗人皆在列，这意味着他有意增加读者数量，扩大传播范围。当然，法式善的声名亦是诗话可以传播的保障。虽然《梧门诗话》未能成功出版，可它已经具备了成熟出版物应具备的特点，所以它反映出了法式善对出版传播的态度，可以归类为法式善的出版传播行为。

第四节　场所传播：作为文学公共领域的诗龛

严迪昌在《清诗史》中提及在乾嘉时期诗人别集中几乎都能发现一些"沙龙"式的活动处所，翁方纲、王昶、毕沅、阮元等人都有自己的"沙龙"，而八旗诗人中尤以法式善的"梧门书屋"和"诗龛"名声为大。[②] 可见，设立一个诗歌交流场所，亦是主盟诗坛的必备条件，法式善显然意识到了这一点。设诗龛，意味着他主动搭建传播平台，给想要和他交流的人提供便利，同时也能更好地展现他对诗歌的态度，掌握更多的诗界话语权。

一　诗龛作为自然场所的传播作用

诗龛作为一个场所，传播了法式善在诗歌方面的思想态度。场所"是由具有物质的本质、形态、质感及颜色的具体的物所组成的一个整

[①] 蒋寅：《清代诗学史》第二卷，中国社会科学出版社2019年版，第31页。
[②] 严迪昌：《清诗史》（下），第657页。

体。这些物的总合决定了一种环境的特性，亦即场所的本质"①。法式善由内到外精心打造的诗龛，呈现的是他对诗的世界的理解，也因此使诗龛作为一个建筑呈现了诗的特性，这是诗龛这个场所的本质。法式善利用自然之物布置诗龛，自然界中，法式善偏爱竹子。据《天咫偶闻》载，法式善"所居在厚载门北，背城面市，一亩之宫，有诗龛及梧门书屋。室中收藏万卷，间以法书名画，外则移竹数百竿，寒声疏影，然如在岩谷间"②。可见诗龛主要景致就是竹林，而竹林是为诗而生的，它使龛成为法式善诗的象征化表达场所。竹子自古以来就被喻为君子，《诗经·卫风·淇奥》有云："瞻彼淇奥，绿竹猗猗。有匪君子，如切如磋，如琢如磨。"③ 因此诗龛作为自然场所传播的第一重诗歌意象就是君子相会之地。

《庄子·秋水篇》有"凤凰非梧桐不止，非练实不食，非醴泉不饮"④之说，练实即竹实，所以，种竹便有以君子自居，也期待与君子相会之意。元稹《遣兴十首》其三，将此意说得通透：

  孤竹进荒园，误与蓬麻列。久拥萧萧风，空长高高节。严霜荡群秽，蓬断麻亦折。独立转亭亭，心期凤凰别。⑤

法式善《自题移竹图》诗中有和元稹类似的表达：

  北风彻夜号，万树伤零落。惟我青琅玕，猗猗尚如昨。天寒心更坚，地窄情逾绰。寒翠荫诗龛，百年与尔约。

法式善爱竹，"不可一日不见竹"（《修竹读书画扇》），"生平爱竹胜爱诗，见竹便有凌云思"（《思元道人写竹见贻》）。他用竹造了一方乐土，《自净业湖移居钟鼓楼四首》序说："目其地易植竹，六七月间绿荫窗牖，暑风不到，固余之安土。"此番"世外竹源"，足以传播法式善自诩君子，期待与君子相会之美意。苏轼《绿筠亭》云"爱竹能延客，求

---

① ［挪］诺伯舒兹：《场所精神——迈向建筑现象学》，施植明译，华中科技大学出版社2010年版，第7页。
② 震钧：《天咫偶闻》，北京古籍出版社1982年版，第87页。
③ 《诗经》，北京出版社2006年版，第81页。
④ 《庄子》，孙通海译注，中华书局2007年版，第267页。
⑤ 元稹：《遣兴十首》，《全唐诗》第6册卷398，中华书局1999年版，第4480页。

诗剩挂墙"①，堪为法式善写照。

《啸亭杂录》载："祭酒居净业湖畔，门对波光，修梧翠竹，饶有湖山之趣。家藏万卷，多世所罕见者。好吟小诗，入韦、柳之室，颇多逸趣。家筑诗龛三间，凡所投赠诗句，皆悬龛中以志盍簪之谊。"② 王芑孙说："既以'诗龛'名其室，作诗龛图，复写陶公及有唐四公像，而貌已执卷沉吟于其下，谓之'诗龛向往图'。"③ 由这些记载可窥诗龛内部空间：藏书、悬诗、挂画，画以诗为旨，诗龛名副其实。由此，诗龛作为一个自然场所传播的第二重诗歌意象就是信仰诗歌之地。以诗龛为名，表达了法式善对诗有如信仰般尊重热爱，同时也表现出他意欲提升场所的重要性，此龛所藏，也应得到其他诗人的重视，这是诗人朝拜诗歌之地。

二 诗龛作为社交场所的传播作用

诗龛是提供诗歌交流的场所，是文学传播得以实现的空间。借由诗人往来，诗龛声名大振。法式善诗集中提到友人七百余位，亲临者或饭或宿，坐卧笑谈，俨然被这一方诗之净土感染，未亲临者也曾投寄诗书。《雪桥诗话》记录诗龛主盟风雅，所藏海内诗至七百家。④ 诗龛作为一个场所的传播作用，较之单纯诗歌往来，显得更为主动有效，法式善是以一个"主人"身份介入诗坛，不再是诗坛中被动的参与者。法式善成功打造诗龛，声名在外，自然慕名者众多。结合法式善的政治身份，诗龛为普通士子提供了一个相当于公开接触朝廷词臣的场所，重要性不言而喻，于他们科举选拔都可能产生助益。布尔迪厄对文学场中的"沙龙"有过分析，"这些沙龙并不仅仅是作家和艺术家们因相似而聚集，还可以会见当权者，以及通过直接的相互影响实现连续性的地方，这种连续性从权力场的一极到另一极建立起来"⑤。士子渴望与拥有权力的翰林官员建立联系，诗龛正是一个帮助权力场的一极到另一极建立联系的场所。诗龛就如同一个文学公共领域。

---

① 苏轼：《绿筠亭》，《全宋诗》第14册卷789，北京大学出版社1999年版，第9138页。
② 昭梿：《啸亭杂录》，《笔记小说大观》第35册，广陵古籍刻印社1984年版，第287页。
③ 王芑孙：《法庶子诗龛向往图赞序》，《惕甫未定稿》，《清代诗文集汇编》第442册，第515页。
④ 杨锺羲：《雪桥诗话三集》，北京古籍出版社1991年版，第334页。
⑤ ［法］布尔迪厄：《艺术的法则——文学场的生成与结构》，刘晖译，中央编译出版社2011年版，第7页。

哈贝马斯认为，早于政治公共领域出现的，是文学公共领域。进入文学公共领域的条件是，出现市民阶层（有教养的阶层），他们可以和上层建筑沟通，与底层民众对话，他们彼此之间身份平等，有着大体一致的知识范畴，他们交谈的代表性场所是咖啡馆，"城市里最突出的是一种文学公共领域，其机制体现为咖啡馆、沙龙以及宴会等"①。同处于18—19世纪的乾嘉时代，并不具备产生建立在重商主义之上的资产阶级公共领域的条件，但是，上述文学公共领域的表述可以为我们思考乾嘉诗坛带来启示。西方市民阶层因为经济制度获得权利，而中国士人阶层因为政治制度获得权利。他们都是在社会中拥有话语权的阶层。余英时在《士与中国文化》自序中说："根据西方学术界的一般理解，所谓知识分子，除了献身与专业工作以外，同时还必须深切地关怀着国家、社会以至世界上一切有关公共利害之事，而且这种关怀又必须是超越于个人的私利之上的。"②知识分子和中国士人阶层殊途同归，"士作为一个承担着文化使命的特殊阶层，自始便在中国史上发挥着知识分子的功用"③。他们通过科举入仕，知识背景、人生价值、兴趣爱好皆大体相似。诗歌酬唱是他们文学生活的重要组成部分，当他们有了固定集会场所时，这个场所也就具备了文学公共领域的特性。严迪昌所云乾嘉诗人的"沙龙"，类似于咖啡馆，来去自由，身份平等，不局限于一家一派，就诗歌展开多面向交流，成为推动诗坛繁荣的力量之一。虽然诗龛中的文学交流局限在诗歌领域，没有能够基于更广泛的阅读产生更多元的讨论，但是，对于有着共同知识背景的文人来说，诗歌创作便捷易得，且蕴藉丰富，也可以为他们提供源源不断的话题。

场所是开放的，给普通文人士子进入诗坛提供了机会，同时也能不同程度满足这些人的政治需求。布尔迪厄阐述："文学场涉及权力，它也涉及资本，被确认的作者的资本，它可以通过一篇高度肯定的评论或前言，部分地转到年轻的、依然不为人知的作者的账上；在此，就像在其他场一样，人们能观察到权力关系、策略、利益等等。"④《雪桥诗话》载法式善

---

① ［德］哈贝马斯：《公共领域的结构转型》，曹卫东等译，学林出版社1999年版，第34页。
② 余英时：《士与中国文化》，上海人民出版社2003年版，第2页。
③ 余英时：《士与中国文化》，第3页。
④ ［法］布尔迪厄：《文化资本与社会炼金术——布尔迪厄访谈录》，包亚明译，上海人民出版社1997年版，第80页。

子桂馨辛未会试，卷已摈弃，文恭特为拔出。① 人际牵涉，耐人寻味。士子也期待法式善的权力资本转移到自己的账上。法式善在《成均课士续录》序文中说："忆甲寅决科，余拔取十人，……是科获隽六人，乙卯获隽二人，……莫晋旋登上第，选翰林，……今且主试八闽矣。"② 自得之情溢于言表。在士子眼里，法式善应属科举"专家"了。相较于达官幕府，诗龛显然门槛更低，交往性更强。法式善《汪均之公子偕令弟焕之赴京兆试同过诗龛值雨留饭因订游大觉寺》一诗透露的信息，便是两位普通文人赴京赶考，亲临诗龛拜访法式善。而这似乎也成为众多学子赴京的必备安排。法式善云："余学识谫劣，误为海内才彦见推，不远数千里殷勤通问。其或至京，旅舍未定，先来谒余者，比比也。"③

诗龛条件简陋，"诗龛茅屋耳，仅足蔽风雨"（《雨中祝简田太史暨郎君仁泉崧三秀才以诗龛图诗见贻》），但场所内外传达出的风格特点契合诗歌精神，易被众诗家接受，这样的场所才是开放的，低姿态的。法式善和诗龛的声名合二为一。韩是升，字东生，号旭亭，其《次韵答法时帆祭酒》云："新知虽云乐，不及诗龛早。诗龛法平等，宏奖及衰老。"④ 对诗龛极为推崇。待到法式善身后，依然有人心怀感念，徐谦，字白舫，《重过时帆先生诗龛》云："潭上落花流水逝，泉台又洒西河泪。斜日松阴满旧龛，几人门下哭羊昙。"⑤ 物是人非，平添几分苍凉，诗人在诗龛中追忆法式善，也可见场所产生的传播作用，较之人本身，更为持久。可以说，在法式善成为诗坛主盟者的过程中，诗龛起到了决定性的作用。

第五节　图像传播：诗人生活的拟态化传播

如果说场所是相对固定的，难以打破传播的空间界限，那么图像就可以弥补这一缺憾，它帮助世人更为直接、具体地了解法式善及诗龛。图像对场景的再现，可以弥补文字记忆的模糊性。"我们的身体会疲劳，承受力有限，然而我们的形象一旦记录下来，就可以通过媒介而流通，没有什

---

① 杨锺羲：《雪桥诗话三集》，北京古籍出版社1991年版，第336页。
② 法式善：《成均课士续录序》，《法式善诗文集》，刘青山点校，第1056页。
③ 法式善：《清籁阁诗集序》，《法式善诗文集》，刘青山点校，第1065页。
④ 徐世昌编：《晚晴簃诗汇》卷110，闻石点校，中华书局1990年版，第4711—4712页。
⑤ 徐世昌编：《晚晴簃诗汇》卷125，闻石点校，第5355页。

么确定的限制，且能够跨越空间和时间的荒园。"①

　　法式善说："平生嗜图画，甚于慕富贵。"（《移居后乞同人作画》）他喜欢赏画、题画、请人为自己作画，诗和画构成了法式善精神世界的全部。画是图像，是对现实的再现，传播的是拟态环境，李普曼认为在人和环境之间存在一个拟态环境，"不妨假定每个人的行为都非基于直接的、确定的事实信息，而是基于由其意识加工出来的关于事实的图景，或由别人向其传递的此类图景"②。这种加工后的环境就是拟态环境，人的所有行为是针对拟态环境做出的。③ 基于这个理解，我们不妨将画家的创作过程，即对环境的加工过程，称之为"拟态化"的过程。法式善通过画了解京外的世界，也使用"拟态化"方式，用画向外传播自己的生活空间，扩大声誉。因此图像传播对法式善的影响是双向的。

　　一方面，他一生未曾远离京师，画是他了解广阔天地的媒介，他非常信赖这种传播途径，感叹："身未出国门外，而名山大川无日不往来于胸中。"④ 他欣赏名山大川"烟岚之变幻，涧壑之纡回，新月在林，朝云出岫，固已逞态极妍于几案间"。并感叹："夫谁复能禁余之卧游也哉！"⑤"卧游"所及之处，必然是拟态环境，他看到的是画家加工后的景象，再加上自己的想象，就构成了他对京外的理解。这种理解主要针对的是山川河流等自然风景，呈现的是文人生活的闲逸雅趣。《续题勺湖草堂图》《寄题江南友人采菊图》《李墨庄自琉球归出泛槎图索诗》等皆属此类。由此可见法式善对广阔天地的想象太过局限，对社会缺少更真切的体悟。兴之所至的"卧游"令人艳羡，但就其接受内容来看，范围狭窄，太拘于一草一木、一园一景，反映在他创作的诗歌中则境界不够开阔，既缺少多重视角的审美，也缺少发人深思的力量。

　　另一方面，法式善也利用图像"拟态化"他的生活空间，即他将生活空间抽象出一定的主题，再现于画作之中，画作呈现的是他想要传播的生活面貌、想要塑造的个人形象，对此他直白表示："不必真似我，乃得我之趣。"（《杨生作诗龛图笔墨超隽恍置余江村烟水间题三绝句》）。虽

――――――
①　[美] 彼得斯：《交流的无奈：传播思想史》，何道宽译，华夏出版社2003年版，第131页。
②　[美] 沃尔特·李普曼：《舆论》，常江、肖寒译，北京大学出版社2018年版，第20页。
③　[美] 沃尔特·李普曼：《舆论》，常江、肖寒译，第14页。
④　法式善：《诗龛图记》，《法式善诗文集》，刘青山点校，第1154页。
⑤　法式善：《移居图跋》，《法式善诗文集》，刘青山点校，第1106页。

然法式善不是画的创作者,但他是画的意义的主导者,是他在选择传播内容。大体来看,他请画家创作了以下几类画作:

其一,法式善将重要的人生经历拟态化,利用图像进行传播。嘉庆十七年(1812)法式善在《题汪均之画记后》一诗中历数了这一过程:"溪桥诗思图,写像纪癸卯""带绿草堂辟,后乃有梧门""雪窗课读图,不忘母氏教",然后还有"西涯第一图""西涯第二图",等。癸卯年是乾隆四十八年(1783),法式善被任命为国子监司业,他用《溪桥诗思图》纪之。此前一年,罗聘为法式善画了《瀛洲亭图》,法式善在《罗两峰画瀛洲亭图跋》中记载:"壬寅四月,余再掌春坊,重摄办事翰林,因于瀛洲亭侧广植花木。时雨既濡,绿荫蔽天,玉堂长画,邀同志数人消夏。……两峰坐清秘堂,舒纸挥毫,立成此图。"① 这两年是法式善在事业上的第一次突破,两幅画都特别突出表现了法式善的诗人形象。翰林官员若非学富五车,便当才华横溢,而法式善强调的是后者。嘉庆四年(1799)法式善搬家亦是值得记录的事件,朱素人居士为他作《移居图》。② 搬家后的《移竹图》也是在展示法式善新家的面貌,强化诗龛的艺术氛围。法式善一生感念母亲的教诲,所以也用画再现幼时和母亲共同生活的场景,《雪窗课读图》乃瑛宝(梦禅居士)所画,有翁方纲、洪亮吉、吴锡麒、汪正鋆的题跋。法式善追步李东阳是他颇为得意的一段经历,所以他多次邀人作画,由此传播了"西涯后身"的形象③。除此之外,乾隆五十九年(1794)法式善成为祭酒,请梦禅居士作"槐雨图"④。其子桂馨出生后,多位画家为其画《桂馨图》《攀桂图》等,内容都是在传播"桂馨"一名的由来:儿子出生时,他午睡梦到手折桂花,"梦手桂花擢"(《题友人攀桂图》)。诗化儿子出生的场景,亦是在诗化他的人生经历,诗人的生活总是充满诗的寓意。

其二,法式善将社交生活拟态化,用画展现他与其他诗人的交往,突显他的号召力。法式善会在重要的社交场合要求"合影留念",如嘉庆十六年(1811)《扫叶亭图歌》序:"嘉庆十六年六月廿一日,欧公诞辰,

---

① 法式善:《罗两峰画瀛洲亭图跋》,《法式善诗文集》,刘青山点校,第1105页。
② 法式善:《移居图跋》,《法式善诗文集》,刘青山点校,第1106页。
③ 关于这一问题,许珂《西涯后身:法式善与〈西涯图〉的图绘与传播》有详细论述,刊于《南京艺术学院学报(美术与设计)》2017年第6期。
④ 参见法式善《余两莅太学皆遇雨乞梦禅居士作槐雨图》,《法式善诗文集》,刘青山点校,第136页。

邀同人祀于扫叶亭，饭已，游西侍御圆亭。侍御援琴作歌，客多和之，……余因出素绢，乞诸画师合作兹图，率赋长篇，以识一时雅兴。其籍里姓氏，王云亭溥著于画帧，不具录。"① 法式善是雅集的组织者，他不希望这只是短暂的诗歌聚会，将雅集拟态化，显然可以扩展雅集的传播范围，延长传播时间。或者他会用画记录雅集的场景，如《集何兰士方雪斋观罗两峰聘曹友梅锐张水屋作画》《长至前四日招同人集诗龛消寒罗两峰曹友梅张水屋各作一图率题》皆属此类，展现风流潇洒的诗人群像。再或者，作画是朋友之间偶然的兴之所至，如这两首诗所题：《莫韵亭侍郎赋驿柳诗甚佳余倩顾殁庵作驿柳图》《梦中得春催十四字醒足成之既索鲍雅堂汪杏江学金和诗并倩顾殁庵作图》。用画展现雅集场景古已有之，乾嘉时期这一风气更盛，《郎潜纪闻初笔》记载："乾、嘉承平之际，风雅鼎盛，士大夫文酒之暇，多娴习画理。法时帆祭酒式善，尝作十六画人歌……录之以见一时艺苑之盛。"② 法式善频繁用绘画展现交往场景，已成为士人风尚的推动者。将社交生活拟态化，是将法式善与其他诗人的联系形象化，由此直观地呈现了法式善在文人中的地位和作用，而强化诗人群体的形象亦是在强化法式善自身的形象。

其三，法式善将诗龛拟态化，他极为重视用图像传播诗龛，为此他付出了长期的努力。目前来看，最早的诗龛图大约创作于乾隆五十年（1785）。③ 虽说法式善早期诗作曾遗失，但诗龛图和题画诗应是可以保存的，没有出现在诗集中应是没有相关记录。上海图书馆藏《诗龛图题咏》抄本中收录的诗作多为乾隆五十七年（1792）所写。乾隆五十九年（1794）还有《杨生作诗龛图笔墨超隽恍置余江村烟水间题三绝句》。其余诗龛图皆作于嘉庆年间。通过法式善诗集，可知有些诗龛图是他请求友人创作的，如《柬盛甫山惇大舍人洛阳乞作诗龛图》《余秋室学士许作诗龛图诗以促之》；有些则是友人主动为之，如《篁绳斋孝廉写诗龛图见贻》。嘉庆四年（1799）法式善在《诗龛论画诗》序中说："十年以来，为仆图诗龛者，不下百家。……因选工装之，或三五家，或十数家，汇为一卷。……凡得四十家。"④ 有些图画甚至是远道而来，如《黄小松易别

---

① 法式善：《扫叶亭图歌》，《法式善诗文集》，刘青山点校，第868页。
② 陈康祺：《郎潜纪闻初笔二笔三笔》，中华书局1984年版，第230页。
③ 乾隆五十九年（1794）法式善有《题江秋史侍御诗龛图》一诗，根据此诗序可知这幅诗龛图创作于乾隆五十年（1785）。
④ 法式善：《诗龛论画诗》，《法式善诗文集》，刘青山点校，第215页。

驾自山左寄诗龛图至》《陈云伯文述自浙中寄画至》《奚铁生自浙中寄诗龛图至》三首诗提及的作品。到嘉庆八年（1803），诗龛图已颇具规模，"我写诗龛图，已遍江南北"（《索敬庵画诗龛图》），法式善所言不虚。

通过法式善创作的题画诗，可以知道诗龛图多为写意作品，取景不同，但常有竹、梧、松等有君子寓意的植物出现，如"乔松取丑枝，怪石留败色。桐竹尚弱稚，挺生实有力"（《严香府诗龛图》），"君知我怕俗，画此竹绕屋"（《吴八砖诗龛图》）。诗龛图扩大了诗龛的审美视角，将诗龛这一实体环境转换成图像，亦转换成为拟态环境，强化了"世外诗源"清幽雅静的风格，法式善自云《诗龛图》："取境托幽闲，繁缛都删汰。"（《题江秋史侍御诗龛图》）可见诗龛拟态化的方向就是"幽闲"，法式善主动引导着外界对他和诗龛的想象。他说："好事者争为余写诗龛图，先后凡数十人。其仕隐不同，而皆能知余意所在。其图之境亦不一，而随展一图，皆有吾在焉，皆有吾之诗在焉。吾以是图终吾身，则无往而不得其为吾也。"① 《诗龛图》流传甚广，《梧门诗话》就曾记录："张水屋州判名道渥，浮山人。入蜀，携余《诗龛图》而去。逾年，客自蜀中来，乃将图至。"②

法式善精心筹划的《诗龛图》并不止于传播诗龛，他将图像作为媒介，邀人作图，再依图邀人作诗，用画架起和更多文人沟通的桥梁。法式善将《诗龛图》策划成一个传播的主题，积极扩大接受者的范围，提升画作影响力。他广邀友人为其题画，并把友人题咏之作编辑成册。据刘青山在其博士学位论文《法式善研究》中考证，上海图书馆藏有《诗龛图题咏》抄本，录35人诗作，国家图书馆藏有法式善编撰的《诗龛声闻集》，提到为《诗龛图》题诗的有袁枚、王鸣盛、钱大昕等41人。题诗的名家相当于二次传播者，他们的诗歌更深化了《诗龛图》的审美内涵，且许多题诗或跋的人是当时书法大家，如钱大昕、王芑孙、钱泳等，他们的墨宝亦随《诗龛图》在流传，提升了《诗龛图》的艺术价值。这些策划使得《诗龛图》成为乾嘉时期京师具有代表性的文化事件。晚清翁同龢有诗"小幅诗龛诸老笔"，他解释："梧门学士卜筑西涯，写《诗龛图》

---

① 法式善：《诗龛图记》，《法式善诗文集》，刘青山点校，第1154页。
② 法式善：《梧门诗话合校》，张寅彭、强迪艺编校，第351页。

寄意，一时名流题咏殆徧。"① 足见《诗龛图》题咏之影响力。

与诗一样，画也是法式善与人交往的重要中介。法式善在画坛颇具声望，许珂认为仰赖法式善的延誉，一些画家从无名之辈变为炙手可热的"大家"。② 所以彼时画家纷纷投法式善所好，用画建立与法式善的联系。如法式善爱竹，画家便为他画竹，"道人落墨取豪宕，绝似为余写幽旷"（《吴仲圭墨竹歌》）就点明了这种创作趋向，《思元道人画兰竹见贻》《吴白厂照自大庾寄画竹至》等皆属此类。但也必须指出，这种投其所好有时会降低画的艺术价值，震钧就指出："余曾见罗两峰为祭酒画《西涯十景》册，有翁覃溪序。梧门自书诗，覃溪和之。画极荒率之致，寥寥数笔，宛然街市之景也。"③ 画家是诗龛的常客，《潘梧庄临郑千里气概图跋》载："适荆溪潘子大琨留宿诗龛，篝灯调粉墨，乘兴为之摹成，明星犹在天也。"④ 画家与法式善之间的紧密联系是法式善能够利用图像进行多方面传播的前提条件，画家借用法式善的声名传播作品，法式善也借画家之手传播生活经历、诗人雅趣，营造诗龛的艺术氛围。法式善是当时京师的士人领袖之一，他的地位保证了他能有效使用图像传播，且通过图像传播，他将影响力扩展到画坛，也实现了声名的持久流传。

总体来说，法式善的诗学主张在乾嘉诗坛实难开宗立派，其影响无法与性灵说比肩，从后世传播效果来看，肌理说的影响力也远在性情说之上。法式善的诗歌创作成果颇丰，但可传作品有限。但是，法式善的政治地位、诗学才华、人品个性共同构筑了他的声望，他的经营使他成为乾嘉时期著名诗人。回顾这一过程，可以看出，他以尽可能扩大自己在诗坛的影响力为出发点即所谓"主盟"心态，将在仕途获得的政治权利转化为文学权利，利用这种转化，他传播了作品，也扩大了声名，引仕入诗是他经营自己诗歌世界的重要方式。词臣身份为他带来大量读者，他积极拓展人际传播，精心安排出版传播，打造了性情说的同时，也掌握了诗坛的话语权。诗龛作为一个场所，容纳了法式善和众多诗人的文学传播过程，而诗龛本身也传播了法式善对诗的理解。图像传播进一步扩大了法式善的交

---

① 翁同龢：《七月四日与子松招汴生子禾至后湖观荷汴生有诗次韵奉答时将南还》，《瓶庐诗稿》卷三，民国八年（1919）邵松年等刻本。
② 就这一问题参见许珂《乾嘉时期京师的士人延誉机制与画坛新变——以翁方纲、法式善为中心的考察》，《文艺研究》2021年第1期。
③ 震钧：《天咫偶闻》，北京古籍出版社1982年版，第87页。
④ 法式善：《潘梧庄临郑千里气概图跋》，《法式善诗文集》，刘青山点校，第1106页。

游范围，通过图像，法式善为未曾到过诗龛的人提供了想象参考。凡此种种，皆以扩大影响为目标，法式善是当之无愧的乾嘉诗坛盟主之一。

第六节　对诗人形象的认同与批评

与法式善交游之人对其诗才赞誉有加，袁枚说他读法式善的诗，"以为深得诗家上乘之旨"①，他点评《净业湖待月》②"此真天籁也"。袁枚看到了法式善的优长，但也必须指出，袁枚并不是吝于赞美的人，因此不能将得到袁枚的肯定与出色的诗学才华画上等号。舒位《乾嘉诗坛点将录》说袁枚是天魁星"及时雨"，"其雨及时，不择地而施"③，也是婉转表达袁枚与人交往太过随意。钱锺书直白指出："自有谈艺以来，称引无如随园此书之滥者。"④ 得到袁枚赞扬的诗作，和袁枚"性灵"主张有相通之处，确有几分出自性情的"灵"，但是"灵"仅停留在遣词用字，勾勒了一个个有几分灵气的小情景。考虑到法式善的身份，袁枚的评价恐有客气之嫌。与法式善更为熟识的翁方纲就没有顾忌了，他在为法式善的《陶庐杂录》写的序中直言不讳："（法式善）与予论诗年最久，英特之思，超悟之味，有过于谢蕴山、冯鱼山，而功力之深造，尚在谢冯二子下。……考证有资于典故者，视其诗更为足传也。"⑤

友人中不乏对法式善的赞誉，王昶评价："为诗质而不癯，清而能绮，故问字求诗者，往往满堂满屋。"⑥ 洪亮吉说："法祭酒式善诗，如巧匠琢玉，瑜能掩瑕。"⑦ 陆元鋐云："法时帆学士式善诗能用短，不能用长，五言多王、孟门庭中语，清远绝俗，未易问津。"⑧ 张维屏《国朝诗人征略》卷四十七收录法式善，辑有多家诗话对法式善的评价，包括《湖海诗传》《群雅集》《香石诗话》《愓甫未定稿》《听松庐文钞》《听

---

① 袁枚：《随园诗话》，顾学颉校点，人民文学出版社1982年版，第729页。
② 被袁枚提到的几句是："抠衣踏藓花，满头压星斗。溪行忽有阻，偃蹇来醉叟。攘臂欲扶持，枕湖一僵柳。"参见袁枚《随园诗话》，顾学颉校点，第729页。
③ 舒位：《乾嘉诗坛点将录》，《清诗话三编》第4册，上海古籍出版社2014年版，第2349页。
④ 钱锺书：《谈艺录》，三联书店2001年版，第581页。
⑤ 法式善：《陶庐杂录》，中华书局1959年版，第3页。
⑥ 王昶：《蒲褐山房诗话新编》，周维德校点，人民文学出版社2011年版，第136页。
⑦ 洪亮吉：《北江诗话》，人民文学出版社1983年版，第5页。
⑧ 陆元鋐：《青芙蓉阁诗话》，《清诗话三编》第4册，第2607页。

松庐诗话》等。① 这些诗话品评了法式善诗歌的审美特征，如《香石诗话》云："因论诗清如先生可谓清到骨矣。"② 林昌彝《海天琴思续录》指出法式善用渔洋三昧之说言诗。③

对法式善的非议，主要体现在《批本随园诗话批语》中：

> 法时帆系蒙古人，非满洲人。乾隆庚子进士。初名运昌，因用国书书之，与"云长"同，奉旨改今名。其人诗学甚佳，而人品却不佳。铁冶亭辑八旗人诗为《熙朝雅颂集》，使时帆董其事。其前半部，全是白山诗选，后半部则竟当作买卖做。凡我旗中人有势力者，其子孙为其祖父要求，或为改作，或为代作，皆得入选。竟有目不识丁，以及小儿女子，莫不滥厕其间。④

这段评价肯定了法式善诗学成就，但否定了他的人品，杨勇军在其博士学位论文《法式善考论》中考证此番所言有一定的道理。批语作者对《随园诗话》也有类似评价，"一部诗话，助刻资者，岂但毕秋帆、孙稆田二人？有替人求入选者，或十金或三五金不等，虽门生寒士，亦不免有饮食细微之敬。皇皇巨帙，可择而存者，十不及一，然子才已致富矣"⑤。"一部诗话，将福康安、孙士毅、和琳、惠龄诸人，说来说去，多至十次八次，真可谓俗，真可谓频。"⑥ 其实由这类评价也可看出，诗集诗话的编著，会受到多种因素的影响，人事缠绕，不只单议诗歌这么简单，况且除去少数优异者，多数人水平相差不大，如何评价本也见仁见智。作者由此断定法式善"人品不佳"，实乃牵强。通读"批语"，作者常论他人人品不佳，如彭芸楣"性奸巧"⑦，初彭龄"寓险诈于正直之小人"⑧，孙渊

---

① 张维屏：《国朝诗人征略初编》卷47，《清代传记丛刊》第22册，明文书局1985年版，第591—595页。
② 张维屏：《国朝诗人征略初编》卷47，《清代传记丛刊》第22册，第592页。
③ 林昌彝：《海天琴思录 海天琴思续录》卷8，上海古籍出版社1988年版，第470页。
④ 《批本随园诗话批语》，袁枚《随园诗话》，顾学颉校点，人民文学出版社1982年版，第853页。
⑤ 《批本随园诗话批语》，袁枚《随园诗话》，顾学颉校点，第861页。
⑥ 《批本随园诗话批语》，袁枚《随园诗话》，顾学颉校点，第864页。
⑦ 《批本随园诗话批语》，袁枚《随园诗话》，顾学颉校点，第845页。
⑧ 《批本随园诗话批语》，袁枚《随园诗话》，顾学颉校点，第847页。

如"学问甚博,而品行不佳"①,瑶华道人(弘旿)"品不甚高"②,刘墉"心地不纯"③。虽然作者是时代经历者,他的看法有一定依据,但人性复杂,知人论世如过于极端,也未见公允。所谓"人品",并非依据个别行为就能判定。

法式善去世之后,他的诗学才华渐少有人关注。符葆森《国朝正雅集》录法诗 17 首,王昶《湖海诗传》收法诗 7 首,徐世昌《晚晴簃诗汇》辑法诗 31 首。盛昱《八旗文经》收法式善文 64 篇。朱庭珍《筱园诗话》云:"本朝满洲诗人,如梦文子麟、法梧门式善,皆清矫不凡。"④ 陈衍在《戏用上下平韵作论诗绝句三十首》其三十写"莫例一龛供王孟,貌为淡远法时帆"⑤。林昌彝《论诗一百又五首》有专为法式善所写之诗:"吟怀澄淡似苏州,三昧都从五字求。气义云霞诗姓名,梅花樽酒话清愁。"⑥ 这些诗人都用"清"或"淡"评价法式善,沿袭了旧有论断,也稍显简单。郭则沄在《十朝诗乘》中记载了一些法式善的创作,但都是借诗叙事,没有评价诗品高低。由于《雪桥诗话》更关注八旗诗人,对法式善生平经历记载也更多,主要是他与友人间相互题赠,卷九则详述了他的诗龛题画诗及所辑元诗,但作者始终未直截了当地评价法式善的诗歌特点。《苌楚斋四笔》记载师范所著《前后怀人诗钞三种》,内有对法式善的评价,"其诗以缠绵悱恻之音,达之以夷宕之笔,浅处能深,小中见大,此诗人旨也云云"⑦。而刘声木对此评价的看法"是不独谓其不忘故旧,深有合于朋友之义,并其诗亦谓之佳诗矣"⑧。显然刘声木并不认可师范的评价。

法式善生前将自己与李东阳联系在一起,于是他成为李东阳接受史中的一个重要人物。晚清诗人有《题法梧门先生续西涯杂咏图》⑨《西涯谒李文正公墓用法时帆祭酒原韵》⑩。后世提到李东阳时,法式善也是不能

---

① 《批本随园诗话批语》,袁枚《随园诗话》,顾学颉校点,第 847 页。
② 《批本随园诗话批语》,袁枚《随园诗话》,顾学颉校点,第 863 页。
③ 《批本随园诗话批语》,袁枚《随园诗话》,顾学颉校点,第 863 页。
④ 朱庭珍:《筱园诗话》,光绪三年(1877)刻本。
⑤ 陈衍:《石遗室诗集》,《陈石遗集》,福建人民出版社 2001 年版,第 160 页。
⑥ 林昌彝:《衣讔山房诗集》,《清代诗文集汇编》第 614 册,第 342 页。
⑦ 刘声木:《苌楚斋随笔续笔三笔四笔五笔》(下),中华书局 1998 年版,第 836 页。
⑧ 刘声木:《苌楚斋随笔续笔三笔四笔五笔》(下),第 836 页。
⑨ 叶衍兰:《秋梦庵词钞》,《清代诗文集汇编》第 694 册,第 365 页。
⑩ 黄锡彤:《芝霞庄诗存》《清代诗文集汇编》第 695 册,第 556 页。

忽视的存在。

至晚清，亦有诗人从法式善的族属身份出发，肯定他的贡献。杨锺羲在为崇彝的《选学斋诗存》题序时说："蒙古先达文章学问以梦文子、博希哲、法时帆三先生为最著。"① 三多在为衡瑞《寿芝仙馆诗存》写的序中也说蒙古族人才辈出，"前之马伯常、萨天锡，后之梦午塘、法梧门，代有之焉"②。

总体来看，法式善身后，其声名不若生前广受认可，相较于同时代其他著名诗人，他的影响力有限。他精心打造的诗龛和乐于提携后进的品性更被后人乐道，诗学造诣则少有人关注，甚至一些记录流露出对法式善诗歌的不以为意，至钱锺书先生评价"时帆之诗才诗学均不甚许与"③，也就不足为怪。用舒位的观点来看，法式善的"谋略"是成功的，但尴尬之处在于，一旦谋略不再，地位也就难保了，法式善的影响力明显是生前大于身后，他去世后，其诗歌、诗学传播影响有限，也是需要正视的现实。

---

① 崇彝：《选学斋诗存》，光绪刻本。
② 衡瑞：《寿芝仙馆诗存》，1913年石印本。
③ 禹克坤：《钱锺书先生一封未发表的书简——关于〈梧门诗话〉》，《读书》2009年第6期。

第六章

诗随仕动：道咸同政坛诗人的仪式化人际传播

鸦片战争之前，道光朝延续了康乾盛世的余韵，宣宗有志于改革，去除盐务、漕运等方面的积弊，孟森赞扬："昔人知识之无法骤开，而士大夫之明通强干者，能救一时之弊，已不可谓非难能可贵矣。"① 开明的君主带来了士风的转变，经世济民的文章再次大行于世，"道光间士大夫之著作，非雍、乾之所有，亦可谓非嘉庆朝所有矣"②。道光二十年（1840）鸦片战争爆发，这是"清运告终之萌芽"③，但既是"萌芽"，便说明没有立即产生广泛而深刻的影响。增井经夫描述战后清政府表现得若无其事，民众也毫不关心。④ 英国未能实现战争目的，"虽然鸦片战争后英国疯狂向中国推销其工业产品，甚至连钢琴都拿到中国来卖，但实际上，最为英国人期待的棉纺织品出口量却不见增长"⑤。相较于咸丰朝的动乱难安，道光朝是安宁的，而经历变局的文人恰恰成长在这安宁时光，心态普遍安逸保守，很难快速形成对变局的体认。仅有少数敏感者如魏源被后世赞誉，姚莹《康輶纪行》记道光年间事，自叙云："天下有道，守在四夷，岂可茫然存而不论乎？"⑥ 亦属难得。

这一时期的诗坛，延续了乾嘉诗坛由高官主盟的特点，祁寯藻、曾国藩、张祥河等人官至宰辅，亦在诗坛具有相当号召力。而在这个高官诗人

---

① 孟森：《清史讲义》，中华书局 2010 年版，第 317 页。
② 孟森：《清史讲义》，第 303 页。
③ 孟森：《清史讲义》，第 317 页。
④ ［日］增井经夫：《大清帝国》，程文明译，社会科学文献出版社 2017 年版，第 218—219 页。
⑤ ［日］增井经夫：《大清帝国》，程文明译，第 220 页。
⑥ 姚莹：《康輶纪行》，中华书局 2014 年版，第 1 页。

群体中，亦出现了多位蒙古族的身影。道咸同是蒙古族高官较为集中出现的时期①，柏葰、瑞常、倭仁②、花沙纳等人位至宰辅，托浑布官至山东巡抚，恩泽官至黑龙江将军，恭钊、锡缜、锡纶出身名门，在官场亦有不俗的表现。他们均有诗传世。从历史上看，他们的主要身份是官员，世人并未看重他们的诗人身份，且他们诗学造诣有限，也不热衷于此道，未以诗人自居，因此总体来看诗学成就不高。那么他们诗歌传播的作用是什么呢？他们不重视出版，也不曾与诗坛积极来往，创作传播的最主要的方式就是人际交流，而这对他们的意义何在，这是本章希望回答的问题。

第一节　成为仪式：诗随仕动趋向的形成

前文提及，乾嘉时期存在一种诗仕互融的文学传播现象，多位诗坛主盟者曾通过诗赋获得重要的仕途发展机遇，他们也普遍利用仕途中的权力传播诗歌。道光以后这一现象有所改变，清后期诸位帝王都不似乾隆那么热爱诗歌，从程恩泽、祁寯藻、曾国藩等诗坛主盟者的仕途履历来看，他们的发展机遇基本与诗赋无关，且他们不热衷动用手中权力传播诗歌，没有为当时诗人出版诗歌总集，没有打造著名沙龙。他们喜好酬唱，但交游规模不若王昶、法式善一般庞大。他们能够引领诗坛风气，固然离不开政治地位的作用，但他们的学识、个人兴趣亦发挥了重要作用。道光时期开始，诗仕已很难说是一种互融共进的关系，诗歌不是仕途的"加速器"，权力对诗歌传播的直接作用在减弱。

但是，诗歌依然是诗人仕途之中不可缺少的存在，诗人普遍利用诗歌维系仕途中的人际往来，酬唱是编织关系网络的重要方式，所以这一时期的诗仕关系更多的是表现出一种诗随仕动，即利用诗歌为仕途人际网络的维系与拓展服务。诗人之间的人际传播交换的是资源，根据学者解释，资

---

① 根据《清代职官年表》，大学士中属八旗蒙古的，有乾隆时期伍弥泰（1783年授，1786年死），嘉庆时期保甯（1797年授，1806年死），松筠（1811年授，1817年降）。道光时期长龄（1821年授，1838年死）他是第一位官至文华殿大学士的蒙古族，富俊（1827年授，1834年死）。咸丰年间赛尚阿（1850年授，1852年革）柏葰（1856年授，1858年革）。同治年间倭仁（1862年授，1871年死）瑞常（1862年授，1872年死）。光绪年间荣庆（1905年授，1911年在任）。

② 倭仁的主要成就在经学，如以仕途履历和诗歌创作入手分析其心态、行为，恐有失偏颇，故本章论述范围不包括倭仁。

源可以分为六类，包括爱、地位、服务、货物、信息以及金钱。① 诗人交游酬唱交换的主要是地位，是彼此之间的尊重、敬仰或名望，这种交换是仪式性的。罗伊·拉巴波特对仪式的定义是：对并非完全由表演者制定的、或多或少具有固定顺序的形式化的行为和话语的表演。② 酬唱就是遵循着一套固定程序的话语表演，同一个空间的个体既是表演者也是观众，使用的是高度仪式性的语言——诗歌，它能够成功传播，取决于双方具有共同的知识背景，能够顺利完成编码—解码的过程。诗人通过人际传播中的资源交换，塑造了仕途形象，实现了社会接受与认同。程恩泽、祁寯藻、曾国藩等道咸同诗坛主盟者的诗集中皆存有大量酬唱之作，曾国藩在京期间创作的诗歌中，酬唱诗存量最多。酬唱诗是他们与同僚对话的重要方式。祁寯藻多次出任考官、学政，每到一地，与其他考官、诸生酬唱已成为固定流程，由此也塑造了他平易近人、清正廉洁的考官形象，如祁寯藻所云："门墙桃李应栽遍，犹自巡檐索落梅。"（《春闱分校呈李芝龄少宗伯次朱兰坡前辈韵》）③《道州周元公裔孙博士承宗贡生南诰生员岐昌绳武大文承业手录公遗书及濂溪志见示敬题简末》是祁寯藻写给士子的诗，而周敦颐的后人请祁寯藻看周敦颐遗书及《濂溪志》本身也说明了他们钦佩祁寯藻的学养。还有诸如《临湘云溪驿路有书生徐世杰投书行兴以诗文相质年二十许殆磊落不羁士也停舆见之谕以道义而去》这样的作品，都体现出祁寯藻作为一个学政的博学、温和谦下。这些酬唱是因仕途需要而产生的，是诗随仕动，它们传播了诗人的仕途形象。

将酬唱视作一种传播行为，必须要思考的是诗人的目的、酬唱可以传播的讯息及产生的效果。若要回答这些问题，首先需要对诗人进行分类。古代诗人大体可以分为在朝与在野两类，宋以后，诗人几乎都有了官员身份，布衣诗人从整体上看成就有限。对于身在官场的著名诗人来说，交游酬唱至少可以在两个层面发挥作用。一是在文学领域，就文学本身展开交流，他们会在诗歌中展现高超的创作技巧，与他人交流文学主张，扩大诗坛影响力，获得良好声誉。甚而对于诸如欧阳修、王安石等声名显赫的诗

---

① [美]迈克尔·E. 罗洛夫：《人际传播社会交换论》，王江龙译，上海译文出版社1991年版，第15页。
② [英]尼克·库尔德里：《媒介仪式：一种批判的视角》，崔玺译，中国人民大学出版社2016年版，第27页。
③ 祁寯藻：《馥航亭集》，《祁寯藻集》第2册，三晋出版社2011年版，第26页。以下引诗皆出于此，不另注。

人而言，交游酬唱是他们推行文学理想，或者是经学理想的重要方式。梅尧臣有诗云："是时交朋最为盛，连值三相更保釐。谢公主盟文变古，欧阳才大何可涯。"① 可见，谢绛与欧阳修的交游是以倡导古文运动为方向的，是在实践他们的文学理想。祁寯藻亦通过酬唱诗表达宗宋理念，如《荐士诗答徐廉峰编修》中将张际亮比作孟郊，赞扬其诗法路径。② 二是在仕途之中，诗人利用交游酬唱寻找仕途支持。道光十七年（1837）祁寯藻写《林少穆前辈则徐以苏抚述职来都旋拜湖督之命赋诗奉饯》，全诗就林则徐仕途经历及地方督抚的作用谈了一些看法，《馒飰亭集》中，祁寯藻写给林则徐的诗仅此一首，诗中也没有抒发感情，诗尾直接表达了对林则徐仕途的祝福，"作诗愿公德施普，他日勋名照鼎辅"，希望他造福一方百姓，这是同僚之间客套的对谈，是仪式化的"表演"。有时，在工作之外，诗人之间也会聚会游玩，于唱和中彼此分享生活场景片段，可这种同僚之间的闲暇安排，亦有着仕途人际交往需要，是诗人融入官员集体的必要途径。

但是，对于诗艺一般的官员诗人而言，交游酬唱发挥的作用事实上局限在了仕途人际交往之中，他们并不具备交流文学主张的条件与能力。他们在酬唱诗中传达出的是事、是情，他们不以塑造"诗人"形象为目的，诗歌技巧平平，其传播效应集中在交游范围之内，影响力非常有限。道咸同时期的蒙古族官员诗人就属于这种情况。他们的酬唱是对官员诗人群体中普遍存在的诗随仕动现象的回应，是具有仪式化特点的人际传播。

第二节　进入仪式：蒙古族诗人酬唱中的诗随仕动

道咸同时期蒙古族诗人的诗歌主要是通过人际传播在流传，酬唱是他们普遍使用的传播方式。③ 除后文将述的柏葰和瑞常外，黑龙江将军恩泽有诗集《守来山房纍韡馀吟》，录诗一百八十四题二百零八首，酬唱之作七十二首，占35%。其诗集生前未刊刻，仅以抄本留存，宣统元年（1909）由王闿运整理成册，并加序文。可见酬唱亦是恩泽诗歌传播的主

---

① 梅尧臣：《依韵和答王安之因石榴诗见赠》，《全宋诗》第5册卷259，第3286页。
② 关于这一问题，参见张波《从祁寯藻的评诗之作看道咸诗坛的宗宋取向》，《湖北民族学院学报》（哲学社会科学版）2012年第6期。
③ 这一现象在汉族高层官员中也不罕见，如翁心存的诗稿在其生前均未刊刻，诗歌也是通过人际传播在流传。

第六章 诗随仕动：道咸同政坛诗人的仪式化人际传播

要途径。毕竟，他们不如法式善一般热衷于塑造自己的诗人形象，也无意频繁刊刻诗集。加之他们的诗歌才华有限，作品在当时也难以产生较大的影响力，酬唱就成为他们传播诗歌的重要方式，借此满足仕途交往需要，遵行官场一直存在的仪式化的交往方式。

在人类学中，仪式是社会结构的一部分，是为了维护秩序，或者为了彰显文化和价值。① 士人之间的唱和，是在彰显儒家文化的价值，也是在强化士人群体与其他群体的区别。诗歌创作是个人能力的展现，也是作为士人群体的身份标识之一。不论是仕途之中偶然的见面，还是友人之间的宴请聚会，诗歌都是不可缺少的存在。锡缜在其诗集《退复轩诗》中，存有诸多唱和作品，人情往来频繁。道光二十九年（1849）他在西安，作有《次西安晤蒋子潇参军湘南欲以张幼涵大相姚致堂诗雅两公子合予作三君咏诗以谢之》，咸丰十一年（1861）年底，他在咸阳，除夕夜作有《除夕公宴集句次麟大司马魁沈大司徒兆霖两星使韵》。无论是官员偶然的会面，还是官方公开的宴请，唱和都是相应仪式中的固定环节。

翻检这一时期的蒙古族诗人诗集，交游酬唱诗出现在各个仕途场景，主要包括：升迁之时，柏葰成为协办大学士后，彭蕴章写诗祝贺，柏葰回以《咏莪相国因余入直枢廷旋晋协揆惠诗志喜谨步呈政》；获得政绩之时，托浑布赴台湾平乱，押解要犯入京，返回大陆后，沿路官员纷纷以诗致贺，托浑布在《瑞榴堂诗》中记录有《台阳获犯赴都路经省门金铠呈诗志喜因附录之》《附录及门孝廉邓英平台志喜四首》《附录及门翰林杨和鸣平台志喜诗十首》等；远行之时，锡缜《退复轩诗》中有多首唱和之作均是友人远行赴任，锡缜送别，如同治二年（1863）的《曾达周农部继志画鱼为瑞南星太守昌赋即送之岭南》；同僚组织的文化活动，锡缜频繁参加这类活动，如《题潘伯寅少农祖荫藤阴书屋勘书图四十韵》《题阿介石都护克敦布临董香光长卷集唐宋句二首》。酬唱在官场使用之频繁，可见一斑。

官员之间，有诗往来是司空见惯的事情，任何工作上的见闻、生活中的感受，都是唱和诗的来源，交往是他们相当重视的诗歌功能，所以他们的酬唱明确表现出了诗随仕动的特点。

---

① 参见［美］兰德尔·柯林斯《互动仪式链》，林聚任等译，商务印书馆2009年版，第36页。

第三节　仪式的反馈：诗随仕动对蒙古族
　　　　诗人的作用及意义

通观这一时期蒙古族诗人的仕途酬唱之作，可以发现，诗歌帮助诗人维护了社会形象，强化了诗人的自我图式。戴维·迈尔斯在《社会心理学》中指出，自我图式的形成，除了受到基因的影响外，社会经验也扮演重要角色，具体包括：我们扮演的角色、我们形成的社会同一性、我们和别人的比较、我们的成功与失败、其他人如何评价我们、周围的文化。① 换句话说，个体对自身社会形象的定义是需要在与他人沟通中完成的，社会形象需要自我呈现，更需要他人认可，它是在人际交往之中相互认定的。

除文臣喜欢将自己塑造为"儒臣"外，受到士大夫文化滋养的八旗武将，也会利用诗歌表现自己文雅的气质，希望将自己塑造成"儒将"的形象，酬唱就可以满足他的需求。一方面，诗人可以利用唱和诗对外传播自身形象，例如黑龙江将军恩泽就喜欢将自己归为儒将，同治十三年（1874）恩泽正式选择了从军立业，他对友人说："屯田充国难筹策，入穴班超易建功。"（《檄赴塞上军营行有日矣留别家人暨诸同好诏书特下客心惊四字甄褒愧汗生》）班超弃文从武，他是学识过人的武将，也是恩泽的偶像。于是恩泽反复和友人强调军营生活中"文"的一面，诗意的一面，所谓"权将毳幕作诗坛，日色天山雪映丹"（《适读杨仿西廉春日书怀诗意有所感即次元韵率成二首》）、"櫜弓惭不武，笔砚乐为亲"（《即韵和余星珊刺史》）。另一方面，诗人是通过唱和诗获得外界对自身形象的认可，武将之间的唱和往往互相赞誉对方为"儒将"，文臣写给武将的诗也喜用儒将典故，置身于"儒将"群体之中，自然个体也获得了群体身份特点。可以说酬唱是让诗人的自我图式得到社会承认的有效渠道。瑞常的身边围绕着儒将，如《札韵涛大兄仕黔三载昨以和孙太守独山州解围诗见示依韵奉怀》云："共信虞翻能解甲，谁言杨意不逢辰。"② 虞翻是典型的儒将，学识渊博，深谙兵法，且忠志分明。恩泽将友人比作虞翻，其儒将形象跃然于纸上。友人是儒将，恩泽与友人在同一

---

① ［美］戴维·迈尔斯：《社会心理学》，人民邮电出版社2006年版，第30页。
② 恩泽：《守来山房櫜鞬馀吟》，清末绿丝栏稿本。恩泽诗歌皆出于此处，不再另注。

个身份群体中自然也是儒将。锡缜在和弟弟锡纶唱和时，有"幕中草疏达彤墀，群推儒将傅修期"（《和子猷弟纶北征之作》）①之句，傅永，字修期，北魏时文武双全的儒将，锡缜将锡纶比作傅修期，也是认为，同样擅长作诗的弟弟是当之无愧的儒将。通过这种彼此之间的身份确认，武官维护并强化了自身的"儒将"形象，从中获得心理满足。社会学认为，仪式在塑造个体特征和划分群体界限中都具有重要的作用。② 进入仪式化的人际传播，诗人个体身份认知和群体归属感都得到强化。

另外，随仕而动的酬唱为圈层内部以及圈层之间的交往提供了方便。同年往往是诗人入仕后进入的第一个圈层，这个圈层可以强化士人身份属性，成员之间的酬唱通常会贯穿诗人整个创作生涯。随着职位变化，诗人进入不同圈层，酬唱时的角色也在变化。柏葰、瑞常都任过考官，他们与门生的交往就强化了他们为人师表的身份属性。基于地域形成的圈层强化了诗人的地域属性，瑞常、贵成等杭州驻防出身的诗人，更愿意强调自己的地域身份。喜好风雅的诗人聚在一起品诗鉴画，于是题画诗在柏葰、锡缜的诗集中随处可见。即使是柏春，一个普通的武职官员，也有一个有"艺术气息"的圈层，与柏春唱和较多的诗人是陈钟祥③和董恂④，陈钟祥作画，柏春、董恂皆为其题诗《题陈息凡刺史鸿爪八图》（见于董恂《荻芬书屋诗稿》卷三，柏春《铁笛仙馆宦游草》卷一），他们的文雅形象跃然于纸上。武将也有自己的圈层，黑龙江将军恩泽交游中就不乏武职官员，其中最为著名的莫过于左宗棠⑤。虽然唱和主要集中在自己所在的圈层，但圈层并不是封闭的，各个圈层之间可以用诗歌搭建一个沟通交往的桥梁。因此可以说，酬唱是维护圈层的手段，也是打开圈层建立更为广泛联系的手段。低级别官员和高级别官员的唱和，基本上是因工作关系偶一为之，或者存在师生之谊，但毕竟通过诗歌，实现他们之间的联系。

---

① 锡缜：《退复轩诗》，《清代诗文集汇编》第695册，第83页。
② 参见[美]兰德尔·柯林斯《互动仪式链》，林聚任等译，商务印书馆2009年版，第37页。
③ 陈钟祥（约1810—约1865），字息凡，晚号趣园抑叟，别署亭山山人，浙江山阴人。道光十一年（1831）中举，历官四川大竹、金堂知县。道光三十年（1855）任赵州知府，后赴沧州知州上任，粤逆陷州后流亡。
④ 董恂（1807—1892），原名醇，字忱甫，号醒卿，江苏甘泉人。道光进士，先后事道光、咸丰、同治、光绪四朝，官至户部尚书。曾任总理各国事务衙门。
⑤ 见于恩泽所作《湘阴侯相驻军酒泉起亭障辟湖壖暇日泛舟吟诗寄兴有将其元韵来者敬以和之》一诗，湘阴侯即为左宗棠。

高级别的圈层总是有更大的人际关系吸引力。花沙纳在道光二十二年（1842）任国子监祭酒，他在国子监东厢敬思堂补种丁香花，并广邀酬唱，编为《国学补植丁香花酬唱集》，其中不乏政府高层官员。① 陈康祺评价："尚书经画边事，致有桂花柏叶之谣，其政迹自有定论。若太学种花，绘图索句，不可谓非儒臣雅韵也。"② 陈康祺看得很透彻，这不是诗人之间的唱和，而是"儒臣"之间的"雅韵"。花沙纳的酬唱是借他的身份地位推动的，是他所能联系到的圈层的一次集体活动。耐人寻味的是，无论是柏葰还是花沙纳，他们所在的宰辅交游圈都更喜谈论风花雪月，是一种"嘉宾旨酒听讴吟"（柏葰《潘芝轩太傅重宴鹿鸣诗属和》）的状态，较少流露真情实感，也基本不关注现实社会。反而低级别官员的唱和中，常常表现出对现实的反思，柏春在随军东奔西走之中，体会到了战乱给社会带来的影响，他常和友人谈论时局之殇，如《振仁斋观察自常德来保阳过访谈途中事诗以纪之》云，"宦途滩水恶，寇形楚云谲"，他遗憾自己无能为力，"愧乏康济才，趋避计工拙"③，但通过这样的吟咏，已足以体现他深沉的忧民情怀。

需要指出的是，酬唱也存在传播的不稳定性。以诗作为媒介的沟通，未必都能成功，"有去无回"的创作也比比皆是。赵霖在诗集《东行杂咏》序中记载创作缘由："丁未春，柏静涛少司农、明鼎云少司空奉使盛京，承修太庙宫门等处工程，奏派随往襄事，自春徂秋往返数千里，意有所触见之于诗。"④ 集中多次提到柏葰，但柏葰没有相关创作。甚至有同年对柏葰赞叹有加，柏葰却全无回应。鄂恒⑤与柏葰是同科进士，但他仕途一直不顺，逝前以员外郎候补知府。他在诗集中留有《结交行赠松静涛》，表达了二人深厚的情意，所谓"丈夫贵一诺，此义无低昂"，称赞柏葰才华横溢，"笔花一挥洒，满纸飞琳琅"⑥。但柏葰诗集中没有写给鄂恒的诗。柏春诗集中，唱和之诗颇多，虽多数人已无法考证生平，但可见其交友广泛。然而柏春为梅植之、聂铣敏、恩华等人写的诗，也未得到

---

① 包括穆彰阿、潘世恩、卓秉恬、奎照、许乃普、李宗昉、祁寯藻等。
② 陈康祺：《郎潜纪闻初笔二笔三笔》下册，中华书局1984年版，第375页。
③ 柏春：《铁笛仙馆宦游草》，《清代诗文集汇编》第631册，第20页。
④ 赵霖：《东行杂咏》，《清代诗文集汇编》第627册，第794页。
⑤ 鄂恒（1802—1857），字松亭，伊尔根觉罗氏，满洲正黄旗人。有《求是山房遗集》，锡缜作序，可见生平。
⑥ 鄂恒：《求是山房诗集》，《清代诗文集汇编》第610册，第445页。

回应。

　　社会心理学家认为，人是将自己归入某个群体，进行范畴化，将他人感知为与自我是同一范畴的成员，或者是不同范畴的成员。自我范畴化一方面是个体认识到与其他成员是相似的，具有相同的社会认同；另一方面自我范畴化会让个体在某些维度上做出与范畴相符的行为。[①] 八旗蒙古诗人在交游酬唱过程中，分属了不同的范畴，在不同维度上找到与自己具有相似性的群体，形成多层面的社会认同。他们的行为也在匹配不同的范畴，他们作诗、赏画，也诉说理想，探讨政事，观照社会，与社会千丝万缕的联系自然加深了他们的社会认同，蒙汉文化交融给诗人带来了多重身份属性，而多重身份属性又强化了诗人对中华民族共同体的认识。

---

　　① 参见［澳］迈克尔·A. 豪格，［英］多米尼克·阿布拉姆斯《社会认同过程》，高明华译，中国人民大学出版社2011年版，第27—28页。

第七章

功利的仪式：柏葰的心态与诗歌传播行为

柏葰（1795—1859），原名松葰，字静涛，号听涛、泉庄，巴鲁特氏，蒙古正蓝旗人，《清史稿》有载。道光六年（1826）进士，选庶吉士，道光九年（1829）四月散馆，授编修。道光十二年（1832）七月，他由赞善晋国子监司业，出任山东乡试副考官。同年改名柏葰，此前《清实录》所记均为松葰。道光十六年（1836）十月，柏葰官翰林院侍讲学士。十七年（1837）先擢詹事，后迁内阁学士，六月任江南乡试副考官。十八年（1838）十一月迁盛京工部侍郎。道光二十年（1840）回到北京出任刑部左侍郎。二十三年（1843）改吏部侍郎、户部侍郎，出使朝鲜。道光二十六年（1846）六月任江南乡试正考官。二十八年（1848）任左都御史，三十年（1850）三月改兵部尚书，七月改吏部尚书，兼翰林院掌院学士，从此进身枢要。咸丰四年（1854）曾降左副都御使，六年（1856）官复户部尚书，入军机处，授协办大学士。咸丰八年（1858）顺天乡试正考官，迁文渊阁大学士。①

柏葰是道咸时期最具代表性的蒙古族诗人，这首先是因为他悲剧性的仕途命运，使他得到了更多的社会关注。因戊午科场案，他最终被处以极刑，成为"中国科举史上死于科场案的级别最高的官员"②。其次是因为相较于这一时期其他蒙古族诗人，柏葰的作品较多，也展现了较高的诗歌才能。但不可否认的是，从历史上看，柏葰的官员身份更被世人关注，他的文学才能很少被人提及，柏葰自己对诗人身份亦不看重，没有证据显示他曾致力于提升自己的诗歌技能或是在诗坛的影响力。对柏葰而言，仕途

---

① 柏葰仕途履历，参考的是《宣宗成皇帝实录》和《清代职官年表》。
② 刘海峰：《中国科举史》，东方出版中心2004年版，第401页。

身份显然更为重要，他的文学世界是仕宦生涯的镜像。

第一节　积极的仕进者：柏葰的传播心态

　　柏葰在其诗集《薜箖吟馆钞存》序中自述性耽吟咏，但是专治举子业，未遑肆力于诗，他没有出色的诗歌造诣，依然爱好吟咏，尤其是中年以后经历忧患心有所感，总是用韵语宣之。① 《薜箖吟馆钞存》录诗 730 首，大多数作品都是自我吟叹，"聊适己意而已"②，所谓"己意"是宦海浮沉产生的心理感受，因此可以说柏葰的文学心态和政治心态是合二为一的。通过诗歌，一方面，可以感受他的文学审美追求；另一方面，通过这些书写"己意"的文字，也可以了解他的传播心态。如果说法式善的传播心态是追求名望，那么柏葰的传播心态是追求仕进，他是一个积极的"仕进者"，他一心通过科举入仕，想在仕途大展拳脚，同时他希望以良好形象示人，常常通过文字表现自己对道德品质的追求。若不是戊午科场案牵连，他很可能是咸同政坛举足轻重的人物。柏葰积极的"仕进者"心态反映在以下三个方面。

　　首先，柏葰常用诗歌记录仕途升迁的荣耀，由此显现出一种仕途进取的姿态。柏葰进入仕途后升迁较快，他道光六年（1826）中进士，十七年（1837）便升任内阁学士。同年他赴塞外祭鄂尔多斯贝勒，在出行大臣中排第五，他惊喜表示"宠出非常疑是梦，服惭不称恰当春"（《致祭鄂尔多斯贝勒启行日途中报擢詹事诗以志恩》），可见他非常满意自己的成就，处在升迁的喜悦中，他看塞外是巍峨壮阔，毫无苦寒之象，连下雪都是"满庭六花舞"（《晓发喜雪》）。道光二十年（1840）柏葰从盛京回到北京，一举升为刑部左侍郎，他说自己"喜奉天书降紫泥"，想着"稳步青云百尺梯"（《庚子仲春下浣贺舫亭赐环》），他对仕途的期待可见一斑。

　　柏葰仕途顺遂，他所见所闻也都是一个盛世的辉煌，于是创作了大量赏景感怀之作，例如"健步先为探龙泉，新流活泼豁心目"（《壬寅孟夏由香山卧佛寺游翠微山诸胜》），由景及心，一派盛世气象。道光二十三年（1843）柏葰出使朝鲜，一路留有纪行组诗，表现出对职责的重视和

---

① 柏葰：《薜箖吟馆钞存序》，《薜箖吟馆钞存》，《清代诗文集汇编》第 622 册，第 1 页。
② 柏葰：《薜箖吟馆钞存序》，《薜箖吟馆钞存》，《清代诗文集汇编》第 622 册，第 1 页。

自豪。后在东奔西走宦游之中，写景诗占据大半，尤其是游历江南，一路恣意随性，风光无限。道光一朝，柏葰仕途通达，诗集中虽有辛劳感怀，但少有哀怨之音，对皇帝更是"感君恩渥三霄露"（《赏马瑙烟》）。他对时局也过分乐观，所谓"太平一事无，扈跸供喷嚏"（《直庐排闷》）。因此不得不说，柏葰对时局变化并不敏感。例如道光二十年（1840）的鸦片战争，在柏葰眼中只是"輶轩喜听行人语，南粤氛消正凯还"（《范阳道中》），当年年底，他写"天开寿寓颂皇州"（《庚子十二月内转秋曹留别介春将军兼预祝华诞》），盛世气氛不曾因鸦片战争有所消退。他乐观安逸，因此，对危机的感知就稍显滞后，这也显示出柏葰保守的性格特点。

其次，柏葰非常重视自己的仕途形象，他常在诗歌中表达道德追求，表现出对仕进的期待。《薜箖吟馆钞存》卷二开始反映的是柏葰中进士以后的心路历程。初入仕途一时风光无限，"围柳坐花皆画境，茂林修竹足诗情"（《兰亭修楔社中分题》）。达则兼善天下的责任感油然而生，"盘中本是和羹味，消尽人间苦热肠"（《梅汤》）。他第一次成为乡试主考官时，曾决心恪尽职守，"惟矢清操励寸忱"（《典试山左纪恩即呈郭兰石大廷尉》）。这些都是他初入仕途的雄心壮志。道光三十年（1850），柏葰任吏部尚书，恭理宣宗丧仪，赴西陵勘工，写《西陵勘工口号示监修等兼呈魏丽泉兵尚元烺吉季和藩尚伦泰灵芗生桂彭咏荄蕴章少空基润堃大长秋溥诸同事》，整首诗都在强调廉洁，"倘存染指思，何以答恩遇""裁损此陋规，萃财在料物"。柏葰最为人称道的事情就是拒收朝鲜馈金，可以说廉洁是柏葰有意识塑造的官场形象。

进入咸丰朝后，柏葰传播的诗歌风格开始发生变化，此时他年过半百，加之时局混乱，他开始感慨自己以及世道的沧桑变化，于是产生了一种危患意识。《薜箖吟馆钞存》卷六至卷八存录咸丰年间创作，通读这些作品，可以明显感受到他的诗歌风格少了些温暖满足，多了份苍凉悲伤。他感伤吟叹："人未六旬官一品，事无半点足千秋"（《对镜》），他因官至一品倍感荣耀，但也认识到自己没有可留千秋的成就，其矛盾忧虑的心境迥异于之前因仕途顺遂产生的满足喜悦。而他此时能做到的还是"惟记武侯当日语，死而后已是为臣"（《对镜》），这是他最后的仕途宣言。从这样的创作中，一方面，可以看出柏葰也在反复思考自己的社会角色，他要求自己尽职尽责，死而后已，这是值得肯定的仕途追求；另一方面，

第七章　功利的仪式：柏葰的心态与诗歌传播行为

通过柏葰的创作也可以感受到他对社会现实有一种无力感，处在无奈接受的状态中，并且这种无奈在其他作品中一直持续，"山披银甲青何在，草屈金钩绿不回"（《二月望后又雪》）是在感慨自己的年华老去，也未尝不是在悲叹盛世的流逝。

最后，作为一个积极的"仕进者"，当是忠君爱民的，所以柏葰的诗歌也有观照现实之作，他反映变局之中的民众疾苦，由此也赋予其仕进追求深厚的社会意义。咸丰以来连年战争，他的笔下多了忧思，"身在辽东心冀北，何时重睹太平春"（《羽书》）。咸丰八年（1858），柏葰写《驿卒谣》，这是他对现实感受最为深刻的创作，"滇黔闽浙三江地，苗教回捻纷起如虫灾""兵勇骄横扰乡国，馋慝贪婪买官爵"，他对危局有了切肤之痛。他是想要有所作为的，但多年的仕途生涯，让他深刻体会到"人心期不爽，天象竟难常"（《燕九后一日出都》）。他身在高位，却是"西郊独上最高峰，四顾苍茫岭万重"（《广仁岭》），"内翰一场春梦过，且随李广度残年"（《瓦房遇雪》）。这些诗句说的是他的处境，同时也是朝廷的处境，面对这样的现实谁都无能为力。

通过柏葰的诗歌，可以看出他保持了一个积极的仕进者心态，这是他很多作品的创作传播动机。他这一生，多数时候都在传播一种春夏型的诗歌风格。弗莱认为，在文学中共有四种超越体裁的叙事成分，称之为叙事结构，分别对应春夏秋冬四季。① 分析诗歌可以借鉴这一思路，弗莱将春季对应喜剧，夏季对应传奇，喜剧会从正常世界进入到绿色世界，② 绿色世界不仅近似仪式中的丰饶世界，也颇像我们基于自己愿望所构思的梦幻世界。③ 所以，春夏型的叙事结构中可以包括明丽的色彩，具有生命力的植物，温柔的动物，是大气平和的景象，轻盈丰沛。柏葰多数作品都温暖、明亮，充斥着各种明丽的颜色、绿树翠林、花鸟鱼虫、亭台楼阁、泉池溪河。这一是由师法唐风所致，二是由心态性格所致。他的仕途一路顺遂，诗歌也匹配了这种顺遂。他坚守士人传统，清廉持正，率直大气，但也保守平和，满足现状。所以遗憾的是，柏葰未能成为洞悉时局、引领风气之人，他的墨守成规使他不能敏感应对时局朝政。不得不说，在咸丰危局之中，这样的保守有些不合时宜。甚至他的悲剧性命运亦和他的保守

---

① ［加］弗莱：《批评的解剖》，陈慧等译，百花文艺出版社2006年版，第232页。
② ［加］弗莱：《批评的解剖》，陈慧等译，第263页。
③ ［加］弗莱：《批评的解剖》，陈慧等译，第265页。

有关。

第二节 功利性酬唱往来：为仕进服务的传播行为

柏葰的传播行为不似法式善那般积极，但他还是有意识地利用出版、题壁、题画、酬唱等方式传播诗歌，其中酬唱是柏葰最为重要的传播行为，而无论哪种传播行为都是在满足仕进需求。

柏葰曾在咸丰三年（1853）亲自编选刊刻诗集《薜箖吟馆钞存》，包括诗六卷、赋二卷，文庆为其题七律二章，受业子弟吴存义、何栻写诗序。此外，柏葰还刊刻了《奉使朝鲜驿程日记》，汤金钊、吴赞、杜受田、贾桢、鄂恒、麟魁、德诚等人为日记题诗写序，显然柏葰有意让日记而非诗歌得到更多的关注。这和柏葰的传播意愿有关，在诗集自序中，他提到希望将诗集"藏之家塾，以示子孙"[①]，所以他没有致力于扩大诗集的传播范围。虽然日记也附有诗歌，但比起诗歌的流传，他更希望日记能为士林同僚提供帮助，即为"后此赋皇华者先路之导"[②]，他找来多位政坛名流题词，亦有提升日记的知名度的用意。但是这两部作品都未能广泛传播，很少有文人笔记、诗集文章会提到它们。这恐怕和咸丰八年（1858）柏葰突然罹难有关。同治即位后，两宫太后认定柏葰罪不至死，在一定程度上为柏葰"平反"，柏葰之子钟濂在同治三年（1864）重刊诗集，将柏葰在咸丰四年（1854）之后的创作一并录入，诗集扩充为诗八卷、赋二卷，篇末加了柏葰门生朱学勤、赵鸿仪以及侄子傅驯的跋。但这一版本亦未见于其他人的记录，也就是说，对于柏葰而言出版传播的作用不大。为柏葰写序、跋的人有位至宰辅的高官、门生、同年，由此可以反映出柏葰诗集的读者范围，就是和他仕途履历有关的一些人。

一 功利性酬唱的表现

综合来看，人际传播还是柏葰诗歌的主要传播途径，柏葰诗集中写给明确的读者对象的诗有 113 首，占诗歌总数的 15%。他为 11 人写了题画

---

① 柏葰：《薜箖吟馆钞存》，《清代诗文集汇编》第 622 册，第 2 页。
② 柏葰：《奉使朝鲜驿程日记》，《历代日记丛钞》第 47 册，学苑出版社 2006 年版，第 531 页。

诗，其中何士祁①、赵廷熙②、汤贻汾③、童钰④皆有画名，但还有一些同僚并非画家，如明谊⑤、沈岐⑥、耆英⑦、苏廷玉⑧、麟魁等，他们的画的传播范围非常有限，柏葰的诗很难随之流传。柏葰写了 14 首题壁诗，9 首写于华山，即《上元日华岳题壁八首》《再题玉泉院》，其余题壁的地点在旅店、私人寓所和云南的小黑山、得古村，其中《得古村和萨湘林宗伯迎阿题壁》《驻节小黑山和松岑少农题壁》《杨燕庭观察翼武竹园题壁》是题壁，也是酬唱，一般而言，题壁是面向不确定的读者的传播，但柏葰的题壁诗是写给同僚的，显然题壁诗也是加强柏葰与同僚联系的纽带。由于柏葰题壁的地点不是文人可以频繁游览之地，可想而知这些题壁诗的传播效果非常有限。而柏葰创作这些诗时，很可能也没有考虑传播的广泛性问题，除个别诗歌外，他都是应仕途交往需要而进行创作，这一特点在柏葰的酬唱诗中表现得尤为明显。

柏葰写了 90 首酬唱诗，可以说与人赠酬唱和是柏葰最重要的诗歌传播行为。他的酬唱对象基本都是同僚，鲜少有著名诗人，且通览这些作品，可以明显感受到其价值和作用不在于文学审美，而在于社会交往。换句话说，柏葰利用诗歌进行人际传播的目的是为仕途服务，表现出一种功利性特点，这和他的仕进者心态是对应的。

哈贝马斯认为："交往行为概念所涉及的是至少两个以上具有言语和行为能力的主体之间的互动，这些主体使用手段，建立起一种人际关系。行为者通过行为语境寻求沟通，以便在相互谅解的基础上把他们的行为计

---

① 何士祁，字仲景，号竹芗。浙江山阴人。官江苏县令，工书善绘。柏葰有《寒檠课子图为同年何竹香司马士祁题》。

② 赵廷熙，字子卿。官淮海道台。擅长画兰，有"兰友"之号。柏葰有《题赵兰友太守廷熙同舟测海图》。

③ 汤贻汾（1778—1853），字若仪，号雨生、琴隐道人，武进人。善诗、书、画，尤以画名。柏葰有《题汤雨生都督贻汾琴隐图》。

④ 童钰（1721—1782），字璞岩，又字二树，山阴人，乾隆年间著名画家。柏葰有《题童二树画册和依其韵》。

⑤ 明谊（1792—1868），字古渔，托克托莫特氏，蒙古正黄旗，历任琼州府尹、山西、甘肃按察使，哈密、库伦办事大臣、乌里雅苏台将军等。柏葰有《题明戎部古愚谊采莲图扇》。

⑥ 沈岐（1773—1862），字鸣周，号饴原，江苏如皋人，累官至都察院左都御史。道光二十年（1840）乞归故里。柏葰有《题沈饴园先生岐莱衣归养图》。

⑦ 耆英（1787—1858），字介春，宗室，官至文渊阁大学士，咸丰帝赐自尽。柏葰有《题耆介春将军英十骏图》。

⑧ 苏廷玉（1783—1852），字韫山，号鳌石，泉州人。累官兵部侍郎、四川总督等。柏葰有《题苏鳌石廉访廷玉万里看山图》。

划和行为协调起来。解释的核心意义主要在于通过协商对共识的语境加以明确。"① 而酬唱就是两个或几个诗人之间的互动，这样的互动可以帮助他们迅速建立某种联系，酬唱行为的语境是双方都可以顺利进入并解读的，他们对酬唱过程及目的有着一致性的认识。因此可以说，酬唱就是一种交往行为。进入清代，尤其是在乾隆大兴试律之后，写诗是文官集团的必备技能，于是诗歌成为维护人际关系的一种便利手段，在什么样的场合作什么样的诗，实现什么样的传播目的，传受双方是有共识的。根据韦伯的解释，通过交往，行为者可以追求满足自己的兴趣或赢得权力，或获得财富，也可以追求实现诸如虔诚或人的尊严这样的价值，还可以通过放纵情感和欲望寻求满足。这些目的包括功利性的、价值性的以及情感性的。② 所以，利用酬唱进行交往，要实现的目的也可以分为功利性的、价值性的以及情感性的。所谓功利性的酬唱，指酬唱是服务于现实需要的，它是一种手段。柏葰的酬唱就表现出较为明显的功利性，他写酬唱诗主要是为应对仕途中人际交往的需要，满足仕进需求。

柏葰的 90 首酬唱诗中，有 85 首是进入仕途之后创作的，基本都是写给身边的同僚。他们往往喜好创作，却并不具有出色的才能，彼此唱和固然是兴趣使然，但也有明显的官场交往目的。从柏葰创作的酬唱诗来看，与其说他在展现诗歌造诣，不如说他在维持官场中的人际关系，塑造自身形象。

二 功利性酬唱的作用

对柏葰而言，功利性酬唱至少发挥了两方面的作用：

其一，帮助他快速融入不同的圈层。道光六年（1826）柏葰中进士后，与同年交往，形成了仕途中的第一个社交圈，而诗歌是维系这个社交圈的重要手段。他们举办诗歌集会③，或是为离京任职的朋友送行④。诗

---

① ［德］哈贝马斯：《交往行为理论：行为合理性与社会合理化》，曹卫东译，上海人民出版社 2004 年版，第 84 页。
② ［德］哈贝马斯：《交往行为理论：行为合理性与社会合理化》，曹卫东译，第 268 页。
③ 见于柏葰诗《兰亭修禊社中分题》，《薛箖吟馆钞存》，《清代诗文集汇编》第 622 册，第 28 页。
④ 见于柏葰诗《汪小舫同年怀改官甘泉同人醵饯余苦块余生阁笔久矣于其行也不能已于一言口占述臆聊当骊歌》《周星垣同年启运改官淇县赋诗留别即步元韵》，《薛箖吟馆钞存》，《清代诗文集汇编》第 622 册，第 30—31 页。

第七章 功利的仪式：柏葰的心态与诗歌传播行为

歌内容大体都是互相鼓励、称赞，表达对未来的期待与祝福，如"此日当歌欣接武，何时剪烛更论文"（《周星垣同年启运改官淇县赋诗留别即步元韵》）。同年、师生是仕途起步阶段非常重要的社交圈，柏葰有《壬午同年公请汤敦甫师相金钊花之寺赏花顾杏桥起部椿用东坡陪欧阳公燕西湖韵即席献诗夫子赐和并示同人谨步元韵》，这是写给他的座师汤金钊①的，对于这些初入仕途的士子来说，在"赏花"之类的活动中献诗，是展现才华、与座师——高层官员交往的重要手段，因此诗中也就极尽对座师的称赞之词。柏葰初入仕途时，写有两首与汤金钊唱和的诗歌，皆秉持着学生的立场，处处表现对老师的尊敬，如"相忘富贵如泥涂，惟师七十乌髭须"（《汤敦甫夫子取蓼作杖为浒龙杖歌属和》）。

道光十八年（1838），柏葰赴盛京，与当地官员结交唱和，形成了一个较为稳定的诗友圈。其成员主要有：德诚②、功普③、奕颢④、明训⑤，他们是旗人，却都醉心于汉诗创作，彼此交流心得，互赠诗集，在私下的聚会中也以酬唱为乐事，柏葰在《小阳月下浣功舫亭普明鼎云训德默庵诚小集菜根香馆即席》一诗中生动描述"请吟不醉无归句，应放蟾光满画棂"。诗歌俨然是他们私人生活中的重要组成部分。志同道合的追求使得他们维持了较久的情谊。另外，柏葰在盛京时与盛京将军耆英来往频繁，从《介春将军得鲜参一本幕以玻璃屏属题》《庚子十二月内转秋曹留别介春将军兼预祝华诞》等柏葰创作的诗来看，即使在盛京，这些八旗官员也普遍喜好文雅。

道光二十八年（1848），柏葰任都察院左都御史，从此进入了"宰辅交游圈"。唱和对象包括：潘世恩，时任武英殿大学士；卓秉恬，时任体仁阁大学士；定郡王载铨。道光三十年（1850）柏葰迁尚书后，唱和对

---

① 汤金钊（1772—1856）字敦甫，一字勋兹，萧山人，嘉庆四年（1799）进士，道光六年（1826）丙戌会试副考官，是柏葰的座师，道光七年（1827）任礼部尚书，十年（1830）吏部尚书，十三年（1833）工部尚书，次年吏部尚书，后又在兵部、吏部、户部等轮回，十八年（1838）授协办大学士。

② 德诚，宗室，字默庵，简恪亲王丰讷亨孙。道光丙戌（1826）进士，官至仓场侍郎，著有《听香读画山房诗稿》。

③ 功普（1786—1845），字舫亭，宗室，历官侍读学士、侍讲学士、都察院左副都御史等，因罪革职发配盛京，获释归京后未再任职。

④ 奕颢（1784—1844），宗室，理亲王一系后代，曾袭奉恩镇国公，被革，后袭奉恩辅国公，又被革。道光年间官至礼部尚书、兵部尚书等。

⑤ 明训（1790—1852），字听彝，号鼎云、古樵，托克托莫特氏，蒙古正黄旗人。嘉庆庚辰（1820）进士。历官左副都御史，盛京礼、刑、户部侍郎，工部、吏部侍郎。

象包括协办大学士杜受田、军机大臣舒兴阿、惠亲王绵愉、尚书翁心存、文庆、彭蕴章、麟魁等。这一时期，柏葰与载铨、彭蕴章、麟魁等人的唱和是较为频繁的。柏葰初入"宰辅交游圈"时，载铨频频"属和"，柏葰存有六首与其唱和作品，可见定郡王对这位官场新贵的提携。柏葰留有五首与彭蕴章唱和的作品，彭蕴章的诗集《松风阁诗抄》有四首相关作品。而麟魁①是柏葰的妹婿。道光二十一年（1841）柏葰在陕西时写了《灞桥寄怀七首》，回忆了七位亲朋好友，就包括麟魁。但柏葰与麟魁的唱和往来集中在两人皆身居高位之时。无论是在哪个级别的交际圈，酬唱都是融入圈层的"法宝"，帮助同僚之间拉近距离。

其二，酬唱是一种工作礼仪，柏葰熟稔利用这种礼仪，塑造自身儒臣形象，把握仕途交往的分寸。从柏葰的酬唱诗来看，很多时候他与唱和对象不见得熟识，仅是因工作短暂相聚，作诗就相当于一种"表演"，戈夫曼认为表演往往会体现和例证社会公认的准则，因此可以把它看成是一种礼仪。②作诗这种"表演"就体现了官员公认的交往准则，它是一种礼仪，表达自己的态度、愿望以及对对方的尊重。道光十二年（1832）柏葰典试山东，《典试山左纪恩即呈郭兰石大廷尉尚先》是写给当时的主考官郭尚先③，诗中表达了他对来之不易的机会的重视，以及将恪尽职守的决心。《闱中即事示同考诸君》则记录了一些考场情况，如"分校者十二人""士子七千有奇""硃卷誊录多讹"等，通过诗歌，柏葰传达出对同事的尊重——"十二上宾调律吕"，以及工作的辛苦——"中宵披校敢忘勤"，还强调了工作的重要性——"门前桃李栽非易"。诗歌本身是风雅的，在工作、旅游、宴会等各个场合使用诗歌，常常也赋予这些场合"风雅"特性，从而让置身其中之人获得一种群体优越感。大约这也是文人雅士乐于酬唱的原因。

将酬唱诗视为一种工作礼仪是官员之间的共识，所以，他们将酬唱视

---

① 麟魁，字梅谷，满洲镶白旗人，道光癸未（1823）进士，道光二十二年（1842）以吏部左侍郎署礼部尚书，二十四年（1844）被革，二十八年（1848）二月从刑部左侍郎迁礼部尚书，十二月又被革，咸丰二年（1852）由户部右侍郎迁工部尚书，次年改礼部尚书，五年（1858）改刑部尚书，八年（1858）改礼部尚书，咸丰十年（1860）降为刑部右侍郎，次年又迁左都御史、改兵部尚书，同治元年（1862）授协办大学士，去世，谥文端。
② ［美］戈夫曼：《日常生活中的自我呈现》，黄爱华、冯钢译，浙江人民出版社1989年版，第35页。
③ 郭尚先（1785—1832），字元开，号兰石，福建莆田人。嘉庆十四年（1809）进士，历任四川学政、礼部右侍郎，有《增默庵诗集》。

为日常交往的方式之一，互致敬意，互表谢意。柏葰宦游在外，会遇到当地官员、文士，而见面三分情，用唱和诗表达这三分情再恰当不过了。这些人包括：陆春圻①、杨翼武②、汤贻汾、黄赞汤③、奕湘④，等等。同僚一起出差，唱和也是旅途中的"标配"。道光二十一年（1841）柏葰和黄爵滋⑤奉命前往山西、陕西办案。两人一路前行，诗歌就是他们的共同话题。柏葰曾提到，自己读了黄爵滋在闽越的创作。⑥柏葰诗集存有《滹沱河次黄树斋少寇爵滋韵》等五首与之唱和的作品。道光二十七年（1847）柏葰以户部左侍郎身份和兵部左侍郎陈孚恩⑦前往浙江查办案件，二人途中也有唱和，柏葰写《赠陈子鹤少寇孚恩》。柏葰多次参与各类考试，道光十八年（1838）典试江南，写《留别王晓林学使植》。道光二十一年（1841）参加辛丑科会试，与会试读卷官龚守正⑧唱和，戊午年（1858）柏葰已身为顺天乡试主考官，与朱凤标、程廷桂、尹耕云、宝鋆、景廉、毛昶熙等考官有诗往来。而除了这些工作场合，柏葰与上述人等再无诗歌往来，可见，这些唱和诗就是为满足一时工作需要而产生的，是一种官场中的交流方式，或者说是一种礼仪。道光二十三年（1843）柏葰出使朝鲜，与朝鲜官员赵秉铉、李尚迪、金静轩、李文养、李若愚唱和，互致敬意，表达清廷与朝鲜的友好情谊，所谓"黄海东来情脉脉，绿江西去思悠悠"（《远接使赵羽堂秉铉索和》）。而朝鲜官员频频向柏葰"索和"或是"索赠"，亦是一种政治上的示好，唱和甚至是一种外交礼仪。

  上述唱和诗发挥的完全是功利性的交往作用，双方都希望建立和谐的

---

① 陆春圻，字杏坡，浙江萧山人，山西汾阳知县。
② 杨翼武，字燕庭，华阴人，历官张掖知县、宁夏知府、兰州知府、甘肃按察使等，后辞官回陕西华阴养老，道光二十一年（1841）柏葰到陕西时亲去拜访。
③ 黄赞汤（1805—1869），字莘农，号征三，江西庐陵人，曾任河南巡抚、广东巡抚等。
④ 奕湘，字楚江，宗室，道光十三年（1833）袭镇国公，历任荆州将军、广州将军、盛京将军和杭州将军。
⑤ 黄爵滋（1793—1853）字德成，号树斋。抚州宜黄人。官至礼部、刑部侍郎。
⑥ 见于柏葰的《腊八日树斋招同曹艮甫楙坚周铁臣揆源色桐岩克通阿小饮再布兼字韵》，《薜藤吟馆钞存》，《清代诗文集汇编》第622册，第59页。
⑦ 陈孚恩（1802—1866），字少默，号子鹤，别号紫霍。江西新城县人。曾官至刑部、吏部、兵部尚书，肃顺身败后受到牵连，发配新疆。
⑧ 龚守正（1776—1851），字象曾，号季思，浙江仁和人，嘉庆七年（1801）进士，官至礼部尚书，谥"文恭"。柏葰有诗《辛丑十月考试恩监闱中步龚季思宗伯守正元韵》《季思先生叠韵属和》。

职场关系，不是在交换对诗歌的理解，也不是在表达深厚的情谊。柏葰始终对交流诗艺或是扩大诗坛影响力兴趣不大，他在第一次典试山东时，曾和张祥河①唱和，写有《张诗舲观察祥河以诗索和即步原韵》，诗中向张祥河介绍了自己的一些经历，他谦虚表示："锦囊自愧无佳句，愿诵皇华第二篇。"而据《世载堂杂忆》载："当时诗坛，以名高位重之祁寯藻、陶澍、张祥河等为领袖，荟集都下，仍以叶氏桥西邸宅为集会之所。时京中如宗涤楼（稷辰）、孔绣山、蒋通伯等数十名流，皆桥西座上客也。"② 可证张祥河在道咸诗坛的影响力，但张祥河和柏葰也仅是在这次工作中有过会面，柏葰尚有记录，张祥河的《小重山房诗词全集》则全无涉及，由此可知二人无甚交情，也说明柏葰对介入诗坛的兴趣不大。

具有功利性的酬唱往来明显是为仕进服务，由于诗人和官员身份的高度统一，彼此交换诗歌是他们所在的圈层的行为习惯，所以，这种酬唱就具有历时性的特点，很多人都是柏葰在工作中遇到的，工作结束交往关系就结束。柏葰在官场的位置决定了他的唱和对象，因此对象总在变化。能够和柏葰维持多年酬唱的人寥寥无几。遗憾的是，以功利性目的为主的唱和诗很难有效塑造柏葰的"诗人"形象，于是后世也就无人谈论他的诗歌才华。当然，他的传播行为的目的也不在于此。

第三节 对柏葰形象的接受与传播

虽然柏葰的诗歌传达了他想要塑造的个人形象，但后世对柏葰的记忆是和戊午科场案融为一体。柏葰并不热衷于传播自己的作品，《薜箖吟馆钞存》传播范围有限，柏葰身后，几乎没有人再提及他的诗歌创作才能。唯有杨锺羲在为柏葰之孙崇彝的《选学斋诗存》所作的序文中，评价："蒙古先达文章学问以梦文子、博希哲、法时帆三先生为最著，道咸间则静涛相国称巨擘焉。"③ 此评有过誉之嫌，恐是杨锺羲对崇彝家族的客套之词。因此分析柏葰的形象，必须分析的是后人对戊午科场案的理解。在舆论、小说和诗歌中，士人对戊午科场案的认识明显不同，随着时间流

---

① 张祥河，字诗舲，江苏娄县人，嘉庆二十五年（1820）进士，道光十一年（1831）出为山东督粮道。二十四年（1844），迁广西布政使，擢陕西巡抚。咸丰八年（1858）官至工部尚书。十年（1860），加太子太保。同治元年（1862）卒，谥温和。
② 刘禺生：《世载堂杂忆》，钱实甫点校，中华书局1960年版，第36页。
③ 崇彝：《选学斋诗存》，光绪刻本。

逝，柏葰的形象也在变迁。

一 再论戊午科场案

柏葰因戊午科场案命丧黄泉，后世文人解释他的悲剧性命运成因时，倾向于认为他是被奸臣所害。但是，这个结果其实更可能是和当时政局、统治者以及柏葰本人有关。关于戊午科场案的来龙去脉，已有历史学者做出梳理①，笔者将此案置入更大的社会背景中，结合各方心态，探讨此案因果。

戊午科场案发展至柏葰被杀，各方心态是重要原因。文宗的心态偏向激进，他在位期间，清廷几乎面临倾覆的危险，乱世用重典，他主政激进就难以避免。戊午科场案发生在咸丰八年（1858），此时外忧内患叠加，朝廷陷入水深火热之中。文宗在位的十年，就是太平天国崛起的十年，同时捻军、天地会和各少数民族纷纷竖起义旗，"关内18个行省中，已有13个省卷入于战争，其余直隶、山西、甘肃、陕西、四川等省，亦不时爆发一些颇有规模的聚众抗官事件"②。而彼时除了内忧，还有不断加深的外患。咸丰六年（1856）开始，英法两国占领广东后北上，文宗没能拿出有效对策，咸丰八年（1858）四月英法联军占领天津，要求清政府派大臣前往天津谈判，签署《天津条约》。除了人祸，还有天灾，据《清史稿》灾异志，仅咸丰七年（1857）至八年（1858），各地地震三十余次，蝗灾、雪灾、水灾、旱灾轮番来袭，饥荒甚至导致人相食。在这样的政局背景下，戊午科场案发生了，主考官同时也是朝廷一品大员的柏葰牵涉其中，御史孟传金上折指责："或主考压令同考官呈荐，或同考官央求主考取中，或同考官彼此互荐，或已取中而临时更改；而以平龄朱墨不符附参。"③ 十月初七日文宗发出上谕："御史孟传金奏中式举人平龄硃墨不符，物议沸腾，请特行复试一折，著派载垣、端华、全庆、陈孚恩认真查办。"④ 查办结果是："同考官央求取中者罗鸿绎一卷，临时更改取中者常顺一卷，其主考派定呈荐则吴心鉴一卷，柏葰指令景其濬呈荐旗卷，景其

---

① 代表性文章有贾熟村《对戊午科场案的考察》，《安徽大学学报》2006年第2期；高中华《肃顺与戊午科场案考论》，《广西师范大学学报》（哲学社会科学版）2003年第2期；李国荣《咸丰戊午科场案史实考辨》，《文献》1986年第1期。
② 龙盛运：《清代全史》第7卷，方志出版社2007年版，第58页。
③ 郭嵩焘：《郭嵩焘日记》（第1卷），湖南人民出版社1981年版，第176—177页。
④ 参见《咸丰朝上谕档》（第8册咸丰八年），广西师范大学出版社1998年版，第447页。

濬对以旗卷无可呈荐,词色甚厉。"① 孟传金参奏的四条罪状落实三条,皆直指柏葰。文宗愤怒表示:"本年乡试主考同考各官荒谬已极,复勘试卷,应讯办查议者,竟有五十本之多。柏葰先行革职。"②

戊午科场案在审理过程中,牵涉的人员、地区不断扩大,文宗命人复查山东、河南、山西、陕西四省试卷,"河南各卷挖补至四十卷之多"③。事实上,文宗得到的数字还是保守的,郭嵩焘参加了这四省的复查工作,"山东最佳,陕甘次之,山西次之,河南分卷四本,涂改挖补,无卷无之。科场积习已深,情轻法重,不忍揭出"④。这些科场弊端不断刺激着文宗的神经,严惩也势在必行了。

咸丰九年(1859)十二月,在柏葰被杀,户部钞票局又兴大狱之后,御史朱梦元上奏:"求治太锐,不免操之已蹙,除弊太急,不无过为已甚,凡事务以慈祥为念。"文宗的答复是:"近来部院各衙门办事多趋苟且,诸臣果能力求整顿,固不宜专以刻薄残忍为能,亦不可徒博宽大之名,因循废弛。……若不严行惩办,何以肃纲纪而对臣民,从此惩一儆百,各知悚惕,不至自罹法网,所以保全者不更大耶。"⑤ 文宗的主张不无道理。

在文宗激进的心态的影响下,朝臣中也大体可分为激进与保守两个阵营。激进者不满于现状,希望可以除旧布新。咸丰三年(1853)十二月,曾国藩在写给龙启瑞的信中指责:"二三十年来,士大夫习于优容苟安,揄修袂而养姁步,昌为一种不白不黑、不痛不痒之风。见有慷慨感激以鸣不平者,则相与议其后,以为是不更事,轻浅而好自见。"⑥ 这番话指责的正是当时普遍偏向保守的高层官员,他们缺少对政局的深刻理解,墨守成规。而积极配合文宗改革弊政的,首推肃顺。他乃文宗亲自提拔重用,自咸丰四年(1854)始,轮转工部、礼部、户部、都察院、兵部、理藩院等各部,初为侍郎,后为尚书,对朝廷政务相当熟悉,他"严禁令,重法纪,锄奸究,皆当上意,遂获心简"⑦。文宗肃顺配合挽救时局,重

---

① 郭嵩焘:《郭嵩焘日记》(第1卷),第177页。
② 《咸丰朝上谕档》(第8册咸丰八年),第472页。
③ 《咸丰朝上谕档》(第8册咸丰八年),第545页。
④ 郭嵩焘:《郭嵩焘日记》(第1卷),第184页。
⑤ 《文宗显皇帝实录》卷302,《清实录》第44册,第421页。
⑥ 曾国藩:《曾国藩全集》(书信之一),岳麓书社2011年版,第397页。
⑦ 沃丘仲子:《近代名人小传》,中国书店1988年影印版,第75页。

用汉人、严肃科举、整顿财政。二人激进的主张，在士人中亦有追随者，柯悟迟认为戊午科场案后，"若从此事事明察，定可挽回天意"①。受到肃顺提携的士人也表达了对肃顺的赞誉，王闿运认为肃顺成就了中兴大功。②郭嵩焘评论颇为中肯，他说："盖肃裕亭相国力求整顿积弊，而不知体要，乃以刑威劫持天下。"③事实上，以刑威劫持天下的不只是肃顺，还有文宗。

与激进相对的就是保守，保守者最明显的特点就是对政局走向不敏感，咸丰元年（1851），曾国藩在写给胡大任的信中云："盖大吏之泄泄于上，而一切废置不问者，非一朝夕之故矣。"④"不问"既是接受了现实，缺少超越现实的思考。对"大吏"有相似指责的还包括胡林翼，吴庆坻记载胡林翼在黔时写的一封信，"时局所虑，在无将无饷，而实则两患仍在当事之非才"⑤。化解咸丰朝的危机，需要人才，更需要人心，而科举考试是实现这两个目的的不二之选。但科举考试此时也陷入泥沼，舞弊司空见惯。《见闻琐录》载："师生、年友、姻娅遂以国家科名为持赠之物，其中通贿纳赂，自不待言。此风盛于道光，极于咸丰初服，而都中尤甚。"⑥戊午科场案中，柏葰确实接受了家仆的请求，徇私舞弊，这足以证明柏葰也已对科场弊端习以为常，处于"不问"的状态了，因循保守。他没有想过利用主考身份重振考风，这是令人遗憾的，他似乎对于混乱的政局、统治者的激进反应缓慢。戊午案发带有一定的偶然性，但从文宗整治朝政弊端的大方向来看，此案又显现出必然性。柏葰悲剧性的政治命运是混乱的时局、激进的统治者以及他的不作为共同导致的。

二 舆论中的戊午科场案与柏葰形象

咸丰末年针对戊午科场案的舆论表达是慎重的，无人质疑此案的公正

---

① 柯悟迟：《漏网喁鱼集》，中华书局1959年版，第35页。
② 王伯恭：《蜷庐随笔》，山西古籍出版社、山西教育出版社1999年版，第78页。
③ 郭嵩焘：《郭嵩焘日记》（第1卷），第519页。
④ 曾国藩：《曾国藩全集》（书信之一），第70页。
⑤ 吴庆坻：《蕉廊脞录》，中华书局1990年版，第42页。
⑥ 欧阳昱：《见闻琐录》，岳麓书社1986年版，第64页。

性。柏葰在舆论中的形象就是"罪臣"。翁心存①与柏葰的兄长是同年②，二人私交甚密，但翁心存的日记仅简单记录了一些案件经过，咸丰九年（1859）二月二十九日柏葰下奠，翁心存表示："不忍亲往，仅遣人致赙而已。"③ 其《知止斋诗集》也未见评论、悼亡之作。张集馨④和柏葰有同年之谊，他听说此案是由大鼓书子弟平龄中式引起的⑤，"外间传说有漏网者，有过当者，余不敢参以末议"⑥，拒绝评价此案，但表示："吾愿吾万世子孙，当以择交为第一义"⑦，委婉批评柏葰择交不慎。王韬在日记中记载："咸丰九年三月十四日，夜阅邸报，知皇上于此闻科场关节一案，赫然震怒，柏葰家人靳祥已刑杖毙，平龄乳药身故，柏葰立行斩决。本朝自乾嘉以来，大臣即有大故，从未有诛戮者。前于疆场偾事，则斩青麟；今于科场舞弊，则斩柏葰。柏位为中堂，且系满洲世族，而竟就戮西郊，不能保其首领，天威可谓烈矣。"⑧ 王韬同情柏葰的命运，认为朝廷刑罚有些严厉，但也没有质疑朝廷的决定。

必须指出的是，除了此案的见证者，例如翁心存、郭嵩焘等人，其他人在记录戊午科场案时，存在诸多谬误之处。平龄不是大鼓书子弟，靳祥也不是被杖毙。据《军机处录副奏折》咸丰九年（1859）二月十三日载垣等人的奏折，平龄是镶白旗包衣，平龄、靳祥皆病死狱中。⑨ 欧阳昱听说平龄是贿赂了柏葰妾兄靳祥。⑩ 靳祥不是柏葰妾兄，是家仆。柯悟迟在咸丰八年（1858）记载："柏葰有妾弟平姓，素习优伶，不通文墨，亦捐监入场。"⑪ 咸丰九年（1859）又载："圣主严刚之至……共诛戮二百余

---

① 翁心存（1791—1862），字二铭，号邃庵，江苏常熟人。咸丰元年（1851）起任工部尚书、兵部尚书等职，咸丰八年（1858）官至体仁阁大学士。
② 柏葰《辛亥秋闱翁邃庵前辈心存用聚奎堂壁间韵见赠奉和》诗中有注："君与先兄会试同年。"
③ 翁心存：《翁心存日记》（第4册），中华书局2011年版，第1407页。
④ 张集馨（1800—1878），字椒云，别号时晴斋主，江苏仪征人。历任知府、道员、按察使、布政使、署理巡抚等职，同治四年（1865）被革职。
⑤ 张集馨：《道咸宦海见闻录》，中华书局1981年版，第245页。
⑥ 张集馨：《道咸宦海见闻录》，第247页。
⑦ 张集馨：《道咸宦海见闻录》，第248页。
⑧ 王韬：《王韬日记》，中华书局1987年版，第107页。
⑨ 载垣：《奏为审拟科场案内已革大学士柏葰等交通嘱托等各员罪名事》，第一历史档案馆藏，档案号：03-4138-045。
⑩ 欧阳昱：《见闻琐录》，第64页。
⑪ 柯悟迟：《漏网喁鱼集》，第34页。

人。"① 但此案最终被处以极刑的是五人。而平龄是柏葰妾弟这一说法在舆论中广泛流传，例如薛福成、李慈铭也有这样的记录。② 但这应是误传，据《呈已革大学士柏葰亲供单》，柏葰说他与平龄素不相识。③ 然而这一细节在舆论中广为流传是耐人寻味的，舆论从没有指责柏葰收受贿赂，但依常理推断，徇私枉法总有所图，不为钱财，自然就为人情。"妾弟"的说法，意味着舆论认为柏葰是因色枉法，是格外糊涂的，有指责柏葰之意。

进入同治年间，柏葰的形象忽而转为清廉、正直，舆论认为他是被奸臣所害。而这个结论与两宫太后有关。咸丰十一年（1861）九月肃顺被处死后，御史任兆坚奏请为柏葰平冤，两宫太后认为柏葰并无冤枉，但罪不至死，是"载垣等与柏葰平日挟有私仇，欲因是擅作威福，又窃窥皇考痛恨科场舞弊，明知必售其欺，竟以牵连蒙混之词，致柏葰身罹重辟"④。至于肃顺和柏葰有何私仇，未见有确实证据，《清实录》曾载咸丰四年（1854）柏葰"拣选族袭佐领，任意错谬，……未经奏结之先，辄向载垣负气辩论，……改为降三级调用"⑤。这是史料中记载的唯一一次柏葰和肃顺阵营的冲突，双方因公事起了争论，但也确实是柏葰有失职之处，如若这就是所谓"私仇"，未免显得柏葰心胸狭隘。因此"私仇"之说似难以定论，但这已经成为同治以后文人的共识，包括《清史稿》等历史类文献也都如此叙述。于是士人在谈论戊午科场案时，用道德判断取代了事实判断。

吴振棫⑥《养吉斋丛录》云："未几科场舞弊事发，死者数人，词连大学士柏葰。文宗意不欲诛辅臣，而一二忌者诬陷之，遂见法。"⑦ 从此案前后经过来看，文宗是自己决定"杀一儆百"，"诬陷"之说并不成立。

---

① 柯悟迟：《漏网喁鱼集》，第35页。
② 见于薛福成《庸盦笔记》卷3，《笔记小说大观》第27册，广陵古籍刻印社1984年版，第86页。李慈铭：《越缦堂日记》（第二册戊集下），广陵书社2004年版，第880页。
③ 载垣：《呈已革大学士柏葰亲供单》，第一历史档案馆藏，档案号：03-4138-050。
④ 此则上谕全文见《清实录》第45册《穆宗实录》卷17，第466页。
⑤ 《文宗显皇帝实录》卷149，《清实录》第42册，第602页。
⑥ 吴振棫（1792—1870），字仲云，号宜甫，嘉庆十九年（1814）进士，咸丰八年（1858）时为云贵总督，十一月因病乞归，同治元年（1862）复出。
⑦ 吴振棫：《养吉斋丛录》，中华书局2005年版，第381页。

方濬师①《蕉轩随录》讲在一次宴会中,肃顺听说柏葰改换取中试卷一事,"不满于柏,思中伤之,以蜚语闻"②。方濬师认为是肃顺有意引发了戊午科场案的舆论。但据郭嵩焘的记载,咸丰八年(1858)九月初十,他奉派磨勘顺天乡试朱墨卷,"礼部先按人数派定,每人六卷。……百四一之阎镜塘,二三场别字满纸,……文理亦不甚通顺,而头场三艺却自开朗,疑其有捉刀者。予已标签议处。见笋陔③所派之七名平麟④疵颣更多,而以可否免议四字签之卷面,乃办仿其式签之"⑤。九月十五日,礼部上奏,一等十四名,二等三十六名,三等五十六名,四等一名,九月十六日公布名单⑥,已无平龄之名。郭嵩焘说:"顺天乡试磨勘,袁笋陔勘出第七名平龄一卷,余勘出百四十一名阎镜塘一卷,已交部议。"⑦既然已交部议,御史孟传金上折参奏就是情理之中,而非是受肃顺鼓动。

薛福成《庸盦笔记》载其从同治四年(1865)至光绪十七年(1891)所记,他认为柏葰"其咎只在失察,予以褫革,已觉情罪相当。若军台效力,则重矣。乃肃顺等用意在修怨以立威,必杀之而后快。天下颇谓用法过当,甚有为之呼冤者"⑧。薛福成承认此案之后"乡会两试规模尚称肃穆,则此举诚不为无功",但又强调"然肃顺等之用意在快私憾而张权势,不过假科场为名,故议者亦不以整顿科场之功归之也"⑨。对肃顺的评价显然前后矛盾。另外,薛福成专门记述所谓"咸丰季年三奸伏诛",完全否定肃顺。他的书写被罗惇曧《宾退随笔》、徐珂《清稗类钞》等一些作品接受。对于这种评价方式,钱仲联先生批评:"薛氏之文,但暴其恶,全没其功,非信史矣。"⑩

---

① 方濬师(1830—1889),字子严,晚号梦簪,咸丰五年(1855)顺天乡试中式,以举人考取内阁中书,步入仕途。同治七年(1868)外放广东广肇罗道,其《蕉轩随录》编于此时。
② 方濬师:《蕉轩随录续录》,中华书局1995年版,第145页。
③ 袁希祖(?—1860),湖北汉阳人,字笋陔,号寄生。道光二十九年(1849)与郭嵩焘同中进士,历任侍讲学士,礼、工、刑部侍郎。
④ 此处为笔误,应作平龄。
⑤ 郭嵩焘:《郭嵩焘日记》(第1卷),第164页。
⑥ 参见《咸丰朝上谕档》(第8册咸丰八年),第421—422页。
⑦ 郭嵩焘:《郭嵩焘日记》(第1卷),第176页。
⑧ 薛福成:《庸盦笔记》卷5,《笔记小说大观》第27册,第106页。
⑨ 薛福成:《庸盦笔记》卷3,第87页。
⑩ 钱仲联:《梦苕盦诗话》,《民国诗话丛编》(六),上海书店出版社2002年版,第187页。

第七章　功利的仪式：柏葰的心态与诗歌传播行为　　125

　　王之春①《椒生随笔》刊于光绪三年（1877），其"昭雪故相"讲柏葰伏法之时，肃顺扬扬得意，都人痛恨肃顺始此。② 所谓"都人痛恨肃顺"显然缺乏事实依据。他又说："今上御极，肃顺等伏法，任侍御（兆坚）以柏公情罪未明，奏请昭雪，……谕旨通行，中外钦悦。"③ 这里只叙述了任兆坚的奏折内容，给读者印象是谕旨肯定了昭雪奏折，但事实并非完全如此。

　　上人再论及此事明显顺着慈禧上谕的思路，舆论开始呈现一面倒的特点。戊午科场案在后世士人的集体记忆中简化为柏葰（正）—肃顺（邪）之争，最终邪受到了惩罚的故事。莫里斯·哈布瓦赫指出人的记忆会受到社会情境的影响，"存在着一个所谓的集体记忆和记忆的社会框架，从而，我们的个体思想将自身置于这些框架内，并汇入到能够进行回忆的记忆中去"④。不同于历史事实，对历史的集体记忆会体现出群体思维特点和情感表达方式，它更符合大众传播原则。当越来越多的人认可这种集体记忆，它就取代了历史事实，成为理解事件的框架，变成标准答案。

　　舆论中的戊午科场案，需要柏葰以一个忠臣的形象出现，这一方面是由于两宫太后评价柏葰："受恩两朝，在内廷行走多年，平日办公亦尚勤慎"⑤；另一方面成王败寇，肃顺在与两宫太后的斗争中失败，于是肃顺的形象被邪恶化。为了证明肃顺的"恶"，必须有柏葰的"忠"，这是简化的道德故事的"标配"，是这个历史事件面向大众传播的必然结果。柏葰是正直廉洁的，士人对他的品德赞誉有加，如陈康祺说："公尝于道光朝以少宰使朝鲜，朝鲜国王馈五千金，却之。请益坚，携归奏闻，请存礼部，还其使臣。清节如此，通榜受赂，良非信谳矣。"⑥ 清廉是士人抒写柏葰品德的重要方面。于是到同治以后，士人对柏葰形象的认知，与柏葰生前主动传播的个人形象忽而统一起来。舆论中的柏葰形象完成了从罪

---

①　王之春（1842—1906），字爵棠，号椒生，同光时期活跃官场，历任山西巡抚、安徽巡抚、广西巡抚。
②　王之春：《椒生随笔》，岳麓书社1983年版，第24—25页。
③　王之春：《椒生随笔》，岳麓书社1983年版，第24—25页。
④　[法] 莫里斯·哈布瓦赫：《论集体记忆》，毕然、郭金华译，上海人民出版社2002年版，第69页。
⑤　《清实录》第45册《穆宗实录》卷17，第466页。
⑥　陈康祺：《郎潜纪闻初笔二笔三笔》，中华书局1984年版，第373页。

臣、值得同情的大臣到忠臣的演变。

三 文学世界中的戊午科场案与柏葰形象

回归到文学世界，戊午科场案在小说和诗歌中呈现了不同的样貌。小说完全承袭了舆论的叙述模式，甚至还演化出新的情节，如《皇清秘史》第八十一回说柏葰的大儿子被继母诬骗，至刑部抵父罪，结果落得父子两人俱被斩。肃顺被极度丑化，相应地，柏俊的清廉正直就愈显悲哀，他完全败于小人之手。小说面向大众传播，和舆论一样，需要简化的故事和夸张的情感，也就与事实相去甚远。然而在诗歌中，柏葰完全是一个悲剧性的"罪臣"形象，未曾有过变化。

几乎所有书写戊午科场案的诗人都愿意从整肃科场出发理解此案，无人涉及忠奸矛盾，因此，诗歌中柏葰的形象就是"罪臣"。有诗人指责他没有履行职责，直白表达了对他徇私枉法的愤怒。萧培元，字钟之，昆明人，其《戊午秋日感事》将矛头直指柏葰，说他"颠倒任所为，何以洽众心"。但柏葰被处以极刑后，诗人转为叹息，说："入井不能拯，下石复何为。"① 吴仰贤，字牧驺，嘉兴人，其《戊午顺天乡试事发感赋》作于咸丰八年（1858），诗人亦认为考官渎职，此案被揭发，正是"十手难遮天下眼，一鸣今见直臣风"②。也有人通过描述当时糟糕的科场环境婉转地表达了对柏葰的批评。徐光第，字春衢，浙江萧山人，戊午年年底作《感事》，有"安石只宜为学士，彦回不幸作中书"③ 之句，时年他分校豫闱，了解科场情形，所以对柏葰的命运给予了一定程度的同情。钱国珍，字子奇，江都人，"辨色只虞淆黑白，传衣敢诩出青蓝""滥竽叨附抡才典，食肉何如说士甘"（《戊午浙闱分校纪事》）④ 等句斥责科场乱象，考官和士子皆有失体统。黄文琛，字海华，汉阳人，《监试呈李观察维醇》写于戊午年，有"今兹举秋试，选差取凡猥"之句，在诗人看来"弊端苦难除，心罄力亦殆"⑤，这一观点在随后所作的《初心》中再次重复，他说："操竽尽许逃南郭，掌管终宜镇北门。"⑥ "南郭"能逃与他

---

① 萧培元：《思过斋诗钞》，《清代诗文集汇编》第665册，第108页。
② 吴仰贤：《小匏庵诗存》，《清代诗文集汇编》第683册，第659—660页。
③ 徐光第：《含清堂诗存》，《清代诗文集汇编》第609册，第363页。
④ 钱国珍：《峰青馆诗钞》，《清代诗文集汇编》第654册，第659页。
⑤ 黄文琛：《思贻堂诗续存》，《清代诗文集汇编》第611册，第414页。
⑥ 黄文琛：《思贻堂诗续存》，《清代诗文集汇编》第611册，第415页。

人放纵有关，舞弊已司空见惯，诗人深感忧虑。上述诗人使用滥竽之典，一指无能之辈，二也指涉科场环境，滥竽能不能充数，与环境有关，考风糜烂已成士人心中剧痛，由此也将矛头指向了柏葰。方濬颐，字子箴，安徽定远人，其《戊午秋闱杂感十首柬同事诸君索和》中"忌器何心竟投鼠，补牢无术任亡羊"（其三），"不信垂竿钩可直，谁能鼓瑟柱仍胶"（其九）① 等句流露的是面对乱象深深的无奈。周文禾，字叔米，嘉定人，咸丰九年（1859）作《八月十四日书事》二首，是年举行恩科乡试，舆论盛传平龄为戏子，诗人讽刺："原知艺苑儒为戏，别向瀛洲懒亦仙。"② 这些诗句或多或少含有对柏葰的指责意味。

另外，还有诗人为柏葰的悲剧性命运表示哀悼。柏葰逝后，同僚彭蕴章写《检得去年静涛书扇诗以哀之》，整首诗流露出对柏葰的同情、怀念，如"百年尘劫偶逢此，斯人竟罹大辟死"之句，可以感受到诗人的惋惜之情。柏葰一时糊涂被家仆连累，只落得"赭衣载路干刑诛"③。周惺然亦曾为柏葰写了一首挽诗。周惺然，字笃甫，浙江诸暨人，据其《戊午襄事晋闱感赋》一诗，可知他戊午年参与山西乡试工作，柏葰被处以极刑后，他作《恭挽柏听涛师相》，"萧萧白发老臣型，弹罢瑶琴痛解形"④，一生的功绩无法弥补一时的错误，白发老臣身首异处，可悲至极。裴荫森，字樾岑，江苏阜宁人，戊午年（1858）顺天乡试举人，柏葰问斩之时，他念柏葰座师之恩，"白衣冠往送哭而过市"⑤。李钟豫，字毓如，江都人，他为方观澜诗集《纪年诗》写序，说："科场关节案起于满洲士子平林⑥，柏相被罪死。"⑦ 邵亨豫，字汴生，江苏常熟人，戊午河南乡试主考官，有诗《撤棘后假寓内兄严子卿太守处匝月子卿以诗见赠奉答四律》，其四中"刦数余文字"一句有注："本年北闱案发株连甚众。"⑧ 这两位诗人的寥寥数语亦寄予了一些悲悯之情。

这些关注了戊午科场案的诗人，没有从忠奸相争的框架出发写作，没

---

① 方濬颐：《二知轩诗钞》，《清代诗文集汇编》第660册，第377页。
② 周文禾：《驾云螭室诗录》，《清代诗文集汇编》第625册，第548页。
③ 彭蕴章：《松风阁诗钞》，《清代诗文集汇编》第577册，第553—554页。
④ 周惺然：《宝帚诗略》，《清代诗文集汇编》第687册，第661页。
⑤ 裴荫森：《裴光禄遗集》，《清代诗文集汇编》第694册，第278—279页。
⑥ 原书笔误，应为平龄。
⑦ 方观澜：《纪年诗》，《清代诗文集汇编》第721册，第642页。
⑧ 邵亨豫：《愿学堂诗存》，《清代诗文集汇编》第671册，第48页。

有人认为柏葰是冤枉的，在他们笔下，柏葰的形象一直都是"罪臣"。他们关注整顿吏治，也悲悯于生命的消逝。诗歌中的戊午科场案及柏葰形象之所以迥异于舆论，与诗人对自身角色的理解是紧密相关的。诗，无论是缘情还是言志，皆在儒家信仰的框架内，相较于其他文学体裁，诗和道义联系得更为紧密。诗人往往自觉地站在士大夫立场，创作时注重从具体事实中抽象出符合儒家道义的道理，于是诗歌就表现出稳定的价值观，不似舆论左摇右摆。诗歌创作和士人身份认知密不可分，写诗彰显着士人的优越感，诗中也必然维护士人的身份尊严。

在舆论和小说中，柏葰的形象有一个从"罪臣"到"忠臣"的大跨越，这与政治环境改变有关，也与接受者的心态有关，脱离了社会背景谈论此案，也就无法进行理性思考，书写者进入了"信息茧房"，只被同类型的信息吸引。而诗歌中，柏葰始终是一个"罪臣"的形象，这也与诗人的价值观有关。总体来看，柏葰的形象和戊午科场案紧紧联系在一起，甚至到民国以后，柏葰的名字也只出现在和戊午科场案有关的文献中，可以说，柏葰作为一个诗人的形象在他生前没能广泛传播，在身后就更无人提及了。

第八章

情感的仪式：瑞常的心态与诗歌传播行为

瑞常（1804—1872），字芝生，号西樵，石尔德特氏，蒙古镶红旗人，杭州驻防。《清史稿》有传，历道、咸、同三朝，仕途通达。道光十二年（1832）进士，于咸丰年间进身枢要，七年（1857）八月任都察院左都御史，八年（1858）九月改理藩院尚书，十二月改刑部尚书，十一年（1861）九月改工部尚书，十月改户部尚书，取代肃顺生前职位。同治元年（1862）二月改吏部尚书，十月授协办大学士，同治五年（1866）改工部尚书，六年（1867）代替倭仁兼翰林院掌院学士，七年（1868）改刑部尚书，九年（1870）三月，倭仁由文渊阁大学士改文华殿大学士，瑞常遂授文渊阁大学士，倭仁不久后病逝，瑞常于当年六月接替倭仁成为文华殿大学士，次年病逝。① 谥文端。他曾多次掌典试权柄，今有《如舟吟馆诗钞》一卷留存。遗憾的是诗集止于咸丰七年（1857），无法见证瑞常全部仕宦生涯。尤其是咸丰十年（1860）、十一年（1861）杭州连遭战火，驻防城付之一炬，应该给瑞常带来极大的心理触动，由于没有文字留存，今已无从知晓。

瑞常和柏葰皆属八旗蒙古，出身官宦世家，以科举入仕，官居高位，都曾任科举考官。《清史稿》评价瑞常："端谨无过，累司文柄，时称耆硕。"② 他为官持正，不阿附权贵，这使他两次顺利度过朝局更替。咸丰元年（1851）他敢于和权势正盛的定郡王载铨力争，指责他越次提升主事，遂被解左翼总兵职。但这并非莽撞之举，官场职位高低变迁本也正常，此事成为瑞常的仕途资本，待到咸丰四年（1854）载铨病逝，瑞常

---

① 瑞常任职履历参见钱实甫编《清代职官年表》，中华书局1980年版，第292—300页。
② 赵尔巽：《清史稿》第38册卷389，中华书局1977年版，第11724页。

迅速进身枢要。咸同更替之际,瑞常仕途继续高升,证明他未曾与肃顺为伍。其政治智慧确有过人之处。咸丰九年(1859)八月,文宗给出顺天乡试科场舞弊案内监临各员处分,专司稽察之都察院堂官、刑部尚书瑞常之名在列,罚俸一年。① 柏葰被处死后,当年己未(1859)顺天乡试,户部尚书周祖培为正考官,刑部尚书瑞常为副考官。柏葰是一个悲剧性文人,但瑞常完全是一个成功者。

第一节　官场"异客":瑞常的传播心态

如果说柏葰在诗歌中记录了仕途的荣耀和期待,表现出一个积极的仕进者心态,那么和柏葰同处高位的瑞常,则喜欢在诗歌中思乡恋旧,表现出官场"异客"心态。他的事业在北京,但是他情之所系是杭州。瑞常出生在杭州,成长在嘉道年间,家境优渥,从小习儒业,"忆我垂髫年,摊书坐窗䅻"(《述怀》)②,《春闱报捷》诗中有注:"家大人以读书励品为训。"他喜好诗歌创作,留有《如舟吟馆诗钞》,其诗在书写性情,亦在述说心路历程。夏同善在为《如舟吟馆诗钞》写的序中介绍了瑞常的创作经历:"是集分年编次,一生出处,游踪宦迹,历历可指,亦不藉西湖以传。然其中思亲忆弟,及朋僚赠答之作,低徊往复,未尝不时动乡关之思。此以知真山水真性情。"③ 瑞常希望在仕途中有所成就,但即使官居高位他也常常幻想归隐西湖。从瑞常的诗歌中可以明显感受到他有意保持与北京或者说是官场的一种距离。这种距离表现在以下两个方面。

其一,杭州是瑞常的生活乐园,他将杭州与北京对照,通过强化生活空间的不同,表现出"异乡异客"的心态。瑞常诗集中最早的诗歌创作于道光二年(1822),时年他考中举人,至道光十二年(1832)中进士,十年间他留存诗歌 88 首。这些诗歌基本都在描绘杭州之美及生活之逸。瑞常喜好写景,这一时期的写景诗有 64 首,占比 73%,足见他对西湖景色的眷恋。他对四季轮替情有独钟,如《暮春》《盼雪》《新秋》《冬日闻晨钟》等,或者用植物代替四季,如《落叶》《新竹》《湖上看莲花》等,无不传达着西湖的生机。春天是最富有诗意的季节,也是瑞常最喜书

---

① 《文宗显皇帝实录》卷 292,《清实录》第 44 册,第 282 页。
② 瑞常:《如舟吟馆诗钞》,光绪年间刻本。本章所引瑞常诗歌均出自此集,不另注。
③ 夏同善:《如舟吟馆诗钞序》,《如舟吟馆诗钞》,光绪刻本。

写的季节，这一时期他有 19 首关于春天的作品，且他喜欢用"满"来描绘春天，例如"小桥低处响鱼叉，绿满池塘草色斜"（《郊外》），"绿痕遥划草萋萋，新涨添来水满溪"（《山雨》）等等。诗人身处西湖，美景围绕，除读书外心无旁骛，不用为生计忧愁，又满怀对未来的期待，这样的青春又有何"不满"呢？朱光潜指出："在自然中发现诗的境界时，移情作用往往是一个要素。从移情作用我们可以看出内在的情趣常和外来的意象相融合而互相影响。情景相生而且相契合无间，情恰能称景，景也恰能传情，这便是诗的境界。"① 瑞常对美景的书写反映了他安乐的内心，而安乐的内心又使他感受到处处美景。所以瑞常住在杭州时，笔下的诗境是浓墨重彩的，"万朵红霞照眼明，香浮莲沼雨初晴"（《湖上看莲花》），"十分春气盎，万树绿痕匀"（《御河早柳》），处处生机，"萧萧树影多，弥弥溪流涨"（《出郭》）。

但年少的恣意终会结束，安乐终会被苦闷侵扰。而瑞常最初的苦闷便来自于科考失利。瑞常生活在杭州时，于道光二年（1822）、六年（1826）、九年（1829）三次赴京赶考，均以失败告终。一旦北上，他的诗中就充满愁云惨雾。道光二年（1822）冬天，他中举后初次入京，"桥霜店月十分寒，况味初尝道路难"（《冬至日随家大人北上》），此去是为来年会试作准备，但北京的权势富贵给他带来心理冲击，"人着貂衣身早贵，我披鹤氅岁将残"（《随家大人入值西华门》），他安慰自己："不随流俗转，傲骨本崚嶒。"（《寄意》）返乡时"尘羹土饭苦难支，宿露餐风只自知"（《出京途次两餐甚劣诗以解嘲》），待到回家，便"彩色烂斑入眼来"（《新秋》）。道光十二年（1832），经过十年间三次失败后，瑞常终于成功，殿试二甲第七名。但同时，他还是对北京有一种排斥，这大概是由生活空间转换和社会身份变化带来的适应不良。

初尝成功滋味，瑞常急不可耐地想要施展抱负，连在翰林院当庶吉士都是"宦味尝来如嚼蜡"（《中秋感怀》）。但其实瑞常仕途是幸运的，道光十三年（1833）四月就遇翰林院散馆，七月大考，列二等。② 同年晋侍讲。③ 从这一年至咸丰七年（1857），诗集存诗 177 首，写景 69 首，占 39%，较之早期写景诗，数量已明显减少，纪事、唱和之作开始增多。入

---

① 朱光潜：《诗论》，三联书店 1984 年版，第 54—55 页。
② 瑞常有诗《大考二等蒙赏缎疋》作于 1833 年，《如舟吟馆诗钞》，光绪刻本。
③ 瑞常有诗《晋秩侍讲寄内》作于 1833 年，《如舟吟馆诗钞》，光绪刻本。

仕后社会身份增多，诗歌的作用也在扩展，诗人已无法再裹步于一方自在山水。在69首写景诗中，诗人依然热衷于抒写四季，相关诗作43首，但已无明显的季节偏向，夏季和秋季略多于春、冬，个中原因或许是人至中年心境变迁，抑或是北方春冬转换没有那么明确，如《春寒》云："重拨炉中火，难消瓦上霜。"

道光十五年（1835），瑞常升左春坊左庶子，道光十七年（1837）他认为自己仕途不顺，"六载冷官浑似水，三间老屋不知春"（《春暮书怀》）。朱光潜说："凝神观照之际，心中只有一个完整的孤立的意象，无比较，无分析，无旁涉，结果常致物我由两忘而同一，我的情趣与物的意志遂往复交流，不知不觉之中人情与物理互相渗透。"① 对于瑞常而言，春寒让他想到身任"冷官"，而"冷官"看春更是"不知春"了。春天象征着人生的上升期，在这时遇"寒"，更使人心灰意冷。对生活空间转换的适应不良，对仕途期待落空的失望，使瑞常沉浸在苦闷中无法自拔，他在诗歌中经常使用"凉""孤""寒""瘦""残"等字眼，也反复在倾诉"贫"。法式善长期任职翰林，诗集中少有抱怨贫穷的诗句，他乐于清贫，诗龛条件简陋，这不影响他沉浸在诗歌世界，且一定程度而言，这是诗人精神追求的一部分——不以物质为满足。客观地说，平步青云不可能在短期内实现，所谓"六载冷官"不至于让人绝望。初入仕途，瑞常的心态略显急躁。而种种关于"寒凉"的书写，恰恰也反证了杭州的美好，于是思乡就成为他北上以后创作的重要主题。只要和杭州有关，瑞常就表现出浓厚的兴趣，道光十八年（1838），瑞常在《寄玉亭诸弟》中明白表示："心绪过多难下笔，头衔虽好总思家。"

事实上，道光十七年（1837），瑞常刚升任翰林院侍讲学士②，从四品官职，道光十八年（1838）九月，他就请假回家③，在杭州住了四个月④，回京后，等待补官。道光十九年（1839）五月三日，时任吏部尚书奕经上奏《题为开列候补翰林院侍讲学士瑞常等职名请旨简放翰林院侍

---

① 朱光潜：《诗论》，第55页。
② 根据奕经的奏折《题为开列左春坊左庶子瑞常等职名请简补翰林院侍讲学士事》，道光十七年三月十六日，第一历史档案馆藏，档案号02-01-03-10269-024。
③ 根据潘世恩的奏折《奏为翰林院侍讲学士瑞常呈请代奏请假回籍省亲事》，道光十八年九月二十三日，第一历史档案馆藏，档案号03-2674-059。
④ 依据诗集中《仲冬乞假旋杭省亲》（1838）、《三月偕哼清堂姻长入都》（1839）两首诗推算时间。

讲学士事》①，但没有获得批准。道光二十年（1840）十一月初九日奕经再次上奏《题为会议瑞常转补翰林院侍读学士拣选桂彬等员补授翰林院侍讲学士请简事》②，瑞常在当年年底任侍读学士。同年瑞常在《接家书有感》中说父母担忧他，"一载未补官，薪水如何支"，所以"替儿谋资斧，源源寄京师"。既然如此，瑞常为什么在仕途刚有起色时请假呢？请假后还要等补官的机会，他难道不清楚吗？从瑞常诗集相关作品来看，他回杭州纯粹就是省亲。以"请假"为题名，搜索第一历史档案馆所藏清代档案，单为省亲请假的官员寥寥无几，大多数人请假的理由都是生病、修墓。大约瑞常在北京实在无法找到抚平苦闷情绪的方法，只能回到思念已久的家乡。他描述在家"室有书声灯火静，胸无俗事梦魂安"（《仲冬乞假旋杭省亲》），"久困风尘客，归来饱看山"（《湖山看山》）。"饱"字形象地表达了诗人归来的满足。瑞常太想家了，来年赴京后，他依然恋恋不舍，"昨夜还乡曾有梦，醒来残月照窗纱"（《园中》）。喜欢沉浸在回忆中反映了诗人心态上的保守，甚至是对现实的一种逃避，《空间的诗学》解释："当新的家宅中重新出现过去的家宅的回忆时，我们来到了永远不变的童年国度，永远不变就好像无法忆起。我们体验着安定感、幸福的安定感。"③回到杭州，回到瑞常的"童年国度"，是抚慰他心灵的重要方式。对于瑞常而言，北京不是"家"，杭州才是"家"，才是他向往的空间，西湖的一草一木才是寄托他情怀的对象。这一年鸦片战争爆发，而瑞常的诗歌从始至终都在"想家"。在这一点上，他和柏葰亦有相同之处，对社会开始发生的变化不敏感。

其二，除生活乐园外，杭州也是瑞常的精神乐园，他在诗歌中通过强化现实与回忆的差距表现出"异乡异客"的心态。道光二十年（1840）瑞常任翰林院侍读学士。随着时间流逝，瑞常终会适应北京的生活。道光二十四年（1844）三月，瑞常以詹事府少詹事为光禄寺卿，五月充福建乡试正考官，同月改官内阁学士。道光二十五年（1845）迁兵部右侍郎。此时柏葰为吏部左侍郎。瑞常的同年花沙纳是户部右侍郎。道光二十九年（1849）瑞常改兵部左侍郎，山东乡试副考官。道光三十年

---

① 该奏折藏于第一历史档案馆，档案号02-01-03-10403-003。
② 该奏折藏于第一历史档案馆，档案号02-01-03-10470-011。
③ ［法］加思东·巴什拉：《空间的诗学》，张逸婧译，上海译文出版社2009年版，第4页。

（1850）改吏部左侍郎。至咸丰七年（1857），他皆任吏部左侍郎。瑞常仕途开始通达，虽然偶有坎坷，但不会构成困扰，诗作也多了几分恬淡恣意的风格。漫步郊区时，"田间新雨足，篱畔野花香"（《小有余芳》），冬天北方腌菜的习俗在他看来都诗意盎然，"洒来一束晶盐冷，透出千茎玉液凉"（《腌冬菜》）。虽然瑞常适应了北京的生活空间，不再处处抱怨，但思乡依然是他不变的诗歌主题。

进入咸丰年间，战乱连年，瑞常亦在诗歌中表达了对现实的关注，流露出对乱局的无奈及伤感，诗中的苦闷情绪一如既往。如果说道光年间瑞常的苦闷情绪是来源于对北京这一生活空间的不适应以及对仕途发展不顺的抱怨，那么进入咸丰年间他的苦闷情绪则来源于对政局的忧虑以及自己虽身居高位但于时事无能为力的感慨。而无论是哪种苦闷情绪，对于瑞常而言，似乎都是依靠思乡来排遣，或者说，对杭州的思念是对理想生活的向往，是对精神乐园的向往，它恰恰反衬出瑞常的苦闷。咸丰元年（1851），瑞常在《感怀》一诗中就感叹："疮痍满目怜人苦，时事关情度岁难。"他比柏葰更早地感受到了时局艰难。咸丰四年（1854）他为战乱不断感到烦闷，"江上几番成壁垒，天心何日厌干戈""瓣香默向苍苍祝，梅子黄时唱凯歌"（《即事》），一心期待和平降临。但他又深切体会到自己的无能为力，"宦亦飘零如转蓬，能为劲草自当风"（《无题》），时年他五十岁，回望人生，杭州仍是他不变的思念，所谓"入夜梦曾归旧里，知非我亦效前贤"（《无题》）。咸丰七年（1857），瑞常作《世事》诗，集中反映了他在这一时期的心态，诗云：

> 世事关心梦未安，杞忧独抱才衷丹。读书空说成材易，作宦无如济变难。满野鸿嗷风色冷，四方豕突阵云盘。镜清寰海我归去，西子湖边理钓竿。

他看到世事难安，即使以他的才学、地位——他已是刑部尚书，也无法发挥太大作用。鸿嗷，形容饥民哀号求食的惨状，八方皆是饥民，四海尽为乱军，他被时局所扰，能够排遣苦闷的，只有想象自己再度归乡，西子湖畔自始至终，都是瑞常心中的乐园。当他住在杭州时，西湖是生活乐园；当他入仕北京后，西湖是回忆乐园；而当他看到现实空间的混乱纷争，西湖是精神乐园。瑞常从忧个人前程到忧国家前程，忧虑苦闷一步步在加深，对杭州的向往同时也在加深，西湖变成他精神世界的寄托。从不间断的西湖书写中，可以感受到瑞常怀旧的、消极的心态，他和柏葰相似之处在于，他们深知危局到来，但他们无可奈何。柏葰的"不问"，瑞常的"归去"都是保守的反映。瑞常，其弟瑞庆，还有同属杭州驻防的贵成，这些经历过咸丰十年（1860）、十一年（1861）杭州战乱的诗人，尤其是十一年（1861）满城全军覆没，他们内心的冲击和痛苦可想而知，那不只是曾经的生活空间的摧毁，更是精神乐园的崩塌，是亲朋好友的惨烈离世，但是，他们的诗集中都没有涉及这段经历，这恐怕是他们不能言说之痛。瑞常、瑞庆此后没有作品留存，大约乐园的毁灭，也让他们失去了创作的动力。

瑞常一生，以在西湖边成长为乐事，现实的苦闷与回忆的安乐交织成瑞常入仕后的诗歌作品基调，他始终有一种"异客"的心态，保持着与北京这个自然空间、官场这个社会空间的某种距离，杭州才是他的心之所向。瑞常是性情中人，他在诗歌中反复诉说对家乡亲友的感情，而这样的心态也反映在了他的人际传播之中。

第二节 情感性酬唱往来：为情感世界服务的传播行为

瑞常和柏葰类似，他们都将更多的精力放在了仕途，不曾主动介入诗坛，没有致力于传播自己的作品。瑞常生前没有刊刻诗集，《如舟吟馆诗钞》由其子编订，并请夏同善作序。因此，瑞常作品的传播完全依靠人际交往，且交游范围基本限于同乡好友之间。如果说柏葰的酬唱有一种历时性的特点，唱和对象因时而异，那么瑞常的酬唱则具有一种空间性的特点，他的交游圈较为稳定，唱和的主要对象就是同乡，内容是反映与友人的消遣活动，诗歌很少表现出为仕途服务的功利性。瑞常诗集中唱和诗作不多，中进士之前有4首，之后有31首，占13%。他不热衷与各类官员唱和，频繁交往的首推同乡，其次是同年。同乡是瑞常特别看重的，从入仕前到入仕后，瑞常和这些至亲好友唱和不断，分享了自己的情感世界。他的"异客"心态反映在传播行为上就是他只和同乡保持紧密联系，和同僚表现出一种疏离。所以，瑞常的酬唱是情感性的，柏葰的酬唱是功利性的，二者满足不同的社会交往需求。

一 固化情感传播圈层

瑞常有意识地通过酬唱区隔出一个可以给自己带来归属感的群体——同乡,这是一个能够支撑起他的情感世界的群体,他通过诗歌反复在强调这个群体的存在,并将他们置于自己社会交往的核心。

《重九日集同乡友小酌》一诗作于道光十五年(1835),此时瑞常初入仕途三年,在翰林院任职,一到佳日就是同乡的聚会,"翰墨林中岁月闲,春秋佳日每开颜",这是闲散岁月中瑞常的快乐来源,"难得异乡联雁序,不教胜会让龙山",他将同乡定义为"雁序",视为兄弟,给予同乡很高的情感定位。道光二十八年(1848),瑞常又作《重九柬石硕庭隆华平诸乡友同饮》,诗中"雁序联今夕,鸿泥证夙缘"一句又提到"雁序"。次年,瑞常有《远行有日同乡王霭堂赫藕香裕乙垣贤乔梓万花农伊蕚楼苏宝峰并爱新楣八人公钱于敝庐邀玉亭弟同饮诗以志感》,他将赴朝鲜,友人前来送行,"父子相依来远道,弟兄得见几多时",直接称同乡为弟兄。此诗提及同乡包括王广荫,字爱棠,江南通州人,道光三年(1823)榜眼,官至工部、兵部尚书。赫特赫纳,号藕香,赫舍里氏,满洲镶黄旗人,杭州驻防,道光壬午恩科(1822)进士,咸丰十一年(1861)杭州城陷时殉难。① 裕贵,字乙垣,又字八桥,巴雅拉氏,满洲镶红旗人,杭州驻防,嘉庆戊寅恩科(1818)举人,官礼部员外郎。② 万清,字花农,满洲镶白旗人,杭州驻防,道光壬午科(1822)举人,他和瑞常是同榜举人。官江西萍乡县知县,候补直隶州州同赏戴蓝翎。③ 伊勒哈图,字蕚楼,满洲镶黄旗人,杭州驻防,道光乙酉(1825)举人,国子监助教,补授随州知州,郧县、桥峰等县知县。④ 苏呼讷,字宝峰,号笑梅,赫特赫纳弟,满洲镶黄旗人,杭州驻防,道光癸巳恩科(1833)进

---

① 张大昌辑:《杭州八旗驻防营志略》,沈云龙主编《近代中国史料丛刊》第 63 辑,文海出版社 1966 年版,第 304 页。
② 张大昌辑:《杭州八旗驻防营志略》,沈云龙主编《近代中国史料丛刊》第 63 辑,第 302 页。
③ 张大昌辑:《杭州八旗驻防营志略》,沈云龙主编《近代中国史料丛刊》第 63 辑,第 304 页。
④ 张大昌辑:《杭州八旗驻防营志略》,沈云龙主编《近代中国史料丛刊》第 63 辑,第 305 页。

士，历任工部员外郎、宣化府知府、保定府知府、山西绥归兵备道。① 上述诸人除王广荫外，都是杭州驻防。这些"兄弟"形成的交游圈，自然是和其他群体亲疏有别。瑞常也常在诗中强调这种亲密的关系，例如《三月偕喀清堂姻长入都》有"交谊兼姻谊，诗怀并酒怀"之说。喀朗，字清堂，满洲正红旗人，杭州驻防，嘉庆己卯科（1819）举人，大挑二等选国子监助教。② 他是瑞常同乡、好友兼姻亲。《藕香赞善假满旋京书赠四律》直白书写友人之间是"埙篪迭唱天伦乐"，埙篪，喻兄弟和睦，亦是在强调他们之间亲密无间的感情。

通过唱和，瑞常固化了一个情感传播圈层，柏葰的交往圈层是变动的，瑞常的圈层则是封闭的，"求同"是这个圈层最重要的秩序。

二 强化共有情感经验

由于瑞常和同乡是一个情感"共同体"，"分享"就成为彼此唱和的共同动机。他们分享着共同的记忆。史华罗认为，回忆这种活动不只是简单的个人沉思，而且趋向于社会对情感经验的共享。回忆有三个方面：一是展开，调整时空关系进入回忆；二是社会共享，即同朋友和他人一起回忆，从而确证自己的情感经验；三是重复，即依据不同观点和新的视角反复回忆。③ 所以，瑞常和他的情感共同体反复回忆杭州，书写杭州的地理空间，是在确认他们的情感经验，强化归属感和认同感，例如"回忆段家桥畔路，湖光山色寄相思"（《再和藕香见答原韵》），"西湖十里让君游，梦到孤山动客愁"（《答文月湖》）等，他们频繁地、热烈地回忆从前。至于同乡聚会，回忆家乡种种更是不变的话题，"遥忆故园春信早，梅花开放两三枝"（《远行有日同乡王霭堂赫藕香裕乙垣贤乔梓万花农伊萼楼苏宝峰并爱新楣八人公钱于敝庐邀玉亭弟同饮诗以志感》）。凡此种种，都是远离家乡的游子共同回忆西湖，怀念少时岁月，彼此提供情感支持。

他们年岁相仿，也分享着共同的生活状态。道光八年（1828）瑞常

---

① 张大昌辑：《杭州八旗驻防营志略》，沈云龙主编《近代中国史料丛刊》第63辑，第309页。
② 张大昌辑：《杭州八旗驻防营志略》，沈云龙主编《近代中国史料丛刊》第63辑，第302页。
③ [意] 史华罗：《中国历史中的情感文化——对明清文献的跨学科文本研究》，林舒俐等译，商务印书馆2009年版，第50—52页。

有《文吟香茂才读书于菩提禅院即赠》，文秀，字慰生，号吟香，又号清士，满洲正蓝旗人，杭州驻防，道光己亥恩科举人，任国子监典簿，内阁中书。① 瑞常记录，"读书已殚十年功，谁识良材孼下桐""禅房习静远尘嚣，诗社联吟逸兴饶"，此时他们都在苦读诗书，经历和生活场景皆相似。年少读书大抵皆为举业，"文章声价知谁重，只盼骊珠入手来"（《抵都偕苏笑梅孝廉同作》），一旦成功，兴奋的情绪会在友人之间传递，所谓"开函喜看字缤纷"（《接文冠梅捷音》）。文瑞，字辑周，号冠梅，满洲正红旗人，杭州驻防，道光己亥恩科举人，直隶河工署安肃县知县。② 进入仕途后，生活中诸多变化都是友人之间的话题，道光十九年（1839）由《乙垣移寓法华禅林即赠》可知裕贵搬家，瑞常去帮忙，"草草移家事亦忙，安排酒鼎与茶铛"，通过"安贫本是书生分，且等黄花晚节香""韦恐太柔弦太急，商量志气要和平"等句，可以看出裕贵此前遇到坎坷，瑞常在安慰的同时，也进行了规劝。道光二十七年（1847），裕贵生病，瑞常又有《乙垣抱恙诗以慰之》，"天惜诗人忙太甚，故教小病息薪劳"，此时他已是兵部右侍郎，对朋友的关心依然如故。咸丰四年（1854），瑞常的儿子出生，"亲朋闻信笑颜含"（《十月七日庄儿生和镜泉贺诗原韵》）。同乡犹如亲人，共同分享着生活中的点滴幸福，或者是不幸。咸丰六年（1856）瑞常作《闻万花农同年落职》，诗中用大量篇幅一一为好友辩白，对朝廷决定表示不满，有"功过本可抵，讵料事改常""可怜命途舛，半路风波扬""诗成口欲噤，涕泪沾衣裳"等表现真情实感之句，瑞常时任吏部左侍郎，为好友伤心难过，甚至不惜直接批评朝政，足见他对好友的重视。同乡之间的分享，类似情感社会中的互惠交换过程，"给予的资源获得了互惠性的回报时，人们将体验到积极情感，并感受到团结"。③

瑞常通过酬唱完全释放着自己的情感，诉说自己的内心世界。同乡是他重要的情感支柱，当他处在冷官六载的焦虑中时，只有通过向友人倾诉才能释放苦闷的心情。裕贵深知好友心境，劝慰："功名有定数，迟早亦

---

① 张大昌辑：《杭州八旗驻防营志略》，沈云龙主编《近代中国史料丛刊》第63辑，第313页。
② 张大昌辑：《杭州八旗驻防营志略》，沈云龙主编《近代中国史料丛刊》第63辑，第312页。
③ [美]乔纳森·特纳、简·斯戴兹：《情感社会学》，孙俊才、文军译，上海人民出版社2007年版，第153页。

何妨。"(《柬瑞芝生学士》)① 仕途变幻,瑞常总将"愁"说与同乡,如"芳讯传来定解愁,那知愁更触心头"(《答贵镜泉见寄原韵》),"廿载头衔秋月印,万般心绪夜灯知"(《再寄冠梅》)。岁月流逝,瑞常寄托在同乡身上的情感也越发深厚,闲暇时,他会翻检友人旧作,所谓"旧诗重读意缠绵,数去流光二十年""心事思量非昔日,墨痕剥落半成烟"(《夏日偶检旧箧得苏笑梅观察乙未所赠诗章感而有作》)。同乡,是瑞常生命历程的见证者。他们在同一个空间成长,拥有共同的记忆,走着相似的科举入仕之路,形成了情感共同体。仕途畅达的瑞常也非常乐意照拂同乡,他曾给贵成提供住所。②

除同乡外,瑞常频繁往来的同僚还有同年花沙纳、舒兴阿,瑞常有《柬花松岑舒云溪两同年》《题花松岑尚书车辐诗刻手卷》等作品。和柏葰有过一面之缘的张祥河,和瑞常是长相往来的诗友,瑞常集中有《张诗龄少宰除夕赠手卷诗画即步韵志谢》《三月晦日张诗翁约极乐寺看海棠即和原韵》《端阳散值张诗翁周芝台前辈同登平安园楼》。与写给同乡的诗相比,这些唱和诗缺少一些真情实意。瑞常和他们谈风论月,客气有礼,大约也只是在证明着自己也是风雅之人,遵循官场交往礼仪。

如果说柏葰的酬唱在为仕途服务,那么瑞常的酬唱就是在为自身的情感世界服务。柏葰是"随遇而来"的交际,瑞常则是"随地域而来"的交际。瑞常的传播对象主要是江浙人士。与其他驻防相比,杭州驻防出身的文人对地域更为重视,江浙是汉文化最具代表性的区域,由地域带来的自豪感是诗人自我图式的一部分。瑞常是重情之人,即使位列宰辅,他对同乡亦"不离不弃",而在他身后,杭人亦给了他极高的赞誉。

第三节 对瑞常形象的接受与传播

瑞常虽官至文华殿大学士,但他不是咸同两朝著名历史事件的参与者,因此在他去世后,即使在历史类文献中,也少有他的身影。他没有积极经营他的诗人身份,所以后人也从不论及他的诗歌创作。总体来说,瑞常身后,逐渐淡出了历史舞台。

---

① 裕贵:《铸庐诗剩》,清光绪刻本。
② 见于贵成《偶成》"借得数间屋"注:"予寓蒙芝生协揆慨假者"。《灵石山房诗草》,《清代诗文集汇编》第695册,第491页。

徐世昌《晚晴簃诗汇》录瑞常诗3首，符葆森《国朝正雅集》录瑞常诗8首，盛昱《八旗文经》录瑞常文1篇。而个别能够传播瑞常形象的人，又集中在杭州，夏同善在《如舟吟馆诗钞序》中说："余自丙辰来京师，洎公之薨，承色笑而聆绪论者十有余年，窃见公之厚于吾杭人，与吾杭人之敬公爱公也！"三多身为杭州驻防，自然也在"敬公爱公"的行列，他在《柳营谣》中记载关于瑞常的传说，"瑞文端为诸生时，中秋夜祈梦于于少保庙，见神持手版出迎。"① 瑞常是杭州驻防的骄傲，后代旗人甚至神化了他的形象。平步青在《霞外攟屑》中记载："瑞文端公左目重瞳，子公早贵，致位宰辅，寿臻古稀，七典顺天乡试，极国朝文臣未有之荣。"② 在作者看来，重瞳就预示着瑞常必将成功。《两浙輏轩续录》中选录双成诗时，提到了《缉雅堂诗话》的一段话，即瑞文端之相业，浙人士引以为重。③ 可见，后人最看重的是瑞常官至文华殿大学士的荣耀。而这与瑞常在诗歌创作中塑造的自我形象是存在差异的。瑞常的创作总是流露出一种对"隐逸"的向往，在诗歌中，他通过回忆杭州隔开了与北京的空间距离，通过亲近同乡疏离了官场人际往来，诗歌中的瑞常重情重义，而这与他在仕途中的实际地位与境遇是矛盾的。对其他人而言，他畅达的仕途才具有吸引力。

总体来看，瑞常虽位列高官，但在政坛的影响有限。在他去世之后，几乎没有人再关注他的诗歌。这是保守的心态与封闭的诗歌交往范围带来的必然结果。道咸同时期蒙古族诗人的传播方式虽以酬唱为主，但他们的交往行为各具特点，值得进一步探讨。

---

① 三多：《柳营谣》，《清代诗文集汇编》第792册，第663页。
② 平步青：《霞外攟屑》，上海古籍出版社1982年版，第66页。
③ 潘衍桐编纂：《两浙輏轩续录》第10册，夏勇等整理，浙江古籍出版社2014年版，第2772页。

第九章

避新守旧：媒介变革时代蒙古族诗人的传播选择

清廷最后的岁月，战火纷飞，祸事不断。钱穆总结，彼时外患不断紧逼，清廷因应失宜；内忧不断加深，朝廷也无良策。舆论不断高呼变法自强，但又一叶障目。① 支持者与反对者吵嚷不休，却也缓慢推动了清廷走向变革。然而甲午一役突然打乱了变革的步调，士大夫不同程度地陷入了紧张焦虑之中，遂于变革一事用力过猛。整体社会情势都在向"新"而动。向西方学习成为"新"的核心内涵。如葛兆光所言，"彻底改革突然成了上下的'共识'，激进情绪突然成了普遍的'心情'"②。变与不变，追新还是守旧，渗透在一切社会话题之中，是士大夫必须面对的选择，于是，他们的诗歌中也充斥着"新""旧"之争的基调。

这一时期的蒙古族诗人有延清、三多、崇彝、恒焜、衡瑞、瑞洵、升允，以及来自藩部蒙古的旺都特那木济勒、贡桑诺尔布。其中又以延清、三多最具代表性，他们诗名更盛，作品影响广泛，是提及晚清诗坛不能忽视的存在。如果说柏葰、瑞常的创作和咸丰危局保持了一种若即若离的关系，那么到清末民初，延清、三多等蒙古族诗人的创作已是完全随朝局起舞，他们的命运和国家的命运紧紧捆绑在一起。当时社会新思潮涌动，新的媒介技术开始普及，他们的诗歌传播或多或少都受到了新媒介时代的影响。但是，从总体上看，包括蒙古族诗人在内的八旗诗人对新媒介——报刊兴趣不大，他们的传播选择是避"新"守"旧"的。

---

① 参见钱穆《国史大纲》，商务印书馆1996年版，第893—895页。
② 葛兆光：《中国思想史》（第二卷），复旦大学出版社2015年版，第474页。

第一节 避"新":新媒介时代蒙古族诗人的离场

前文曾论及,道咸同时期诗歌已无法为获得仕途权力提供帮助,它的作用更多表现在维持仕途人际往来。而到了光宣时期,这样的联系也在逐渐瓦解,诗、仕最终走向分离。光宣时期朝廷重臣之中,唯有张之洞还在诗坛占有一席之地,但也很难说他引领了光宣诗坛的风气,后人论及这一时期的代表诗人,罕有他的名字。他的幕府之中常有雅集活动,但其意义更多的是表现在彰显文人风雅生活趣味。陈衍的诗歌从未得到张之洞赞誉,陈衍也未被重用,这至少表明,张之洞用人的标准里,诗才并不重要,陈三立、郑孝胥等被张之洞推举的诗人,更可能是因新政方面的才华得到张之洞青睐。同时,朝廷一直在探索新的教育、选拔人才的方式,至光绪三十一年(1905)废除科举取士,诗歌和仕途的关系彻底分离。诗对仕的影响微乎其微,将仕之权力转移至诗歌场域的意义也不大。诗和仕之间插入了一个新的"变量"——"新"。能跟上新政的官员更容易获得仕途机遇,能跟上新潮流的诗人、诗歌更容易形成影响力。同光体和诗界革命,看似是文学界的新旧之争,但其实他们在文学传播方面都是向新而动的。

时至光宣,报纸已成为社会生活中常见的信息传播载体,它是文人传播文学作品的重要渠道。彼时诗坛主要诗人都是报纸的常客,梁启超诗界革命的主要阵地是《清议报》《新民丛报》,陈衍等同光体诗人亦以《东方杂志》为大本营,樊增祥为《北平画报》题写刊头,并将作品刊布于上。可以说,近代著名诗人同时也是媒体名人。然而彼时的蒙古族诗人,除三多外,都没有使用报纸这一传播工具,甚至在整个八旗诗人群体中都罕有使用者,他们避开了新媒介,固守着旧有的诗歌传播渠道——刊刻、交游酬唱。考虑到刊刻诗集的目的主要是保存,并不是为市场流通,所以近代蒙古族诗人传播诗歌的主要方式还是人际传播。在新媒介传播时代,八旗诗人处于离场状态。

甲午战争后,报纸在中国迅速发展起来,李彬总结:"从1815年第一张近代中文报刊问世到甲午战争爆发,中国出版的报刊总计73种,多数为传教士所办外报,而从1895年到1898年,3年里办报120种,国人自办报刊占4/5。"[①] 加之此前传教士在中国办的报纸,报业已呈欣欣向荣之

---

① 李彬:《中国新闻社会史》,上海交通大学出版社2007年版,第61页。

势。报刊在近代社会中发挥了深刻持久的影响,在这方面,学人已有充分论说,诸如报刊影响了近代文学的转型①,影响了近代知识转型②,等等。报纸作为一个新的传播媒介,必然对内容产生新的要求。哈罗德·伊尼斯认为,根据传播媒介的特征,某种媒介可能更加适合知识在时间上的纵向传播,而不是适合知识在空间中的横向传播,尤其是该媒介笨重而耐久,不适合运输的时候;它也可能更加适合知识在空间中的横向传播,而不是适合知识在时间上的纵向传播,尤其是该媒介轻巧而便于运输的时候。③ 由此也可以区别书籍和报刊。报刊是定期连续出版物,"以印刷机为中心的知识垄断结束了人们对空间的执着,结束了对连续性和时间问题的忽视"④。晚清变局之中,新思想层出不穷,新变化应接不暇,"新"本身就意味着对时间的重视超过了空间,而报刊完美地匹配了"新"的传播。最流行的就是最适合报刊的,是报刊愿意传播的,所以"新"不仅意味着时间近,还意味着内容新,是容易吸引受众目光具有话题性的。晚清成为报纸常客的诗人几乎都能制造或者追随具有话题性的诗坛事件,然而几乎没有八旗诗人参与到这些诗坛事件中。

当时诗坛最具话题性的莫过于诗界革命与同光体的争论。光绪二十五年(1899)梁启超在去往夏威夷的船上提出"诗界革命","欲为诗界之哥伦布、玛赛郎,不可不备三长,第一要新意境,第二要新语句,而又须以古人之风格入之,然后成其为诗。"⑤ 他在《饮冰室诗话》中对大量符合其诗学思想的诗人作品进行品评,扩大了诗界革命的影响力。梁启超看重诗歌在政治变革与思想启蒙中的作用,诗界革命亦为其政治思想服务,所以梁启超肯定黄遵宪的《军歌二十四章》《小学校学生相和歌》等浅近直白的创作,他说:"读此诗而不起舞者必非男子。"⑥ 历代诗论,未有以"读之起舞"为标准,但时代变革之际,梁启超的诗论推陈出新,开始重视诗歌面向大众的启迪作用。包括诗歌在内的各类文学体裁都需要迎合普

---

① 代表性著作有张天星《报刊与中国文学的近代转型(1833—1911)》,复旦大学出版社2015年版。
② 代表性论文有黄旦《媒介变革视野中的近代中国知识转型》,《中国社会科学》2019年第1期。
③ [加]哈罗德·伊尼斯:《传播的偏向》,何道宽译,中国人民大学出版社2003年版,第27页。
④ [加]哈罗德·伊尼斯《传播的偏向》,何道宽译,第48页。
⑤ 梁启超:《梁启超全集》第四卷,《夏威夷游记》,北京出版社1999年版,第1219页。
⑥ 梁启超:《梁启超全集》第十八卷,第5321页。

罗大众的接受力，于是简单通俗又震耳发聩的风格开始借助报纸这个大众文化的传播载体，焕发出生命力。《饮冰室诗话》最初就是连载在《新民丛报》第4—95期。不只是梁启超主办的《清议报》《新民丛报》，就是《申报》也刊载了大量新意境、新语句的诗歌。

与诗界革命相对的是坚持"旧"诗歌的"同光体"，诗人大致分为闽派、浙派和赣派，郑孝胥、沈曾植、陈三立是各派代表诗人，陈衍则是诗学理论大家。同光体主张宗宋，但也强调吸取唐宋之长。从这一点来说，陈衍的诗论和梁启超的诗论其实都体现出了功利性、实用性的色彩，梁启超利用诗论宣传政治思想，体现的是为政治服务的功利性，而陈衍试图为传统诗学找到出路，面对各种"新学"思想的冲击，抱守"宗唐"或"宗宋"已难适应变局，所以将唐宋合二为一是传统诗学的新变，也是总结，体现的是为文学服务的功利性。从传统文化中寻求诗歌的支撑点，和从西学中寻找诗歌的创新点，是甲午以后陈衍、梁启超等人为挽救诗歌所做出的努力，以旧翻新或是以新革旧，都是要摒弃诗坛之弊。同光体在近代诗坛影响巨大，其代表诗人是诗坛巨子，他们自然而然是报刊追逐的对象。陈衍的《石遗室诗话》最初也是刊载在《庸言》《东方杂志》。虽然同光体的诗歌主张是旧的，但他们具有足够的话题性，因此报纸也是他们的主要传播阵地。

著名诗人的创作，或是普通诗人跟上潮流的创作，都具有在报刊上传播的价值。但是彼时蒙古族诗人并没有跟上诗坛潮流，即使是三多、延清也对诗界革命、同光体兴趣不大。其他诗人更是完全没有呼应诗坛主流声音。在崇彝、恒焜①、衡瑞②、瑞洵③、升允、旺都特那木济勒、贡桑诺尔布④等诗人的诗集中，写景述怀是主要题材，书写范围限定在个体空间之内，他们对诗坛兴趣不大，因此就没有必要利用报纸进行诗歌传播。由于无法和诗坛形成呼应，报人也很难将目光投向这些蒙古族诗人的作品。如

---

① 恒焜，字舒翘，今存《膡鹤诗存选刻》一卷光绪九年（1883）刻本，《笠村山房诗草续钞》一卷光绪钞本。
② 衡瑞，倭仁之孙，字辑五，号又新，今存《寿芝仙馆诗存》一卷，1913年石印本。
③ 瑞洵（1858—1936），字信夫，号景苏，晚自号天乞居士，博尔济吉特氏，满洲正黄旗人，琦善之孙。历官国子监司业、侍讲学士、科布多参赞大臣等。今存《犬羊集》一卷续编一卷，日本铃木吉武编次。
④ 贡桑诺尔布（1872—1931），字乐亭，号夔庵，旺都特那木济勒长子，袭札萨克亲王，兼卓索图盟盟长。有《夔庵诗词集》。

若没有跟上新潮流，诗歌就成为一个群体的内部对话，呈封闭状态，既无法为仕途提供助力，也不能打开读者市场，吸引大众的注意力。从整体上看，晚近八旗诗人的诗歌传播行为都是在群体内部发生的，他们成为新媒介时代的离场者。

第二节 守"旧"：蒙古族诗人对固有传播策略的坚持

生活在光宣时期的蒙古族诗人，进入民国后以遗民自居，精神世界弥漫着对过去的哀思，他们想要表达，也渴望分享。他们对以报纸为代表的新媒介兴趣不大，对酬唱、结社、雅集、题画、辑诗等传统诗歌传播方式更为青睐。他们寻求的是与特定读者的互动，而非面向大众的展示。

酬唱是晚清蒙古族诗人传播诗歌的主要方式，每位诗人或多或少都留下了相关作品，其中，崇彝是在京师文化圈中较为活跃的诗人，其诗集《选学斋诗存》四卷中超半数是反映与人交往的作品，所以他的酬唱也较为频繁，唱和对象主要是文化界名流，包括汪子贤[1]、郭曾炘[2]、祝鸿元[3]、曾习经[4]、袁励准[5]、朱文钧[6]、三多、靳志[7]、溥心畬[8]、张尔田[9]、方尔谦[10]、郭则沄[11]等人。辛亥革命以后，崇彝的酬唱主题就是诉说对前清的哀思，"滔滔江汉东流去，寂寂河山夕照催"（《辛亥除夕守岁和

---

[1] 汪子贤（？—1922），字述祖，号林甫，徽州人，光绪二十年（1894）进士，民国时返乡归隐。著有《余园诗稿》。
[2] 郭曾炘（1855—1928），字春榆，号匏庵，官至礼部侍郎，《清史稿》总纂，著有《匏庵诗存》。
[3] 祝鸿元，字竹言，著名书法家。
[4] 曾习经（1867—1926），又名曾刚甫，号蛰庵居士，光绪十六年（1890）进士，历官度支部左丞，大清银行监督等，有诗名。
[5] 袁励准（1877—1935），字珏生，号中州，光绪二十四年（1898）进士，民国后任清史馆编纂。擅书法、诗文。
[6] 朱文钧，字幼平，清监生，毕业于英国牛津大学，著名收藏家。
[7] 靳志（1877—1969），字仲云，号居易斋，擅书法。
[8] 溥儒（1896—1963），字心畬，恭亲王后裔，擅书画、诗文。
[9] 张尔田（1874—1945），字孟劬，号遁庵，擅诗词。
[10] 方尔谦（1871—1936），字地山，工联语，长于诗词。
[11] 郭则沄（1882—1946），字蛰云，号啸麓，光绪二十九年（1903）进士，是京师诗坛领袖之一。以龙顾山人为名编纂了《十朝诗乘》，此外还有《龙顾山房全集》《清词玉屑》等作品集。

汪余园立春韵》)①。他常常和朋友回忆从前的经历,如《赠祝仲梁民部骏元》一诗就回忆了他和梁骏元初次见面是在庚子之乱,"忆昔离乱初,逢君长安市";或者回忆从前生活的空间,如《壬子二月重过旧署凄然有感赋赠余园》所云:"依然孤月照藤厅,劫后还余短髯青"。这样的对话是私人的,需要在生活轨迹高度重合的两个人中展开,因此酬唱就很符合诗人的传播目的。

  如果说崇彝在哀悼清王朝的"不幸",瑞洵则在愤慨清王朝的"不争"。光绪三十年(1904)十月,他在科布多参赞大臣任上被解职,在《察哈尔军台被逮入居庸关题壁》一诗中,他说是因为学洪亮吉上书言事被下狱,加之科布多帮办大臣英秀有意陷害,结果被发配新疆。此后他的酬唱都充满了抱怨、愤怒,他向人诉说命运的不公,"滥竽在昔曾陈列,微管于今幸脱囚"(《赠赘叟》)②,"老骥有心仍伏枥,蕉桐谁识竟焚琴"(《赠潘少泉先生》),这其实也是在表达对朝政的不满,朝臣滥竽充数,无人识得英才。辛亥革命以后,瑞洵常常在感慨壮志难酬,"年来世事渺秋毫,忍辱偷生已二毛"(《九日广济寺现明长老约集寂照堂拈七字为韵各赋诗》),他曾说"投笔封侯志未成,武夫原不以诗名"(《天城欲刊余旧诗残稿辞之不获赋此见意》),他本对诗歌创作兴趣不大,被降职后才开始写诗,录为《犬羊集》,"犬羊"是任人宰割的,无法主宰自己的命运,可见瑞洵心中愤懑难抒才产生了创作冲动,这种情绪贯穿诗集始终,这也导致他的传播行为单一化,仅是通过酬唱宣泄愤懑。

  瑞洵虽被解职,但社会影响不大,相比之下,处于舆论漩涡之中的升允通过诗歌传播了更为极端的负面情绪。辛亥革命后,升允一度远走日本,与当地文人酬唱,说自己"举世不相谅,灵均恨并深"(《宫岛咏士招饮即席赋答原韵》)③,"逆旅思客归,中原不系舟"(《大风雨与咏士联句》)。升允坚持拥护清室,逆时代潮流而动,舆论对其讥讽怒骂。报纸是舆论的主要阵地,因此现实状况也决定了升允无法在报纸上传播自己的内心感受,只能和特定的读者分享。对于崇彝、瑞洵、升允等人来说,

---

① 崇彝:《选学斋诗存》卷一,光绪刻本。以下崇彝作品皆出于此集,不再另注。
② 瑞洵:《犬羊集》,《清代诗文集汇编》第787册,第665页。瑞洵诗歌均出于此处,以下不再另注。
③ 升允:《东海吟》,《清代诗文集汇编》第787册,第210页。升允诗歌均出于此处,以下不再另注。

酬唱都是最能满足他们情感需要的传播方式。

除酬唱外，雅集依然是诗人钟爱的群体活动。崇彝与友人频繁组织雅集，以群体的方式诉说悲痛，直到 1934 年，依然有"掩面桂林悲国殇"（《甲戌开岁六日张修府招饮只斋作消寒第四集席间出钱蒙叟文稿卷属题》）之句。1935 年崇彝创作了《溥心畬招赏邸园海棠分韵得万字》《萃锦园赏花分韵得人字》，1936 年又有《闰重三萃锦园展禊分韵拈得带字广其意为赋长句》，可见直到 20 世纪 30 年代，传统雅集活动依然频繁。杨锺羲在为崇彝诗集写的序文中，提到他们最初相识于蛰园诗社，蛰园诗社是 20 世纪 20 年代著名的大型诗社，由郭则沄创立，旗人之中三多、成多禄都是诗社成员，与崇彝来往的文士同时也是诗社成员，三多同时还是聊园词社、潇鸣社成员，可见彼时京师文人之间的交往相当紧密。报纸上有"诗界革命""同光体"，现实社会中通过结社形成的诗人团体同样不可小觑，他们各有主张，也在诗坛拥有一定的话语权。瑞洵和升允对于诗歌创作的热情不高，他们留下的作品不多，且都是在抒发特定时期的一段心路历程，即使如此，他们也曾主动进入过群体性诗歌传播的场合，用作品展现个人形象。瑞洵有《九日广济寺现明长老约集寂照堂拈七字为韵各赋诗》，升允参加过在日本的雅集，见于《清和既望深田主人宴客适园牡丹方谢芍药初开即席赋诗以志佳会》一诗。

进入民国后，辑诗再一次得到了八旗诗人的重视。延清主持编纂了《遗逸清音集》，专选在世八旗诗人作品，计四卷，收 110 位诗人诗歌 1112 首[1]，意在延续《熙朝雅颂集》。朱寯瀛在此书序中提到编纂诗集是当时一些文人的共同想法，推举延清为总纂，延清谦让后允任。诗集编成后，也是众位友人出资刊出，可见遗老对这部诗集的推崇。延清出身八旗蒙古，旗人作为一个族群，其认同在太平天国后就逐步瓦解。[2] 至清亡，旗人的身份优势完全失去，每一个旗人都面临着心理冲击。他们怎么看待自己的群体呢？从旗人这个群体中还能获得什么呢？延清辑《遗逸清音集》便是对旗人心理危机的回应，他试图为后世保存一些旗人的荣誉。《苌楚斋四笔》评价："（延清）侍读专录八旗诸人，不仕他姓者之诗，成

---

[1] 张丽华：《〈遗逸清音集〉编纂缘起与成书过程探微》，《广播电视大学学报》2020 年第 2 期。

[2] 关于这方面的研究参见柯娇燕《孤军：满人一家三代与清帝国的终结》，陈兆肆译，人民出版社 2016 年版。

《遗逸清音集》四卷，丙辰秋仲排印本。虽意在欲续《熙朝雅颂集》，而亡国之音，哀以思矣。赵氏书云，可谓尽朋友责善之道，孔子所云益者三友，足以当之无愧色矣。"① 与延清思路一致的还有富察恩丰②和崇彝，富察恩丰编纂了《八旗丛书》，崇彝在《江亭晚集送王卓声闻长出守延安》一诗中说："话到诗龛系梦魂"，并解释："时与恩席臣搜辑八旗名贤诗集，有续选《熙朝雅颂集》之约。"③ 可见他二人也有编纂诗集之意，惜未成矣。

总体来看，八旗诗人普遍都更看重旧有的诗歌传播方式，避"新"守"旧"，这一方面是因为他们对新媒介时代的来临不够敏感，另一方面，旧有的传播方式完全满足了他们的传播需求。他们没有跟上新媒介潮流，这限制了他们的知名度和影响力。但是从这些诗人的立场来看，他们也没有与报刊传播相对应的传播动机。比起让大众知晓他们的声名，强化士人之间的"共有"关系是他们更为看重的传播目的。

第三节 "共有"之维护：避"新"守"旧"的目的及动因

进入民国之后，蒙古族诗人的交游作品普遍都在回忆，而回忆与叙述是相辅相成的存在，"有许多事情，我们对它们有多少回忆，取决于我们有多少机会对别人叙述它们"④。回忆是重要的，酬唱雅集就是重要的，而回忆之所以重要，是因为它是群体曾"共有"一个时代的直接证据，是群体内认同感产生的源泉，如阿斯曼所说："我们将关于社会归属性的意识称为'集体的认同'，它建立在成员分有共同的知识体系和共同记忆的基础之上。"⑤ 共同的知识体系和记忆就是主体之间所"共有"的，它可以产生认同。蒙古族诗人的共同知识体系是儒家文化，共同的记忆是身

---

① 刘声木：《苌楚斋随笔续笔三笔四笔五笔》，中华书局1998年版，第806页。
② 富察恩丰，字席臣，光绪庚寅恩科（1890）进士，历官总理衙门章京，外务部员外郎，民国时期任税务处委员。
③ 崇彝：《选学斋诗存》卷一，光绪刻本。
④ [德] 韦尔策编：《社会记忆：历史、回忆、传承》，季斌等译，北京大学出版社2007年版，第60页。
⑤ [德] 扬·阿斯曼：《文化记忆：早期高级文化中的文字、回忆和政治身份》，金寿福、黄晓晨译，北京大学出版社2015年版，第144页。

为官员对政治生活的记忆以及身为诗人对文化生活的记忆，简而言之，他们将自身归为士人群体，追求的是士之"共有"关系。而主体之间的"共有"关系是需要维护与传承的，酬唱雅集这类旧有传播方式同时调用了共同知识体系与记忆，非常有效地维护了"共有"关系。这种维护具体表现在两个方面。

一方面，八旗蒙古诗人通过酬唱强化了共有记忆。当时选择成为遗老的人，个体追求相似，他们成为"新"的社会空间中一个"旧"群体，于是他们构造了一个属于自己的场域，为其提供身份认同、满足情感需要，共有记忆是这个场域的主要支柱。如阿斯曼所言："集体记忆的时空概念与相应群体的各种社会交往模式处于一种充盈着情感和价值观的共生关系中。"[①] 遗老交游唱和，不断追忆从前，强化属于旧的社会空间的意象，正是通过群体维系对传统社会的情感，保持旧有文化的价值意义，寻找社会认同。延清在民国时期创作的《锦官堂诗续集》中有大量的生日酬唱，崇彝诗集中也有许多这类作品，遗老们似乎很喜欢过生日，张英麟八十寿辰，延清妻子七十寿辰，王振声七十六岁寿辰，朱寯瀛七十三岁寿辰、王寿民七十寿辰、吴重熹八十寿辰、严邦寯八十寿辰、赵光荣七十寿辰等都是延清圈层中的唱和主题，生日本身就意味着对从前岁月的怀念，是记忆的再现与传播。延清也有《追怀往事寄呈海帆同年仍用前韵》等直白书写回忆的唱和作品。凡此种种都是在反复强化圈层内部的共有记忆。这种共有记忆是对从前经历的确认，瑞洵在《尺严先生约游园看菊》中说："欲问先朝祈谷典，灵坛香案感前尘。"诗人之间在谈论共同经历过的朝廷仪式。崇彝回忆："清要班会俦玉笋，联翩科早陟青云。公于丁酉戊戌联捷成进士。"（《题志地山太史戊戌殿试策后敬步自书原韵》）在清代取得功名是无上荣耀，而在民国，这样的荣耀也只能在唱和诗中得以确认。所以，共有记忆是沉重的，如瑞洵的"久别重逢今异代，不堪再话劫灰年"（《赠散原老人陈伯严同年》），"年年此会成虚掷，无限伤心对菊丛"（《九日广济寺现明长老约集寂照堂拈七字为韵各赋诗》），诗人完全无法摆脱对过去的怀念。无可奈何的悲伤在崇彝的诗中也有体现，他和友人说："莫话开天悲往事，樽前可有几人醒。"（《壬子二月重过旧署凄然有感赋赠余园》）

---

① ［德］扬·阿斯曼：《文化记忆：早期高级文化中的文字、回忆和政治身份》，金寿福、黄晓晨译，第32页。

地点、物品亦是承载共有记忆的媒介，崇彝的诗集中提到了崇效寺、极乐寺、大觉寺、觉生寺、北海、白云观等北京著名景观。这些常被文人书写的地点承载了深厚的文化记忆，更有助于遗老抒发时过境迁的感慨。这是回忆的空间化，阿斯曼解释各种类型的集体都倾向于将回忆空间化，即群体需要一些地点，这些地点不仅是各种交流的场所，也是他们身份与认同的象征，是他们回忆的线索。① 清代的京师文人普遍喜好在崇效寺唱和，所以崇效寺就是遗老回忆的线索，是身份与认同的象征。崇彝有诗云："缅怀承平日，朱王来唱酬。此树与枣花，自昔供吟讴。倭指二百载，岁月如传邮。而我坐楸阴，恍与前贤游。"（《咏崇效寺楸花分韵得楸字》）拥有悠久历史的雅集胜地崇效寺正是崇彝与"前贤"的桥梁，他们都属士人群体，兴趣爱好相似。所以，地点也在共同记忆的传播中扮演重要角色。和过去有关，才是遗民诗人兴趣所在。1920年，崇彝在《庚申小除日记一年所得书画偶成俳体一律》中提到罗聘的画、胡澍的篆刻、翁方纲诗集、法式善的"玉延秋馆图"，等等，这些旧的物品同样承载着文化记忆，它们是逝去的时代的见证。与当时"新"的社会文化相比，崇彝显然更在意和旧有文化之间的联系。无论是题画、题扇还是为各种文物题诗，崇彝都试图在诗歌中呈现出这些对象与过往的联系，如《题金寿门梅花古衲研拓本》的诗序云："此拓本有孙渊如、曾宾谷诗铭并冬心款。"可见，崇彝选择的是能和"前贤"建立联系的物品进行书写和传播。阿斯曼指出："作为回忆共同体而建立的社会群体主要从两方面来保存自己的过去：独特性和持久性。……所以群体在选取回忆内容及选择以何种角度对这些内容进行回忆时，其根据往往是（与集体的自我认识）是否相符、是否相似、是否构成连续性。"② 崇彝提到的人都生活在乾嘉盛世，对他们的回忆是在证明诗人所坚持的传统文化的价值，从而维护"集体的认同"。

另一方面，八旗蒙古诗人通过交游维系共有文化仪式。恽毓鼎的《澄斋日记》记录了遗老的日常生活：看书、创作，维持着从前的礼仪，例如正月初一向宣统皇帝行三跪九叩礼，至圣先师前行三跪九叩礼。③ 他

---

① ［德］扬·阿斯曼：《文化记忆：早期高级文化中的文字、回忆和政治身份》，金寿福、黄晓晨译，第31—32页。
② ［德］扬·阿斯曼：《文化记忆：早期高级文化中的文字、回忆和政治身份》，金寿福、黄晓晨译，第33页。
③ 恽毓鼎：《澄斋日记》，浙江古籍出版社2004年版，第578页。

们之间也常常聚会、看戏、赏画、品诗。恽毓鼎与延清同处一个交际圈，1912年12月19日，他们为苏东坡过生日，邀饮悦宾楼。另外，他们也试图在小范围维系从前社会景象，如恽毓鼎自豪表示："入吾门者闻南书房一片诵读声，犹是旧家气象，无不称为盛事。"①

酬唱本就是士人之间的一种仪式化交往方式，当唱和成为遗老的联系纽带，延清也放弃了他在民国不创作的誓言。1917年，延清时隔六年后再次开始写诗，1918年刊出了《锦官堂诗续集》，时年72岁。朱霭瀛写序，言明延清的诗集正是因唱和需要而成，"夏值其夫人同阅古稀，又济南张振老以耋寿乞诗，有藉而宣斯咏斯陶遂难自已，岁暮已积至百余首，半皆诗史续，举付印世乃复见铁君之诗矣"②。坚持这种文化仪式，就是在坚持对士人集体的认同。崇彝、三多都曾参加的蛰园诗社，更是继承传统雅集仪式的代表。王式通在为《蛰园击钵吟》写的序言中提到击钵雅集是闽中地区传统，嘉道以还流行于京城，蛰园诗社继承的便是这一传统。③ 道光年间，闽籍士人在京城结荔香诗社，作品辑为《击钵吟偶存》，杨庆琛在序中记载："道光甲申（1824）、乙酉（1825）间，诸同志聚晤都门度岁余，闲结阄诗社，……积既久，择其可咏者录而存之。题曰'击钵吟'，取铜钵催诗之义。软红尘中得此清课，亦晋安风雅之遗也。"④ 道光士人继承的是晋安风雅，清末士人更是一脉相承。蛰园诗社主持人郭则沄将成员作品先后辑为《蛰园击钵吟》《蛰园钵社第五十次大会诗选》《蛰园律集前后编》《蛰园律社春灯诗卷》等，可证诗社活动之频繁，成员之活跃。

遗老利用唱和诗记录彼此在文化传承方面的功绩，如崇彝在《答张孟劬岁除见寄即用原韵》中介绍张孟劬深于词律，著有《遁庵乐府》，还曾值清史馆，所撰后妃列传引据精详，足称良史。在《祝郭春榆宗伯七旬寿》中，崇彝评价郭春榆"侯官宗伯最卓越，释褐曾领中仪封"，唐时谓礼部郎官为中仪，可见让诗人留恋的是彼此旧时身份。郭春榆即郭曾炘，字春榆，号匏庵，官至礼部侍郎，崇彝在诗中肯定了他在庚子之役中的贡献，"心恫间阎定畿辅，志存柱石安江东"，赞扬他修史书维护传统，"馆开实录辟耆旧，十年著述余丹衷"，这些都是符合儒家文化标准的行

---

① 恽毓鼎：《澄斋日记》，浙江古籍出版社2004年版，第584页。
② 延清：《锦官堂诗续集》，《清代诗文集汇编》第765册，第13页。
③ 郭则沄辑：《蛰园击钵吟》，《清末民国旧体诗词结社文献汇编》第24册，国家图书馆出版社2013年版，第249页。
④ 曾元海：《击钵吟偶存》，道光二十五年（1845）刊本。

为，所以诗人共有文化仪式的核心正是士之精神。

八旗蒙古诗人在酬唱雅集中反复调用共有知识体系和记忆证明了他们与前辈一样共有士之身份，对这种"共有"的维护，是他们身为遗老的自觉。他们用传统的诗歌传播方式维护"共有"关系，避"新"守"旧"的传播选择就是为了延续对士人集体及传统文化的认同感。而究其原因，这与八旗诗人普遍面临的心理危机有关。

旗人作为职业军人是近代一系列战争的直接经历者，其内心感受不可谓不复杂，例如杭州驻防在咸丰十一年（1861）几乎全军覆没，殉城的旗人成为幸存者心中难以磨灭的伤痛。固噜铿①《闻杭州克复感赋》云：

胜地今仍旧，忠臣不复生。云旗红有影，春草绿无情。客馆魂千里，祠堂月五更。思乡眠不稳，愁听子规声。②

固噜铿是乍浦副都统杰纯之子，杰纯战死，王廷鼎说固噜铿突围，入都呈明全家死事状，赐袭骑都尉世职。③ 战争会过去，旗营在重建，但逝去的生命只能存续在生者的记忆中，与固噜铿有相同遭遇的旗人不在少数，凤瑞在《自号瓦全生》序中讲，在太平军和乍浦驻防的战斗中，他与兄麟瑞深夜诀别，兄长说："死易生难，愿我弟以全宗族为重。"④ 而后，兄长战死，凤瑞偕家眷流离避难，重归故里后，凤瑞悲叹："宁为玉碎不为瓦全，吾愧我兄多矣，因自号瓦全生，以志吾感云。"⑤ 一边怀念亲人，一边又必须面对生存状况的恶化，杭州旗人再难寻觅往日的安宁。随着清廷结束统治，旗人的生活进一步恶化，经济拮据，价值观瓦解。八旗诗人普遍感受到了心理危机，其诗歌不同程度上反映了他们对时代、社会、人生的种种迷茫。延清看到隆裕太后发布的退位诏书后，在《闻十二月二十五日钞报书愤二首用天字韵》一诗中记录了自己的震惊、愤怒以及无奈，"不幸衰龄逢鼎革，贰臣羞入史官篇"，"吾老矣，终为晋臣"⑥，所谓"晋臣"是士大夫价值观的展现，他认为在"新"的社会空

---

① 固噜铿，字画臣，蒙古正白旗人，官广西浔州知府。
② 潘衍桐编纂：《两浙輶轩续录》卷48，夏勇等整理，浙江古籍出版社2014年版，第3835页。
③ 潘衍桐编纂：《两浙輶轩续录》卷48，第3835页。
④ 凤瑞：《如如老人灰余诗草》，《清代诗文集汇编》第658册，第584页。
⑤ 凤瑞：《如如老人灰余诗草》，《清代诗文集汇编》第658册，第584页。
⑥ 延清：《前后三十六天诗》，《清代诗文集汇编》第765册，第217页。

间中，难以维系的不是旗人身份，而是他的士大夫身份。他不能成为"贰臣"，所以他回到私人生活中，固守或是怀念旧的社会空间。他决定不再作诗，并拒绝剪去发辫。① 除尴尬的身份外，旗人还普遍面临穷困潦倒的窘境，瑞洵在《赠熙鸿甫》一诗中记载："喜塔腊熙鸿甫世交也，昔为贵公子，今亦与走相若，既贫且贱，较胜者，尚谋砚田生活，不似走之惟耽诗酒，与屠沽伍，其志趣诚加人一等邪。"② 诗酒是诗人自我安慰的途径，也是诗人群体内部交往的桥梁，所以八旗诗人更加依赖与同为遗民身份的友人交游，利用酬唱构造自己的生活空间。

柯娇燕曾指出："随着1864年太平天国战争的结束，杭州旗营面临法律特权地位的丧失、生活水平的急剧下降，以及被北京清廷的抛弃。然而，在当时，族属身份的此疆彼界尚未完全泯灭。战时的暴力和损失，以及随后为救济嫠局和无家可归的旗人所进行的请愿活动，都强化了旗人之间的既有联系，并且在某些方面逼使他们铸造出一种新的共有关系。"③ 但是，从光宣八旗诗人的诗歌创作来看，所谓共有关系并不限于旗人之间，他们愿意与有共同生活背景的人交往，寻求的是对传统文化的认同、士人身份的认同，这才是共有关系的内涵，即诗人想要维系的是与传统士人的价值共有关系，这意味着他们属于传统时代，是传统文化的守护者。也因此，他们才有了避"新"守"旧"的传播选择，更偏爱传统的诗歌传播方式。

---

① 参见恽毓鼎《澄斋日记》，浙江古籍出版社2004年版，第651页。
② 瑞洵：《犬羊集》，《清代诗文集汇编》第787册，第669页。
③ ［美］柯娇燕：《孤军：满人一家三代与清帝国的终结》，陈兆肆译，人民出版社2016年版，第2页。

第十章

旧中缀新：延清的心态与诗歌传播行为

延清，巴哩克氏，字子澄，号小恬，一号梓臣，道光二十六年（1846）生，京口驻防，系蒙古镶白旗人。癸酉（1873）江南乡试举人，次年会试连捷进士，殿试二甲七十四名。世居江苏镇江府城内将军巷。① 从延清诗集来看，他又号铁君，晚号搁笔老人。延清是晚清具有代表性的八旗诗人，他的创作在当时具有相当影响力。但是在仕途方面，他却不算顺遂。

延清中进士时29岁（同治十三年，1874），根据《清代官员履历档案全编》，他进入仕途后一直在工部以主事用，光绪二十八年（1902）补授郎中，因恭办回銮事宜保俟得道员后赏加二品衔，但这只是一个荣誉，没有实际权力，光绪三十年（1904）四月补授翰林院侍读。② 延清描述自己这一生，"鲍系冬曹廿载过，清于甲戌科籤分工部迄今已历二十四年，编书聊以慰蹉跎"（《蝶史告成率题二律志感》）③。此外他还在实录馆、校勘处、会典馆兼职，其文笔才华确有过人之处，这为他成为词臣奠定了基础。延清的仕途不算通达，也因此，他始终以一个旁观者的角色和心态审视朝局走向。

第一节 理性的观察者：延清的传播心态

延清没有视"维新""变革"为灵丹妙药，相对而言他的政治态度是

---

① 参见顾廷龙编《清代硃卷集成》第36册，成文出版社1992年版，第393页。
② 秦国经等编：《清代官员履历档案全编》第7册，华东师范大学出版社1997年版，第353—354页。
③ 延清：《来蝶轩诗》，《清代诗文集汇编》第765册，第82页。

守旧的，但这并不意味着他与社会脱节，或者一味排斥变革，他旁观着社会的变化，用理性的观察者心态发表声音，有些被动的迎接着"新"的到来。

延清的仕途表现一般，他没有机会实践治世的理想，而彼时治世之道，也非他所愿，他选择了旁观，观察者心态驱使他成为一个文学记录者，他的诗歌因纪实性而广受认可。对晚清重要事件的记录是延清诗集的一大特色，正是因为《庚子都门纪事诗》《奉使车臣汗记程诗》，他备受赞誉。而通过这些记录，可以明显看出他的社会观察者心态，他对时事有一种敏感性，并且愿意就事论事发表独立意见，这是他很多诗歌作品的创作动机。延清的观察是颇有见地的，相较于其他诗人的创作，延清常常能够站在较为客观的立场或是以更广阔的视角审视时局。他不是一味迎合，也不是盲目反抗，他是一个理性的社会观察者。

在战乱连年的年代，一个社会观察者必须要对战争给予关注，延清的作品就表现出对战争的敏感。延清诗集中第一个记录的战争是甲午战争，其《暮春感事诗四首用京江耆旧集王辰南寿潘南村五十初度韵》（其四）云：

> 榆关络绎递军书，筹画终嫌术太疏。不惜版图捐绣壤，犹闻烽火逼毡庐。虎狼难厌忧贻敌，鹬蚌相持利在渔。仰视苍苍搔首问，天生柱石竟何如。①

整首诗都表现了一种理性的基调。失败是"筹画终嫌术太疏"，割地赔款也无法换得真正的和平，"犹闻烽火逼毡庐"，而且清政府处在各国争相侵略的境地中，"鹬蚌相持利在渔"，只会进一步加深危机。他有些悲观地认为朝廷很难找到正确的出路，他的判断是准确的。之所以说这样的评价是冷静理性的，是因为当时舆论普遍偏向急躁——急躁的指责、急躁的献策。光绪二十六年（1900）《新民丛报》在一篇题为《军国民篇》的评论中说："甲午一役以后，中国人士不欲为亡国之民者，群起以呼啸斗号，发鼓击钲，震撼大地。或主张变法自强之议，或吹煽开习之说，或立危词以警国民之心，或故自尊大，以鼓舞国民之志。"② 这是对此前报

---

① 延清：《锦官堂诗草五十述怀》，《清代诗文集汇编》第765册，第1页。
② 《新民丛报》1900年第9期。

纸舆论的总结。除了报纸，笔记、日记也是文人表达看法的重要途径，与报纸不同的是，文人笔记多将目光投向李鸿章、翁同龢等焦点人物。同情李鸿章者有之，刘禺生判断："故甲午之事，始于袁世凯，成于张季直，而主之者翁同龢也。李鸿章力言不可开衅，为举朝所诃，只军机大臣孙毓汶，始终不主战，以鸿章为有见地。"①《清代野记》《梦蕉亭杂记》的作者也表达了类似看法。② 指责李鸿章者有之，郭则沄记载，李道衡《游日本》一诗中有"恨我此生偏姓李，春帆楼下最伤心"之句，颇为人传诵。③ 春帆楼是《马关条约》签订之处，诗人以和李鸿章同姓而感到耻辱。也有人秉持中立，陈衍云："甲午之役，全由帝、后两党争权争意见，主战者冒昧不更事，异议者坐观其败以为快。"④《苌楚斋四笔》也有类似记录。⑤ 甲午战争亦反映在诗歌之中。⑥ 八旗诗人中，毓俊⑦写有多首相关作品，其《从军行》有"蕞尔小国敢跳梁，虏将自恃兵坚强""自古擒贼先擒王，杀尽丑类开边疆"⑧之说，反映的是开战前士人的普遍心态，战败后，诗人"自恨浅才甘暴弃，未能击楫誓中流"（《感事十首》），是浓浓的失落与悲哀，"天下无人障江河，天下无人雪国耻"（《除夕放歌》）。割地赔款更是让诗人不能容忍，"不知南宋事，可以鉴前车"，他大声疾呼："上言斩祸首，下言诛貔貅。"（《四月十日同人诣谏院乞代上封事恭纪》）与这些记录相比，延清的评价较少强烈的感情色彩，他没有将失败的原因简单归于谁，也不认为通过什么方法就能有效地改变时局，所以说他的诗反映的是一个理性社会观察家的思考。

光绪三十一年（1905）二月，延清又将目光投向了日俄战争，他写"金汤职守名将革，涂炭生灵命似丝。前数年外间即传有改东三省为行省之说，自日俄构衅以来，凡在战地内居民无不失业苦楚，万分殆难言

---

① 刘禺生：《世载堂杂忆》，钱实甫点校，中华书局1960年版，第105页。
② 张祖翼：《清代野记》，中华书局2007年版，第42—43页。陈夔龙：《梦蕉亭杂记》，世界知识出版社2007年版，第20页。
③ 龙顾山人：《十朝诗乘》，卞孝萱等点校，福建人民出版社2000年版，第926页。
④ 陈衍：《石遗室诗话》，人民文学出版社2004年版，第110页。
⑤ 刘声木：《苌楚斋随笔续笔三笔四笔五笔》，中华书局1998年版，第822页。
⑥ 阿英编《甲午中日战争文学集》（中华书局1958年）选录了诗歌，关爱和有《甲午之诗与诗中甲午》，《文学遗产》2014年第4期。
⑦ 毓俊，颜札氏，字赞臣，号友松山人。
⑧ 毓俊：《友松吟馆诗钞》，《清代诗文集汇编》第768册，第828—829页。以下引诗均出自此处，不再另注。

状。""满目疮痍中立守，不知谁黠与谁痴。奉天省城内难民数万人，振抚非易。"(《六十感怀七律十四首》其六)① 他关注的是战争带来的直接后果——失业苦楚、难民无数，而"振抚非易"一则指出乱局短时间难以平复，百姓的苦难还将持续，二也点出了朝廷当时的困顿，面对破碎的山河、受苦的百姓，"振抚非易"。其冷静客观的观察者姿态显露无遗。而经历了晚清一系列灾难的文人，此时在书写战争时，往往呈现的是更为激进的情感。在新学影响下，他们甚至直白地表达对皇权的愤怒。陈衍在《石遗室诗话》中提到太仓黄玉儒有《春绿山房诗集》，其《日俄协约》大声疾呼："一纸七雄均势破，八旗十帝老巢危。"② 《十朝诗乘》也选录了描写日俄战争的作品，张贞午《冤家》有句云："战祸滔天完卯难，不疑俄奸即日奸。我来但隔一墙宿，夜闻鬼语摧心肝。"③ 两相比较，可以看出延清的观察始终带着一种距离，冷静克制地表达意见。

除了外交，延清也为内政忧虑，"五岭负嵎投袂起，四郊增垒枕戈眠"(《六十感怀七律十四首》其七)，表达的是对广西兵事的关注。至于彼时热门的新政，他可以看到优点④，也注意到其中问题，例如"闻说理财能富国，债台高筑不忧穷"(《六十感怀七律十四首》其四)，流露出一种讽刺。延清一直认为挽救时局依靠的是"重臣"，即指李鸿章，"六国连兵遵约法，半山罢相误纷更"(《六十感怀七律十四首》其九)，半山是王安石，这里显然借指李鸿章，因为重臣离开导致乱局，重臣归来自然就能等到太平。此诗指庚子之变，浏览当时经历这场战乱的文人笔记、日记、诗歌，他们不约而同期待李鸿章返京。延清的看法是当时一种较为普遍的看法。但延清也明白，时局至此，大势已去，"五十九年时世改，岂徒变化在鲲溟""眼底沧桑浩劫更，维持何日睹休明"(《六十感怀七律十四首》其十) 朝廷本就乱象丛生，侵略者也不会停下步伐，太平岁月难以持久，一时的安稳不过是一场蝶梦。震钧感叹：

---

① 延清:《锦官堂诗草》,《清代诗文集汇编》第765册,第8页。《六十感怀七律十四首》皆出于此处,不再另注。
② 陈衍:《石遗室诗话》,第752页。
③ 龙顾山人:《十朝诗乘》,卞孝萱等点校,第1002页。
④ 延清的奏折《呈校邠庐抗议签语》中提到西学如算学、重学、视学、光学、化学等诚可采也。参见冯海霞《晚清蒙古族诗人延清的交游与诗歌创作》,《内蒙古大学学报》(哲学社会科学版) 2020年第5期。

> 吾族居京师者十二世。在我先之京师，我不得而知之矣。在我后之京师，盖有数变。庚申之役，通大沽，建使馆，而京师一变；戊辰随先大夫官江南，庚辰返京师，值甲申之役，空枢廷而逐之，左文而右武，而京师又一变；及甲午之役，割台湾、弃高丽，士竞新旧之争，人怀微管之惧，而京师又一变；逮庚子之役，六龙西狩，万民荡析，公卿逃于陪隶，华屋荡为邱墟，而京师又一变。此数变也，京师之为京师亦仅仅矣。①

对旗人而言，无论是生活空间还是精神空间，都面临着崩塌。延清选择以一个旁观者的立场，默默地看着坍塌的过程，他无能为力。而他的这种心态与成长经历以及仕途境遇是分不开的。

延清成长在咸同之际，经历了太平天国、捻军、第二次鸦片战争等战乱，由于缺少这一时期的诗歌作品，今已无法了解他对混乱的社会有何感想。在光绪三十一年（1905）创作的《六十感怀七律十四首》组诗中，他自注："余少孤，寄养于先姑丈文斗南公家，时发逆未平，侨寓江北樊川者十年。"（《六十感怀七律十四首》其十三）"孤"是由在异家异地生活造成的心理感受，无论是社会还是家庭，都没能带给他安全感。他在诗歌中反复提及这段寄养经历，可见直到老年，他都无法忘怀年少时的不安。这和柏葰、瑞常等成长在道光年间官宦世家的诗人形成鲜明对照，延清没有一个自然形成的能够带给他快乐、满足的个体空间，于是他致力于塑造这样的个体空间。个体空间既和社会空间接壤，也有着以自我感受为中心的一个边界。就像客观存在的"家"，它既是自然空间的一部分，也借由围墙框定出一个属于自己的边界。然而在战乱连年、朝政陷入泥沼的社会空间中，延清的追求显得异常艰难。

《锦官堂诗草五十述怀不分卷》录诗十首，作于光绪二十一年（1895），已经算是他较早的作品。在题为《五十述怀诗十首仿苏文忠公集归去来辞字并用原韵》的一组诗中，延清表现出的是一种矛盾迷茫，"独欣生帝世，何得话归田""去路迷何往，归途问不休"，"归"与"不归"难以抉择。他不满过去，"吾生悲既往，觉悟始知非"，也看不到未

---

① 震钧：《天咫偶闻》，北京古籍出版社1982年版，第224页。

来，"矫首观前路，孤云与鸟飞"①。本是"知天命"的年纪，却处处表达的是"不知"。内心的孤独、迷茫、不安很难被填补，儿时的困境，混乱的社会，瞬息万变的政局，似乎从哪个空间来看，延清都很难获得安全感或成就感。

延清在光绪二十年（1894）、二十三年（1897）、二十六年（1900）、二十九年（1903）四次列京察一等，但他却没有获得太好的发展机会，三十年（1904）官进侍读，已然让他颇感意外。朝廷政策不断向"新"调整，延清已不知如何跟上这变局。他说，丁酉（1897）年京察八旗宗室，满洲、蒙古、汉军部曹一等司员计共四十余人，内由进士出身者只刑部定成、锡恩，工部赵尔震加上他四人，定成时任张家口税差未回，初次引见仅圈出赵尔震和自己。② 这是难得的荣誉和机会，但在当时毫无意义，因为"人意分明厌甲科"（《蝶史告成率题二律志感》）③。延清的看法是："今之识时务者多有废弃时文之议，抑中扬外，无事不以西学为师，亦可慨矣。不知有治法，尤在有治人，彼坐而言者果皆能起而行乎？"④ 他引以为傲的学问，派不上用场。光绪三十一年（1905）《六十感怀七律十四首》（其二）中，他感叹："微观无补怅蹉跎，经济还应让特科。去年开经济特科，中外保荐应试者多至数百人，何其盛也。"⑤ 经济特科于光绪二十四年（1898）初设，不久被慈禧取缔，光绪二十七年（1901），慈禧又举经济特科，命各部、院堂官及各省督、抚、学政保荐，主要选拔洞达中外时务者。二十九年（1903），政务处议定考试之制，取一等九人，二等十八人。⑥ 但是这次选拔影响不大，《十朝诗乘》载："而特科所取二十七人，登用皆不优，庶常免散馆，主事免学习，外吏以原官用而已。"⑦ 时人对此颇多微词，《澄斋日记》载："闻经济特科登荐牍者，多阘茸之流，半系徇情且有以贿得者。大臣举措若此，徒变法制何济

---

① 延清：《锦官堂诗草五十述怀不分卷》，《清代诗文集汇编》765 册，第 1 页。《五十述怀》相关诗作皆出自此集，不另注。
② 延清：《来蝶轩诗》，《清代诗文集汇编》第 765 册，第 83 页。
③ 延清：《来蝶轩诗》，《清代诗文集汇编》第 765 册，第 83 页。延清的《来蝶轩诗》皆出于此集，不另注。
④ 延清：《来蝶轩诗》，《清代诗文集汇编》第 765 册，第 83 页。
⑤ 延清：《锦官堂诗草》，《清代诗文集汇编》第 765 册，第 6 页。
⑥ 赵尔巽：《清史稿》第 12 册卷 109，中华书局 1970 年版，第 3179 页。
⑦ 龙顾山人：《十朝诗乘》，卞孝萱等点校，福建人民出版社 2000 年版，第 1000 页。

乎?"① 《国闻备乘》也记载:"戊戌以后,两次开经济特科,一次保使才,一次开博学鸿词科,采虚声者十之二三,以私情相徇者十之七八,视科举茸阘尤甚。"② 在延清看来,"求若夔龙良弼少,化为猿鹤故人多"(《六十感怀七律十四首》其二),朝廷广开门庭选拔人才,但还是缺少辅弼良臣,而自己的至交好友或是隐逸或是死亡,包括他在内,已然远离了社会空间。个体空间的界限,是在与社会空间的接触中不断调整的。达则兼济天下,代表着个体空间对社会空间的融入,即个体在社会关系中发挥作用,努力在社会空间中寻求认同与满足,这时两个空间的界限就变得模糊;而穷则独善其身,则意味向着个体空间的回归,两个空间的界限也被强化。此前延清已经补授翰林院侍读,却仍然感觉与时代的距离越来越远,自己只能"一事衰翁差足乐,课孙窗下剔灯花"(《六十感怀七律十四首》其三),躲在了翰林院一方天地之中,"词馆优游岁序淹",期待"几时宦海可收帆"(《六十感怀七律十四首》其五)。

  光绪三十四年(1908)正月延清前往车臣汗部致祭,这是延清仕宦生涯中最后一件值得记录的事情。此次远行,是对社会空间的一次深度介入,他一路据见闻进行创作,集成《奉使车臣汗记程诗》。除描绘山水景物外,他一如既往地延续了对社会的冷静思考,在诗集篇首的题辞中,徐琪评价:"一片殷勤忧国意,好留水草牧牛羊。君窥及开荒之弊,溢于言外,忧国之深,益增叹服。"③ 总体上看,此次出使塞外,延清的心境是阔达的,例如住在蒙古包里,他感受的是"安乐行窝吾借此,毡庐任尔漫呼穹"(《蒙古包》)④。也对新鲜事物怀有憧憬之心,如"铸铁期成路,行将聚六州"(《春寒用宝文靖公诗韵》),当时张垣正在兴修铁路。而此时据清廷覆亡仅剩三年时间,在他有可能转变观察者心态,在仕途有所作为之时,清廷退出了历史舞台,延清的"宦海"突然"收帆"了,他和时代的距离越来越远。综合延清一生经历,除了站在一个旁观者的立场上观察,延清似乎也很难找到其他融入时局的方式。因此,他的诗歌作品常常表现出一种冷静、理性。

---

① 恽毓鼎:《澄斋日记》,浙江古籍出版社 2004 年版,第 163 页。
② 胡思敬:《国闻备乘》,中华书局 2007 年版,第 140 页。
③ 徐琪:《奉使车臣汗记程诗题辞》,《奉使车臣汗记程诗》,《清代诗文集汇编》第 765 册,第 88 页。
④ 延清:《奉使车臣汗记程诗》,《清代诗文集汇编》第 765 册,第 103 页。以下属《奉使车臣汗记程诗》的作品皆出于此处,不再另注。

第二节 纪实型传播：典型事件与延清的传播行为

身为朝廷官员，面对社会事件，延清无能为力，只能被动观察。而将社会事件作为书写对象，延清则主动构造了属于自己的诗歌世界。从这一层面来看，观察者心态使他成为时局的被动接受者，同时也成为事件的主动传播者，他利用诗歌记录观察结果，并与人交换心得感受。延清非常重视酬唱，《锦官堂诗续集》《来蝶轩诗》《庚子都门纪事诗》《前后三十六天诗合编》等几个诗集中大部分都是交游唱和诗，如《锦官堂诗续集》中仅有三首是非唱和诗。处在光宣之际纷乱的社会背景之中，延清的酬唱具备了公共讨论的性质，唱和主题兼具公共性。延清写下大量纪实性作品，并与同道中人就社会观察展开交流，这就使得他们的酬唱由私人情感沟通转向了公共讨论，进而反映了公共利益。这一特点集中反映在延清对庚子事变的书写与讨论中。

庚子事变是文学史上具有代表性的典型事件，它的"典型"在于它是"日常生活的断裂"，"表现出在场显现的极致状态，能够体现诗歌创作与历史演进的契合，体现诗人这'一类人'与社会的本质关系"[①]。《庚子都门纪事诗》就是历史演进的见证，它体现了延清作为一个诗人对社会的责任感，所以它具有跨越时空的传播力量。《庚子都门纪事诗》共六卷，每一卷皆单独命名，分别是"虎口集""鸿毛集""蛇足集""鲂尾集""豹皮集""狐腋集"。延清以一个诗人的笔触结合冷静、理性的观察者视角进行写作，给感性的诗歌注入了理性的思考，这成为他创作的一大特色，他是一个"纪实"诗人，由此他在晚清诗坛占有了一席之地。"纪事"一词本就蕴含了观察者的立场，整组诗最有价值的地方不在于诗歌审美，而在于纪实性。他的记录和当时其他文人的记录可以相互印证。

光绪二十六年（1900）四月中旬，北京城外就已经出现义和团的活动，四月十四日涞水事件后各国决定出兵干涉，这引起清廷的反感，遂由同意镇压义和团转变为支持。在几番外交斗争中，事态逐渐失控，各国态度蛮横，朝廷、清军和义和团的排外心理不断强化。五月十五日开始，北京城内涌入义和团，"未及岁童子尤多，均以大红粗布包头，正中掖藏关

---

① 罗时进：《基于典型事件的清代诗史建构》，《江海学刊》2020年第6期。

帝神马，大红粗布兜肚，穿于汗衫之外，黄裹腿，红布腿带，手执大刀长矛，腰刀宝剑等"①。延清的《纪事杂诗三十首》就从这一场景开始描述，那些被义和团认定是敌人的，"屋庐付赤焰，性命归青锋"，这让延清胆战心惊，他细致描绘了当时北京的状况，如王府也在设坛。最终，北京城岌岌可危，"无屋不掀破，有垣皆洞穿"。七月二十日，八国联军占领北京，随后慈禧西逃，"最苦莫甚于住户之房，洋兵蜂拥而入，将居人无论男女驱逐，合门财产并为洋人所占。由是有闭门自焚者，有全家身殉者，有被逐无处投依自尽者，有被污羞忿捐生者。死尸遍地，腐烂熏蒸，惨难寓目"②。延清悲叹："城亡殉社稷，国破余山河。"各国持续搜刮民财，地痞流民也趁乱抢劫，商户、富户、良民被洗劫一空，"铜山恣窃夺，金穴争搜爬"③。

在延清所有的作品集中，《庚子都门纪事诗》是最为畅销的，且影响也最大，这样的传播效果是基于事件本身的影响力实现的。罗时进专文论述了事件在建构诗史过程中的作用，他解释，"在诗歌史上人、事、作品是一个有机单元，而对人和作品发生影响的往往正是'事'；……一个诗人联系着一个时代，一部作品可以据以想象一个（或一些）重要事件。"④可见，诗人是事件的重要传播者，而诗人的传播之所以能够成功，亦是缘于事件本身具备的典型性、重大性，民众对其有强烈的获知欲望，它的公开传播是事件属性决定的必然结果。因此"正是这些事件成就了诗人，当他们登上诗歌高峰时，那些具体事件成为他们攀登的阶梯，而事件也成为人们理解诗人内心世界、考察诗史与社会历史关系的一个界标、一扇窗户"⑤。利用典型事件的公开性，诗人的传播更容易引起社会关注。在延清的交游圈中，友人最喜提及的也是《庚子都门纪事诗》，阔普通武、张宝森在《锦官堂七十二候试律诗》题诗及序中均提及《庚子都门纪事诗》，他们认为延清未离开北京是忠义之举。

---

① 仲芳氏：《庚子记事》，中国社会科学院近代史研究所近代史资料编辑室编《庚子记事》，中华书局 1978 年版，第 12 页。
② 仲芳氏：《庚子记事》，第 34 页。
③ 本段描写庚子事变的诗歌都出自延清《纪事杂诗三十首》，《庚子都门纪事诗》，《清代诗文集汇编》第 765 册，第 152 页。以下提及《庚子都门纪事诗》中各首，皆出自此集，不另注。
④ 罗时进：《基于典型事件的清代诗史建构》，《江海学刊》2020 年第 6 期。
⑤ 罗时进：《基于典型事件的清代诗史建构》，《江海学刊》2020 年第 6 期。

对典型事件的记录容易在社会中传播，而围绕典型事件形成的讨论又具有公共性。《庚子都门纪事诗》首先是通过人际传播在流传，诗集中存有相当数量的唱和诗，卷三"蛇足集"、卷四"魴尾集"以唱和诗为主，时间范围大体是从当年十月至年底除夕。经此大乱，诗人产生了迫切的议论表达需求，延清请友人看诗作，友人和韵与之对话，由此形成了公共讨论。延清写《秋日感事用少陵秋兴八首韵》，用《秋兴八首》之韵，是在特别强调他的创作背景与杜甫类似，都是战乱纷扰不断，所谓"河山真似一枰棋，著子全输信可悲"，这样的局势让诗人感慨万千，却也无可奈何，只有"兴怀家国无穷事，独立西风两泪垂"。随后有锡钧、世荣等7人和韵，就庚子时局展开讨论。锡钧①在和韵诗中写道，"不闻留守定围棋，仓猝捐躯益可悲"，上无善战良将，却徒有甘愿殉城之士；"儿戏如何当战功，村氓犹在梦乡中"②，战场一团乱麻，朝廷根本无法组织有效抵抗。世荣③的和韵诗沉痛记录"仅有沟渠填白骨，问谁霄汉捧丹心"，四处都是无辜的死难者，而能挽救时局的人还不知在哪里；"伤心今已成鱼肉，刀俎凭人且择肥"，诗人为朝廷的无能感到痛苦；他回顾了开国之初种种文韬武略，遗憾的是"而今美盛归消歇，无复当时鹓鸠班"，盛世终是一去不复返了。肃亲王善耆④也指责朝廷"攒三聚五似争棋，黑白难分太可悲"。此外还有容濬、彭年、葛英华、陆惠熙等人通过与延清和韵交换了对庚子事变的看法，他们普遍认为是朝廷决策失误导致战争，针对混乱局势表达了失望和痛苦，希望慈禧早日回京。他们的看法冷静客观，每个人的创作都能从不同角度审视庚子事变的来龙去脉，没有局限于激烈的情感宣泄，因此，这组唱和诗明显具有公共讨论的特点。而类似的讨论在《蛇足集》和《魴尾集》中并不鲜见，这种一唱众和的"讨论型"对话有：《夹竹桃限韵》有锡钧、善耆、葛英华等人和韵诗，《自遣用毓月华将军朗遣感诗韵》有毓朗、锡钧、善耆、葛英华等人和韵诗，《雪夜二首用偶遂亭见示诗韵》有善耆、毓朗、葛英华、曹福元⑤等人和韵诗等，

---

① 锡钧，字聘之，蒙古镶白旗人，官至翰林院学士。
② 锡钧的和诗附在延清《秋日感事用少陵秋兴八首韵》诗后，见于《庚子都门纪事诗》，《清代诗文集汇编》第765册，第165页。本段提及和韵诗均出自此处，不另注。
③ 世荣（1860—1929），字仁甫，号耀东，土默特氏，蒙古镶白旗人，累官国子监司业。
④ 爱新觉罗·善耆，字艾堂，号偶遂亭主人，肃亲王。
⑤ 曹福元（1857—1920），字邃翰，号再韩、邃庵。历任翰林院编修、河南布政使、河南巡抚等。

共计七次,其中规模较大的是《庚子除夕》,此诗后附锡钧、王振声等三人作品,延清又和自己的诗韵,随后又有七人再追随延清发声。惊心动魄的一年终于过去,诗人们劫后余生,在新春团圆之际难以抑制心中悲痛,互相交换对时局的感触。这些唱和活动都具有公共讨论的特点,参与者可以组成一个群体,就公共事件、公共利益展开多面向议论。

除人际传播外,《庚子都门纪事诗》还曾公开刻印出版,此集是延清作品中最为畅销的。《庚子都门纪事诗》六卷刻于光绪二十八年(1902),补一卷刻于宣统三年(1911)。张宝森《庚子都门纪事诗补叙》中说此集是"石印",石印在19世纪80年代传入,大多用来印刷流传较广的通俗小说。李恩绶说:"初印五百部,随手辄罄,今铁君因踵索者多,拟再付印以饷朋好。"① 在《庚子都门纪事诗补·鸡肋集》中,延清大致介绍了此集流传情况:初印五百部,南中同里马子昭都尉万选用石印本翻刻木板,延清筹措六七十金以补助之,故板存镇江,不时托印。钟琦官江苏藩司,以觅取此诗者多,即用此板排印,用赠朋好。钟琦升任山西巡抚,又印百部,携以见赠。② 延清在宣统三年(1911)再次补印此集。可以一印再印的往往是大诗人的作品,例如龚自珍、黄遵宪。③ 只要典型事件的影响力还在,对典型事件的记录就有传播价值。《庚子都门纪事诗》至今都会出现在相关的书籍文章中,足见它是延清最具代表性的作品集。

第三节 集纳式传播:文化事件与延清的传播行为

除《庚子都门纪事诗》外,《蝶仙小史》亦是延清的重要成就,与《庚子都门纪事诗》一样,他也常常向友人提及《蝶仙小史》,并且《蝶仙小史》一版再版,在当时也具有相当的知名度。清中叶以后太常仙蝶就成为一个文化事件,延续至晚清,它是具有历史意蕴的文人共同话题。《蝶仙小史》的成功离不开太常仙蝶本身的知名度,而延清集纳式的对其再传播,进一步强化了太常仙蝶的文化事件属性。

太常仙蝶一事始于乾隆年间,满洲斌良《抱冲斋诗集》记载始末:

---

① 延清:《庚子都门纪事诗》,《清代诗文集汇编》第765册,第204页。
② 延清:《庚子都门纪事诗》,《清代诗文集汇编》第765册,第210页。
③ 相关论述参见栾梅健、张霞《近代出版与文学的现代化》,复旦大学出版社2015年版,第26—27页。

乾隆戊甲冬，有黄蝶飞于太常寺中，乐工某以帚扑之，顷刻化黄蝶数百，飞绕庭宇。时大宗伯德明管太常寺事，后一日召对时奏之。高庙命取蝶进呈，宗伯虔心致祷，倏有蝶降于寺，因以黄袱藉盘，进呈御览。时值隆冬，忽睹翛翘仙质，上大悦，赐名吉祥仙蝶。①

太常仙蝶很快演变为一个文化"事件"，根据德勒兹的解释："事件不客观存在，而是内在于事物之中，是非物质性的效果。"② 太常仙蝶是在文人笔下形成的，是文人有意传播的结果，其重点不在于太常寺中出现蝴蝶这一客观现象，而在于蝴蝶具有的"神化"的特性，即文人赋予蝴蝶的意象。当时文人对此津津乐道，揆叙、纪昀、戴璐、吴长元、阮元、英和、斌良、姚元之等人皆有记载。③ 经高宗点化，仙蝶化身祥瑞之物、风雅之物，文人趋之若鹜，在他们眼中，"太常仙蝶，好与士大夫之风雅者作缘"④。相关故事在文人笔记中随处可见。《郎潜纪闻初笔》记录了戴熙在道光二十九年（1849）为仙蝶作画，仙蝶"岁久通灵，遍识名流，至能择人索画，蝶诚仙矣。然游戏人间，必留此毫端之幻相，岂神仙犹好名与？"⑤ 蝶与人相互成就，可以识人的蝶是仙蝶，能够被蝶识得的人是名人，且这种赋名来源于自然界，平添了几分神秘与权威。见过仙蝶的人，得到自我满足和舆论的夸赞。综合各家记载，文人至少赋予了仙蝶四重意象：一是祥瑞之兆；二是它可识风雅之士；三是它可辨忠奸，传说中高宗命以仙蝶盛锦函恭进，和珅先取视，化为腐蝶⑥；四在追溯它的来历时，一些人认为它是前朝忠魂所化⑦。

虽然自乾嘉以来陆续有人书写太常仙蝶，但大致来看，这种书写有两个高峰期：一是乾隆盛世，二是战乱连年的清末。乾隆时期，仙蝶是文人的荣耀和盛世的祥瑞，纪晓岚直言："百年幸遇，足征至治之嘉祥。"⑧ 而

---

① 延清：《蝶仙小史汇编》卷一，光绪己亥（1899）刻本。
② 何成洲：《何谓文学事件》，《南京师大学报》（社会科学版）2019年第6期。
③ 参见延清《蝶仙小史汇编》，光绪己亥（1899）刻本。
④ 陈康祺：《郎潜纪闻初笔二笔三笔》，中华书局1984年版，第176页。
⑤ 陈康祺：《郎潜纪闻初笔二笔三笔》，第176页。
⑥ 这个故事多见于清代文人笔记，此处引用来源是曹允源《蝶仙小史序》，《蝶仙小史汇编》。
⑦ 如许乃钊《戴醇士前辈太常仙蝶画册跋》，《蝶仙小史汇编》卷一。
⑧ 纪昀：《礼部奏进御笔太常仙蝶诗拓本折子》，《纪文达公遗集》卷4，《清代诗文集汇编》第354册，第225页。

到了清末，仙蝶成为文人证明自身才能，获得满足感的一种方式。许多人声称见过仙蝶，甚至不止一次，震钧云："辛未秋，有异蝶来园中，识者知为太常仙蝶。继而复见之于瓜尔佳氏园中，客有呼之入匣，奉归余园者。及至园启之，则空匣也。壬申春，蝶复见于余园。"① 恽毓鼎记录："宣统元年三月，……太常仙蝶忽至，余与贞庵、秦佩鹤前辈三人见之。"② 徐一士《近代笔记过眼录》记录了徐琪的《南斋日记》，徐琪声称己亥年（1899）曾"宣南五处见仙踪"。③ 李昭炜在《光绪乙酉年八月十五日纪仙蝶诗》中也说他多次见到仙蝶。④《蝶仙小史》中有许多和延清同时代的文人都说见过仙蝶。彼时文人终身难得一见的仙蝶，此时成为一些文人家中常客，其中缘由耐人寻味。乱世之中，构造一个太平安乐的精神世界，靠着仙蝶带来的一点"瑞兆"，文人才能憧憬明天。

《蝶仙小史》汇集了乾嘉以来文人针对太常仙蝶的各种记录，是一种集纳式的编纂，集纳在新闻学中指的是报纸编辑将同主题稿件集中编排，以突出主题的重要性，可见集纳是一种传播思路，延清集中归纳有关太常仙蝶的各种作品，更加突出了太常仙蝶作为一个文化事件的重要性。《蝶仙小史初编》成于光绪十九年（1893），以《高宗纯皇帝御制太常仙蝶诗》为首，选乾嘉至近代诸家之记载，编为二卷，附录延清当时所得《来蝶轩诗》一卷，首刊于光绪二十年（1894），后搜集愈多，征题愈广，复编为六卷，加《来蝶轩诗》一卷，又搜集匾额楹联等录补遗一卷，计八卷，光绪二十五年（1899）重刊，题为《蝶仙小史汇编》，足见此集已得到市场认可。卷一是诸家笔记中的纪述，卷二选奏折、记、序、书、铭、赞、跋、书后、杂缀、赋、诗若干，卷三至卷六都是诗歌，大致来看，超过半数都是延清与友人的创作。所以《蝶仙小史》更像是延清策划组织的一次大型书写太常仙蝶的交游活动，满足的是当时文人的精神需求。这个交游活动不同寻常的地方在于，他将高宗及众位乾嘉以来名士的文章诗作汇集，提升了太常仙蝶作为一个文化事件的历史意义，于是就彰显了《蝶仙小史》的文学意义，它是对重要的文化事件的文学呈现，延清遂成为传播太常仙蝶事件的主力。

---

① 震钧：《天咫偶闻》，北京古籍出版社1982年版，第104页。
② 恽毓鼎：《澄斋日记》，浙江古籍出版社2004年版，第437页。
③ 徐一士：《近代笔记过眼录》，中华书局2008年版，第165—166页。
④ 参见《蝶仙小史汇编》，光绪己亥（1899）刻本。

《蝶仙小史》中存量最大的还是诗歌，某种意义上，可以将《蝶仙小史》视为一次跨越时间的唱和——延清亦创作了多首叠前辈文人诗韵的作品，虽然这些诗歌创作于清代不同时期，但以太常仙蝶为主题将它们编纂在一起，就具备了一种"虚拟"唱和的意义，延清将这些作品汇集，形成了针对太常仙蝶的传播合力。有高宗和其他名士的加码，提升了延清与友人的创作的文化意义。《蝶仙小史》得到了普遍认可，延清：在《重编蝶仙小史自序》中云："仆向有《蝶仙小史》之刻，谬为同辈所称赏。"① 根据《蝶仙小史汇编》例言，初编两卷是岳柱臣用聚珍板摆印，书一出为海内名流所赏，年来搜访家专集加以朋好投赠抄录遂多。② 而重刊的《蝶仙小史》开篇有4人写序，24人题辞。范用宾评价"锦官堂上有仙踪，小史传钞墨未浓"③。可见此书在当时的影响力。延清成为仙蝶的"代言人"，他开始扩大《蝶仙小史》的社会意义。

在《蝶仙小史初编自序》中，延清只是通篇描绘了仙蝶进入家中原委及仙蝶样貌。但是在重编自序中，他说："每得嘉话珍若璆琳，偶逢异书积为瘕癖，况乎奉常遗迹，罗浮别派，灵踪幻躅，正气英风，托杜宇之魂，凝苌宏之血，吊国殇于前生，被宸藻于来叶，阐扬之责，舍仆其谁？"而序中提到的"客"则回应："今者重编此史，表扬忠毅，阐发幽微，广俗士之见闻，慰仙翁之灵爽，岂果以区区文字重哉？文字特其寄耳。"延清"笑而不应"④。显然，在战火连年的岁月中，延清开始强调仙蝶的忠魂意象，在《蝶仙小史编成自题四绝》中，他有"往代忠魂吊国殇，化为仙蝶任翱翔"⑤ 之说，那么当下为国捐躯的志士也将化为仙蝶，"忠魂可伴蝶仙来"⑥，他的记录是对忠魂的致敬。进而，他将仙蝶代表的"忠"的意象转移到自己身上。庚子事变中，延清欲追随慈禧西行未果，也动过殉国的念头，"何如一死豹留皮"（《七月二十一日都门不守后三日作》），且他听闻朋好中死节者甚多，但最终他选择留在家中。而京城危

---

① 延清：《蝶仙小史汇编》，光绪己亥（1899）刻本。
② 延清：《蝶仙小史汇编》，光绪己亥（1899）刻本。
③ 范用宾：《题子澄同年蝶史》，《蝶仙小史汇编》，光绪己亥（1899）刻本。
④ 延清：《重编蝶仙小史自序》，《蝶仙小史汇编》，光绪己亥（1899）刻本。
⑤ 关于仙蝶是忠魂所化，乾隆以来多有记载，本书引延清这两句诗，见于《蝶仙小史汇编》开篇。
⑥ 延清：《此诗封面系王文敏公所书今重刻拙诗因就向书四字影写付刊用冠卷首爰题二绝句志感》，《来蝶轩诗》卷首，《清代诗文集汇编》第765册，第77页。

机四伏，延清内心紧张，就必然会寻求自我安慰，于是仙蝶再一次出现。李恩绶云："去年拳匪之变，子澄举室在危城中，作表忠诗数十首，闻七月秒蝶复频频飞至其轩，若有慰藉意，吾知子澄父子将有升擢之兆也。"① 这一层意象，应也是延清与友人的共识。此时再见到仙蝶，一方面获得了安全感，另一方面解决了他在京城沦陷时遇到的心理危机，没有追随皇帝，也没有殉国，留居的意义在哪里？仙蝶识忠奸，他的留守也是忠义。在《六十感怀七律十四首》其九中延清再一次提到"幸从虎口得余生"，并自注："庚子之变余困危城中未出国门一步。"② 延清颇有自豪之情，他与国家共同经历了这场灾难。可以形成对照的是，《蝶仙小史》卷三选录李毓琛的诗作，他也在庚子仲秋见到几次仙蝶，但全诗没有惊喜，流露出的是在烽火连天中仙蝶来也没用的感叹。

延清的观察者心态使他更善于思考事件的影响和意义，具有出色的整合理解能力，这使他的传播行为也具有整合性的特点。延清对事件具有一种敏感性，他赋予事件意义，组织交游活动，将作品集纳刊刻出版，汇集各方力量形成传播合力，提升交游活动及相关作品的文学意义。他就像是一位交游活动的策划者。多数时候，交游唱和都是诗人之间的消遣活动，但是在延清有意的策划下，他与友人的作品具备了文化意义、社会意义，他的才华不可小视。延清是太常仙蝶事件的积极传播者与再塑者，他推动了仙蝶在晚清的意象的延续。他利用仙蝶事件进行的传播行为是卓有成效的，利用仙蝶，延清塑造了自己才子和忠臣的双重形象。仙蝶也在延清的推动下，成为晚近之际文人之间的热门话题。

第四节 点染"新媒体"色彩的传播行为

甲午战争以后报纸在中国迅速发展，彼时著名文人无不利用报纸进行传播。遗憾的是，延清没有主动使用大众传播媒介，他的作品中仅有《奉使车臣汗记程诗》曾刊载在《地学杂志》1912年第3卷第7、8期，除此之外，别无其他。但报纸就是当时的"新媒体"，随着它的普及，一定会对当时文化传播产生影响，进而会影响文人的传播思路、行为。综观延清的各种传播行为，可以发现他就如同一位出色的报纸主编，善于制造一个话题，

---

① 李恩绶：《书徐叔鸿观察仙蝶降鸾记后》，《蝶仙小史汇编》，光绪己亥（1899）刻本。
② 延清：《锦官堂诗草》，《清代诗文集汇编》第765册，第7页。

引来众多读者的回应，他喜欢"一呼百应"的传播方式。满足读者需求、重视读者反馈显然是报纸传播的特点，所以延清的传播行为也点染了"新媒体"色彩。具体来看，这种"新媒体"色彩表现在以下几个方面。

首先，延清组织的交游唱和活动更具开放性，他善于结合读者心理需求设计交游主题。《前后三十六天诗》是辛亥革命前延清创作的最后一个诗集，他利用全集押"天"字韵制造了一个话题，邀请友人同以"天"字韵写和诗。常见的和诗往往是针对一首诗或者是一次活动的回应，但延清显然"开放"了唱和主题，使唱和不拘于时间地点事件的限制，尽可能得到更多友人的回应。他将这些作品与其他赠和诗编为《引玉编三集》，与《前后三十六天诗》合编刊刻出版。可以说延清非常注重作品的话题性，他不是一个孤独的创作者，他喜欢互动式的传播。在这其中最具代表性的诗集便是《丙午春正唱和诗》。光绪三十二年（1906）正月初一至十五，延清作《上平十五韵诗六十首》（另冠以十四寒韵诗八首），以日记的形式，每天作一首诗，邀请友人和韵，他也会再做和韵诗，所有作品合编为《丙午春正唱和诗》。这是一次"双重"唱和：它首先有一个大的唱和主题，并且唱和活动持续了半个月；其次在这段时间内，延清与友人又频繁聚会，于是又产生了小的酬唱主题，如《初六日集吴佑之前辈寓斋》《初七日王石坞观察季寅招同宴集聚丰堂》，《十一日张振卿少宰英麟自制家庖招同诸公宴集寓斋》等，诗歌活动之频繁，诗人联系之紧密，可见一斑。其中，唱和最多的是张英麟[①]，计有16首，其次为何乃莹[②]，计15首，耿道冲[③]和阔普通武[④]都是4首，另外还有李钟豫、李毓琛、吴荫培、张瑞荫、郭锡铭、景星等人也都参与其中。丙午年（1906）是一个政局短暂平稳的时期，张宝森在为诗集写的序中提到，"今之论者谓庚子之诗鸣其哀，丙午之诗鸣其乐"[⑤]，可见延清组织的这次

[①] 张英麟（1837—1925），字振卿，亦作振清，号沈诏，晚号南扶老人，山东历城人。历仕福建云南乡试主考官，国子监祭酒，詹事府詹事，内阁学士，奉天学政等，官至都御史。辛亥革命爆发，罢官。

[②] 何乃莹，字润夫，一字梅叟，灵石人。官至左副都御史。

[③] 耿道冲（1854—1932），江苏松江人，原名葆清，字伯齐，号斋贤，曾任七品户部员外郎，户部主事等。

[④] 阔普通武，满洲正白旗人，字安甫。因主张变法被誉为满族亲贵中"最通达者"，官至礼部左侍郎。

[⑤] 张宝森：《丙午春正唱和诗序》，《清代蒙古族别集丛刊》第29册，国家图书馆出版社2021年版，第228页。

唱和活动深受认可，大乱过后，诗人借由酬唱释放压力，重塑对生活的期待，所以"其中唱和诸诗雍容华贵，俊逸清新"①。虽然从历史上来看，这样的雍容华贵与风雨飘零的时局格格不入，但回到彼时文人立场，亦需要释放压力的机会，可以说延清组织的唱和活动是有的放矢，满足了一定的读者群体心理需求。赵绍庭在《锦官堂全集诗序》中说延清广交游，"流连坛坫，狎主齐盟"②，这虽有过誉之嫌，但至少可以证明延清维持了一个颇具规模的交游圈，且他在这个圈子中处于主导者位置，他通过设计交游主题，强化了圈层内部的联系，扩大了作品的传播影响力。

其次，延清还非常重视传播效果，他会增加唱和诗的"趣味性"，提升读者阅读兴趣。延清喜欢作"叠韵诗"，用古人或友人的作品，依韵和之，如《六十感怀七律十四首》全部用元稹、刘禹锡、梅尧臣、欧阳修、李东阳等人诗韵，《锦官堂诗续集》录诗106首，"叠韵诗"75首，占比约71%，大多用友人诗韵，如《感赋十二首用劳玉初学使乃宣归田赘咏全册韵》。《锦官堂诗草五十述怀不分卷》《锦官堂诗草》全部是叠韵诗。延清大量的唱和诗同时也是叠韵诗，叠韵是一种诗人之间的对话，它可以增加诗歌的信息含量。例如《奉使车臣汗记程诗》中大部分诗歌是在和韵前人之作，延清一路所经之地，基本都已出现在各类蒙古游记中，而前人的书写就是一个赋予地理空间文化意义的过程，即前人已建构了一个塞外文化空间。延清每到一处，基本都会从前人的各类文本中寻找当地信息，通过熟悉的文化空间了解陌生的地理空间。所以他经常在诗中引用《北征草》《奉使三音诺彦纪程草》《朔方备乘》《蒙古游牧记》等书中的记录，延清的创作是建立在前人已有的书写框架之上，他承认这一点，所以与前人叠韵，但他同时加入自己的理解，制造一些"陌生化"，丰富了原有框架。例如"穹庐毡覆片重重，马粪炉烟透顶浓"（《又用宝文靖公诗韵》），引用的是张鹏翮的说法，他在奉使俄罗斯途中见到蒙古包之简陋，认为蒙古人较内地贫民更苦。③ 而延清的看法是"美酒羔羊供醉饱，笑他快活抵黄封"（《又用宝文靖公诗韵》）。

无论是叠友人之韵，还是叠古人之韵，都可以起到增强作品交往功能的作用，在此基础上，延清还喜好给诗歌增添一些"趣味"。如《赠成竹

---

① 张宝森：《丙午春正唱和诗序》，《清代蒙古族别集丛刊》第29册，第229页。
② 延清：《前后三十六天诗合编》，《清代诗文集汇编》第765册，第237页。
③ 延清：《奉使车臣汗记程诗》，《清代诗文集汇编》第765册，第111页。

山太守多禄用王梅溪先生齿落五律韵》，用宋代诗人王十朋《齿落》诗韵，增加了诗歌审美内涵，延清的作品是直接阅读对象，但成多禄①在阅读时自然还会调动王十朋原诗阅读经验，丰富了阅读感受，也给诗人之间的交往增加话题性。更为巧妙的地方在于，成多禄时年54岁，王十朋原诗第一句亦是"五十行将四"，这是延清的用心之处，他善于利用诗歌体现出交往的诚意，《锦官堂诗续集》开篇便是延清为张英麟八十寿辰写的集句诗，共计十首，每首都有一句和八十有关，如"八十耆年一品官"（强晟）"八十康宁有几人"（范纯仁），可以说这样的唱和诗是以满足读者需求、提升读者阅读趣味为出发点的。

注重唱和的"话题性"和读者的阅读兴趣，明显是受到了大众媒体传播的影响，延清的观察者心态使其传播行为也是与时俱进的，虽然在思想上他更倾向于传统文化，但他保持着开放的状态观察社会，他并不是故步自封，社会空间中新变化也多多少少地反映在了他的行为中。

最后，报纸、期刊是定期出版物，出版间隔时间短、频率密集，相较于传统出版物，内容也更为零散，且报纸的大规模出版意味着现代印刷技术的普及，这些变化事实上会影响文人对出版的态度。延清的刊刻就显出媒介变革时代的特点，他不再遵循传统的诗集出版流程：写作、积累、整理、审校裁汰、出版。延清随写随刻，亦将友人赠和之作一并收录。如同"打印"，刊刻已经成为延清保存作品的常态。姜筼在《延子澄学士前后三十六天诗序》中说："天字韵唱和诗一册乃作于丁未冬季，戊申春曾印单本分赠知交，己、庚、辛三年之间先生自叠其韵，与同人陆续赓和者，又积之甚伙，乃复汇印成卷以存之。"② 可见延清刊刻之频繁，他的作品多数都是以单本形式流传。

延清的文集包括：

《锦官堂赋抄二卷》刻于光绪五年（1879）。

《锦官堂试帖二卷》刻于光绪十一年（1885）。在《锦官堂试帖自识》中，延清叙述了试帖诗前后刊刻情形：

> 《梓里试帖诗》存初编刻诗七首；《春明诗课汇选》刻诗五十八

---

① 成多禄（1864—1928），原名恩龄，字竹山，号澹堪，历官吉林驻防、绥化府知府，民国初年任吉林省第二届参议院议员，民国教育部审核处处长等。

② 姜筼：《延子澄学士前后三十六天诗序》，《清代诗文集汇编》第765册，第212页。

首;《槐市联吟》刻诗二首;《海粟楼诗阶》刻诗九首;《丁卯江南乡试荐卷同门录》刻诗一首;《庚午补行丁卯江苏优贡卷》刻诗一首;《癸酉江南乡试卷》刻诗一首;《甲戌会试卷》刻诗一首;右已刻诗八十首,内选同者三首,计得七十七首,今又附以会试复试诗一首,暨历年会课结"青吟社"诗四首,"绚秋庵"诗二首,"七曲吟社"诗一首,"芝兰吟社"诗十首,"蕉雨山房"诗一首,"学步仙馆"诗四首,共一百首,以上所辑己未刻。

刻诗频繁如同打印,且延清提到"方家激赏或已灾及梨枣",他的作品也曾被别人选择刊刻。而乙酉年(1885)的这次刊刻,是延清重新删改后的定稿。《卧雪诗话》记录:"(延清)学士素工试帖,刻本久传,律体虽亦近试帖,而地灵人杰,何其超乎。"① 证明这些试帖诗曾广泛流传。

《馆律分韵初编五卷》,刻于光绪十八年(1892),延氏锦官堂石印本。

《四时分韵试帖一卷》,延氏锦官堂石印本。

《锦官堂诗草五十述怀不分卷》,收录光绪二十一年(1895)的作品,以及延清四十岁时,友人为其写的寿文、寿联。

《锦官堂诗草一卷》刻于光绪三十一年(1905),录当年创作的十四首诗,题为《六十感怀七律十四首》,尾附《甲辰四月初六日早诣颐和园仁寿殿引见蒙恩补授翰林院侍读恭纪五排二百韵》。

《来蝶轩诗一卷》首刻于光绪二十三年(1897),重刻于光绪三十一年(1905)。

《奉使车臣汗记程诗三卷附赠行诗词汇存一卷》刻于宣统元年(1909)。

《前后三十六天诗合编二卷》刻于民国二年(1913),石印本。

《引玉编三集一卷》刻于民国二年(1913),石印本。

《引玉编四集四卷首一卷》刻于宣统二年(1910),石印本。

《锦官堂七十二候试律诗四卷》,此集编于光绪三十一年(1905),是年科举取士被废,试律诗被淘汰。民国六年(1917)延清不舍诗集尘封箱底,遂刊刻。

《丙午春正唱和诗》刻于宣统三年(1911),京师崇文坊锦官堂石

---

① 袁嘉谷:《卧雪诗话》,张寅彭编《民国诗话丛编》第2册,上海书店出版社2002年版,第420页。

印本。

《锦官堂诗续集二卷》刻于民国八年（1919），有崇文门内羊肉胡同延印字样。

上述大多数作品集都是延清自己刊刻，册数较少，未能广泛流传，且延清刊刻的目的也是方便保存及小范围传阅。他随写随编随刻与"新媒体"的传播思路有相似之处，他的传播行为明显也受到了媒体变革时代的影响。

总体来看，延清的传播行为明显具有时代的烙印，和社会变局紧密相关。在纷乱的社会局势中，延清的交游酬唱已然具备了公共讨论的特点，那是他们心理需求使然，他们看到了，记录了，势必就产生了讨论的需求，诗歌也成为舆论表达的重要载体。在传播方面，延清与法式善一样具备"谋略"的才能，善于提升自身及作品的影响力。晚近更替之际，社会变革速度超乎想象，以报纸为代表的大众媒体迅速成长起来，成为时人不可或缺的信息渠道，进而也不可避免地影响了时人对于传播的认识。延清特别注意读者阅读感受，使用多种方式提升读者阅读兴趣，以满足读者现实需求为创作出发点的种种行为，无不显示着他的传播思路也有了"媒体人"的痕迹。

第五节 对延清形象的接受与传播

延清在晚清诗坛获得了一定的声誉，孙雄在辑《道咸同光四朝诗史》时，选录延清14首作品，其子彭年14首作品。延清在《遗逸清音集》中亦毫不客气地选了自己47首诗歌。但客观地说，无论是诗人还是遗老，延清的影响力有限，《光宣诗坛点将录》并没有他的身影。延清交游广泛，但那些在光宣诗坛炙手可热的诗人却和延清没有交集。因此对延清的接受与传播主要体现在友人的著述中。

延清在友人中名望颇高，张宝森云："吾观士大夫之仕于京朝也，或追逐声利而流为驰骛之行，或耽习岑寂而积为孤特之抱。驰骛者其志荒，孤特者其襟隘，二者均非所以陶性而冶灵也。学士则不然，迹近于和光同尘而不失之靡，意主于涤烦荡秽而不失之矫。"[①] 这是对延清品性的高度认可。至于创作，在延清各诗集所录的唱和诗中，《庚子都门纪事诗》和

---

① 张宝森：《丙午春正唱和诗序》，《清代蒙古族别集丛刊》第29册，国家图书馆出版社2021年版，第227页。

《蝶仙小史》是最常被友人提及的作品，李恩绶在《庚子都门纪事诗序》中讲到延清"尤以帖体诗名海内"①，是对其试帖诗的肯定。而对于他的创作风格，则较少有人评价。朱寯瀛说延清的诗有"锵鸣古柏之重"②，胡俊章在《锦官堂试帖序》中评价延清的作品"魄力沉雄，格调高古，且往往于险韵中出奇制胜"③。这是少见的对延清诗歌风格的论断。《卧雪诗话》载："蒙古为淳维匈奴故地，沙平万重，风雄千载。顺康以后，文明日盛，与中原同法。梧门之文，策凌之武，其著也。吾师荣华卿协揆，吾友延清学士，文章卓卓。"④作者从蒙古族文人创作的延续性出发肯定了延清的创作水准，但没有展开具体分析。《眉韵楼诗话》特别提到了延清的交游，他与徐琪、何乃莹"均金门大隐，唱和无虚日也"⑤。可见，作为遗老的延清，唱和依然频繁，而他们也以此为荣。

另外，《遗逸清音集》也为延清带来了一定的声誉。叶昌炽在日记中提到延清的《满蒙汉八旗近人诗四卷》，王劼农振声为署其简端曰《遗逸清音集》。⑥《今传是楼诗话》也提到《遗逸清音集》，引用其中选录的赵尔巽的作品。⑦徐世昌《晚晴簃诗汇》记录："世续，字伯轩，满洲旗人，光绪乙亥举人，官至文华殿大学士，谥文端。诗话文端僇直最久，熟于禁中故事，会遭国变，忧悴以终，诗不经见，阅延子澄《遗逸清音集》，得一绝句，录之如见其人。"⑧可见尽管到了清末，刊刻已十分普遍的情况下，还是有相当的诗人作品未能保存，《遗逸清音集》亦有不可忽视的文献价值。这些片段零星展现了延清的形象和影响，但遗憾的是，很少有人谈论延清的诗歌特点，这恐怕也间接证明了延清的创作才华有限。延清身后，其形象淡出了历史舞台。

---

① 延清：《庚子都门纪事诗》，《清代诗文集汇编》第 765 册，第 147 页。
② 朱寯瀛：《锦官堂诗续集序》，《清代诗文集汇编》第 765 册，第 13 页。
③ 延清：《锦官堂试帖》，《清代诗文集汇编》第 765 册，第 57 页。
④ 袁嘉谷：《卧雪诗话》，张寅彭编《民国诗话丛编》第 2 册，上海书店出版社 2002 年版，第 420 页。
⑤ 孙雄：《眉韵楼诗话》，《国学萃编》1910 年第 42 期。
⑥ 叶昌炽：《缘督庐日记钞》卷 16，王季烈抄录，1933 年上海蝉隐庐石印本，第 58 页。
⑦ 王揖唐：《今传是楼诗话》，张金耀校点，辽宁教育出版社 2003 年版，第 128 页。
⑧ 徐世昌编：《晚晴簃诗汇》卷 125，闻石点校，中华书局 1990 年版，第 7398 页。

第十一章

新中承旧：三多的心态与创作传播

三多（1871—1941），蒙古钟木依氏，汉姓张，隶蒙古正白旗。顺治二年（1645）先祖迁杭州驻防，家族世代居于杭州。《最近官绅履历汇编》记载三多历任浙江杭州府知府，浙江武备学堂、洋务局总办，北京大学堂提调，民政部参议，归化城副都统，库伦办事大臣。民国成立任盛京副都统兼金州副都统。① 与延清不同的是，三多年少成名，一心向往建功立业，他坚信新政可以挽救政局，而他也获得了追"新"的机会，实践了他的新政理念。

第一节 积极的实践者：三多的传播心态

无论是从政还是创作传播，三多都比延清表现得更为积极、张扬，他努力表现自己，希望介入任何可及的场域，发挥更大的影响力。如果说延清有一种观察者的传播心态，那么三多就表现出了实践者的传播心态。这种心态集中反映在了他对新政的书写中。

三多是新政的积极实践者，而他对新政的推崇始自戊戌变法。他创作《拍案歌》对变法大加赞赏，"电激雷砰号令新，炮利船坚何足恃"，但是"其奈诸公妇人耳，默者明哲以保身，弱者优柔而臧否。主和主盟为老谋，割地弃城如敝屣。"② 他深信唯有新政才能挽救时局，而他也得到了介入新政的机会。其《倦游集》记录光绪二十四年（1898）八月初二日

---

① 《最近官绅履历汇编》，沈云龙主编《近代中国史料丛刊》第45辑，文海出版社1966年版，第94页。

② 三多：《可园诗钞》，《清代诗文集汇编》第792册，第603页。三多的诗歌皆出于此集，仅随文标明题目，不另注。

至二十一日的创作,开篇有《咨送京师大学堂肄业留别师友》,可见他当时是计划去北京学习。戊戌变法中颁布的《明定国是诏》,规定京师大学堂,"所有翰林院编检、各部院司员、大门侍卫、候补候选道府州县以下官,大员子弟、八旗世职、各省武职后裔,其愿入学堂者,均准入学肄业"①。三多有机会介入变法后,也将目光投向北京,"角智争雄五大州,自强各为至尊谋""济时未必需年少,先把奇书努力求"(《咨送京师大学堂肄业留别师友》),他渴望建功立业,并坚信习得西学必有作为,实践者心态显露无遗。彼时旧学出身的延清是不敢夸口自己能有大作为的,但准备学习新学的三多认为自己掌握了"奇书",可以帮助国家自强。遗憾的是,三多从家出发至苏州,旋至上海,还未到北京,新政已废,虽京师大学堂依然存在,但各项工作的推进也并不顺利。在《寄方芸孙光斗明经》中,三多提到"报国心空热,悲秋眼不晴",他又从上海回杭州,故而《进拱宸桥作》中说:"乡音吴越判、世态夕朝迁。今我仍怀璞,明廷枉改弦。"但他仍然对新政、新学保有期待。

三多在力所能及的范围内宣扬一些新政策略。他有《代同学公启杭州济将军请将书院官学改为学堂因时变制为国甄才事》,希望杭州官学也可以中学为本,西学为辅。②《同学会》序中,他更是言之凿凿:"甲午一役战则丧师辱国,和则割地输金,而外人遂以病夫诋之、野蛮鄙之,及是不变将奴隶之犬马之鱼肉之矣。……于是中外士夫奋图变法策富策强,莫不以推广学校振兴人材为己任。"旗营要成立同学会,"独学而无友,则孤陋而寡闻",所以要"同学",意即"同愤同仇同甘同苦"③。在众多新政中,三多最感兴趣的是教育改革。《上张长沙尚书》诗中有"天下英才归教育"之句。他在归化和库伦首先推行的也是教育改革。

光绪三十四年(1908),37岁的三多在仕途上取得突破,四月,他由民政部参议上行走署归化城副都统,六月十一日抵达归化城。他对此行充满期待,"拔地雄关迎我翠,粘天芳草送人青"(《抵任书寄杭州戚友》),明显流露出乐观欣喜之情。在归化的两年,三多事业顺遂,绥远城将军信勤是他的旧识,二人配合默契,在归化城推行了一些新政。三多在任职谢

---

① 《德宗景皇帝实录》卷418,《清实录》第57册,第482页。
② 三多:《可园文钞》,国家图书馆藏手抄本。
③ 三多:《可园文钞》,国家图书馆藏手抄本。

第十一章 新中承旧：三多的心态与创作传播

恩折中提到的新政包括练兵、兴学、设电、开矿。① 而他首先进行的是教育改革。为长远计，三多主张选蒙古王公、勋旧子弟送入陆军部贵胄学堂，他说："智识未裕则生殖之计渐艰，迷信日深则强武之风亦替，以愚弱之蒙古，而逼处方张之强邻，非国家代为经营，固难望其久任干城之寄也。固圉莫如强蒙，强蒙莫如兴学。教以汉话，课以汉文，则内向之心殷加以军事教育则勇锐之气奋，将来学成以归，提倡新政。"② 培养人才是新政能否持续的根本，除精英人才外，三多还看到西北各边蒙民于汉文汉字通晓者属寥寥，实于启发蒙智推行新政均属不便，他建议蒙旗子弟应半耕半读，实行划区设学之制，凡有学龄儿童三十名以上地方设半日学堂。③ 但三多的改革思路亦有不成熟之处，如宣统元年（1909）六月，三多建议整顿蒙旗，将蒙地分建四部。④ 朝廷当即表示反对。⑤ 在归化城的一年，三多的创作也充满了野心勃勃、昂扬向上的力量感，例如"大树长春不怕摧，高歌斫地莫衔哀""关中紫气频频出，天上黄河正正来""诗草军书双管下，鞠华尊酒一时开"（《次和厚卿归化秋感八首》）。然而过犹不及，在归化，除教育改革外，三多提出的其他改革都存在枉顾现实陷入理想化的倾向。他带着这种倾向到达库伦，"风采殊方知必告，水流新令要先明"（《答赴任》），直白表达他要介入库伦政局、改变库伦的心态。但库伦的社会矛盾更为复杂，不可能立即实现翻天覆地的变化。

宣统二年（1910）初，三多赴库伦。从当年四月十八日到宣统三年（1911）七月，他陆续上折请求变法，他要在库伦设立卫生局、文报局、半日学堂、立宪筹备处、警察所、审判厅、垦务局，等等。⑥ 在《雪窗夜坐书示僚友》一诗中，三多还提到了要筹办无轨电车，推行蒙汉通婚。但三多改革步伐太快，也未能妥善处理经费来源问题，与当地宗教领袖的

---

① 三多：《可园文钞》，国家图书馆藏手抄本。
② 三多：《可园文钞》，国家图书馆藏手抄本。
③ 三多：《可园文钞》，国家图书馆藏手抄本。
④ 以东四盟为一部，西二盟为一部，察哈尔土默特并套西之阿拉善附焉，土谢图车臣为一部，三音诺颜札萨克图为一部，科布多塔尔巴哈台并额济纳之土尔扈特附焉。
⑤ 《宣统政纪》卷16，《清实录》第60册，第310—311页。
⑥ 参见《三多库伦奏议》目录，中国社会科学院中国边疆史地研究中心编《清末蒙古史地资料汇萃》，全国图书馆文献微缩复制中心出版1990年版，第245页。

关系又持续恶化，最终导致库伦上下怨声载道。① 不得不说，三多在库伦的种种举措陷入理想化境地，缺少章法。结果如陈箓所云："三多年力精壮，好文事，有干练才。以俄人谋蒙日亟，力纠积弊，办理清丈，兴学堂，设警察，会军咨府派参议某赴库伦，设练兵处，建筑兵房，外人大恐，以蒙人反对新政为借口，时加诘责。"②

三多能够得到实践治世理想的机会，部分原因在于他跟上了当时社会大局走向，但是，光宣之际朝廷的施政举措已难力挽狂澜，三多的改革困难重重，他深刻地感受到了现实的阻力，于是在库伦时他反复低吟沮丧失意，"竭尽微才莫济艰"（《述怀》）。库伦形式复杂，他一人勉力维持，"冠剑年华已过丁，飘飘形影尚边庭""豸虎负隅风助啸，蛟龙纵壑水腾腥"（《边庭》），但又招来非议，"苕薏明珠难止谤，伏波千古竟雷同"（《叠前韵》），遂萌生退意，"我欲从斯便拔宅，偏携鸡犬追刘安"（《汗山登高》）。他反复感叹无能为力，"既不能效冯异，又不能学达摩"（《自题读书秋树根镜影》）。这是他积极介入社会后，社会反作用于他的排斥之力，由此也导致他意志消沉。

虽然介入政治改革的努力以失败告终，但三多并未与延清一般，过起隐士的生活。进入民国后，三多亦保持着与"新"同步，融入新的社会风气，依然显现了实践者心态。与延清相比，三多没有对清朝充满留恋，他积极介入当下这个新的社会空间。1923 年之后，三多高调表达着和玉并的爱情，创作了多首与玉并相关的词作，细数二人的浓情蜜意，如："我欲幽欢重理，和你。除梦怎生旋，今夜该将锦被添，眠么眠，眠么眠？"（《荷叶杯·忆姬人玉并》）③ "汝守嫣红侬守汝，情长。争似花间蝶一双。"（《南乡子·和玉姬棠院养疴作》）三多宣称玉并是他的"唯一"，所谓"化鲽成鹣共舍身"（《阑干万里心·玉姬病剧口占此解余强下转语以为继声》）。1930 年玉并去世，《武陵春·悼玉姬》有"密誓愿为交颈鸟，生世总成双。折得卿偏命不长，翻悔做鸳鸯"之句。《鹧鸪文·十月初四日为玉姬生忌焚此祭之》更是将玉并比作纳兰容若之妻，化用

---

① 关于三多库伦新政的副作用，李桔松《从可园诗钞看三多任库伦办事大臣前后之心路历程》、鄂嫩《三多与清末库伦新政小议》和尹书强的硕士学位论文《辛亥革命时期沙俄与蒙古地区的"独立"事件》等皆有涉及。
② 陈箓：《止室笔记》，《近代中国史料丛刊》第 17 辑，文海出版社 1966 年版，第 7 页。
③ 三多：《粉云庵词》，1942 年刻本。以下引用《粉云庵词》皆出自此集，不另注。

其悼亡词,作"幽泉还为我神伤",并提到玉并生日在容若妻子生日的前一天。如此直白表达和妾的爱情,并将妾比作妻子,这在古代诗词中是很罕见的。苏轼写给妾的词含蓄优美,即使是悼亡,也未明言,只作《西江月·梅花》。晚清况周颐一生风流,为多位女性写词述情①,更是为姜桐娟写下多首悼亡词。但总体上看,这些词还遵循着传统的情感表达,含蓄委婉,如涓涓细流,缓缓释放着哀凄幽怨。况周颐没有只为一位妾室写诗,也没有表达哪位妻妾是他的唯一。因此理解三多的表达,还需结合民国社会风气。

在民国涌现的"新"风气中,追求爱情几乎就成为追求自由的同义语,"从晚清到大革命,'恋爱'和'自由'的组合,构成了现代中国一道流动的风景线,呈现了20世纪中国激进文化与文学的一种面貌"②。可以说,在当时只要能冲破礼教的,就被认为是进步的。爱情也是如此,父母之命、媒妁之言一定导致命运悲剧,那些"侠骨柔情"的男人和"为爱而生"的女人,只有冲破礼教束缚,才能证明是人间真情,他们追求的是真"自由"。彼时文人,大都追求过一段"刻骨铭心"的爱情。徐志摩、郁达夫、闻一多、沈从文、徐悲鸿等莫不如是。舆论场中充斥着爱情和婚姻的各种话题,例如"爱情定则",1923年4月29日,北京大学哲学系教授张竞生在《晨报副刊》上发表《爱情的定则与陈淑君女士事研究》,引发一场关于爱情的讨论,两个月中,《晨报副刊》发表讨论稿件24篇,信函11件。③钱理群在《中国现代文学三十年》中讲,"以这时期创作题材而言,不管哪种流派作家,大量描写的都是婚姻爱情与个性解放"④。在这样的社会风气中,爱情表达由点点滴滴的轻吟低唱,转变为向外界斩钉截铁地大声宣告,惟"浓烈""直接"才当得起"爱情"二字。虽然这样的爱情宣告并不是民国才有,但却在民国成为流行。三多自然感受到了这样的风气,他将和玉并的爱情比作"蝶一双""鲽鹣""交颈鸟""鸳鸯",都是排他的,他只和玉并拥有爱情。《悼玉姬》公开发表在《大亚画报》1930年第240期,和《东华(东

---

① 相关研究参见刘红麟《论况周颐的恋情词》,《河池学院学报》2009年第4期。
② 杨联芬:《"恋爱"之发生与现代文学观念变迁》,《中国社会科学》2014年第1期。
③ 关于这一问题的研究,参见余华林《恋爱自由与双重爱情标准——民国时期关于"爱情定则"论争的历史透视》,《石家庄学院学报》2005年第2期。
④ 钱理群、温儒敏、吴福辉:《中国现代文学三十年》,北京大学出版社1998年版,第25页。

京）》1939 年第 130 期。三多的爱情宣言是符合民国风气的，唯一的、浓烈的、直白的，不讲门第出身，不讲条件。在三多一生的创作中，写过儿子、家人，但是没有写过妻子。有趣的是，三多曾写《玉漏迟·梅兰芳纳福芝芳为箧室倚此调之》："紫芝合嫁红兰，竟不怕河东那般狮吼"，三多想到了梅兰芳的河东狮，不知有没有想过自己的。进入民国，他突然拥有了一份刻骨铭心的爱情，应不是偶然，恐怕他也受到了民国社会风气的影响。

而思考三多积极介入社会求新求异的心态的形成原因，必须回到他的少年时代。三多出生于同治十年（1871）①，此时太平天国带来的战争已经过去，他成长在重建的杭州驻防城，少时生活顺平安逸。这就和延清形成鲜明对照。三多在《家大人自题牡丹画册曰看到云初图展读之余敬呈十二韵》讲自己的生活，"光芒长久在，富贵合并来。一品绯衣珮，双头玉镜台"。他完全没有延清年少时的孤独、不安。谭献在《可园诗钞》序中说："盖都尉以乔木世家，得明湖而为居，贵有彝鼎，器宇不凡，山水钟毓，允宜风雅，夺领秀之气，蕴而为讴吟，其亦感于物而萦于情，萦于情而应于声者乎。"② 这样的成长环境可以带给他充分的安全感。他的家族在满城乃至杭州都颇有威望，三多自述先叔祖、先父皆蒙记名副都统。③ 外舅济川总理梅青书院，士林德之。④ 三多十四岁开始学诗，师从王廷鼎，又尊俞樾为太夫子。光绪二十九年（1903）他在《寒食》一诗中回忆青年时代，"斗鸡坊里追王勃，骑马花前学楚狂"，行事张扬恣意。年少的三多在杭州城中已然成为"公众人物"。冒广生在《粉云庵词》序中记载："往闻人言，杭州盛时，钱塘江干江山船雁形排列，每日暮，船山桐严妹开窗理镜，发香如云。六桥鲜衣怒马，驰骤往来，桐严妹争致殷勤，冀得一盼。六桥被酒赋侧艳词越宿传遍。"⑤ 三多的"人设"是一个风流倜傥、才华横溢的富家公子，这是当时西湖文人的共识。《小三吾亭

---

① 关于三多生年，白特木尔巴根在《古代蒙古作家汉文创作考》以及米彦青在《接受与书写：唐诗与清代蒙古族汉语韵文创作》中皆云生于 1868 年。李桔松在《清末民初三多诗词研究》一文中考证为同治十年（1871）。
② 谭献：《可园诗钞序》，《清代诗文集汇编》第 792 册，第 580 页。
③ 三多：《权镇归化城谢恩恭纪》，《可园诗钞》，《清代诗文集汇编》第 792 册，第 620 页。
④ 三多：《哭外舅济川公》，《可园诗钞》，《清代诗文集汇编》第 792 册，第 593 页。
⑤ 冒广生：《粉云庵词序》，《粉云庵词》，1942 年刻本，现藏于国家图书馆。

词话》说三多"姿干娴雅。蓄一琴名丹凤,抚弦动操,听者情移。家有可园,具竹石之胜。春秋佳日,骑款段马,沿西子湖行,垂髫俊童携酒榼尾之,轻裘缓带,与柳丝花片相掩映,真浊世之翩翩者也"①。俞樾也说:"六桥性情冲逸,举止娴雅,一望而知秦七黄九门径中人。"② 即使在私人生活空间,他也特立独行吸引众人眼光,他是自信的。可想而知,他更希望这番才情能有更大的施展空间,他也确实得到了机会。光绪十年(1884),13 岁的三多承世叔父难荫,袭三等轻车都尉。③ 光绪十三年(1887)随父亲赴京述职。在北京时,他与友人聚会,写下《抵都奉酬承筱珊禧荣达川濬从兆丹桂诸同人》:

> 咳唾公然到九天,祗无珠玉答群贤。声名应耻居王后,勋业频惊让逖先。倘致青云须将相,宁抛白日不神仙。明朝投笔持长剑,同护吾君亿万年。

足见他的胸襟抱负。

与延清相比,三多仕途顺遂,也有更多的机会实践自己的政治理想。荣格将人的基本态度类型分为内倾型和外倾型,二者的差异在于对客体的态度,内倾型是收敛的,外倾型是积极的。外倾型不断的驱使他以各种方式表现和张扬自身,内倾型的自我则具有抵触外在诉求、保守自身以避免任何与客体直接相关的能量耗费的倾向,因而为其自身营造出最安全的、坚不可摧的壁垒。④ 而这大体也是延清和三多的心态差别。

相较于延清,三多的诗名更胜一筹。三多成名早,这与他所在的文化圈有很大关系。他的声名地位使他更容易占有社会资源。进入民国后,他主动利用大众媒体,将自己进一步打造成文化名人。在仕途中,三多是一个积极的改革者;在诗坛,三多也是一个活跃的参与者。

---

① 冒广生:《小三吾亭诗话》,唐圭璋编《词话丛编》第 5 册,中华书局 1986 年版,第 4730 页。
② 俞樾:《粉云庵词序》,《粉云庵词》,1942 年刻本,现藏于国家图书馆。
③ 参见王廷鼎:《可园诗钞序》,《清代诗文集汇编》第 792 册,第 580 页。
④ [瑞] 荣格:《心理类型——个体心理学》,储昭华等译,国际文化出版公司 2011 年版,第 253—254 页。

第二节　两级传播：杭州文人圈与三多的传播行为

通观三多一生的交游活动，他在杭州时的交游是最值得探讨的。因为时至光宣，以三多为代表的杭州八旗诗人实现了与杭州文人、文学的全面交融。三多的实践者心态表现在文学传播行为方面就是他积极介入杭州文化圈，与俞樾、王廷鼎、谭献等当地名士交游，借助他们的力量传播声名与作品。这类似于传播学中的两级传播——大众媒介的消息首先抵达意见领袖，由意见领袖再传递给追随者。① 两级传播理论突出了意见领袖的作用，他们可以提升信息的重要程度及影响力。法式善是乾嘉诗坛的意见领袖，所以找他品评诗歌的诗人络绎不绝。柏筠、瑞常、延清的诗歌皆未经诗坛意见领袖提携，他们对主流诗坛的介入也不深。三多作为传播者，其作品首先抵达的是俞樾、王廷鼎等杭州文人领袖，他们对三多作品的再传播是三多成名的关键。换句话说，三多在晚清文坛占有一席之地，与他所在的文化圈对他的二次传播是分不开的。

三多年少成名，《柳营谣》就是他的代表作。《柳营谣》录七绝诗一百首，展现了杭州驻防城历史。它成于光绪十五年（1889）冬，次年刊刻，此时三多 18 岁，学诗仅四年。无论年龄还是诗艺，三多都属稚嫩，但《柳营谣》是他的成名作，也是他一生的代表作，虽然诗集的美学价值有限，但它的社会及历史价值是不能忽视的。而他能够创作《柳营谣》，与他进入杭州文人圈息息相关。

三多学诗，师从王廷鼎。王廷鼎，字梦薇，江苏震泽人，俞樾的弟子，俞樾在《王梦薇传》中评价他"精研古训及古文声韵之学""名重江浙间"②。王廷鼎在光绪十二年（1886）迁居至据杭旗营不远的花市，自述闲暇时入旗营，"既爱其风土清淑，旋以琴酒获交其士大夫，又钦其温文尔雅，有儒将风，未几其子弟竞以文艺来从余游"③。于是，三多成为王廷鼎弟子。三多的《可园诗钞》亦从这一年开始录诗。而王廷鼎是三多进入杭州文人圈的重要桥梁，经由王廷鼎，三多结识俞樾，并一直尊其

---

① ［美］沃纳·赛佛林、小詹姆斯·坦卡德：《传播理论起源、方法与应用》，郭镇之等译，华夏出版社 2000 年，第 228 页。
② 俞樾：《春在堂杂文》（杂文五编三），《春在堂全书》第 4 册，凤凰出版社 2010 年版，第 383 页。
③ 王廷鼎：《柳营谣序》，《可园诗钞外》，《清代诗文集汇编》第 792 册，第 655 页。

为"太夫子",俞樾亦对三多提携有加,二人交往一直持续到俞樾去世。俞樾是杭州当之无愧的文坛领袖,在俞樾的照拂下,三多与杭州诗坛互动频繁,从《六月十三日同人饮俞楼作消夏第三集怀吴中曲园太夫子》《秋暮梦薇师招同郯景叔寿祺孝廉暨诸同门自俞楼放舟至豁庐成诗次韵奉和》《春分日与古酝先生沈韵松庚垚太守同谒曲园太夫子敬呈》《曲园太夫子见示琼花诗云花在浙藩署索得数枝实即聚八仙也敬和四绝兼呈刘景韩树堂方伯》等诗作来看,三多是各类文雅活动的常客。法式善之后,蒙古族诗人中唯有三多能和"大师级"文人建立长期交游关系。而这其中,三多的家世起到了至关重要的作用。为《可园诗钞》写序的文人不约而同都提到了三多的家世,例如谭献说:"都尉以乔木世家得明湖而为。"[1] 果勒敏的题词中说三多是"勋胄"[2],王廷鼎介绍三多是"承其世叔父难荫得袭三等轻车都尉,食三品俸"。[3] 根据金梁的记录:

> 盛恺廷观察(元)立文课、吾从兄柏研香都护(梁)与兄杏襄侯协戎(梁)设琴社、三多六桥都护集诗会、吉将军(和)设字课,如俞曲园(樾)、王梦薇(廷鼎)、谭仲修(献)、杨古酝(葆光)、王同伯(同)、高白叔(云麟)、章一山(梫)、林琴南(纾)诸名硕,皆先后乐与周旋,而梦薇与襄侯,订交尤密,八旗子弟,从之游者甚众。[4]

三多称呼柏梁为姻叔(见于《雨中同乃和甫赓都尉游愚园张园赴姻叔柏研香梁都约也》),杏梁、金梁是亲兄弟,父亲是凤瑞,柏梁是凤瑞的侄子,三多称凤瑞为"姻外祖"(见于《还家敬次桐山姻外祖赠诗原韵》),而凤瑞和俞樾交好。[5] 可见,三多亲族皆与杭州文人圈交往甚密。彼时杭州八旗文人与当地名士交游已呈风气,三多介入杭州文人圈也是水到渠成。

三多创作《柳营谣》的灵感就来自王廷鼎。王廷鼎在《柳营谣》的

---

[1] 谭献:《可园诗钞序》,《可园诗钞》,《清代诗文集汇编》第792册,第580页。
[2] 三多:《可园诗钞》,《清代诗文集汇编》第792册,第582页。
[3] 三多:《可园诗钞》,《清代诗文集汇编》第792册,第581页。
[4] 金梁:《旗下异俗》,《西湖文献集成》第14册,杭州出版社2004年版,第314页。
[5] 关于凤瑞家庭关系,参见[美]柯娇燕《孤军:满人一家三代与清帝国的终结》,陈兆肆译,人民出版社2016年版,第140、141、175页。

序中提到，他在防营栖游，曾想写志传其盛，但苦考证之隘，未能成书。①光绪十五年（1889）《柳营谣》创作之时，王廷鼎已在撰写艺文部分，他曾提到三多对他帮助有加。②显然二人就营志撰写进行过探讨，完全可以说，三多是受到了老师的启发，创作了《柳营谣》。并且在帮助王廷鼎寻找文献的过程中，三多又编纂了《柳营诗传》。在自序中，他说是王廷鼎嘱他辑《柳营诗传》一书，欲与王廷鼎编的《杭防营志》相辅而行。③《蕉廊脞录》介绍此书"衰集杭州满洲驻防营中诸老辈之诗，……篇什虽不甚多，而百数十年间满营文物之盛，约略可见"④。再者，为杭州旗营写志是当时杭州文人圈的一个话题。光绪十六年（1890）王廷鼎完成了《杭防营志》，三年后张大昌的《杭州八旗驻防营志略》出版，张大昌与王廷鼎都师从俞樾，因此可以推测，为杭旗营作志，是当时杭州文人的舆论话题之一。所以三多创作《柳营谣》，也是受到了杭州文人圈的氛围的影响。

《柳营谣》刊刻后能够引起反响，与俞樾等杭州文人的推荐是分不开的。不可否认的是，俞樾等人的序文提升了《柳营谣》的社会价值，帮助《柳营谣》广泛传播。而俞樾等人愿意写序，除私人关系之外，还有一个原因是经历了太平天国运动之后，他们对旗营生出了更多的认同感，他们将旗营视为杭州的一部分。咸丰十年（1860），李秀成攻打杭州，"惟见满营官兵接仗杀贼，其余兵勇纷纷溃散"⑤。旗营在杭州将军瑞昌指挥下，坚守六天，待到援军，终解困局。杭州居民亦支援旗人，"满人由是得全"⑥。咸丰十一年（1861），太平军再次攻打杭州，驻防营城失守，合营纵火自焚，殉烈八千余人。⑦亲历者有感于战争惨烈，以诗纪事，《十朝诗乘》记载褚二梅的见闻诗，"君不见，买骨万斤困一屯，杭州已筑十二坟""君不见，颓然一塔城西偏，十里以内无人烟"⑧，读来令人毛骨悚然。旗人守营之悲壮深憾人心，陈康祺云："两省之陷，满兵皆视死

---

① 王廷鼎：《柳营谣序》，《可园诗钞外》，《清代诗文集汇编》第792册，第655页。
② 参见王廷鼎为《柳营诗传》写的序，清光绪十六年（1890）刻本。
③ 三多：《柳营诗传》，清光绪十六年（1890）刻本。
④ 吴庆坻：《蕉廊脞录》，中华书局1990年版，第165页。
⑤ 丁丙：《庚辛泣杭录》卷1，光绪二十一年（1895）丁氏嘉惠堂刊本，第6页。
⑥ 陈学绳：《两浙庚辛纪略》，丁丙《庚辛泣杭录》卷6，第2页。
⑦ 张大昌辑：《杭州八旗驻防营志略》，沈云龙主编《近代中国史料丛刊》第63辑，文海出版社1966年版，第396页。
⑧ 龙顾山人：《十朝诗乘》，卞孝萱点校，福建人民出版社2000年版，第744页。

如饴，万众同命，虽妇人稚子，无一偷生草间者。"① 战争来临，无论何种身份都难逃厄运，旗人与杭人共经患难，也拉近了他们之间的心理距离。

于是，在废墟中重建的旗营就是一座纪念碑，它承载了旗人与杭人共同的记忆。"纪念碑要承担保存记忆、构造历史的功能，总力图使某位人物、某个事件或某种制度不朽，总要巩固某种社会关系或某个共同体的纽带，总要成为界定某个政治活动或礼制行为的中心，总要实现生者与死者的交通，或是现在和未来的联系。"② 而唯有文字才能赋予纪念碑这些意义和功能。三多在《柳营谣》自序中记载：

> 自经兵燹，陵谷变迁，老成凋谢，欲求故实，更无堪问。……吾营八旗实备满蒙大族，皇恩优渥，创制显荣，其间勋名志节代不乏人，独无一编半册，识其大略。……窃不忍任其湮没无传以迄于今也。③

从这段话可以看出，三多要承担赋予旗营"纪念碑性"的责任，所谓纪念碑性，是指纪念碑的纪念功能及其持续。④ 具体来说，三多是从三个方面赋予旗营"纪念碑性"。

首先，三多在《柳营谣》中重建了旗营作为一个城市空间的历史脉络。⑤ 那些未能重建的遗迹所携带的历史信息是急需保存的。于是三多罗列了一些未能重建的建筑和自然景观，如会典房，乾隆六年（1741）颁到御制灯词一卷藏于会典房；会议府，曾有御书"冠军"二字，今古木衰草而已；开元宫，宋周汉国公主府，元时勾曲外史张伯雨入道于此，自阑入营中，惟矮屋数椽，中奉高真像而已，今则荆棘丛生；元朱淑贞故居，在宝康巷，今为东城筑断其半；贾似道故宅，旧为镶白旗协领署，花公禅布康熙间任此，有政绩，去后该旗感而立祠署旁，如今"花公祠宇

---

① 陈康祺：《郎潜纪闻初笔二笔三笔》，中华书局1984年版，第8—9页。
② [美] 巫鸿：《中国古代艺术与建筑中的"纪念碑性"》，李清泉、郑岩等译，上海人民出版社2017年版，第28页。
③ 三多：《柳营谣序》，《可园诗钞外》，《清代诗文集汇编》第792册，第656页。
④ [美] 巫鸿：《中国古代艺术与建筑中的"纪念碑性"》，李清泉、郑岩译，第27页。
⑤ 张大昌辑：《杭州八旗驻防营志略》，沈云龙主编《近代中国史料丛刊》第63辑，第182页。

失堂皇"。① 这些遗迹同时也是杭州的历史,"对残留物追本溯源的兴趣是为了证明对身份认同具有重要性的流传的真实性"②。三多的创作是在保存旗人与杭人共同的集体记忆,强化旗人的身份认同的同时,消弭旗人与杭人的身份差别。

其次,三多在《柳营谣》中重现了旗营作为一个生活空间的独特之处。旗营的本质是一座军营,因此处处体现着军事色彩,如武义学曰弓敞,各旗自设,"弓箭诗书两不荒"。营例盛夏停操,"午日家家扎簟棚"等等。除此之外,生活在满城的旗人也形成了自己的风俗民情,反映在三多的创作中,亦是温馨有趣。苋菜以营中西园为最著,名曰将军苋,"雅宜风味列西湖"。旗人春首用红绿豆粉蒸糕相馈,清明日以光饼高挂候立夏食之,谓不病暑云。春宵喜以红灯扎纸鸢高放,名鹞灯。诸如此类风俗在《柳营谣》中多有展现。重建后的旗营,旗人皆调自六州,所以节物各殊,三多的记载更是在重建旗营文化。

最后,一座纪念碑所蕴含的意义更是直接指向那些值得纪念的人。《柳营谣》开篇就讲到了昭忠、贞烈两祠,在双眼井旁,总祀庚申、辛酉男女殉节者。重建的旗营为死难者保留了一个空间,"如果说坟墓承载了家庭内部私人性质的纪念的话,纪念碑承载的却是一个大得多的回忆群体的纪念"③。建筑是纪念的直接载体,而文字却使纪念鲜活起来,三多写下"至今月黑霜清夜,恍有英风拂树枝",表达了战争是这个城市空间不能摆脱的创伤记忆。除建祠外,《柳营谣》还讲到旗营是在咸丰十一年(1861)十二月初一被攻陷,因此这天被设为纪念日,禁屠宰。对纪念碑、纪念日的书写,正是在延续旗营的纪念意义。

三多并不是"独行者",彼时旗营内外的文人都产生了维护旗营纪念碑性的文化自觉,他们通过写诗、修史等方式重塑旗营的历史价值。所以《柳营谣》是杭州文人圈期待的作品,文坛领袖也不吝赞誉,愿意助其传播。俞樾在《柳营谣》序中表示:

---

① 三多:《柳营谣》,《可园诗钞外》,《清代诗文集汇编》第 792 册,第 659—661 页。以下引自《柳营谣》的内容都出于此集,不另注。
② [德]阿莱达·阿斯曼:《回忆空间:文化记忆的形式和变迁》,潘璐译,北京大学出版社 2016 年版,第 50 页。
③ [德]阿莱达·阿斯曼:《回忆空间:文化记忆的形式和变迁》,潘璐译,第 39 页。

二百数十年来功名之隆盛，人物之丰昌，流风遗俗之敦厚，故家世族之久长，不可胜计。而纪载缺如无以垂示于后。中间又经兵燹，一营俱烬，乱定之后乃调集乍浦、福州、荆州、德州、青州、四川六处驻防重建新营，粗复旧额，入其城者但见衙署之鼎新、缠舍之草创，欲问其故事，而遗老尽矣。①

如果不诉诸文字，围绕这座城的社会记忆将要消失殆尽。在《柳营谣》的序和题词中，众人皆从这一层面出发肯定三多创作的意义。王廷鼎说："六桥惜其典则云亡，深抱数典忘祖之虑，爰为广询老成，穷搜故实，一名一物，莫不笔以载之。"② 宝熙③云："旧时风物谁流播，奕世忠贞合表扬。庚申辛酉满营殉节者皆祀昭忠贞烈祠。"④ 丛桂的题词是："辐辏金汤一炬焚，酾年风物不堪闻。只今闾巷都非旧，犹有江山得助君。"⑤ 可以说，三多的《柳营谣》是杭州汉士与旗人都看重的作品。它呈现的是地域空间，自然就借助了地域之人传播。《柳营谣》成为三多的"名片"，交游之人常用《柳营谣》称赞三多的才华，如彭见绥赞美三多"事采风谣句欲仙"，并注："著《柳营谣》传诵一时。"⑥ 蒋学坚有"柳营纪载比南徐"（《怀六桥都尉八叠前韵》）、"柳营谣记去年披"（《题六桥可园诗钞》）⑦ 等句。经由这些交游之士的传播，《柳营谣》声名远播。三多记载潘镜瑞以所著全集交换《柳营谣》⑧，三多亦有自得之意。通过交游，三多走出了旗营，而《柳营谣》又带领着杭州文士走入了旗营。《柳营谣》从创作到传播都与杭州文人圈有关，而这一过程本身又突显了满蒙汉文化的融合，旗人与汉人之间的相互理解与靠近。

杭州文人圈对三多的肯定奠定了三多在诗坛的地位，随着四处履职，三多的交游圈也在不断扩大，当时诗坛领袖樊增祥、易顺鼎等人皆与三多有来往。高拜石记录樊增祥、林纾、易顺鼎、三多等人结为诗社，选胜地

---

① 俞樾：《柳营谣序》，《可园诗钞外》，《清代诗文集汇编》第 792 册，第 656 页。
② 王廷鼎：《柳营谣序》，《可园诗钞外》，《清代诗文集汇编》第 792 册，第 657 页。
③ 爱新觉罗·宝熙（1871—1942），字瑞臣，号沉庵。
④ 《柳营谣题词》，《可园诗钞外》，《清代诗文集汇编》第 792 册，第 657 页。
⑤ 《柳营谣题词》，《可园诗钞外》，《清代诗文集汇编》第 792 册，第 658 页。
⑥ 彭见绥：《可园诗抄题诗》，《可园诗钞》，《清代诗文集汇编》第 792 册，第 583 页。
⑦ 蒋学坚：《怀亭诗录》，《清代诗文集汇编》第 759 册，第 231 页。
⑧ 三多：《可园诗钞》，《清代诗文集汇编》第 792 册，第 590 页。

会面，作诗、作画、弹琴。① 郑逸梅说："与六桥往还及唱和者，尚有赵萼楼、任卓人、陈寿松、袁巽初、嵩允中、吴学庄、邹筠波、方佩兰、李益智、何棠孙诸耆旧。相处久，人亦忘其为蒙古人也。"② 三多的蒙古人身份和杭州人身份融为了一体。他的传播行为具有地域的特色，也有民族的特色。通过与杭州文士的交游，他打开了诗坛的大门，也争取了一席天地。

第三节 "炒作"传播：报纸与三多的传播行为

在近代蒙古族文人中，三多是唯一主动利用报纸进行传播的诗人，他有意识地利用大众传播媒体塑造了一个与时俱进的才子形象。他的实践者心态体现在社会方方面面，积极利用大众媒体亦是其一，介入媒体，并让媒体为己所用，他始终维持着对"新"的兴趣。

在报纸上，三多全方位展现了自己的才能，扩大自己的声名，将自己的形象塑造成淡出官场的文化名人。他的传播类似于"炒作式"传播，因为三多毫无掩饰地利用这种途径获得经济利益。

三多的各种作品都曾出现在报纸上。《北平画报》1928 年第 2 期发表了三多画的扇面（荷花），《天津商报画刊》1931 年第 3 卷第 1 期又载"书家三六桥与画家林实馨合作之扇面"（松树）。这样的展示亦有售卖的目的，《天津商报图画半周刊》1931 年第 2 卷第 9 期"半周报告"载："前奉天都统三六桥多将军，自退隐后，诗酒自娱，不问世事，所为诗高亢夐绝，为樊山老人得意弟子，近应北平中华书会会长林实馨之恳约，与之诗画合作，林画而将军加以题赞，故林因之声价十倍，日来预定画件者已有二百余起之多云。"《天津商报画刊》1932 年第 4 卷第 42 期又载："前奉天都统三六桥，同闽中诗人林实馨，因前年合作扇面，甚形忙碌，今年再行合作百扇，以买画先后为序，炎暑之际，立索不应，以云限制云。"直到 1936 年，二人合作扇面依然有市场，《风月画报》载："三六桥、林实馨合作扇面，其例如下，三林合作山水，十二元，三林合作仕女，二十元，三林合写隶书，六元，收件处，北平大佛寺林宅，并闻此种

---

① 高拜石：《新编古春风楼琐记》（五），作家出版社 2004 年版，第 20 页。
② 郑逸梅：《梅庵谈荟》，黑龙江人民出版社 1985 年版，第 204 页。

第十一章 新中承旧：三多的心态与创作传播

特例，以一月为限云。"①

除画外，还有书法。《北洋画报》1928年第182期有"三六桥为杨云史书屏幅"。《大亚画报》1930年第267期发表"三六桥两字值千金"：

> 三六桥将军，工隶善画，书法尤挺秀，求者踵相接。自盛京副都统卸任后，两袖清风，遨游京辽，以书画自遣，题其斋曰"双凤砚"。因慕名求书画者太多，特自订润格小启，以示限制。……正金银行并求书一匾额，闻事后以金票二千为寿。盖将军艺术之名，已远播东瀛矣，两字千金，岂偶然哉。

高官加才子的媒体形象，为三多带来了丰厚的收益。

而三多也积极在报纸上展现自己的诗歌才华，有《题林诗人实馨（画麻姑）》②《题林实馨画仕女》③《满路华次和樊山师南园书见原韵》④ 等，《风月画报》1933年第2卷第41期有署名为红菱的文章，记录了三多赠梅兰芳的两首诗。必须指出的是，这些诗歌是应大众媒体需求而产生的，因此带有匹配大众传播的现实性，例如林实馨和三多是媒体上的合作伙伴，为林实馨写诗亦有商业销售目的，而梅兰芳是大名鼎鼎的公众人物，为他写诗，不仅是在引起梅兰芳的注意，更多的是在吸引大众的目光。这些诗艺术成就不高，且三多也未曾收录在自己的诗集中。基于同样的目的，友人也积极在媒体上为三多这位"名人"写赠和诗，如亦园《同三六桥话旧》⑤，钱南铁《书三六桥都护香珊瑚馆悼词后》⑥，王永江《赠三六桥都督》⑦，丹翁《谨步三六桥先生秋雪艳诗韵》⑧，子威《香珊瑚馆集序为三六桥姬人也玉并作》⑨，丁惠馨《重九登吴山即步三六桥太尊重九吴山诗元韵》⑩，黄濬《三六桥属题双凤砚砚有成容若朱竹垞铭周

---

① 《风月画报》1936年第8卷第16期。
② 《上海画报》1931年第709期。
③ 《北洋画报》1933年第18卷第897期。
④ 《铁路协会会报》1921年第100期。
⑤ 《国粹学报》1902年第2卷第8期。
⑥ 《虞社》1931年第172期。
⑦ 《辽东诗坛》1925年第7期。
⑧ 《上海画报》1931年第730期。
⑨ 《东北大学周刊》1930年第101期。
⑩ 《雁来山馆诗钞》卷十三，《著作林》1900年第15期。

青士跋》①，师郑《三六桥都护多见示可园诗稿属为题词因赋长句》②，绌斋《题三六桥多朔漠访碑图》③ 等。借由报纸展开的唱和活动是面向大众的"展示型"交游，因为作品的读者不仅限于唱和双方，还有未知的大众。甚至给"别人"看，将"我们"的关系公之于众是更重要的传播目的，这在一定程度上改变了唱和诗的功能和作用。三多是名人，吸引了众多作者在媒体上为他写诗，这些赠和诗频繁提及三多，也强化了三多在大众中的"文人才子"形象。

诗集、日记、笔记等书籍是用"面"呈现作者形象，呈现较为完整的心态、性格。而报纸上的一幅画、一幅字、一首诗是碎片化的，拼凑起了一个传播者有意为之的形象，根据拉斯韦尔的解释大众传媒可以赋予一个人地位，但是相应的负功能，就是帮助塑造了一种虚假形象、虚假人格。④ 从受众一方来看，通过书，可以了解作者是什么样的人，但是通过报纸，只能记住他的名字，知道他是一个"名人"。报纸是商品，报纸赋予个人的名望也就携带了某种商品属性。三多积极利用报纸，报纸赋予三多更高的名望，由此带来的经济效益也不能小视。虽然民国时期主动利用报纸进行传播的传统文人已如过江之鲫，但如同三多这般全方位展现自身，有意识地打造公众形象，还是值得关注的行为。可以说，三多是媒介变革时代的受益者。

第四节　对三多形象的接受与传播

光宣之际的蒙古族诗人中，三多是名气较大，受到认可较多的一位。晚近文人对三多的文学才能多有认可。在诗歌创作方面，其师王廷鼎评价他："诗笔清丽，可出入石湖、剑南间，又喜读玉溪西昆诸集，故能情景兼备。"⑤ 俞樾认为三多的诗合杜韩韦柳而炉冶之以自成一家。⑥ 陈衍将三多的创作与樊增祥、易顺鼎这两位晚清大家相提并论，称："六桥歌行似

---

① 《东方杂志》1920 年第 17 卷第 10 期。
② 《铁路协会会报》1925 年第 158—159 期。
③ 《大中华》1915 年第 1 卷第 12 期。
④ 参见［美］沃纳·赛佛林、小詹姆斯·坦卡德《传播理论：起源、方法与应用》，郭镇之等译，华夏出版社 2000 年版，第 350 页。
⑤ 王廷鼎：《可园诗钞序》，《可园诗钞》，《清代诗文集汇编》第 792 册，第 581 页。
⑥ 俞樾：《可园诗钞序》，《可园诗钞》，《清代诗文集汇编》第 792 册，第 579 页。

樊山,尤似实甫;七律似实甫,尤似樊山。"① 又云:"近来诗派,海藏以伉爽,散原以奥衍,学诗者不此则彼矣。若樊山之工整,祈向者百不一二,六桥、暗公其最也。"② 这是对三多诗歌创作技巧的高度认可。从诗学渊源来看,三多确实承自樊增祥,钱仲联也说三多是樊增祥的诗弟子,并把三多定义为"地捷星花项虎龚旺",评价他"当举世宗江西派之时,独传樊氏衣钵,可贵也"③。类似的评价也见于钱基博的《现代中国文学史》。④

三多诗歌的读者,较常谈论三多与樊增祥的关系。虽然俞樾在为《可园诗钞》写的序中说三多诗歌与自己类似,但其他人没有提到这种传承关系。郭则沄《清词玉屑》也说:"三六桥早岁与樊山分赋红绿梅,有红梅布政、绿梅都护之目。"⑤ 除樊增祥外,还有接受者将三多与法式善相提并论,例如宗舜年在《可园诗钞》题词中说三多"香火诗龛法翰林",胡念修在《六桥都尉三多见示近作》一诗中也有"前推通志后诗龛,二百年来鼎足三"之句,将三多与纳兰性德、法式善并列。⑥ 另外,汪辟疆评价三多诗亦典雅可颂,且熟于满蒙地理方言,喜以韵语出之,自然驯雅。⑦ 汪辟疆指出了三多作为一个旗人在创作诗歌方面的特色,而这种特色也是蒙汉文化交融的直接证据。《柳营谣》亦是三多传播较久的作品集,民国时期徐一士编《一士类稿》,说三多"以诗名",其《柳营谣》"用竹枝词体,述杭营诸事,……既见诗才凤慧,尤足考有清一代杭州驻防旗营之史迹"⑧,并全文抄录了《柳营谣》。

在词方面,三多也得到了较多赞誉。《平等阁诗话》认为三多的词"风格逸丽,不减迦陵"⑨,将三多与清初阳羡词派领袖陈维崧相提并论,

---

① 陈衍:《石遗室诗话》,张寅彭主编《民国诗话丛编》(一),上海书店出版社 2002 年版,第 131 页。
② 陈衍:《石遗室诗话》,张寅彭主编《民国诗话丛编》(一),第 445 页。
③ 钱仲联:《近百年诗坛点将录》,《梦苕庵论集》,中华书局 1993 年版,第 371 页。
④ 钱基博:《现代中国文学史》,中国人民大学出版社 2004 年版,第 202 页。
⑤ 郭则沄:《清词玉屑》,朱崇才《词话丛编续编》,人民文学出版社 2010 年版,第 2890 页。
⑥ 胡念修:《灵芝仙馆诗钞》,《清代诗文集汇编》第 793 册,第 265 页。
⑦ 汪辟疆:《光宣诗坛点将录》(上),王培军笺证,中华书局 2008 年版,第 325 页。
⑧ 徐一士:《一士类稿》,沈云龙主编《近代中国史料丛刊》第 1 辑,文海出版社 1966 年版,第 213 页。
⑨ 狄葆贤:《平等阁诗话》,张寅彭选辑《清诗话三编》第 10 册,上海古籍出版社 2014 年版,第 7069—7070 页。

这虽有过誉之嫌，但也足见三多词在当时的影响力。谭献辑《箧中词》选三多词两首，评价他"学于梦微，倚声乃冰寒于水"①，与其师王廷鼎一脉相承。郑逸梅将三多与纳兰性德并论，他说："不意晚清三六桥，为韦鞴毳幕中人，居然作雅颂之声，篇什流播，足与纳兰后先辉映，虽不谓之佳话，不可得已。"② 在郑逸梅看来，三多的成就是无法与纳兰性德比肩的，但如果从旗人身份出发审视三多的创作，则可将三多视为纳兰性德的延续。三多是晚清八旗诗人中的佼佼者。

陈衍、谭献、郭则沄是晚清文坛举足轻重之士，他们对三多作品的传播必然会提升三多的影响力。无论诗词，三多的创作都进入了当时主流作家的视野，因此可以说，对于三多的接受与传播较之延清是更为广泛的，三多是可以和晚清文坛进行对话的蒙古族文人。

但是，对于三多的政治身份的接受，则呈现出褒贬不一的现象。库伦独立当下，报纸对此事关注不多，没有引发舆论爆点，且述及此事的报纸，关注的重点在活佛哲布尊丹巴喇嘛，三多一带而过，彼时舆论并没有将库伦独立的责任归咎于三多。③ 但在《十朝诗乘》的记载中，三多已然要为库伦独立负起部分责任了，"六桥都护（三多）为最后驻库大臣，谋练兵改制，蒙情疑惴。时哲布已潜希非分，六桥屡举朝鲜覆辙讽之，不省。辛亥变作，俄人乘而胁之，遂侈然自帝"④。这段文字指明三多的行为刺激了当地宗教领袖。接下来《十朝诗乘》又载："六桥初至，哲布以其英年专阃，颇惮之，尝使所谓'白菩萨'者独见，意存蛊惑，六桥不为动，颇以此自矜。余谓拒之宜也。乘其畏威，示以恩信，恩信既洽，乃计兴革，庶几不为异族所乘乎。"⑤ 这段文字更是直白批评三多在库伦的傲慢。在随后的记载中，三多渐渐成为库伦独立过程中的主要责任人，延续至今依然如此，指责之意浓厚。例如高博彦《蒙古与中国》说库伦办事大臣是美缺，满员营谋者，非二十万金不能得，历任大臣无不贪婪，抚

---

① 谭献辑：《清词一千首 箧中词》，罗仲鼎等校点，西泠印社出版社2007年版，第350页。
② 郑逸梅：《梅庵谈荟》，黑龙江人民出版社1985年版，第203页。
③ 通过检索"晚明、民国期刊全文库"，报道库伦独立的报刊有《浅说画报》1911年第1073期，《民国汇报》1913年第1卷第4期，《震旦》1913年第1期，《浙江公报》1913年第342期，《协和报》1913年第4卷第10期，《东方杂志》1912年第8卷第10期，《星期汇报：新闻舆论商务丛刊》1913年第1卷第1期等。
④ 龙顾山人：《十朝诗乘》，卞孝萱点校，福建人民出版社2000年版，第1017页。
⑤ 龙顾山人：《十朝诗乘》，卞孝萱点校，第1017—1018页。

育无方，蒙情日漓。加之三多昏庸，办事失当，终至独立。①

三多在库伦的新政确实反映了他急于求成的傲慢、急躁的态度，其创作中的沮丧情绪恰恰也证明了他深信自己主张的合理性——是他们不愿意理解我，而不是我的工作方向需要调整，自视甚高。但是，事实的另一面是，三多推行新政，是当时清廷推行新政的一个镜像，从上到下皆无章法。而光绪、慈禧相继离世后，晚清最后三年，改与不改，已无法扭转大局，清廷分崩离析，是势使之然。库伦独立前，已经爆发武昌起义，东南各省相继独立。就算三多固守成例，库伦也很难安全无虞。因此，过分苛责三多，并不符合客观实际。

三多始终能够跟得上"新"的潮流，无论是政治选择、生活选择皆如是。三多不是科举出身，这在蒙古族诗人中是较为少见的，他能够得到文人的普遍认可，与他的家世、杭州文人圈对他的推崇是分不开的。三多还是媒体的"常客"，这维持了他在民国时期的知名度。因此，对三多的接受与传播要比晚清其他蒙古族诗人广泛而多样。

---

① 高博彦：《蒙古与中国》，《亚洲民族考古丛刊》（第六辑），南天书局1977年版，第106—110页。

结　　语

传播是一个动态的过程，以传播为视角可以看到作为个体的诗人与社会、朝廷、家庭、友人之间千丝万缕的联系。他们表达的是意见、行为，反映出的则是态度，影响态度的是更深层的价值观。虽然从法式善到延清，他们的心态各有不同，但从价值观来看，他们已然表现出对汉文化的高度认同，他们深受儒家文化观的影响，具有了"士"的自觉精神，先天下之忧而忧，以深沉笔触观照现实。

生活在乾隆时期的梦麟年少成名，米彦青评价："梦麟的《河决行》《鳌阳夜大风雪歌》《沁河涨》《舆人哭》《哀临淮》《悲泥涂》诸篇，诗人选择或冷峻、或豪骤、或跌宕的意象，呈现出生活于'乾隆盛世'的劳工、舆夫等疲于奔命，朝不保夕的众生世相图，以更深广的力度、颇具典型性的生活场面来反映现实。"① 和瑛、松筠主政边疆，宣抚于民，其诗歌创作反映的是儒家文化、蒙古族文化与边疆文化的融合。法式善过着与文人雅士别无二致的生活，甚至在汉族文人主宰的诗坛获得一席之地，其中运作无不渗透着对儒家文化的深刻理解。另外，一些武将出身的诗人将"士"的精神与"武"的精神结合，显示出了胸怀天下的豪气。如白衣保的"孤身持宝剑，万里走黄沙""丈夫当自奋，慷慨向天涯"（《送人出塞二首》）②，既有"士"的"铁肩担道义"，也有"武"的勇猛无惧。行军打仗的蒙古族诗人无不以"儒将"自居。随着时代危机的不断加深，至清末民初，个人命运已和国家命运密不可分。延清、三多思考着当下种种危机以及救世之道。身为喀喇沁右翼旗第十四任扎萨克多罗杜陵

---

① 米彦青：《接受与书写：唐诗与清代蒙古族汉语韵文创作》，中国社会科学出版社2014年版，第53页。

② 白衣保：《鹤亭诗稿》，道光十六年（1836）刻本，以下引诗皆出于此集，不另注。

郡王加亲王衔的贡桑诺尔布在属地推行改革，将当时社会思潮带到蒙地，是蒙古族诗人学习汉文化后对民族地区的回馈。生活在清朝的蒙古族诗人始终怀有强烈的文化认同，由此呈现隐含在行为之中的中华民族共同体意识。

法式善是乾嘉诗坛主盟者之一，他能够取得这样的地位和他积极的传播行为是分不开的。他的诗歌与仕途是一种"互融""共进"的关系，而这种关系也是乾嘉诗坛的特点之一。柏葰、瑞常、花沙纳、恩泽等生活在道咸同时期的蒙古族高官将主要精力放在仕途，诗歌创作只是个人兴趣，但文学作品天然具备流通的属性，他们的诗歌通过交游唱和得到了传播，其传播行为特别突出了诗歌的仪式化交往属性。清末民初，在报纸渐渐普及之时，大多数蒙古族诗人依然选择用交游、酬唱、雅集维系认同感，对于他们而言，人际传播的需求更高于大众媒体传播。总体上看，刊刻帮助蒙古族诗人保存了诗集，人际传播是他们普遍重视的传播方式。

法式善是清代著名诗人，他想要传播的形象得到了世人的认可。柏葰因戊午科场案被后世反复谈论，他本人的传播动机与传播效果之间建立了曲折的联系。三多善于使用报纸，也得到了舆论的广泛认可。但是更多的蒙古族诗人在离世后就渐渐地淡出了历史舞台，这一方面是由于诗歌创作能力有限，另一方面也是由于传播行为单一。

近些年，古代蒙古族汉文创作研究已呈繁荣之势，但总体来看，学者更重视作品研究，而本文着眼于诗人心态与行为，可以弥补对诗人研究的不足。通过对不同时期蒙古族诗人的个体心态分析，可以看出蒙古族诗人群体的价值观念，进而可以勾勒出清代蒙古族诗人的心态史。心态史源于法国年鉴学派，关注的是群体无意识行为，勒高夫定义："心态史研究日常的自动行为，这些行为是历史的个人没有意识到的东西，是他们思想中非个人的内容。"[①] 群体无意识行为受到群体价值观念的影响，直接以个体行为的方式呈现。从个体心态出发，研究清代蒙古族诗人心态史，亦是构建清代文人心态史研究不可或缺的部分。目前文学传播学的研究侧重于传播载体或渠道，但传播从根本上指的是人的行为，如果分析行为，就需要探讨行为的本质特征。本书借鉴社会学理论对传播行为进行分析，正是希望找到蒙古族诗人传播行为的规律性特点。而目前来看从事这方面研究

---

① 转引自樊江宏《法国年鉴学派研究》，博士学位论文，首都师范大学，2013年。

的学者是较少的，因此本书也可以为丰富文学传播学研究视角贡献一些力量。

　　中华民族是命运共同体，自古以来各民族交流交融共同书写了中华文明。文学史的发展历程亦是如此，各民族都是中华民族文学历史演进过程中必不可少的环节。清代蒙古族诗人汉文创作本身就是蒙汉文化交融的产物，这些作品既是蒙古族文学发展史上的璀璨明珠，也是清代文学史上的华丽篇章。如果没有蒙汉文化交融的过程，这些成果是不可能存在的。蒙汉文化、文学交融是历史发展方向，也是多年以来学界一直关注的研究方向。蒙汉文化交融体现在诗人创作的方方面面，从传播的视角分析诗人心态、传播行为、传播效果，可以深化蒙汉文化交融的文学意义与历史意义。清代蒙古族汉文创作研究方向已然确立，但若要形成研究体系，避免研究的碎片化，还需要运用不同学科理论，扩大研究视角。

　　由于本书篇幅所限，未能对更多的蒙古族诗人展开探讨，但这将是笔者未来的研究方向。本书聚焦了五位蒙古族诗人的传播心态，今后还将关注更多的蒙古族诗人，进行更全面的分析，在此基础上，笔者希望能够完成蒙古族诗人心态史研究。人际传播是蒙古族诗人最常采用的传播方式，将酬唱雅集理解为交往行为，还有可进一步探讨的空间，随着研究对象的扩大，更多的交往动机、形式、效果将会呈现。社会交往过程是诗人的社会化过程，对此进行研究有助于把握诗人创作规律，也可以拓宽蒙汉文化交融研究视角。最后，从宏观层面来看，清代的政治、经济、文化对蒙古族诗人创作传播的影响过程还需要更为细致的探讨，这也是笔者将要努力的方向。

参考文献

一 基本古籍（依照《四库全书》分类法排列）

（春秋）《诗经》，北京出版社 2006 年版。

（春秋）《论语》，中华书局 2006 年版。

（唐）孔颖达：《毛诗正义》，北京大学出版社 1999 年版。

（唐）李延寿：《南史》，中华书局 1975 年版。

（宋）宋敏求编：《唐大诏令集》，中华书局 2008 年版。

（宋）司马光：《司马光奏议》，山西人民出版社 1986 年版。

赵尔巽等编：《清史稿》，中华书局 1977 年版。

（清）《清实录》，中华书局 1985 年版。

（清）丁丙：《庚辛泣杭录》，国家图书馆藏光绪二十一年丁氏嘉惠堂刊本。

中国社会科学院近代史研究所近代史资料编辑室编：《庚子记事》，中华书局 1978 年版。

中国第一历史档案馆编：《咸丰同治朝上谕档》，广西师范大学出版社 1998 年版。

（清）马新贻：《马端敏公（新贻）奏议》，《近代中国史料丛刊续编》第十八辑，文海出版社 1974 年版。

（清）松筠：《镇抚事宜》，《中华文史丛书之七十七》，华文书局股份有限公司 1968 年版。

（清）张鉴：《阮元年谱》，中华书局 1995 年版。

（清）严荣：《清王述庵先生昶年谱》，商务印书馆 1978 年版。

（清）张集馨：《道咸宦海见闻录》，中华书局 1981 年版。

（清）翁心存：《翁心存日记》，中华书局2011年版。

（清）郭嵩焘：《郭嵩焘日记》，湖南人民出版社1981年版。

（清）王韬：《王韬日记》，中华书局1987年版。

（清）李慈铭：《越缦堂日记》，广陵书社2004年版。

（清）翁同龢：《翁同龢日记》，中华书局1989年版。

（清）恽毓鼎：《澄斋日记》，浙江古籍出版社2004年版。

（清）叶昌炽、王季烈抄录：《缘督庐日记钞》，国家图书馆藏1933年上海蝉隐庐石印本。

《浙江省杭州府志》，成文出版社1974年版。

（清）李斗：《扬州画舫录》，中华书局1960年版。

（清）姚莹：《康輶纪行》，中华书局2014年版。

（清）震钧：《天咫偶闻》，北京古籍出版社1982年版。

（清）孙殿起：《琉璃厂小志》，北京古籍出版社2001年版。

《最近官绅履历汇编》，《近代中国史料丛刊》第四十五辑，文海出版社1966年版。

秦国经等编：《清代官员履历档案全编》，华东师范大学出版社1997年版。

顾廷龙编：《清代硃卷集成》，成文出版社1992年版。

来新夏编：《清代科举人物家传资料汇编》，学苑出版社2006年版。

（清）鄂尔泰等：《八旗通志》，东北师范大学出版社1985年版。

（清）张廷玉等：《清朝文献通考》，李洵、赵德贵主点，商务印书馆1936年版。

（清）希元等纂：《荆州驻防八旗志》，马协弟、陆玉华点校注释，辽宁大学出版社1990年版。

（清）张大昌辑：《杭州八旗驻防营志略》，《近代中国史料丛刊》第六十三辑，文海出版社1966年版。

《杭州八旗驻防营志略、绥远旗志、京口八旗志、福州驻防志》，辽宁大学出版社1996年版。

中国社会科学院中国边疆史地研究中心编：《清末蒙古史地资料汇萃》，全国图书馆文献微缩复制中心1990年版。

（战国）《庄子》，中华书局2007年版。

（南朝）刘义庆：《世说新语》，中华书局2011年版。

（清）福格：《听雨丛谈》，中华书局1984年版。

（清）昭梿：《啸亭续录》，《笔记小说大观》第35册，广陵古籍刻印社1984年版。

（清）吴振棫：《养吉斋丛录》，中华书局2005年版。

（清）法式善：《陶庐杂录》，中华书局1959年版。

（清）陈康祺：《郎潜纪闻初笔二笔三笔》，中华书局1984年版。

（清）赵慎畛：《榆巢杂识》，中华书局2001年版。

（清）欧阳昱：《见闻琐录》，岳麓书社1986年版。

（清）柯悟迟：《漏网喁鱼集》，中华书局1959年版。

（清）王伯恭：《蜷庐随笔》，山西古籍出版社、山西教育出版社1999年版。

（清）薛福成：《庸盦笔记》，《笔记小说大观》第27册，广陵古籍刻印社1984年版。

（清）方濬师：《蕉轩随录续录》，中华书局1995年版。

（清）戴璐：《藤阴杂记》，上海古籍出版社1985年版。

（清）王之春：《椒生随笔》，岳麓书社1983年版。

（清）朱克敬：《瞑庵杂识瞑庵二识》，岳麓书社1983年版。

（清）毛祥麟：《墨余录》，《笔记小说大观》第21册，广陵古籍刻印社1983年版。

（清）李岳瑞：《春冰室野乘》，《近代中国史料丛刊》第六辑，文海出版社1967年版。

（清）刘声木：《苌楚斋随笔续笔三笔四笔五笔》，中华书局1998年版。

（清）陆以湉：《冷庐杂识》，中华书局1984年版。

（清）吴庆坻：《蕉廊脞录》，中华书局1990年版。

（清）赵慎畛：《榆巢杂识》，中华书局2001年版。

（清）刘禺生：《世载堂杂忆》，中华书局1960年版。

（清）胡思敬：《国闻备乘》，中华书局2007年版。

（清）陈夔龙：《梦蕉亭杂记》，世界知识出版社2007年版。

（清）钱泳：《履园丛话》，中华书局1997年版。

（清）朱彭寿：《旧典备征安乐康平室随笔》，中华书局1982年版。

（清）陈篆：《止室笔记第一种》，《近代中国史料丛刊》第十七辑，文海出版社 1966 年版。

（清）平步青：《霞外攟屑》，上海古籍出版社 1982 年版。

（清）张祖翼：《清代野记》，中华书局 2007 年版。

（清）叶德辉：《书林清话》，上海古籍出版社 2008 年版。

（西晋）陆云著，刘运好校注整理：《陆士龙文集校注》，凤凰出版社 2010 年版。

（宋）苏轼：《东坡全集》，《景印文渊阁四库全书》第 1107 册，台湾商务印书馆 1983 年版。

（明）宋濂：《宋濂全集》，浙江古籍出版社 1999 年版。

（明）李东阳：《李东阳集》，岳麓书社 2008 年版。

（清）玄烨：《圣祖仁皇帝御制文集》，《景印文渊阁四库全书》第 1298、1299 册，台湾商务印书馆 1983 年版。

（清）弘历：《御定乐善堂全集定本》，《景印文渊阁四库全书》第 1300 册，台湾商务印书馆 1983 年版。

（清）弘历：《御制文初集》，《景印文渊阁四库全书》第 1301 册，台湾商务印书馆 1983 年版。

（清）弘历：《御制诗初集》，《景印文渊阁四库全书》第 1302 册，台湾商务印书馆 1983 年版。

（清）顾炎武：《顾炎武全集》，上海古籍出版社 2011 年版。

（清）白衣保：《鹤亭诗稿》，国家图书馆藏道光十六年刻本。

（清）景文：《抱筠亭集》，故宫博物院图书馆藏嘉庆刻本。

（清）法式善：《法式善诗文集》，刘青山点校，人民文学出版社 2015 年版。

（清）洪亮吉：《洪亮吉集》，中华书局 2001 年版。

（清）阮葵生：《阮葵生集》，王泽强点校，陕西人民出版社 2009 年版。

（清）和瑛：《西藏赋》，国家图书馆藏嘉庆刻本。

（清）国栋：《偶存诗钞》，国家图书馆藏嘉庆刻本。

（清）龚自珍：《龚自珍全集》，上海人民出版社 1975 年版。

（清）恩泽：《守来山房鼍鞭馀吟》，国家图书馆藏清末绿丝栏稿本。

（清）花沙纳：《出塞杂咏》，国家图书馆藏道光二十八年撰稿本。

（清）花沙纳：《国学补植丁香花酬唱集》，国家图书馆藏清刻本。

（清）倭仁：《倭文端公遗书》，国家图书馆藏同治刻本。

（清）《曾国藩全集》，岳麓书社 2011 年版。

（清）《李鸿章全集》，安徽教育出版社 2008 年版。

（清）瑞常：《如舟吟馆诗钞》，国家图书馆藏光绪年间刻本。

（清）《梁启超全集》，北京出版社 1999 年版。

（清）裕贵：《铸庐诗剩》，国家图书馆藏清光绪刻本。

（清）奕赓：《佳梦轩丛著》，北京古籍出版社 1994 年版。

（清）陈衍：《石遗室诗集》，《陈石遗集》，福建人民出版社 2001 年版。

（清）清瑞：《江上草堂诗集》，国家图书馆藏民国六年沈阳铅印本。

（清）爕清：《养拙书屋诗选》，国家图书馆藏清晚香项氏钞本、鸿宝斋书局影印 1936 年版。

（清）崇彝：《选学斋诗存》，国家图书馆藏光绪刻本。

（清）衡瑞：《寿芝仙馆诗存》，国家图书馆藏 1913 年石印本。

（清）来秀：《扫叶亭咏史诗》，国家图书馆藏同治刻本。

（清）博明：《西斋诗辑遗三卷》，《清代诗文集汇编》第 351 册，上海古籍出版社 2010 年版。

（清）纪昀：《纪文达公遗集》，《清代诗文集汇编》第 354 册，上海古籍出版社 2010 年版。

（清）翁方纲：《复初斋文集》，《清代诗文集汇编》第 382 册，上海古籍出版社 2010 年版。

（清）和瑛：《易简斋诗钞》，《清代诗文集汇编》第 399 册，上海古籍出版社 2010 年版。

（清）秦瀛：《小岘山人诗文集》，《清代诗文集汇编》第 407 册，上海古籍出版社 2010 年版。

（清）铁保：《惟清斋全集》，《清代诗文集汇编》第 432 册，上海古籍出版社 2010 年版。

（清）松筠：《绥服纪略图诗》，《清代诗文集汇编》第 433 册，上海古籍出版社 2010 年版。

（清）王芑孙：《惕甫未定稿》，《清代诗文集汇编》第 442 册，上海古籍出版社 2010 年版。

（清）吴鼒：《吴学士文集》，《清代诗文集汇编》第 445 册，上海古籍出版社 2010 年版。

（清）曾燠：《赏雨茅屋诗集》，《清代诗文集汇编》第 456 册，上海古籍出版社 2010 年版。

（清）彭蕴章：《松风阁诗钞》，《清代诗文集汇编》第 577 册，上海古籍出版社 2010 年版。

（清）托浑布：《瑞榴堂诗》，《清代诗文集汇编》第 600 册，上海古籍出版社 2010 年版。

（清）徐光第：《含清堂诗存》，《清代诗文集汇编》第 609 册，上海古籍出版社 2010 年版。

（清）鄂恒：《求是山房诗集》，《清代诗文集汇编》第 610 册，上海古籍出版社 2010 年版。

（清）黄文琛：《思贻堂诗续存》，《清代诗文集汇编》第 611 册，上海古籍出版社 2010 年版。

（清）林昌彝：《衣䙌山房诗集》，《清代诗文集汇编》第 614 册，上海古籍出版社 2010 年版。

（清）柏葰：《薜箖吟馆钞存》，《清代诗文集汇编》第 622 册，上海古籍出版社 2010 年版。

（清）周文禾：《驾云螭室诗录》，《清代诗文集汇编》第 625 册，上海古籍出版社 2010 年版。

（清）赵霖：《东行杂咏》，《清代诗文集汇编》第 627 册，上海古籍出版社 2010 年版。

（清）柏春：《铁笛仙馆宦游草》，《清代诗文集汇编》第 631 册，上海古籍出版社 2010 年版。

（清）钱国珍：《峰青馆诗钞》，《清代诗文集汇编》第 654 册，上海古籍出版社 2010 年版。

（清）凤瑞：《如如老人灰余诗草》，《清代诗文集汇编》第 658 册，上海古籍出版社 2010 年版。

（清）尹耕云：《心白日斋集》，《清代诗文集汇编》第 659 册，上海古籍出版社 2010 年版。

（清）方濬颐：《二知轩诗钞》，《清代诗文集汇编》第 660 册，上海古籍出版社 2010 年版。

（清）萧培元：《思过斋诗钞》，《清代诗文集汇编》第 665 册，上海古籍出版社 2010 年版。

（清）许瑶光：《雪门诗草》，《清代诗文集汇编》第 667 册，上海古籍出版社 2010 年版。

（清）邵亨豫：《愿学堂诗存》，《清代诗文集汇编》第 671 册，上海古籍出版社 2010 年版。

（清）丁杰：《蛾术斋诗草》，《清代诗文集汇编》第 683 册，上海古籍出版社 2010 年版。

（清）吴仰贤：《小匏庵诗存》，《清代诗文集汇编》第 683 册，上海古籍出版社 2010 年版。

（清）周惺然：《宝帚诗略》，《清代诗文集汇编》第 687 册，上海古籍出版社 2010 年版。

（清）裴荫森：《裴光禄遗集》，《清代诗文集汇编》第 694 册，上海古籍出版社 2010 年版。

（清）贵成：《灵石山房诗草》，《清代诗文集汇编》第 695 册，上海古籍出版社 2010 年版。

（清）锡缜：《退复轩诗》，《清代诗文集汇编》第 695 册，上海古籍出版社 2010 年版。

（清）李桓：《宝韦斋类稿》，《清代诗文集汇编》第 704 册，上海古籍出版社 2010 年版。

（清）旺都特那木济勒：《如许斋集》，《清代诗文集汇编》第 719 册，上海古籍出版社 2010 年版。

（清）方观澜：《纪年诗》，《清代诗文集汇编》第 721 册，上海古籍出版社 2010 年版。

（清）延清：《锦官堂诗草、来蝶轩诗、锦官堂诗草五十述怀不分卷、庚子都门纪事诗、锦官堂七十二候试律诗、前后三十六天诗、锦官堂诗续集》，《清代诗文集汇编》第 765 册，上海古籍出版社 2010 年版。

（清）延清：《蝶仙小史汇编》，国家图书馆藏光绪己亥刻本。

（清）延清：《丙午春正唱和诗》，《清代蒙古族别集丛刊》第 29 册，国家图书馆出版社 2021 年版。

（清）蒋学坚：《怀亭诗录》，《清代诗文集汇编》第 759 册，上海古籍出版社 2010 年版。

（清）毓俊：《友松吟馆诗钞》，《清代诗文集汇编》第 768 册，上海古籍出版社2010年版。

（清）盛昱：《郁华阁遗集》，《清代诗文集汇编》第772册，上海古籍出版社2010年版。

（清）瑞洵：《犬羊集》，《清代诗文集汇编》第787册，上海古籍出版社2010年版。

（清）三多：《柳营谣》，《清代诗文集汇编》第792册，上海古籍出版社2010年版。

（清）三多：《可园诗钞》，《清代诗文集汇编》第792册，上海古籍出版社2010年版。

（清）三多：《粉云庵词》，国家图书馆藏1942年刻本。

（清）三多：《可园文钞》，国家图书馆藏手抄本。

（清）胡念修：《灵芝仙馆诗钞》，《清代诗文集汇编》第793册，上海古籍出版社2010年版。

（清）彭定求等编：《全唐诗》，中华书局1999年版。

（清）董诰等编：《全唐文》，上海古籍出版社1990年版。

傅璇琮等主编：《全宋诗》，北京大学出版社1998年版。

（清）铁保辑：《钦定熙朝雅颂集》，赵志辉校点补，辽宁大学出版社1992年版。

（清）潘衍桐编纂：《两浙𬨎轩续录》，浙江古籍出版社2014年版。

（清）徐世昌编：《晚晴簃诗汇》，中华书局1990年版。

（南朝）钟嵘著，曹旭集注：《诗品集注》，上海古籍出版社2011年版。

（南朝）刘勰著，范文澜注：《文心雕龙注》，人民文学出版社1958年版。

（明）陆时雍：《诗镜总论》，中华书局2014年版。

（明）徐献忠：《徐献忠诗话》，《明诗话全编》第3册，江苏古籍出版社1997年版。

（清）沈德潜：《说诗晬语》，《清诗话》（下），上海古籍出版社1978年版。

（清）袁枚：《随园诗话》，人民文学出版社1982年版。

（清）法式善著，张寅彭、强迪艺编校：《梧门诗话合校》，凤凰出版社2005年版。

（清）洪亮吉：《北江诗话》，人民文学出版社1983年版。

（清）王昶、周维德校点：《蒲褐山房诗话新编》，人民文学出版社2011年版。

（清）舒位：《乾嘉诗坛点将录》，《清诗话三编》第4册，上海古籍出版社2014年版。

（清）陆元鋐：《青芙蓉阁诗话》，《清诗话三编》第4册，上海古籍出版社2014年版。

（清）狄葆贤：《平等阁诗话》，《清诗话三编》第10册，上海古籍出版社2014年版。

（清）沈涛：《匏庐诗话》，国家图书馆藏清刻本。

（清）朱庭珍：《筱园诗话》，国家图书馆藏光绪三年刻本。

（清）钱泳：《履园谭诗》，《清诗话》（下册），上海古籍出版社1978年版。

（清）林昌彝：《海天琴思录　海天琴思续录》，上海古籍出版社1988年版。

（清）杨钟羲：《雪桥诗话》，北京古籍出版社1989年版。

（清）杨钟羲：《雪桥诗话三集》，北京古籍出版社1991年版。

（清）陈衍：《石遗室诗话》，人民文学出版社2004年版。

（清）冒广生：《小三吾亭诗话》，《词话丛编》第5册，中华书局1986年版。

（清）汪辟疆：《光宣诗坛点将录》，中华书局2008年版。

（清）袁嘉谷：《卧雪诗话》，《民国诗话丛编》（二），上海书店出版社2002年版。

（清）沈其光：《瓶粟斋诗话》，《民国诗话丛编》（五），上海书店出版社2002年版。

（清）龙顾山人：《十朝诗乘》，福建人民出版社2000年版。

（清）张维屏：《国朝诗人征略初编》，《清代传记丛刊》第22册，明文书局1985年版。

（清）谭献辑：《清词一千首》，西泠印社出版社2007年版。

（清）郭则沄：《清词玉屑》，《词话丛编续编》，人民文学出版社2010年版。

二　今人著述

曹道衡：《兰陵萧氏与南朝文学》，中华书局2004年版。

陈寅恪：《唐代政治史述论稿》，上海古籍出版社1997年版。

达力扎布：《明清蒙古史论稿》，民族出版社2003年版。

邸永君：《清代翰林院制度》，社会科学文献出版社2002年版。

杜家骥：《清朝满蒙联姻研究》，故宫出版社2013年版。

杜家骥：《八旗与清朝政治论稿》，人民出版社2008年版。

高拜石：《新编古春风楼琐记》（五），作家出版社2004年版。

葛兆光：《中国思想史》，复旦大学出版社2015年版。

蒋寅：《古典诗学的现代诠释》，中华书局2003年版。

蒋寅：《清代文学论稿》，凤凰出版社2009年版。

蒋寅：《清代诗学史》第二卷，中国社会科学出版社2019年版。

老吏：《奴才小史》，《中华野史》卷10，三秦出版社2000年版。

李定夷：《民国趣史》，国华书局1915年版。

李彬：《中国新闻社会史》，上海交通大学出版社2007年版。

林语堂：《中国新闻舆论史》，上海人民出版社2008年版。

卢明辉：《清代蒙古史》，天津古籍出版社1990年版。

刘海峰：《中国科举史》，东方出版中心2004年版。

刘海龙：《大众传播理论：范式与流派》，中国人民大学出版社2008年版。

龙盛运：《清代全史》第7卷，方志出版社2007年版。

栾梅健、张霞：《近代出版与文学的现代化》，复旦大学出版社2015年版。

米彦青：《接受与书写：唐诗与清代蒙古族汉语韵文创作》，中国社会科学出版社2014年版。

孟森：《清史讲义》，中华书局2010年版。

《内蒙古文史资料》第32辑，内蒙古人民出版社1988年版。

钱基博：《现代中国文学史》，中国人民大学出版社2004年版。

钱理群、温儒敏、吴福辉：《中国现代文学三十年》，北京大学出版社1998年版。

钱穆：《国史大纲》，商务印书馆1996年版。

钱实甫编：《清代职官年表》，中华书局 1980 年版。

钱振民：《李东阳年谱》，复旦大学出版社 1995 年版。

钱仲联：《梦苕盦诗话》，《民国诗话丛编》（六），上海书店出版社 2002 年版。

钱仲联：《梦苕盦论集》，中华书局 1993 年版。

钱锺书：《谈艺录》，生活·读书·新知三联书店 2001 年版。

瞿兑之：《铢庵文存》，辽宁教育出版社 2001 年版。

沈津：《翁方纲年谱》，中研院中国文哲研究所 2002 年版。

王汎森：《权力的毛细管作用》，北京大学出版社 2015 年版。

王汎森：《中国近代思想与学术的系谱》，上海三联书店 2018 年版。

王德昭：《清代科举制度研究》，中华书局 1984 年版。

沃丘仲子：《近代名人小传》，中国书店 1988 年版。

徐一士：《一士类稿》，《近代中国史料丛刊》第一辑，文海出版社 1966 年版。

徐一士：《近代笔记过眼录》，中华书局 2008 年版。

徐映璞：《杭州驻防旗营考》，《两浙史事丛稿》，杭州古籍出版社 1988 年版。

阎步克：《士大夫政治演生史稿》，北京大学出版社 1996 年版。

严迪昌：《清诗史》，人民文学出版社 2011 年版。

叶再生：《出版史研究》第二辑，中国书籍出版社 1994 年版。

余英时：《士与中国文化》，上海人民出版社 2003 年版。

袁行云：《清人诗集叙录》，文化艺术出版社 1994 年版。

朱光潜：《诗论》，生活·读书·新知三联书店 1984 年版。

郑逸梅：《梅庵谈荟》，黑龙江人民出版社 1985 年版。

张天星：《报刊与中国文学的近代转型（1833—1911）》，复旦大学出版社 2015 年版。

张秀民：《中国印刷史》，上海人民出版社 1989 年版。

郑士德：《中国图书发行史》，中国时代经济出版社 2009 年版。

中国古代书画鉴定组编：《中国古代书画图目》第 23 册，文物出版社 2000 年版。

三　外国译著

［美］彼得斯：《交流的无奈：传播思想史》，何道宽译，华夏出版社

2003年版。

[美]戴维·迈尔斯:《社会心理学》,张智勇等译,人民邮电出版社2006年版。

[美]戴维·斯沃茨:《文化与权力:布尔迪厄的社会学》,陶东风译,上海译文出版社2012年版。

[美]D.P.奥苏伯尔:《教育心理学——认知观点》,佘星南、宋钧译,人民教育出版社1994年版。

[美]戈夫曼:《日常生活中的自我呈现》,黄爱华、冯钢译,浙江人民出版社1989年版。

[美]费正清:《剑桥中国晚清史》(上卷),中国社会科学院历史研究所编译室译,中国社会科学出版社1985年版。

[美]乔纳森·特纳、简·斯戴兹:《情感社会学》,孙俊才、文军译,上海人民出版社2007年版。

[美]詹姆斯·W.凯瑞:《作为文化的传播》,丁未译,华夏出版社2005年版。

[美]约翰斯顿主编:《人文地理学词典》,柴彦威译,商务印书馆2004年版。

[美]周绍明:《书籍的社会史》,何朝晖译,北京大学出版社200年版。

[美]孔飞力:《中国现代国家的起源》,陈兼等译,三联书店2013年版。

[美]孔飞力:《叫魂:1768年中国妖术大恐慌》,陈兼、刘昶译,生活·读书·新知三联书店2012年版。

[美]柯娇燕:《孤军:满人一家三代与清帝国的终结》,陈兆肆译,人民出版社2016年版。

[美]库尔特·勒温:《拓扑心理学原理》,高觉敷译,商务印书馆2003年版。

[美]肯特·C.布鲁姆、查尔斯·W.摩尔:《身体记忆与建筑:建筑设计的基本原则和基本原理》,成朝晖译,中国美术学院出版社2008年版。

[美]兰德尔·柯林斯:《互动仪式链》,林聚任等译,商务印书馆2009年版。

［美］利奥·洛文塔尔：《文学、通俗文化和社会》，甘锋译，中国人民大学出版社 2012 年版。

［美］莱斯莉·A. 巴克斯特、唐·O. 布雷思韦特：《人际传播：多元视角之下》，尹晓蓉等译，上海译文出版社 2010 年版。

［美］迈克尔·E. 罗洛夫：《人际传播社会交换论》，王江龙译，上海译文出版社 1991 年版。

［美］宇文所安：《追忆：中国古典文学中的往事再现》，郑学勤译，生活·读书·新知三联书店 2004 年版。

［美］沃纳·赛佛林、小詹姆斯·坦卡德：《传播理论：起源、方法与应用》，郭镇之等译，华夏出版社 2000 年版。

［美］沃尔特·李普曼：《舆论》，常江、肖寒译，北京大学出版社 2018 年版。

［美］巫鸿：《中国古代艺术与建筑中的"纪念碑性"》，李清泉、郑岩译，上海人民出版社 2017 年版。

［美］巫鸿：《废墟的故事：中国美术和视觉文化中的"在场"与"缺席"》，肖铁译，上海人民出版社 2012 年版。

［奥］阿德勒：《理解人性》，方红、郭本禹译，北京师范大学出版社 2016 年版。

［澳］迈克尔·豪格、［英］多米尼克·阿布拉姆斯：《社会认同过程》，高明华译，中国人民大学出版社 2011 年版。

［加］弗莱：《批评的解剖》，陈慧等译，百花文艺出版社 2006 年版。

［加］哈罗德·伊尼斯：《传播的偏向》，何道宽译，中国人民大学出版社 2003 年版。

［英］马克曼·艾利斯：《咖啡馆的文化史》，孟丽译，广西师范大学出版社 2007 年版。

［英］尼克·库尔德里：《媒介仪式：一种批判的视角》，崔玺译，中国人民大学出版社 2016 年版。

［法］古斯塔夫·勒庞：《乌合之众：大众心理研究》，冯克利译，中央编译出版社 2005 年版。

［法］亨利·列斐伏尔：《空间与政治》，李春译，上海人民出版社 2015 年版。

［法］亨利·列斐伏尔：《列斐伏尔专辑：现代性与空间的生产》，包

亚明主编，上海教育出版社 2003 年版。

［法］加思东·巴什拉：《空间的诗学》，张逸婧译，上海译文出版社 2009 年版。

［法］罗贝尔·埃斯卡皮：《文学社会学》，于沛选编，浙江人民出版社 1987 年版。

［法］莫里斯·哈布瓦赫：《论集体记忆》，毕然、郭金华译，上海人民出版社 2002 年版。

［法］皮埃尔·布尔迪厄：《艺术的法则——文学场的生成与结构》，刘晖译，中央编译出版社 2011 年版。

［法］皮埃尔·布尔迪厄：《文化资本与社会炼金术——布尔迪厄访谈录》，包亚明译，上海人民出版社 1997 年版。

［德］阿莱达·阿斯曼：《回忆空间：文化记忆的形式和变迁》，潘璐译，北京大学出版社 2016 年版。

［德］阿尔方斯·西尔伯曼：《文学社会学引论》，魏育青等译，安徽文艺出版社 1988 年版。

［德］哈贝马斯：《交往行为理论：行为合理性与社会合理化》，曹卫东译，上海人民出版社 2004 年版。

［德］哈贝马斯：《公共领域的结构转型》，曹卫东等译，学林出版社 1999 年版。

［德］哈拉尔德·韦尔策编：《社会记忆：历史、回忆、传承》，季斌等译，北京大学出版社 2007 年版。

［德］扬·阿斯曼：《文化记忆：早期高级文化中的文字、回忆和政治身份》，金寿福等译，北京大学出版社 2015 年版。

［德］库尔特·考夫卡：《格式塔心理学原理》，黎炜译，浙江教育出版社 1997 年版。

［意］史华罗：《中国历史中的情感文化——对明清文献的跨学科文本研究》，林舒俐等译，商务印书馆 2009 年版。

［日］大木康：《明末江南的出版文化》，周保雄译，上海古籍出版社 2014 年版。

［日］和田清：《明代蒙古史论集》，潘世宪译，商务印书馆 1984 年版。

［日］井上进：《中国出版文化史》，李俄宪译，华中师范大学出版社

2015年版。

［日］内山精也：《庙堂与江湖》，朱刚等译，复旦大学出版社2017年版。

［日］内山精也：《传媒与真相——苏轼及其周围士大夫的文学》，朱刚等译，上海古籍出版社2013年版。

［日］增井经夫：《大清帝国》，程文明译，社会科学文献出版社2017年版。

［挪］诺伯舒兹：《场所精神——迈向建筑现象学》，施植明译，华中科技大学出版社2010年版。

［挪］诺伯格·舒尔兹：《存在·空间·建筑》，尹培桐译，中国建筑工业出版社1990年版。

［瑞］荣格：《心理类型——个体心理学》，储昭华等译，国际文化出版公司2011年版。

四　学位论文

博士

樊江宏：《法国年鉴学派研究》，首都师范大学，2013年。

李靓：《乾隆文学思想研究——以"醇雅"观为中心》，中央民族大学，2013年。

李杨：《八旗诗歌史》，浙江大学，2014年。

刘青山：《法式善研究》，上海大学，2011年。

杨勇军：《法式善考论》，华东师范大学，2013年。

硕士

李桔松：《清末民初三多诗词研究》，内蒙古大学，2013年。

李珊珊：《蒙汉文学交融视域下的驻防诗人贵成研究》，内蒙古大学，2018年。

张博：《瑞常诗歌研究》，内蒙古大学，2015年。

五　期刊论文

代亮：《法式善的宋诗趣尚》，《民族文学研究》2019年第3期。

高博彦：《蒙古与中国》，《亚洲民族考古丛刊》（第六辑），南天书局1977年版。

郭剑鸣：《文学公共领域——中国近世市民社会的一种雏形》，《江西师范大学学报》（哲学社会科学版）2004年第5期。

黄旦：《媒介变革视野中的近代中国知识转型》，《中国社会科学》2019年第1期。

何成洲：《何谓文学事件》，《南京师大学报》（社会科学版）2019年第6期。

蒋寅：《法式善：乾嘉之际诗学转型的典型个案》，《江汉论坛》2013年第8期。

李桔松：《论清末民初蒙古族词人三多的词与词风》，《民族文学研究》2015年第1期。

李桔松：《记忆、塑造和认同——清杭州〈城西古迹考〉〈柳营谣〉解读》，《贵州社会科学》2019年第2期。

李立民：《论清代内务府官学——以景山官学、咸安宫官学为中心》，《中国史研究》2017年第2期。

李瑞豪：《曾燠与清代中期诗坛》，《南昌大学学报》（人文社会科学版）2015年第2期。

李珊珊：《清代驻防八旗科举参与方式的流变与诗歌创作》，《民族文学研究》2021年第3期。

刘红麟：《论况周颐的恋情词》，《河池学院学报》2009年第4期。

罗时进：《基于典型事件的清代诗史建构》，《江海学刊》2020年第6期。

米彦青：《论唐代王孟诗风对法式善诗歌创作的影响》，《南京师大学报》（社会科学版）2010年第1期。

米彦青：《时代变局中的中华民族文学书写——以道咸同时代蒙古文学思潮为视角》，《民族文学研究》2019年第1期。

米彦青：《论满蒙八旗子弟的原乡疏离感——兼论中华民族共同体意识构建中的"文学事件"》，《文学评论》2021年第3期。

孙敏强、霍东晓：《试论清代诗人寿苏雅集及其文化心理》，《浙江大学学报》（人文社会科学版网络版）2017年第3期。

汪利平：《杭州旗人和他们的汉人邻居——一个清代城市中民族关系的个案》，《中国社会科学》2007年第6期。

王愈奚：《论郭麐以"清"为核心的诗学观》，《太原师范学院学报》

（社会科学版）2021 年第 3 期。

吴承忠：《从法式善的游览活动看明清北京士人的游览路线》，《城市问题》2012 年第 3 期。

徐苏：《京口旗营述略》，《镇江高专学报》2012 年第 1 期。

王曦晨：《北京西郊极乐寺历史建筑及园林景观研究》，《建筑史》2018 年第 2 期。

辛更儒：《法式善、知稼翁集、稼轩集抄存》，《人文杂志》1986 年第 4 期。

杨联芬：《"恋爱"之发生与现代文学观念变迁》，《中国社会科学》2014 年第 1 期。

余华林：《恋爱自由与双重爱情标准——民国时期关于"爱情定则"论争的历史透视》，《石家庄学院学报》2005 年第 3 期。

禹克坤：《钱锺书先生一封未发表的书简——〈关于梧门诗话〉》，《读书》2009 年第 6 期。

张丽华：《〈遗逸清音集〉编纂缘起与成书过程探微》，《广播电视大学学报》2020 年第 2 期。

张永江：《升允考论》，《清代满汉关系研究》，社会科学文献出版社 2011 年版。

张永江：《民族认同还是政治认同：清朝覆亡前后升允政治活动考论》，《清史研究》2012 年第 2 期。

后　　记

2016年秋天，我开始攻读博士学位，接下来的六年，生活出现诸多无奈，学习反而成为我的精神支柱。近2000个日夜，我都在找书、读书、写作中循环往复，看似枯燥的生活，却让我的心情安宁、踏实。2022年夏天，我完成了学业，这是一段重要、充实的人生旅程，让我迎来柳暗花明。本书是根据我的博士学位论文修改而成，它的出版是这段岁月的结晶，对此我心怀感激。

感谢我的导师米彦青教授，是她指引我走入古代文学的世界，并找到自己感兴趣的研究方向。我在读博士之前就已经跟随米老师学习古代文学，至今已走过九个春秋，她带领我进入学术之门，并在我遇到挫折时给我鼓励，帮我树立生活的信心。对此我始终心怀感激。感谢博士学习过程中给予我帮助的各位专家，他们的启发和建议开拓了我的学术视野。

这些年父亲担心我辛苦，总想着减轻我的负担。母亲生前一直希望我快乐，我感念于心。日复一日，我坐在电脑前，年幼的孩子经常爬到我的椅子上，趴在我的后背，让我摇一摇他，这是我俩的"游戏"。呼和浩特的夏天总是姗姗来迟，尽管已是六月天，我还是喜欢坐在明媚的阳光里，此时微风伴着鸟语环绕着我的书桌，往日种种浮现在眼前，即使是伤心和无奈也都温暖起来，谢谢曾经和我一起努力的家人。

我是从新闻传播学跨专业进入古代文学的世界，大概是学科背景的原因，或是自身性格的原因，我似乎缺少对待文学作品的那种热情与感性。当我面对文字时，常常在想隐藏在文字背后的人——那些作者，那些作者提到的人，以及与他同时代的人，于是在本书中我试图编织一个行动者网络。除蒙古族外，清代其他少数民族也在我的研究计划之内。研究之路漫漫，我依然充满期待。2003年我大学毕业，彼时未曾料到20年后我还在校园，一边任教一边学习，并且还要一直持续，相信这也是一种幸福。

最后感谢本书的责任编辑宫京蕾女士，她对书稿的认真态度令我十分钦佩，感谢她的辛苦工作，让本书以更好的面貌示人。

邢渊渊

2023 年 6 月 8 日于呼和浩特